光文社文庫

長編本格推理

風の証言
鬼貫警部事件簿
増補版

鮎川哲也

光　文　社

目次

＊本書には短編「時計塔」と中編「城と塔」を収録しましたが、これらは本編『風の証言』のもとになった作品です。トリックや構成等が類似していますので、読者の皆様には必ず本編からお読みくださいますようお願いします。

風の証言

一　池畔の殺人

一

　その日、猪狩《いかり》と平林《ひらばやし》は出社する早々《そうそう》研究所長に呼ばれた。そろって来てくれというのである。班のなかで指導的な立場にいるふたりが、首をならべて来いといわれるのは滅多にないことだった。しかも所長は、猪狩たちが出勤するのをじりじりしながら待っていた、という気配がうかがわれた。

　猪狩は茶をついだばかりの湯呑《ゆのみ》を、位置をえらんでそっと机においた。

「なんだろうな」

　彼は平素の無愛想な表情をいっそう露骨にして、平林をかえりみた。猪狩のほうが三つ年長の三十三歳になる。入社したのも三年はやかった。

「わからんな」

と、平林はふと頸《くび》を無理にねじると、相手を見た。

「企画会議はすんだばかりだし……」

「昇給の辞令でもでるんじゃないかな」

年長だけに猪狩は余裕をみせて冗談をいった。彼は背のたかい痩《や》せた男で、多分に神経質なところのあるきまじめな性格の持主だった。愛想がないわけではないのだが、度のつよい近眼鏡をかけ唇をぎゅっと結んだ顔は、どうみても胃病患者か、さもなければ救いがたいペシミストとしか思えなかった。

ふと気づくと、命令を伝えにきた女秘書は、まだ傍に立っていた。

「やあ、失敬。すぐ行きますと伝えてくれないか」

「はい」

平林は、秘書の格好のいい脚の線を見送っていたが、われに返ったように立ち上がって身づくろいをした。研究所長は五十すぎの工学博士で、取締役でもあった。彼の部屋をたずねるとなると、やはりちょっとした緊張を感じるのである。

オメガ音響の研究所は、本社と別棟の二階建てで、研究室は一階の全域を占めている。さらに研究室は七班にわかれ、それぞれが会社からあたえられた命題について設計、研究、実験をやるシステムだが、猪狩班が取り組んでいるテーマは光電管によるカートリッジの開発であった。理論は戦前からわかっていたのだけれど、実用化されたのは二年前のことだから、まだまだ改良の余地がある。性能その他について利用者から寄せられるさまざまな不平、不満、忠告を集計し、分析した上でさらに優れた製品を造るための研究をすることが、猪狩以下十名に課せられた使命なのだ。あたえられた期間は十五カ月である。だが、秀れたメンバーが揃っていることもあって研究は早いテンポで進み、月末にはレポートを上司に提出するところまで漕ぎつけていた。予定を三カ月も上廻っている。

班長と平林が出ていったあと、残った八人の技師たちは仕事が手につかぬという面持ちで私語をかわした。彼等は、所長が猪狩を呼びつけた理由を知っていたからである。班長と平林は、口ぐちに昇給辞令だの何のといってとぼけていたが、ふたりがつとめてあの一件に触れまいとしている気持もよくわかるのだった。

先頃の重役会議の席上で、常務のひとりが光電管カートリッジの将来性について否定的な発言をしたことがある。それは、ある音響評論家からの入れ知恵だったらしいのだが、地道に従来どおりのカートリッジを研究しつづけたほうが営業政策上有利ではないか、というのであった。彼にいわせると、光電管は、要するに一時の思いつきと変りがなく、これに打ち込むのは道楽《どうらく》に血道《ちみち》をあげるようなもの、というのだった。そのときは、研究所長が強硬に反論したばかりか、社長も肩をもってくれたので、どうやら常務の提案は不発におわったのだが、社長が考えを変えて研究の打ち切りを決意し、所長にその意向を伝えるということもあり得ぬわけではない。そうだとすれば、完成を目前にひかえていながら一切の努力が無に帰してしまうのである。

「ああ、やりきれねえな、まったく」

と、ひとりが絶望的な声をあげた。

猪狩たちは、三十分ほどで戻ってきた。ふたりとも固い表情をしていることから、部下の誰もが予想のあたったことを直感した。タバコ好きの男は、火をつけたばかりのハイライトを灰皿にこすりつけて坐《すわ》りなおした。

「なんの話でした？」

「まあ、待ってくれ。いま、猪狩さんから説明がある」

べつにおもねるというのではないが、平林はいつも三年先輩の猪狩をたてていた。

猪狩は一つ頷《うなず》くと、一同を自分の周囲に集めてから、声をしぼった。

「所長はお冠《かんむり》だったよ。われわれの研究結果の一部が、北海電機に盗まれたという情報が入ったからなんだ。つい先日、あの会社が発表した試作品のおひろめがあった。ところが、そいつがうちで開発したやつに非常によく似ているというので、試聴会に招待された音響評論家がびっくりして所長に知らせた。さもなきゃ、まだ知らずにいるところだがね」

「なにかの間違いじゃないですか」

「情報の出所が確かだからな、間違いだとは思えない。秘密保持にはくれぐれも注意するよう要望された」

「盗まれたのはどの部分ですか？」

と若い技師は、口ぐちに質問した。猪狩のいうことを信じれば、秘密を売った裏切者は十人のメンバーのなかにいることになるのだ。

「アダプターの回路だ。しかし、盗むのは容易だからな。早い話が、映画のなかのスパイがやるように、設計図をひろげてすばやくカメラのシャッターを切ればそれでＯＫだ」

「まさかそんな……」

音程のはずれた声になったのは、最年少の坂梨《さかなし》だった。小柄でとがった顎《あご》をした男だが、彼の特技は金庫のダイヤルをあけることで、かつて面白半分にこのテクニックを披露して一同をあっといわせたことがある。そのときは座興としてすんだのだけれど、事態がこうなってくると、疑惑の目でみられるのは彼なのであった。いうまでもなく設計図は金庫のなかに保管されている。

「まさか、ぼくがやったとは思わないでしょうね？」

「誰もそんなこと思っちゃいないさ。所長は、われわれのなかにスパイがいるんじゃないかと考えているらしいが、一概にそうとばかりはいえないからな」

と猪狩は、無愛想な口調のなかにいたわりをこめていった。

「こうしたケースは、大体の場合が、企画の段階で洩《も》れることが多いんだ。音響評論家に茶飲み話のつもりで喋《しゃべ》ってしまったことが相手側に伝わることもあるし、宣伝課の連中がPRを狙って雑誌社にながした話が向こうの会社のアイディアを刺激して、思わぬ製品ができてしまったこともある。しかし、今回の場合はそんなのではなくて、偶然の一致じゃないかと思うんだな。人間の考えることなんて似たりよったりのことが多いからね」

つとめて楽観的な意見を述べた。彼としては、チーム内に疑心暗鬼《ぎしんあんき》が生じて、その結果、能率のおちることを避けたかった。ひょっとすると、班のなかにスパイがいるかもしれぬという疑惑はあったが、つとめてそれは表面に出さなかったのである。

「今後は、二度とこうした不祥事《ふしょうじ》が起こらぬよう厳重に注意してくれ、と所長が強調しておられた。これは、われわれの班ばかりでなく、宣伝課その他をふくめた全社員に対しての警告だ」

「ぼくからも繰り返していっておきたいが、このことでチームの円満さが欠けるようになっては困る。みんなも以前と変わりなくやっていってほしい」

平林の短い話が終わると、一同は各自の席に戻った。が、そういわれてもなお、誰もが釈然としない面持ちで黙りこくっていた。タバコを吸うものは申し合わせたように一本ぬいて口にくわえ、思い思いのポーズでそれをふかしつづけた。偶然の一致というのはあり得ぬことではない。しかし、確率からいえば、それは微々たるものなのだ。班長があいったにもかかわらず、全員がスパイの存在を肯定していた。苦労した共同研究がライバル会社の手にわたったことを考えると、なんとも不愉快でならなかった。

二

それから一カ月ちかく経過した初冬のことであった。すでに退社時刻は過ぎ、広い研究所のなかに残っているのは平林ひとりきりになっていた。平林は、この秋におそい結婚をする予定だったが、相手の女性が、ドイツの薬科大学に留学してしまい、挙式は当分のあいだお預けになっている。独身寮に住んでいる彼は、ほかの若い社員とは違ってデートする相手もなく暇をもてあまし気味で、このところ、連日のように居残って仕事をしていた。

冷たい空気が顔をなでた気配に入口を見ると、そこに立っているのは帰った筈《はず》の猪狩だった。小さな骨ばった顔に黒縁の近眼鏡をかけ、例によって無愛想な表情をうかべている。気のせいか、今夜のそれは平素よりも一段と仏頂面《ぶっちょうづら》にみえた。彼は、オーバーを着たまま近づいてくると、隣のイスに腰をおろした。

「忘れ物か？」

「違う」

猪狩は、怒ったように首をふった。そういえば、今日の彼は、朝から不機嫌だったな、と思った。あの一件がばれて、奥さんとの間に悶着《もんちゃく》があったのかもしれない。猪狩は、こうした辛気《しんき》くさい男だから異性にもてるわけがなさそうなものだけれど、性格が誠実なために、いったん知り合った女性から妙に慕われたり、頼りにされたりする傾向があった。昨今も銀座のバーの雇われマダムと関係ができていて、ときどき泊まることもあるという噂が囁《ささや》かれている。

「どうしたんだ、いったい？」

「それを話そうとして戻ったんだ。きみが残業していることは知っているからな」

猪狩は革の手袋をとると、二つを重ねてきちんと机の上にのせた。

「仕事中は話す機会がなかったもんだからね。それに、この話は当分の間、きみの胸にしまっておいてもらいたいのだ」

いうことがなにやら大袈裟《おおげさ》にすぎるように感じ、平林は応答にとまどって相手の顔を見つめるだけだった。だが、猪狩は、いつものとおり大まじめである。

「うちの研究が北海電機に盗まれた件だが、スパイの正体をこの目で見届けたよ」

「なんだって？」

「おれは、初めから班のなかにスパイがいるものと睨《にら》んでいたんだ。ところが、まったく偶然なことから、そいつが妙なやつと呑んでいる現場を目撃した」

落ち着いた、セーヴした口調で彼は語った。

「どこで？」

「八王子《はちおうじ》のキャバレーさ」

八王子は、東京の西のはずれに位置した織物の町である。土地の人間ならともかく、わざわざ東京から呑みにいくやつの気が知れない。

「ずいぶん土臭いキャバレーに行ったものだな」

「いや、おれもそのキャバレーに入ったんだ。大学時代の友人と会って、そいつに誘われたんだよ。八王子の大地主の息子でね、久し振りに痛飲しようということになって、まずそのキャバレーに行った。すると、少し離れた席に、うちの班のものが、見たこともない男とひどく親しそうに呑んでいる。ホステスを両脇に抱え込んで、ちょっとした豪遊だ」

「誰だい？」

と、平林は、当然な質問をした。彼は、先程とは別人のように熱心な顔つきになり、イスを九十度回転させて猪狩と向き合っていた。

「斜め後ろから見たんだし、黒のサングラスをかけていたから百パーセント当人だとは言い切れないんだが、九十九パーセントは間違いない」

「だから、誰なんだ？」

「わからんやつだな、一パーセントの誤差があるといったじゃないか」

「確かめなかったのか？」

「ああ。おれも迷ったんだ。声をかけたら他人の空似《そらに》だったということもあるからな。もう少し様子をみてやろうと考えて呑んでいると、うまい具合に侍《はべ》っていたホステスがおれの横を通りかかった。いいチャンスだとばかり後を追いかけて、物陰で呼び止めたんだが、客の名をかるがるしく喋ってはいけないというのが、この店のきまりだそうで、教えてはくれなかった」

ポケットからタバコをとりだすと、平林にも一本すすめた。平林は、タバコを買うとそのままポケットに押し込むが、猪狩はきちんと七宝《しっぽう》のシガレットケースに並べかえる。そうした点にも、この班長のきちんとした性格があらわれていた。

「そこで、バッジを見てやろうと考えた。といって、おれが覗《のぞ》くわけにはいかないから、友だちにたのんで手洗いにいくふりをしてちらっと見てもらったんだが、驚いたことにふたりともバッジをはずしているんだよ。これでおれの疑惑は決定的になったね」

「そいつは確かに訝《おか》しいね」

と、平林は素直に同意した。このオメガ音響は、電機業界でも知られた存在であった。バーやキャバレーに行っても、バッジをつけているともて方が違う。初めて入った店でも、胸にオメガのバッジがついていれば、つけが効くとまでいわれている。その、霊験あらたかなバッジをはずしたとなると、周囲のものに身許が知られることを警戒していたものと解釈されるのだった。

「しかし、服を着替えたときにバッジをつけ忘れたんじゃないのかな」

「いや、相手の男もはずしているんだ」

「なにもきみの見方にたてつくわけじゃないけど、相手の男にしても、商人や農民や画家だったらバッジは持っていないだろうからね」

「…………」

猪狩は、ちょっといやな顔をしたが、吸いかけたタバコを灰皿に捨てると挑むような言い方をした。

「おれは、きみと違ってお洒落《しやれ》だからな、ひとの服装にはよく気がつくほうだ。あの男が会社に着てきた服と、キャバレーで目撃したときの服が同じものであることは確かなんだ。だから、服を着替えたとするきみの意見には承服できないな。もっとも、彼がおなじスーツを二着持っていればべつだけど」

「ふむ」

「それから相手の男だが、これが百姓町人でないことは明白だよ。ホステスにあっさりことわられて引きさがるおれじゃないからね、ちょっと鼻薬をきかせてさ、せめて商売だけでも教えてくれと粘ったら、あのお客はどちらも電機関係の人間だというのだ」

「ばかなやつだな。頭かくしてなんとやらというが、いくら黒眼鏡で変装したって、ホステスに名刺をやったら意味がないじゃないか」

「そうじゃない。彼等は、それほどのばかじゃないよ。どのホステスもやるように、彼女も名刺をもらいたいといったら拒否されたそうだからね。女にせがまれれば、たいていの男は、鼻の下をのばして一も二もなく名刺をわたしてしまうものだが、彼等に限ってそうはしなかったというんだ。おれが昨夜みたところでは、べつに道心堅固《どうしんけんご》な男だという印象は受けなかった。逆に、ひどくでれでれした女誑《おんなたら》しみたいなふうに思えたものだよ。そのふたりが名刺をわたさなかったというのは、彼等が自分たちの身許のわれるのをいかに警戒しているかってことになる」

「じゃ、どうしてホステスが電機関係の人間だってことを知ったのかね？」

「それがね、上手《じょうず》の手から水が洩《も》るって諺《ことわざ》のとおりなんだよ」

というと、珍しく無愛想な顔をにやりとさせ、あたらしいタバコをくわえた。

「彼等は、ホステスなんてものは無教養で、無学なものときめてかかったんだな。それが失敗のもとになったわけだが、その前にこのホステスのことをいっておくと、彼女には子供があって、郷里の両親に預けてあるんだ。美人だからどう見ても子供がいるとは思えないけどね」

「美人は得だね」

と平林はあいの手を入れた。

「それが、生まれながらのててなし児でちょっと可哀想な気もするんだが、この父親というのが秋葉原《あきはばら》の電気商の店員でね、女に赤ン坊が生まれたと知ったとたんに逃げ出して、今日に至るまで行方知れずなんだ。それで、捨てられた彼女は、止むなくホステスをして稼いでいるのだけど、この男が商売柄いろんな電機用語を喋っているのを、彼女が門前の小僧みたいに聞きかじって覚えてしまったんだ。だから、あの黒眼鏡たちが、デシベルだの、メガヘルツなんて話していたのを聞いて、電機関係の人間だなって見当をつけていたのだ」

「なるほどね。それにしても、キャバレーに来てまで仕事の話をしているなんて熱心な男どもだな、ハハ……」

平林は、腹をゆすって笑った。短軀《たんく》のこの技師は、三十を越したばかりなのにもう下腹がつきでていた。

「待ってくれ。彼等は、昨晩初めて来た客じゃないんだよ。前々からの常連なのだ。その間にかわされた会話の蓄積のなかに、クロストークだの、歪率《わいりつ》だの、イメージ妨害比なんていう専門語があったわけさ」

「なるほどね。そうなってくると、ふたりが電機業界の人間だってことは間違いないな」

「しかも、一方がうちの班のものということになると、相手は、北海電機の社員に決まっているんだ」

しかし、それだけで北海電機と決めてかかるのはデータ不足のような気がした。

「つまるところ、黒眼鏡の正体をつきとめるまではいかなかったのか」

「そう、心残りがしたけど友人がいたからね。一時間ばかりでここを出なくてはならなかった」

「向こうもきみの存在に気づいたろうな？」

平林は、心配そうだった。

「そんなことはない。先刻もいったように、おれのボックスからは、やつの後ろ姿しか見えないんだ。だから、彼はいまもって、おれがキャバレーにいたなんてことは夢にも知らない。今日も、仕事のことで平気な顔をしておれに話しかけてきたからね」

こうした場合に、猪狩の無愛想な顔は、表情をごまかすのにもってこいである。

「で、これからどうするつもりなんだ？」

「近いうちにおりをみて訊《たず》ねる」

「一パーセントの疑念があるなら、頭から高飛車《たかびしや》に詰問《きつもん》するというわけにはいかないな」

「そうさ、百パーセントの確信があれば直接的な手段をとる」

「近い将来って、いつのことなんだ？」

「数日中だ、できるだけ早く決着をつけたい。だが、もしシロだったらこれは重大な問題になるからな、すっきりとするまで、彼の正体は伏せておかねばならん。だから、きみ等の目のとどかぬ場所で会う予定だ」

「わかった。結果は、すぐに知らせてくれよ」

猪狩は、黙って首をたてにふると、タバコのケースをオーバーのポケットに入れ、机の上の手袋をつかんで立ち上がった。

「いい加減に切り上げて、きみも帰れよ」

と、彼はいった。

三

「五時だぜ。遅刻は困るよ」

夫の猪狩は、三度もそう念をおして出ていったのである。万事に几帳面《きちようめん》な性格だから、時刻についても例外ではない。それが、小一時間も待ったのに姿をみせないのは妙だった。妙というよりも不安であった。

待ち合わせの場所としてこの喫茶店を指定したのは夫のほうなのだ。事情がかわって遅れるなら、その旨《むね》を電話してくるのが当然である。にもかかわらず、猪狩があえて連絡をよこさないのは、そうしたくともできない状態におかれているのではないだろうか。彼女の胸のうちに萌《きざ》した不安の念はたちまちふくれ上がり、それは交通事故と結びついて、瞼《まぶた》の裏に、救急車ではこばれていく夫の血にまみれた様子を思いうかべた。

縁起でもない。京子《きようこ》はつまらぬ考えを払いおとそうとして、目を室内の豪華な装飾にむけるのだが、すぐにまたもとの思考に戻っていくのだった。日曜日なので、この大きな店の席もほとんどふさがっている。京子とおなじテーブルにも、一組の若い男女が坐っていて、女性の涙というテーマで歯の浮くような会話をかわしていた。その気障《きざ》な一語一語が、いら立っている京子の神経につき刺さり、すると京子はますますいらいらしてくるのであった。席を変えたいと思っても、手頃の場所が目につかない。

もしかすると、夫がいったのは隣の店なのではないか。多分にそそっかしいところのある自分が、早のみ込みをしてここに入ってしまったのではないか。そう思って灰皿のマッチに目を落とした。が、マッチにしるされた金色の文字は、ここが夫の指定した店であることを示していた。京子はますます不安になり、ふっくらとした頰《ほお》からは血の気が失せていった。

　マッチを掌にのせていじっているうちに、また、別の考えがうかんできた。もしかすると、時計が違っているのではないか。つまり、家を出るとき、自分の腕時計を一時間はやく合わせてしまったのかもしれないのである。だとすれば、いまは五時五分前だ。パンクチュアルな夫は、あと五分以内にその長身をひょっこりと現わすに違いない。京子は腕時計の針のすすんでいることを希《ねが》いながら、壁の電気時計を見上げた。だが、その時計も、京子の気持を黙殺しておなじ時刻をさしていた。

　六時半まで待ってから思い切って席を立った。レストランで夕食を共にするという約束が破られたことを、京子は少しも怒ってはいない。ただ、夫のことが無性に心配でならなかった。とにかく、家に帰ってみることだ。ひょっとすると、風邪でもひいて気分がわるくなり、計画を変えて帰宅すると、布団をしいて寝込んでいるのかもしれぬ。そう思うと、足がひとりでに小走りになってしまう。

　地下鉄のホームに降りると、電車はいま出たばかりだった。気がせいているおりでもあり、ちょっと腹立たしい思いがしたけれど、しいて気を鎮《しず》めてベンチに腰をおろした。日曜の夕方の地下鉄は、いつものラッシュアワーの光景とは反対の、落ち着いたおだやかな雰囲気のなかにあった。電車を待っているのは若い愛人同士であり、子供の手をひいたやさしいパパたちだった。誰もが、デパートの包装紙でくるんだ土産の箱を抱えている。それらのなかで、ただ京子だけが異端者のように、こわばった表情をうかべ、うつろな眸《ひとみ》を靴の爪先になげていた。

京子は、日曜日は、銀座のバーが休みであることを考えていた。とすると、夫は、あの女のマンションへ遊びにゆき、手練手管《てれんてくだ》にまるめ込まれて妻とのデートをすっかり忘れているのかもしれない。猪狩には、二年来なじみをかさねたバーのマダムがおり、それが凄《すご》いほどの美人であることを、京子は、夫の同僚からこっそり耳打ちされていた。ことを荒立てるのはまずいと思って気づかぬふりをしてきたのだが、それをいいことに、今日もまた鼻の下を思いきりのばしているのではなかろうか。そうだとすると、今度こそ容赦はしない。交通事故よりも、風邪ひきよりも、女のマンションにしけ込んでいることのほうが現実性があった。京子は、顔色をかえて、あたふたと帰宅するのがばからしくなってきた。いっそひとりで食事をして、ロードショウの映画でもみたほうが気晴らしになる……。そのくせ、電車がホームに着いて扉があくと、人びとの先に立って乗り込んでいった。

四

井《い》の頭《かしら》公園に隣接する植物園は、メタセコイヤと古代蓮《こだいばす》とで知られている。池のほとりには、あずまや風の小さな茶店が建っていて、そこで喰わせるあやめ団子がまた客の人気を呼んだ。江戸時代につくりだされたこの団子は、大正に入るとともに絶えてしまったのだけれど、店の主人がそれを惜しんで古老のあいだを訊ねて歩き、どうやら復活することができたのである。

店が賑わうのは春から秋にかけてのことで、シーズンオフになるとからっ風に吹きさらされて団子を喰う酔狂《すいきょう》な客もなく、冬場は休業するのが例になっていた。その間《かん》、五日おきぐらいに店主や細君が様子をみにくるが、それはいたずら者に店内を荒らされたり、ひどい場合は竈《かまど》をぶち壊されたりするのを警戒してのことだった。なにぶんにも開放的な店だから、完璧な戸締りは不可能なのである。

猪狩勇造《ゆうぞう》は、十二月二十一日月曜日の正午前に、この茶店の調理場のたたきの上で、両手を不自然な格好にねじ曲げた冷たい屍体となって発見された。発見者は茶店の細君のほうで、悲鳴を聞きつけた造園技師が駆けつけたとき、四十女の彼女は、まるで肩上《かたあ》げがとれたばかりの小娘のように、台所の隅に立ちすくんでぶるぶると震えていた。その指さす床に目をやった技師は、これも息をのんだまま立ちつくした。男の脚を枕にしたような形で、若い女の屍体が横たわっていたからだ。技師が急を告げるために走り出そうとすると、茶店の細君は彼の腕にしがみつき、いっしょに連れていってくれと、泣かんばかりに頼んだ。腰がぬけていたのである。

間もなく初動捜査班が駆けつけ、さらに三十分あまり遅れて本庁の連中が車をつらねて到着すると、型通りの検証がはじまった。

男の屍体が猪狩勇造であることは、所持していたパスやオーバーのネームからすぐにわかり、遺族に連絡がとられた。かなりはげしく争ったとみえてオーバーのボタンは三つまで千切れ、度のつよい近眼鏡がもぎとられて床に投げ捨ててあった。片方のレンズは踏み割られてしまい、もう一方のレンズは大きくひびが入ったまま、辛うじて枠にくっついていた。

女のほうは、二十八、九歳の赤い派手なオーバーを着ている。これも必死に闘ったらしく、オーバーはなかば脱げそうになり、鰐革《わにがわ》のバッグは口をあけ、中味が床一面に飛び散っていた。ふたりとも顔や頭を滅多打ちにされたのだが、女のほうはさらに念を入れて女物のナイロンのストッキングで絞め上げてある。よく見ると、兇器はそのストッキングに砂をつめたサンドバッグで、犯人は女を襲っているうちに靴下が破れたため、中味をまき捨てたのち、それで頸《くび》を絞めたことが想像された。出血はほとんどないから血腥《ちなまぐさ》い感じはしないけれど、打撃を受けて異様に脹《ふく》れ上がった顔はなんともすさまじく、殺しの現場に慣れた筈の刑事たちも思わず視線をそらせたほどだった。近くの杉の梢《こずえ》で高啼《たかな》きするモズの声が、ひとしお無気味に聞こえた。

女の身許も、バッグの運転免許証から簡単にわれた。成瀬千里《なるせちさと》、二十九歳。

「バレエダンサーにそんな名の人がいたっけな」

検証があらかた済んだ頃に、丹那《たんな》という中年の刑事が若い同僚をかえりみた。狭い茶店のなかは、まだ鑑識と刑事とでごった返している。

「そうですか」

「カリエスかなんかで現役をしりぞいたんだが、いまは元気な体にもどって、バレエ研究所の校長かなにかになっているはずだ」

「刑事さんのいうことは当たってます」

と、大きなマスクをかけた鑑識係が口をはさんだ。近頃の鑑識課員は白衣をつけない。青い作業衣にルンペン帽みたいなものをかぶっているから、腕章を巻いていないと警察関係者に見えないのである。

「ふくらはぎを見てください。大根足ともちがうが、ぽってりとふくらんでいるでしょう。バレエで鍛えられると、こうなる人が多いのです。間違いなく踊り手ですよ」

「目のつけ所がちがうね。偉いものだ」

「褒められると白状しないわけにはいかないけど、この人の《白鳥の湖》を見たことがあるんです、四、五年前にね。オデットが当たり役で、それは上手なものでした。楚々《そそ》とした淋しさと気品のある雰囲気をただよわせて、この人が出てくると劇場全体がしいんとなったものですよ。それが、あんな悲惨な死に方をするとは想像もしなかった。気の毒ですな」

カメラの邪魔にならぬよう一歩さがりながら、しみじみとした口調で述懐した。

レンズの破片が成瀬千里の靴底につき刺さっていたことから、彼女は猪狩が殺された後の現場に引きずり込まれたことがわかる。さらにまた、猪狩がサンドバッグで殴殺《おうさつ》されたのに対し、千里のほうは途中でバッグが破れてしまったことからみても、猪狩殺しが先であったものと判断されるのだった。とすると、千里は、この池の畔《はとり》を歩いているうちに茶店のなかで争う声を聞き、殺人現場を覗いたところ、それを犯人に知られて殺されたことが想像された。もしそうだとするならば、このバレリーナは全く不運だったということになる。

その日の夕方、司法解剖の結果が監察医務院から発表され、中心問題である兇行時刻は前日の午後二時前後であることがはっきりした。他に関係者の注目をひいたのは、成瀬千里が頭蓋骨陥没の打撃をうけていることだった。即死である。そのあと犯人は激しい勢いで頸を絞めたのだが、これは無駄な労力を費やしたことになる。

本部では、犯人とふたりの被害者のあいだの三角関係が動機ではないかと考えて、双方のつながりを洗ってみたものの、それを肯定する情報は一つもなく、猪狩とバレリーナとは、一面識もない間柄であるとしか思われなかった。やはり当初に考えたように、千里が現場を通りかかって傍杖《そばづえ》を喰ったとみる意見が大勢を占めた。

では、ふたりが植物園へ出かけたのはどんな目的があったからなのか。東中野の、千里のマンションに住み込んでいるメイド代わりの姪《めい》の話によると、彼女は、あたらしい振りつけを考えるには散歩がいちばんいい、といい、しばしば人影のない場所を歩いていたという。だから二十日の日曜日も、その目的で井の頭植物園にやって来たものと思われた。

他方、猪狩のほうは、なにぶんにも未亡人の京子が降ってわいた悲劇に錯乱状態であるため、まだくわしい話を訊《き》くまでには至っていないのだけれども、彼女が洩らした断片的な言葉を綜合《そうごう》すると、昼食をすませた夫は、誰かと会う約束になっているからといい残して家を出ていった。相手の名前はわからないが、そのときの感じでは顔見知りの男性で、それもあまり愉快な目的ではなさそうだった、ということになるのである。

二　水彩画

一

この事件で執拗に容疑者のアリバイと取り組んだのは、丹那刑事であった。世間の人は一般に、刑事というとドタ靴をはき、天気のいい日にも型のくずれたトレンチコートか何かを着用して、胡乱《うろん》な目つきでその辺を嗅《か》ぎまわるような先入主を持っているものだが、これはテレビドラマや映画からうけた誤った印象なのだ。特に近頃の刑事には、なかなか凝った身嗜《だしな》みのものが少なくない。趣味も非常に洗練されている。

しかし、丹那は、その点からすると一世代前の刑事ということになる。彼は、見栄《みば》えのしない、どちらかというと貧相なタイプの男だった。だから丹那が最新流行の服をつくらせて着ても、既製服か、わるくすると古着を着ているようにしか見えないのだった。だが、村夫子《そんぷうし》然《ぜん》とした冴えない容貌も、ときには役立つことがある。これが優秀な刑事だとは誰も思わないから、相手もつい気をゆるして、喋らなくてもいいことまでぺらぺら喋ってしまったりする。

三鷹《みたか》署で第一回目の捜査会議がひらかれた後、丹那は本部を出て、猪狩の同僚である平林義猛《よしたけ》を自由ヶ丘の独身寮にたずねた。被害者と平林とは、ともにオメガ音響の技術研究所に勤務する技術者で、目下はあたらしいカートリッジの開発を担当している。細君をのぞけば、猪狩ともっとも接触の多いのが、研究所で机をならべている平林なのであった。

夕食の最中にぶつかったものだから、丹那は、それがすむまで彼の部屋で待たなくてはならなかった。洋風の個室は、平林の性格をあらわすようによく整頓され、書棚の上には飴色《あめいろ》をしたヴァイオリンと調子笛がのせてある。壁にも音楽家みたいな線のほそい男のポートレイトが飾ってあるのを見て、丹那は、平林が音楽好きであることを知った。特にクラシックファンと称する連中のなかには鼻持ちならぬ気障《きざ》なやつがいるものだが、平林もそうした男なのだろうか。

「や、お待たせしました」

声をかけて平林が入ってきた。ずんぐりとした体つきの、刑事の予想を裏切って、見るからに気さくそうな三十年輩の男だが、すでに猪狩の死は知っているので、暗い表情だった。暖房がきいているせいか、薄手の真っ赤なセーターを着ていた。

「なにかお訊きになりたいことがおありだとか……」

「猪狩さんのことですが」

こうした場合の丹那はいつもそうなのだが、うまい言葉が思いつけずに、ぎごちない話し方になってしまう。

「まだ、奥さんはショックから回復されておりませんのでね、ご迷惑でしょうが、いちばん親しいというあなたにお訊ねしたいのです」

技師は、そそくさとした動作でタバコをくわえ、二、三度マッチをすって火をつけた。丹那は、相手が煙を吐きだすのを待ってから言葉をつづけた。

「奥さんの話では、猪狩さんは、誰かと会うために植物園へ行かれたというのですが、口振りから、相手はどうも研究所の同僚ではないかと思われるのです。なにか心当たりはありませんか？」

平林は、思い当たることがあるように頷いた。

「猪狩君のことをお話しする前に、うちの研究所内の仕事内容をちょっとご説明しましょう。そのほうが、事情がのみ込みやすくなりますから」

技師は、刑事にイスをすすめた。

「わたしどもの研究所では、光電管によるカートリッジの開発をやっています。ご存知とは思いますけど、ＬＰレコードから音をとりだすための宝石針がついている部分、あれがカートリッジです。従来はコイルに振動をつたえるムービングコイル式と、マグネットに振動をつたえるムービングマグネット式が代表的な仕組でした。わたしどもが研究している光電管によるものは、針先の動きを光の強弱に変えて発振しようというのが根本原理でして、理論は戦前からわかっておりましたが、試作にとりかかったのは、ごく最近のことなのです。目下のところは、東芝とトリオと北海電機、それにわが社の計四つの会社が試作品を発表しています」

先方は、できるだけ嚙《か》んで砕いたように説明しているらしいのだが、音楽に興味のない丹那は、また、レコードやステレオ装置にも関心がなかった。話の大半が理解できない。

「ムービングコイル式にも、ムービングマグネット式にも、静電型にも圧電型にもそれぞれ欠点があるように、光電管式にもやはりウィークポイントがありまして、ユーザーの不満をかっているのです」

技師は、理解しやすいように、ときどき言葉を切っては相手の反応をみた。

「この光電管式というのは、従来のMM式あるいはMC式のように針先の振動をじかに伝えるのではなくて、針先に光をあてて振動によって生じる変化を小さなスリットを通して光の量に変える、そいつを光電管にあてて発振するわけですから、仕事が間接的になるわけで、このインダイレクトな発振が、うちの製品の唯一のデメリットとされております。この点についてもう少しくわしく説明をしますと……」

やさしい言い方を工夫するように、技師は、ちょっと沈黙してタバコをふかしていた。

「ほかの方式によるカートリッジには不必要なことですが、光電管式の場合では、電流を増幅するためのアダプターが不可欠のものになります。ところが、これが高価でして、まず二、三万、なかには三万五千ぐらいするものもあるのですよ。大きさも長さ十五センチほどありますから、邪魔にならないといっては嘘になります。で、これを小型にして、同時にコストダウンをしようというのがうちの研究所の大きな命題でした。この夏頃に、ようやく満足すべき開発に成功したのです」

「なるほど」

「ところが、驚いたことに、ライバル会社の北海電機が発表した試作品に、うちとそっくり同じ方法が用いられているのです」

「情報洩れですか」

「はあ。まあ、好意的に解釈すれば、偶然の一致だというふうにも思えぬことはありません。われわれとしましても、同僚のなかにスパイがいるとは思いたくありませんので、無理にも偶然説を信じたのです。もっとも、わが班の研究はかなりの独創性がまじっておりますから、本当のことを申しますと、偶然の一致という確率はきわめて低いものでした。十名の班員のなかで、偶然説を信じるような好人物は、まず、いなかっただろうと思いますね。みながみな、内心では、仲間のうち誰かが産業スパイを働いたのだと考えていたようでした」

「なるほど」

「本社のほうでもことの重大性にかんがみ、探偵社に調査を依頼したのですが、その結果、さらに驚いたことには、わたしどもの班で研究をつづけていたもう一つの極秘事項が、やっぱり向こうの手にわたっているというのです。いままでの光電管によるカートリッジは、先端に蟬《せみ》の羽根みたいなシャドウマスクがありまして、それで振動を光に変えていたのですが、わたしどもは、カンチレバー自体の振動で光を調整する方法を考えました」

「なんですか、そのカンチレバーというのは？」

と、丹那は、口をはさんだ。たまには質問をはさまないと格好がつかない。

「カートリッジの下部にあって、先端のほうへのびている細くて小さな棒です。その先にダイヤモンドの針がついているのです。で、シャドウマスクによるよりも、いま申したレバーを振動させるほうが抵抗が少なくてすみますし、目方もかるくなるというメリットがあります。盗まれたのは、これについての研究結果だったのですよ」

要するに、小説なんかでしばしば描かれている産業スパイってやつなんだな、と丹那は頷いた。抜いたり抜かれたりするのが産業界だというから、オメガ音響のほうでも盗むことがあるんじゃないのかな。

「こうなるともう、偶然の一致なんてのんびりしたことはいえません。研究所のなかの、それもわが班のなかにスパイがいるに違いない。われわれは、そういう結論に達しました。しかし、それが誰であるかはわからずにいたのです。ところが、つい二、三日前のこと、猪狩君が八王子のキャバレーで、意外な場面を目撃したというのです」

喋りつづけているものだから、タバコはなかば灰になってしまった。技師は、あたらしい一本に火をつけ、たてつづけにふかしていたが、たかまった感情を押ししずめるとふたたび言葉をつづけて、猪狩から聞かされた八王子のキャバレーの一件を語った。メモをとる丹那の手は休みなく動きつづけた。

「すると、仮りにその人物をAとして、Aの相手の男は、北海電機の社員だったのですか？」

「いえ、そこまでは教えてくれなかったそうです。あまり突っ込んで妙な目でみられても困りますからね」

「それもそうですな」

「そこでホステスに、いまの話は忘れてくれといってチップをわたすと、Aがまだ気づかぬのを幸いに店を出てきたのですが、しかし、これだけのことで同人が産業スパイであると決めつけるわけにはいきません。相手の男というのもですね、猪狩君とその連れが同期生であるように、大学時代の友人かもしれない。電気を専攻したクラスメイトがライバル会社に入社することはしばしばあるケースですから、猪狩君がそう考えたのも無理のないことなのです。まあそんなわけで、所長の耳には入れずに、ちかぢかおりをみて事情を訊いてみるつもりだと、そういっておりました。なにしろ微妙な問題ですからね、もし勘違いだとしたら、そして、それが周囲のものの耳に入るなり、人目にふれるなりしたらまずいことになります。だから猪狩君は、誰にも見られぬところで会うことにしていたのです」

「それは当然のことですな」

丹那はそう答え、心のなかでは、それにしても、もっと適当な場所をえらべばよかったのに、と残念がっていた。冬の植物園ではあまり人目がなさすぎる。

「で、A君の正体が誰であるかは、いわなかったのですか？」

「ええ」

と、平林は唇を噛んだ。

「猪狩君は、もっぱら『あの男』という言い方をしていました。それが誰のことなのか訊いておけばよかったのですが……」

「いや、猪狩さんは慎重な性格のようですから、訊いても喋らなかったでしょうな」

丹那はそういって、相手をなぐさめた。研究所員全員の写真を持ってキャバレーに行けば、ホステスが教えてくれるに決まっているのだ。そう悲観したものでもないのである。

二

当人の出身大学に問い合わせて八王子の地主の倅《せがれ》の名をつかみ、彼に電話をしてキャバレーの所在を訊き、丹那が中央線の八王子駅に降りたのは、事件が発生して三日目の夜であった。

『ピンクネグリジェ』という、いかにも場末《ばすえ》の店にふさわしい名のキャバレーは、国鉄の八王子駅から京王電車の八王子駅へ通じる国道の中間に、ボーリング場と向かい合わせに立っていた。桃色の、西洋寝巻を着た美女のネオンがかがやいており、それを見上げた丹那は、根が堅物《かたぶつ》な男であるだけに、その煽情的《せんじょうてき》なポーズに圧倒されてわれ知らず顔を赤らめた。

裏口に近い支配人室に通された丹那は、色の白い、そのせいかヒゲの剃り跡の蒼々《あおあお》とした、小粋《こいき》なマネジャーと対座していた。

「刑事さんがおっしゃるのは、久子《ひさこ》という女の子でしょうな。お気に入りで、来るたびに指名されておりましたから。しかし、生憎《あいにく》なことに、急に郷里へ帰ってしまいましてね」

気の毒そうにいった。ホールのほうから、聞き覚えのあるダンス音楽がひびいてくる。丹那は、薄い眉をそっとしかめた。彼は、ダンスが大嫌いなのだ。男女が、人前で公然と相擁《あいよう》して踊るなんてもっての他のことだと思っている。その点、ゴーゴーは離れて腰をふっているからまだしも健全だ。

「クリスマスの書き入れ時だというのに、売れっ子に欠勤されてわたしも困っているのですが、子供が重病だといわれれば帰さぬわけにはいきませんしね」

「子供というと……？」

「捨てられた男の赤ン坊ですよ。郷里の両親にあずけてあるんです。しかしね、そんな薄情なやつの血をひいた子は、成人すると同じように薄情な男になります。モーパッサンに、なにかそんな筋書の小説があったじゃあないですか。冷たいようですが、チャコのために、わたしは、そのてなし子は死んでくれたほうがいいと思っているのです。年をとってから泣かされるのは彼女のほうですからね」

若いくせにこのマネジャーは、年寄りみたいに分別くさい口調でいった。

「そうかもしれない。……で、どこですか、郷里は？」

「岡山県の下津井《しもつい》なんですよ」

マネジャーは、また、気の毒そうに丹那の顔を見た。山梨県あたりなら簡単に行ってくることができるけど、岡山県というのは少し遠すぎる。

丹那は気をかえて、オーバーのポケットから写真をとりだした。研究所の全員に呼びかけ、提供してもらったものだった。なかには、お見合い用のおつに気取った半身像もまじっている。

「どれがその男か、ちょっと見てくれませんか」

「いえ、それは駄目です。わたしは、この部屋に坐ったきりで、お客さんと接触することはないのですから」

「では、ホステスの誰かを呼んでもらえませんか。その男のテーブルにいたホステスです」

「承知しました。浪子《なみこ》という女ですが、すぐ呼びます。しかし、ちょっと時間がかかるかもしれませんですよ。こうした商売では、マネジャーに呼ばれたからといってすぐに席から離れるわけにはいかないのです。お客さんが気をわるくしないように、何気なく、そっと立たなくてはなりませんから」

ドアを開けてボーイに声をかけ、刑事の意向を伝えてくれた。

「すみませんな、どうも」

「いえ。アルコールはいかがです？」

「酒は結構ですから、水をくれんですか。毎食後に薬をのまなくちゃならんのですが、つい忘れてしまってね」

憮然《ぶぜん》とした表情になって頼んだ。秋の集団検診で肝臓の気があることがわかって以来、酒を呑むかわりに錠剤をのむよう命じられているのだった。

そろそろ五分が過ぎようとした頃に、ぽってりとした肉づきのいいホステスが入ってきた。無愛想なふくれっ面をして写真を受け取り、一瞥《いちべつ》したかと思うとすぐに首を横にふり、にべもない口調で答えた。

「わからないわよ。黒のサングラスをはずしたことがないんだもの、わかる筈がないじゃないのさ」

「齢《とし》はいくつぐらいだった？」

「そんなに若くはないわね。三十代から四十代だわ」

猪狩班の大半が三十から四十代なのである。丹那はかすかに眉をよせた。

「服装はどうでした？」

「黒っぽい背広よ。べつにどうってこともない服だったわ」

「では、言葉に訛《なまり》や変わったアクセントはなかったですか？」

「べつに」

浪子は、水商売のくせに愛嬌にとぼしい女だった。こんな女によくホステス稼業がつとまるものだと思う。

「髪の特徴はどう？　つまり、白髪が多かったとか、禿げ上がっていたとか……」

「そんなこと参考にならないわよ。近頃は、若い人でもカツラをかぶったり、ヒゲをくっつけたりしているんだもの」

丹那は腹が立ってきた。下手《したで》にでればいい気になりやがって。もう少し素直な返事をしたらどうだ。

「身長はどうかね？」

「中肉中背よ。特徴のないことが特徴みたいなもんね」

浪子は、鼻がつまったような声をだした。少し酔っているとみえて、頬がかすかに赤味を帯び、原色のドレスの下で大きな胸乳がなやましそうに息づいていた。

「もう一つだけ答えてくれないか。ふたりの客のどっちでもいいんだけど、名前はわかっていないかね？」

「知らないわ。いくら仲好しだって、お互いにプライドってものがあるじゃない？　だから、チャコのお客さんのことをあれこれ訊いたりはしなかったのよ。もの欲しそうでみっともないからね」

チャコは、久子の愛称らしかった。久子がなぜチャコになるのか知らないが、男の人相が判明しないことには、八王子くんだりまでやって来た甲斐《かい》がないのだ。

すると、丹那のがっかりした顔をみて憐憫《れんびん》の情にかられたのか、むっちりとしたホステスが、内緒話でもするように声をひそめた。

「知りたければチャコに訊くことね。あの人、ときどきホテルにしけ込んでいたらしいもの。いくらなんでも、寝るときぐらいサングラスをはずすわよ」

「どっちの男と？」

「どっちって、両方よ。チャコは、博愛主義者なんだから」

親友だといっても、そこは女だ。なにか機会があれば、仲間の悪口をいいたくてうずうずしている。丹那はなんとしても岡山県まで行かねばならなくなった。

三

始発の新幹線で新大阪に着き、山陽本線に乗りかえて岡山まで。ここで宇野《うの》線に乗りかえて途中の茶屋町《ちゃやまち》駅で下車、さらに私鉄の下津井鉄道の小さな車両にゆられて海沿いにいくつかの町を走りぬけると、終点が下津井駅であった。漁港だというから喧騒《けんそう》な町を想像してきたのだが、駅も駅前広場もひっそりとしている。丹那は、駅員に教えられた漁港にぬける狭い通りを歩いていった。東京の家を夜の明けぬうちに出たのに、早くも午後の一時を過ぎていた。が、そのわりに遠くまで来たという感慨がわかないのは、新幹線が距離をちぢめてしまったからだろう。

湯浅《ゆあさ》久子の家は、漁師町の中程の、通りに面した軒《のき》のひくい建物であった。大きな窓一面に細い格子を打ちつけたところは、昔の遊女屋かなにかを連想させる。しかし、それは久子の家に限られたものではなく、この地方では、これが民家の造りであるらしかった。

東京からやってきた刑事だと聞くと、久子はいぶかるような、それでいて懐かしむような顔をして丹那を迎えた。いまは化粧をおとしているが、白粉《おしろい》をつけて紅をはけば、派手な顔立ちの美人になるに違いなかった。これだけの器量の持主なら、いずれは素封家《そほうか》の息子に所望《しょもう》されて玉《たま》の輿《こし》にのれただろうに、なぜ東京へ出てきてホステスなんかになったのか。そうしたことを思いながら、しげしげと相手を見つめた。

「子供さんの病気はいかがです？」

「持ち直しました。でも、簡単にはなおらないらしいんです。あたし、もう、東京へ帰ることは止《や》めにしました。家にいて、子供や両親といっしょに暮らします」

「それはいい考えだ」

丹那は一も二もなく賛成し、しかし、このことを知ったら、あのマネジャーはさぞがっかりするだろうな、と思った。

子供が眠ったばかりだから外で話を聞こう、久子はそういうと、古いつんつるてんのオーバーを引っかけ、塗りの剝《は》げたサンダルをはいた。刑事とホステスは肩をならべ、暖かい陽差しを浴びながらゆっくり漁港のほうへと向かった。

オーバーが重たく感じられてきた。コンクリートの岸壁の上まで来たときに、久子はようやく立ち止まった。傍にロープでつなぎ合わされた蛸壺《たこつぼ》がうず高く積まれてあり、彼女の足元には一匹の干《ひ》からびた小蛸が死んでいた。なまぬるい海風が、久子のちぢくれた髪をなぶって吹きすぎていった。

頃合を見て写真をとりだすと、女は迷いもせずにそのなかの一枚を指摘した。

「間違いあらへんわ」

丹那に対する警戒がとけたせいか、久子は、いつの間にか関西弁になっていた。郷里に帰った彼女には、苦労して標準語をあやつる必要はないのだ。

丹那は掌に手帳をひろげ、そこにしるされた名前と照合して、写真の男が竹岡《たけおか》太郎《たろう》であることを確認した。手札の竹岡は、武者絵のように濃い眉がぴんと跳ね上がり、目もそれにふさわしく切れ長で、きりりと吊《つ》っていた。が、眉と目とをサングラスで蔽《おお》ってしまうと、ごくありふれた平凡な顔になる。客商売のホステスたちが、口をそろえて特徴のない容貌だといっていたのももっともなことであった。

竹岡太郎は、三十五歳になる。猪狩よりも二、三年はやく入社していながら、これといった研究成果をあげていないためか、ヒラの社員だ。地位は下だし、能率本位のこの会社のシステムから考えれば、給料の点でも差がついているだろう。彼が、内心大いに不満だったことは想像に難《かた》くない。ライバル会社の北海電機がこうした立場の男に目をつけ、不平をあおり立てるのは当然のことだった。

「店に来るようになったのはいつ頃から？」

「そうやわね、半年ばかり前やったわ。うちと初めて交渉を持ったのがクーラーが入っている時分やから、暑いときやったのは確かやわ」

「しょっちゅう来たのかね？」

「十日にいっぺんぐらいよ」

「どんな話をしていた？」

「キャバレーに来て固い話をするお客さんなんてあらへんわ。この人かておなじや。世間話したり、女の話したり、喰べ物の話したり。ときには、電気に関係のあることも喋ってたけど……」

丹那は、ふたりの男がどんな間柄であるかをつかまなくてはならない。気の合った同士で呑みにきたのか、久子という美人のホステスを張り合っていたのか、それとも産業スパイとしての情報を伝達するためなのか、後ろ暗いことがないならば猪狩をおそれる必要はないのだし、詰問《きつもん》され、追及されたら堂々と釈明すればいいのだ。それが殺人にまでエスカレートする筈はないのである。丹那としては、ここで是《ぜ》が非《ひ》でも彼等の関係をはっきりとさせたかった。

「きみぐらいのベテランになると」

と、丹那は、猫なで声で精一杯のお世辞をつかった。

「男性を見る目は肥えているに違いないと思うんだが、あのふたりはどんな仲だと睨んだかね？」

「どんな仲って……？」

「例えばさ、親友同士だとか、一方が業者で、お顧客《とくい》さんを招待しているんだとか、いろいろあるだろ」

「うち、水商売をつづける気イないからいってもかまへんけど、竹岡さんは会社の情報を売っていたんや」

「まさか……」

丹那は信じられぬという表情をつくり、大袈裟に目をまるくしてみせた。

「会社の情報をねえ……。ほんとかね？」

「嘘ついたかて、一文の儲《もう》けにもならへんわ。ほんまだっせ。酔った竹岡さんとモーテルへ行ったときのことやけど、あの人は、べろべろになると前後のみさかいなくなるのやな。報酬の値上げを要求したらいい顔されなかったいうて、えろう荒れましたんや。そのとき、ちょろり喋ってしもて。しかし、うちにとってはどっちも上客や、そんなこと耳に入れてふたりの仲がわるくなるとうちの収入にさしさわりますやろ。そやから、なにも聞かなかったふりをしてましてん」

「そうだ、賢明なやり方ですよ」

おだてるようにいい、なんとかもっと喋らせようとしたが、彼女の知っているのはその程度のことでしかなかった。あとは何を訊かれても「うち知らんわ、うち知らへんわ」と繰り返すのみであった。だが、スパイの正体が明らかになっただけでも大きな収穫なのだ。

「どうもありがとう。たいへん参考になった。余計なことだけど、ほこりっぽい東京なんかに戻るのは止したほうがいいと思うな。ここにはおいしい空気がある」

そういって、初めて気づいたように、丹那は胸をふくらませると、オゾンを思う存分に吸い込んだ。

「うちもそうする」

久子は大きくうなずき、足元の蛸をサンダルの先で蹴った。干物の蛸は波の上に舞い上がると、風に乗って大きくカーヴをえがき、ゆっくりと海に落ちていった。

四

終列車で帰京した刑事は、翌日の夜になるのを待ってから、川崎市の西のはずれにある百合《ゆり》ヶ丘《おか》の団地に竹岡をたずねた。何年か前に細君と離別して以来、後添いをめとらずに、ずっと独身生活をつづけている。その夜も、ドアのブザーを押すと当人が出てきた。

「ご苦労さんです」

「時間はとらせません」

「ストッキングが兇器だそうですが、出所はわかりましたか?」

丹那は一歩入口に入ると、背後で鉄の扉をとじた。これからはじまる質疑応答が隣近所へ聞こえぬための配慮であった。

竹岡は、独身生活をたのしんでいるようにみえた。落ち着いた渋好みのガウンを着、ダイニングキッチンのイスにかけて、テレビを見ていたところだった。卓上にブランデーグラスがおいてあり、芳香が部屋いっぱいにひろがっている。

「呑みませんか」

「いや、結構。ストッキングは、別の班が洗っていますが、なに、間もなくわかるでしょう」

丹那は、オーバーをたたんで傍のイスにおいた。竹岡の目にちょっと妙な表情が動いたが、すぐにもとの如才《じょさい》ない態度に戻ると、大きなグラスの底に琥珀《こはく》色の液をそそいだ。

「勤務中なことは知っていますが」

笑いながらグラスを刑事の前においた。笑うと吊り上がった目が意外なほど柔和になる。

「ところで、ご用は?」

「二十日の午後の、あなたの行動をお訊きしたいのです。手っ取りばやくいえば、アリバイの有無についてですが」

イスにかけようとしてふと気づいたように、手をのばしてテレビを消した。

「いやだな、刑事さん。ぼくが怪しいのですか?」

「猪狩さんが会いにいった相手はあなただからです。八王子のキャバレーのことも調査済みなのですよ」

「どうも刑事さんのいわれることがのみ込めませんな。キャバレーというのは『ピンクネグリジェ』のことだと思いますが、ぼくの好みに合った女がいるので、ときどき呑みにいきます。清純で聡明な女性にひかれると同時に、爛熟《らんじゅく》した女も好きでしてね」

おどけた口調がまじっている。狼狽《ろうばい》するどころか、反対に落ち着きはらっているのだった。

「とにかく、二十日の行動を聞かせてください。もちろん、いやならお話しにならなくてもいいですがね」

「いやだなんていいませんよ。それよりも、納得がいくまで徹底的に調べていただきたいのです。痛くない腹をさぐられるのはいやなもんですから」

吊った目が笑いかけると、それが皮肉や厭味《いやみ》には聞こえない。丹那は一つ頷いて、グラスを掌でつつんだ。

「猪狩君が、重要なことで話がある、会ってくれないかと頼んできたのは事実です。それは否定しません。日曜日は暇だろうかと訊くので、なんとか時間を都合しようと答えました。猪狩君が、銀座のバーの雇われマダムと深い関係にあって、奥さんも愛しているが、さりとてマダムと手を切ることもできないというわけで悩んでいたことは、ぼくも噂に聞いて知っていました。だから、そのことについて知恵を借りたいのだろう。ぼくはそう解釈をして、頼まれたからには友達甲斐にひと肌ぬごうと、考えていたのですよ」

言葉を切ると部屋のなかが急にしずかになり、ガスストーヴの音が大きく聞こえてきた。竹岡は、ことりとグラスをテーブルにのせた。

「それが木曜日のことなのですが、一日おいた土曜日にまたぼくの机までやって来ますと、勝手なことばかりいってすまないけど、会談をもう二、三日延ばしてもらうわけにはいかないかというのですな。ぼくとしては、日曜日をレクリエーションに使いたいところですから、いやなわけがありません。そこで、来週の木曜日あたりに、というのは今週の木曜日のことですけど、会うことになったのです」

丹那もグラスを手からはなした。

「でも猪狩さんが井の頭植物園で殺されたことは聞いているでしょう?」

「それはおっしゃるまでもないですよ。研究所のなかが引っくり返るような騒ぎですから」

「それなら、約束を取り消した猪狩さんが、その当日なぜ現場へ行ったのか、不審に思わなかったのですか」

丹那の追及をうけたこの技師は、一瞬とまどったように、激しくまばたきをした。

「あなたは誤解していらっしゃる。猪狩がぼくに会おうといった場所は、新宿のステーションビルですよ。あそこの十二階にしずかなコーヒールームがある。そこに来てくれないかといったのです。彼がぼくとの約束を取り消しておきながら、あんな処で誰と会ったのか。ぼくが不審に思ったのはそのことですがね」

不快そうにいい、自分でもそれに気がついたとみえて、すぐにもとのような柔和な目にもどった。

「話は二十日という日のぼくの行動になりますが、あの壁をご覧になってもわかるように、ぼくはこれでも日曜画家でしてね、気がむくと写生をしに出かけるのです。で、二十日も朝からスケッチに行きましたよ」

壁には海と静物を描いた油絵が二点と、夏山の水彩画がかざってあった。くっきりと湧き上がった入道雲の下の峰は、槍《やり》か穂高《ほたか》でもあるのだろう。丹那には絵のことはよくわからないが、おれより巧《うま》いことは確かだ、と思った。彼は目を竹岡にむけた。

「何処《どこ》へ？」

「三河田原《みかわたはら》です」

丹那は、薄い眉の根をよせた。三河というからには愛知県であることはわかる。が、それ以上の見当はつかないのだ。

「豊橋《とよはし》駅で私鉄の豊橋鉄道に乗り換えるのです。その終点が三河田原です」

「なぜまた、そんな土地へ行ったのですか？」

「そんな土地とおっしゃるけども」

彼は白い歯をみせ、目をいっそうなごませた。これが会社を裏切って情報を横流しするような怪しからん男だとは容易に信じられない。いや、同僚を殺し、その場を通りかかったというだけの理由でバレリーナを殺した兇悪な男であるとは、どうしても思えないのである。

「刑事さんが考えていられるほど突飛な場所ではないのですがね。例の渡辺崋山《わたなべかざん》、あの人の仕えてたのが田原藩なのですよ。その後、小さなお城が復興されたと聞いてたもので、ぜひスケッチしてみたいと思っていたのですが、急に体があいたものですからいそいそと出かけたわけです。それに、そこから一時間ばかりバスに乗れば、伊良湖岬《いらこざき》です。黒潮の影響で真冬でも温暖な気候なのです、あのあたりは」

「伊良湖岬の名は聞いていますがね」

丹那も、この岬の地名だけは知っていた。暇があれば訪れたいと思うけれど、刑事の体があくのは停年退職をむかえたときのことなのだ。

「さて、二十日のことになりますが、あの日は、いまお話しした豊橋鉄道で三河田原まで行って、城趾《じょうし》で写生をしました。ですから、井の頭なんかへ現われたわけがないですよ」

彼は機嫌よさそうにくすくすと笑い、立ち上がってつぎの部屋に入っていったかと思うと、すぐに大型のスケッチブックを抱えて戻ってきた。竹岡はまだ笑いつづけていた。

「これですよ。あまり気に入った絵ではないのですが」

古城には、それぞれ歴史を秘めたおもむきがある。だが、最近復興した城は見物人からゼニをふんだくろうとする意図がみえすいていて、漆喰《しっくい》の壁の色までがなんとも不快に見えるものだ。つねづね、丹那はそう考えていた。しかし、これがアリバイに関係のある絵だということになると、そうした偏見を捨てて、熱心に見ぬわけにはいかない。

城は、画面の左手のやや奥まったところに建っている。小藩だから、建物もそれにふさわしく小柄だ。その手前の堀に一面に生い茂っているのは、枯れた芦《あし》でもあるのだろうか。城の壁と左端に立っているコンクリートの電柱とを除くと、一切のものが茶系統の絵具で塗られてある。そこから冬のわびしさが滲《にじ》みでているように思えた。

「絵のことはわからないが」

と、丹那は正直にいった。彼が好きなのは豆盆栽なのであった。

「絵心があるというのは楽しいでしょうな。わたしなんぞは、小学生の頃から無器用だった」

「最初に油絵の道具をそろえてしまうんですよ。そうすると、いやでも描かざるを得なくなるし、そのうちにはなんとか格好のつく絵が描けるようになってくるものです。それはともかく、ぼくは、このとおり田原にいたのですから、丼の頭なんかに現われる筈がないでしょう」

「その話をもっと精《くわ》しく」

と、丹那はテーブルに手帳をひろげて、話の先をうながした。

「精しく喋れといわれても、ただそれだけの話ですよ。夕方になったので伊良湖岬に泊まろうとして電話をかけたら、満員だと断わられてしまった。畜生と思いましたが、部屋がなくては仕方ない。そこで、田原の宿屋に一泊して、翌《あく》る日いっぱい伊良湖岬を歩いて帰りました。まず、そんなところですね」

「翌日のことはどうでもいいんだが、問題は、猪狩さんたちが殺された午後二時という時刻にどこにいたか、ですよ」

「ですからスケッチをしていたんです」

「証人はいますか?」

「それが、ちょっと心細いのですよ。ぼくは素人ですから、写生しているところを後ろから覗かれるのが嫌いでしてね。恥ずかしくてかなわないのです。だから、あの日も藪《やぶ》のなかで描いていました。ちょっと奥まった場所ですからね、わざわざ覗きにくる物好きもいません」

「それは困ったな」

「いえ、困ることはないです。先刻もいったように、アリバイはあるのですから。スケッチしているうちに腹がへってきましてね、バス通りまで戻ると、食堂でおそい昼めしを喰いました。いくら渥美《あつみ》半島が温かいとはいっても、ながいこと写生をしていれば体が冷えてしまいます。食事がすんだ後もストーヴから離れられなくなって、しばらくのあいだ店の人と雑談をしました」

食堂にいたのは、午後一時から一時半にかけての三十分間だという。もし彼のいうことが事実であるならば、いかに容疑が濃くても犯人たり得ない。仮りにスポーツカーをとばしたとしても、犯行時刻の二時には豊橋市内まで戻るのがやっとである。

「それから城趾へ戻って写生をつづけたわけです。これでも、色を塗るときは多少の苦心はしますからね。つい時間がたってしまって、ふと気がつくと日が暮れかけていました。そこで、いまもお話ししたとおり旅館に泊まったのです。刑事さん、調べるなら早くやっていただきたいですな。日がたつにつれて彼等の記憶がうすれてしまいますから。そのときは、ぼくも勤めを休んでごいっしょします。写真なんかみせたのでは埒《らち》があきません。やはり当人が行かないとね」

竹岡は、丹那が意外に思うほど積極的であった。

三　城のある町で

一

翌る土曜日、新幹線で三河田原へ向かった。自由席だが、旅行シーズンをはずれているせいか三割が空席である。ふたりは左側の窓際に坐って窓からさし込む冬の陽をあびていた。ともすれば緊張しがちな神経を、そのぬくぬくとした温かみが解きほぐしてくれるようだった。事実、竹岡は、遠足に来た小学一年生みたいにうきうきしている。

「豊橋に着いたら菜《な》めしを喰いませんか。徳川時代からつづいた老舗《しにせ》なんです。田楽《でんがく》がつきますが、なかなかおつなものですよ」

丹那が、売りにきたサンドイッチを買おうとすると、その手を押えて、そう提案した。いま腹をふくらませると、昼食がまずくなるというのである。

「わたしは、旅に出ると腹がへるたちでね」

と、丹那は、通り過ぎた売り子の背中を未練がましい目つきで見送った。

「菜めしもいいけど、それよか、あなたがサービスランチを喰ったというレストランに入ってみようじゃないですか」

「そうですな、この列車が豊橋に着くのは十一時過ぎですから、その足で三河田原へ向かえば、サービスタイムに充分間にあいます」

竹岡は、吊り気味の目に笑いをうかべると、刑事の説に同調した。新幹線は国鉄が宣伝するとおりのビジネス特急であった。故意にそうしたわけでもないだろうが、窓から眺める風景は東海道本線に比べるとずっと劣っていた。

「ねえ、刑事さん」

と、竹岡が肘にさわった。彼も窓の外には関心がないらしかった。

「新幹線はべつとして、一般の車両についている『便所使用お知らせ灯』というのはどうにかならないもんですかね。不粋《ぶすい》で、即物的で、官僚がやりそうなことですが……」

トイレットがふさがっている場合は、それを乗客に示すために、客席に面した壁に白っぽい灯りがつくようになっている。彼が話題にしたのはそのことだった。

「そうですな。国鉄には、トイレット部長とかいうのがいるんだからな」

「少しセンスのある乗客は、あれを見るとすっきりしないものを感じると思うのですよ」

「そういえば、こんな話がある」

丹那は、なにかを思い出したように目をなごませた。

「ある有名な国文学者と、これも名を知られた随筆家とが、たまたま列車の上で顔を合わせて、いま、あなたが指摘したようなことが問題になったのだそうです。すると、随筆家が、顎《あご》のあたりをひと撫でしてから、『トイレッ灯《とう》』てえのはどんなもんでしょうなといったという……」

「トイレッ灯ですか。なるほど、これはいい。これは傑作ですよ。粋だな。その随筆家という方は粋人でしょう？　きっとそうだ」

竹岡は、たちまち上機嫌になって膝を叩き、くすくす笑いながら途切れとぎれにいった。どう見てもそれは心にやましいものを持った男の態度ではない。潔白で、しかも自分には否定できぬアリバイのある男でなくては、こうもフランクに振舞うことはできぬ筈である。胸中そうしたことを考えながら、丹那は、この容疑者の横顔をそっとうかがった。

豊橋着が十一時半。駅を出てから、すぐ右手にある豊橋鉄道の新豊橋駅へ向かった。この私鉄の駅は、近代的で、明るい駅前広場の片隅に、うす汚れた身をはじらうように小さくして立っていた。

「伊良湖岬行の急行バスもあるんです。こいつは田原町までノンストップで早いのですが、発車時刻までちょっと待たなくてはならない。電車のほうがいいと思いますが……」

「早いほうがいいです」

この小都市では、路面電車が大手を振って走っている。それに気をとられていたので、丹那の返事はうわの空であった。

「なつかしい眺めですな」

と、竹岡も調子をあわせた。

「いずれ近い将来に、あれも邪魔物あつかいされて撤去されてしまうでしょうよ」

「いずれね。しかし、豊橋程度の都会では、路面電車が格好の市民の足だと思うがな」

「市当局にも見栄があるんじゃないですか。近代都市らしく見せるには、チンチン電車をとっぱずすのがいちばん手っ取り早いし……」

このときも、彼は、自分が容疑者であることを少しも意識していないように、のんびりとした顔つきであたりを見回していた。

三河田原行の電車は、二両連結のクリーム色に赤い線の入ったツートーンカラーだった。これでも朝夕は混雑するのだろうが、日中のせいか乗客の数も少なく、その大半は駅前のデパートまで買い物に来た子供づれの主婦と若い女性で、手にそれらしき包みを抱えていた。

丹那は、沿線風景に目を子供のようにかがやかせていた。三河田原という町には、おそらく二度と来ることはあるまい。このチャンスに思う存分眺めておこうと思った。電車は、二駅ほどで市内から脱けでると、そのあとは、丘と林と広大な畑のなかを走りつづけた。竹岡は目をつぶり、車体の動揺に身をまかせている。ときどき、瞼がぴくりと動くことから、内心かなり緊張していることが知れた。この男はいよいよ正念場に立たされるのだ、そういつまでも平静をよそおってはいられまい。心のなかでにやりとすると、丹那はさり気なくふたたび窓外に目を移した。

　三十五分かかって三河田原に着いたときには、客の数は二十人ほどに減っていた。ふたりは、トップに立って木の改札口をぬけた。

　待合室には、これも木製の古ぼけたベンチが二脚ばかりおいてあり、その左手には真鍮《しんちゅう》の柵《さく》をはめ込んだ出札口の窓口が三つ並んでいる。すべてが、大正時代の国鉄の田舎駅に似ていて、丹那は汽車通学をしていた中学生の頃を思い出した。

　駅前は広場というほどのものではなく、長方形の空地とでも呼んだほうが適切だった。空地をぬけると、正面に駅前通りがのびている。旅行者相手の飲食店や古びた構えの旅籠《はたご》屋などが並び、素朴《そぼく》な駅に似つかわしい素朴な町なみであった。降車客の大半は、この通りを歩いていく。竹岡もまた勝手知った顔つきで、ゆっくりと後につづいていった。

　二百メートルばかり先で国道にぶち当たった。右は豊橋、左は伊良湖岬にいたる国道で、申しわけ程度の狭い歩道がついている。

「刑事さんは、『鷹《たか》一つ見つけて嬉《うれ》し伊良湖岬』という句をご存知ですか?」

「知らないな。いま、初めて聞いた」

「芭蕉《ばしょう》がひとりの弟子を供にして伊良湖岬へ向かったときの作です。彼が歩いた道がこの国道ですが、鷹の飛んでいるのを見て嬉しがっているのですから、いかに淋しい野道であったか想像できるでしょう」

「この国道がね？」

「そうです。国道二五九号線というのですが、交通事故が多いものだから、土地の人間はそれをもじって地獄線と呼んでいるのだそうです」

前回に来たときに仕込んだらしい知識を披露してみせた。このような田舎町で事故が多いとは意外な話だが、右手を見ると、四百メートルほど先にもう一つの信号灯が立った横断歩道があり、左手には歩道橋がかかっている。事故が多発するという竹岡の話も、あながち誇張だとは思えなかった。

国道を越えて伊良湖岬のほうに行くと、バス停を前にして大衆食堂と洋風の軽食堂がならんでいた。丹那は、技師が昼食をとったというレストランが、この店であることを知った。入口にアメリカの清涼飲料の看板が出ていて、その余白に『椰子《やし》の実』という店名らしきものがしるされてある。

「凝った名の店ですな」

「いえね、藤村《とうそん》の有名な詩に『名も知らぬ遠き島より』というのがあるじゃないですか。あの椰子の実の流れついたのが伊良湖岬なのです。それに因《ちな》んで店の名にしたのでしょうね」

濃いオレンジ色をした半透明のプラスチック扉をおして、丹那に先をゆずった。

「やあ、今日は。また来ましたよ」

なれなれしく竹岡が声をかけた。すると店にいた二、三の客と、頰の赤いウェイトレスがいっせいにこちらを振り返った。小さな店のせいか、女の子はひとりしかいない。

「そうだな、サービスランチを二つ。その後でちょっと話の相手になって欲しいんだが」

このときの竹岡も目尻にしわをよせ、とびきり柔和な表情になった。口元から白い歯をのぞかせて善人そのものといった顔である。

「このあいだも、このランチを喰いました。案外、といっては店の人にわるいですが、これが案外いかす味でしてね」

楕円形の皿に盛られたのは、バタートーストが二枚といためたウインナソーセージが二本、それにエビのフライとサラダといった献立で、喰べおわるとコーヒーがでる。エビの小さいのが難だが、腹がへってるせいかなかなかいい味だった。

「ぼくが来たこと覚えているね？」

コーヒーカップをおくと、彼は押しつけるような訊き方をした。ウェイトレスは曖昧《あいまい》につくりをしている。来たことがあるような、ないような、といった表情だ。近くで見ると、頰の赤いのは紅をつけているからだった。瞼を蒼く染め、目のふちに沿って墨を入れている。

「じゃ、これを見てくれないかな」

筒の中からぐるぐると巻いた下絵を引っぱり出して、皿を片側に押しやり、テーブルにひろげた。昨夜、百合ヶ丘のマンションで丹那が見せられた、あの水彩画である。二、三人いた客は、とうに食事を終えて、出ていった。店にいるのは丹那たちと、このウェイトレスの三人きりであった。

「思い出した。あのときのお客さんね。上手にできたわ、とてもきれい」

「この前見せたときは、まだ鉛筆画の段階だったのです。ここで絵具をとかす水をもらって、写生をつづけました」

と、竹岡が注を入れた。ウェイトレスは目をほそめ、なおも絵を見つめている。

「思い出したついでに、もう一つ思い出して欲しいんだけど、あれは何日のことだったかね？」

竹岡は、やんわりとした口調で話のポイントに触れていった。息をつめ、さすがに緊張した面持ちで返事を待った。が、その点は、丹那にしても同様である。ふたり男が、そろってウェイトレスの赤い頬のあたりを見つめていた。

「忘れたわ」

「そこを思い出してもらいたいんだ」

「毎日いろんなお客さんがくるんだもの、無理いわないでよ」

「大体のことでいい」

と、ひとまず彼は譲歩した。

「たしか、一週間ばかり前のことだったわね」

「そう。もう少し正確に思い出せないかな」

「出せないわよ」

「それでは時刻を覚えていないかな。ぼくが喰べに来たのは何時頃だった？」

「覚えてない。そんなこと訊かれても困るわよ」

「弱ったな」

竹岡は、匙《さじ》をなげたように溜め息をついたが、すぐにまた気をとりなおして女の腕に手をふれた。

「じゃ、このことは覚えているだろう。ぼくの時計が遅れているかいないかで、きみと口論したじゃないか」

ウェイトレスはようやく思い当たったように、赤く染めた頬に初めて反応らしいものをみせた。

「思い出したわ。口論というほどではなかったけど」

「つまりね、それはこういうわけなのですよ」

丹那をふり返ると、竹岡は、そのわけを説明した。

「いま、われわれが喰べたサービスランチは、昼食時間内だと二割引きですが、サービスタイムが過ぎると以前の値段にもどってしまうのです。ぼくは、城趾へ行くときこの店の看板をちらっと見て、今日の昼めしはサービスランチにしようと心に決めていたんですが、いざ喰いに戻ってきたら、サービスタイムを五分ばかり過ぎているという理由で、高いほうの金を払わされる羽目になりましてね。結局まあ、ぼくの時計が五分遅れていたことがわかって納まったわけです。そこでぼくがいいたいのは……」

と、この電機技師は、一段と熱っぽい口調になって丹那を見つめた。

「このサービスタイムが、午後一時までだということですよ。ぼく等は、そのことで揉《も》めたのですから、いい替えれば、午後一時五分という時点のぼくは、ここにいたことになります。これは、ぼくのアリバイの有力な決め手ではないですか」

「有力かもしれないが、絶対的ではないですな。何日に描いたか、ということがはっきりしない限りはね」

丹那としても、せっかく、ここまでやって来たのだから、竹岡のアリバイをすっきりさせたかった。しかし、このウェイトレスの記憶はどうもあやふやで、手をかえ品をかえして質問してみたけれど、ついに効果がなかった。もっとも、だからといって彼女の記憶力の悪さを嗤《わら》うことはできないと思う。丹那だって、不意に一昨日の天候をたずねられたら正確な答えはだせないからだ。

「ぼくは悲観しちゃいませんよ。あの日一泊したことは、旅館が知ってるでしょうからね。描き上げた絵を床の間において眺めていると、仲居さんが入ってきて褒めてくれました。もちろん、お世辞ですが、印象に残っているに違いないのですよ」

「しかしね」

と、丹那は、無慈悲な調子で反論した。

「宿の仲居が二十日の日曜日にこの絵を見かけたからといって、あなたが描き上げたのが二十日だということにはならんでしょう」

「どうして？」

「土曜日に描いたのかもしれないし、あるいは金曜日に描いたのかもしれない。あなたが、この店で食事をしたのが午後の一時であるのは事実だとしても、それが二十日の午後一時であったことは立証されておらんのです。だから、十九日の午後一時だったということも考えられるのですよ」

「…………」

「描き上げた絵を持って、いったん東京へ戻ると、二十日の夕方ふたたびそれを抱えてこの土地へやってくる。そして、旅館に泊まったのでないかというのです。つい先程まで城趾でスケッチしていたような顔をしてね」

竹岡は、途中からにやにやしだした。露骨に相手をばかにしたような表情をうかべた。

「商売柄とはいえ、丹那さんは疑ぐりぶかいんだなあ、いやになっちゃう。あなたの仮説に一文の価値もないことは、会社に電話をすればたちどころに判りますよ。なにしろぼくは、一日も欠勤したことがないのだから。中途半端な気持でいるのはいやなもんです。すぐに長距離をかけてください」

「きみに命令されることはないよ」

腹を立てたようなぶっきら棒な言い方をすると、店の隅の赤電話からダイヤルした。相手方につながるのを待ちながらそっと観察すると、竹岡は、ウェイトレスをからかって何かしきりに冗談をいい、その度に彼女は、ずんぐりとした胴をよじって笑いころげていた。

結果は、一分もしないうちにわかった。竹岡がいうとおりであった。感情としては吹っきれないものが残っているが、仮説の崩壊したことは事実なのだ。

「どうしました?」

受話器をおいた丹那の背中に、竹岡が声をかけてきた。その口調には、先程とは別人のような傲慢《ごうまん》なひびきがあった。

「いったとおりでしょう」

「いや、まだ納得はしませんよ。出勤していたことは間違いないとして、休日に写生に出かけたのかもしれない。だからこの絵を描いたのは、先週の日曜日だったということも考えられるし、先々週の日曜日であったとも考えられます」

丹那は、水彩画に目をやった。彼のスケッチが他の季節でないことは、描かれたものが蕭条《しょうじょう》たる晩秋もしくは初冬の風景であるのを見ればわかる。そして、紙があたらしいことから判断すると、去年もしくはそれ以前に描いたものでないことも明白だった。したがって、竹岡が休日あるいは祭日に田原へ赴《おもむ》いたとすれば、それは、今年の秋から冬にかけてのことみていい。丹那は、対象となる休日は十月、十一月、十二月のなかに絞って間違いあるまいと考えた。

「東京に帰ってからで結構ですがね、今月と先月と先々月の休日に、あなたが、何処でどうして過ごしたかということを思い出してくれんですか。説明するまでもないですが、城趾へ行ったかどうかということをはっきりさせたいのです」

竹岡は、やれやれといった表情で無理につくり笑いをしてみせた。

「それほど難しい注文ではないですな。休みの日は釣りかスケッチに出かけますから、簡単に思い出せるんです。ぼくは、懐中日記をつける習慣があるので、一年前の日曜日の行動だってちゃんとわかります。それに、たいていの場合は、同好者たちといっしょに出かけているから証人にはことかきませんよ」

「そいつは結構ですな。いつもグループで行くあなたが、二十日に限って独りでスケッチをしていたのは変だ」

「かなわないなあ、妙な目でみられるのは。あの日だって、本来は日曜画家のサークルで天《あま》城《ぎ》へ日帰りの写生旅行をやる予定だったのです。といっても、真の狙いは湯に入って猪鍋《ししなべ》をつつこうという点にあるんですが、猪狩君からああした申し入れがあったので断わったんです」

彼は、早口でまくしたてた。顔は笑っているが、吊った目は怒りをふくんで刑事を見つめていた。

「だが、その会見は延期になった筈だ」

「そうです。しかし、メンバーの数がふえたり減ったりすると迷惑するのは幹事です。それを考えて天城行きは断念したのです」

そう答えると、ことさら落ち着いた動作でコーヒーを飲みほした。

二

「では、旅館へ回りますかね」

外に出ると竹岡は独りごとのような口調でうながし、歩きはじめた。

「ちょっと。事前に城趾を見ておきたいんだが……」

「いいですとも、ご案内します。城も旅館もおなじような方角にあるんです。そんなに遠くはありません」

先に立って先程の交差点まで来ると、駅とは反対側に左折した。ここも商店街だけれど、駅前通りの埃《ほこり》をかぶった家並に比べると、ずっと明るくモダーンであった。間口《まぐち》のひろいレコード店があり、玩具屋と寝具屋と菓子屋が並び、吹きつける師走《しわす》の風にクリスマスセールの旗がひるがえっていた。

こうやって歩いているうちに気づいたのは、町中の道がきれいに舗装されていることだった。商店街を抜けた道は、武家屋敷と思われる門構えの旧家や清潔な医院、プロテスタントの小さな教会がならぶ住宅地へつづいていた。城趾のある殿町《とのまち》は、東京でいえば山ノ手にあたるだろうが、騒音のない静けさのなかにおっとりとしたたたずまいを見せていた。

かすかにオルガンの音が聞こえた。音は、古ぼけた建物の小学校のなかから、大きな人影のない運動場を越えて流れてくるのだった。すでに冬休みに入っている筈だから、オルガンをひくのは日直の教師の手すさびなのだろうか。その旋律は、丹那もならったことのある小学唱歌だが、唱歌がきらいだった丹那には、歌詞はもとより題名すらも思い出すことができなかった。

小学校の端まで来ると、道路を隔てた向こう側が城趾だった。城といっても小藩のことだからちんまりしたものを予想してきたのだが、それは間違ってはいないようである。

「当時の面影をのこしているのは、あの堀と石垣と、それから復元された天守閣ぐらいのものです。いまあるのは神社が三つと、渡辺崋山の記念館ですが、神社をスケッチしたところではじまらない」

「絵をかいた場所はどこです？」

「あそこですよ、あの林のなか……」

と、彼は、絵を入れた紙筒で城趾の右の一画を示した。堀は正面の参道によって二分され、右側の堀の末端は土手でさえぎられている。その上は葉の落ちた疎林《そりん》であった。そこにイーゼルを据えれば、堀を距てて天守閣をのぞむ格好の場所になる。丹那は、すばやく心のなかであの絵の構図を思い泛《うか》べ、竹岡のいうことに間違いはなさそうだと判断した。

丹那が道路を横切って堀のふちに立つと、竹岡もそれにならった。堀とはいっても城自体が小さいのだから、池と呼んだほうが当たっている。絵でみたときは、一面に枯れ芦が生えているような印象をうけたものだが、こうして現地に立ってみると、芦のほかに一見して蓮だとわかる植物も群生していた。異民族が集団をつくって居住し、互いに相手を警戒し合っているように、芦と蓮は、にごった水を間にはさんで茶色の枯れた姿をさらしていた。

「刑事さん、芦と葭《よし》とどう違うかご存知ですか？」

竹岡は、気分にゆとりを取り戻したように、以前の朗らかな男になっていた。

「似たようなものじゃないですか」

「小説なんか読んでいますとね、こうした沼を描写する場合に『芦や葭が生えていた』なんて文章にぶつかりますが、芦と葭はおなじものなんですよ。むかしの人はかつぎ屋が多いから、『悪《あ》し』というのを嫌って『良し』としたのだそうです」

「あんたと話していると物識りになる」

丹那は、鼻のわきにしわをよせて苦笑した。自分でも皮肉な口調だと思ったが、これは厭《いや》味《み》でなくて実感だった。

ふたりは参道をすすみ、鳥居をくぐった。復元された天守閣は、そのすぐ左手に立っていた。基礎の石垣がたかく積まれているので、真下から見上げると頸筋がいたくなってくる。

参道をはさんだ右手には小さな鳥居があって、その奥に護国神社の社殿が見えた。丹那は、技師が写生をした場所をこの目で確認しておきたいと考えて、竹岡をうながすと先に立った。だいたいの見当はついているから案内の必要はないのだ。

社の前でちょっと頭を下げておき、その横をすりぬけて右に迂回したところが目指す土手であった。もっとも、舗装された道と、小砂利のしかれた神社の庭をべつにすれば、城趾の大半は雑木林に囲まれている。特にここだけが林というわけではなかった。

丹那は、葉の散ったウルシの幹に手をかけて天守閣のほうを眺めた。竹岡がここでスケッチしたとなると、わざわざ覗きにくるような酔狂人がいる筈もなさそうだし、下手な絵を描くにはまさに絶好の地点である。

「どうです？」

「いいところだ。夏は葉が茂るから天守閣も見えにくくなるだろうが、いまはお誂《あつら》え向きにできているね。白壁が光ってまぶしいくらいだ」

「画材になる場所は、もう一つあるんです。もっと奥の巴江《はこう》神社の裏側ですが、急な崖の線が、こう斜めに視界を切りましてね、その左半分に田原の町が遠望できます。しかし、どちらかというと絵ハガキ的な構図ですから敬遠したのです」

「なるほど、そっちのほうへも後で行ってみたいですな」

虚ろな調子で相槌をうった。レストランでのむつもりでいた肝臓薬のことを、いまになって思い出したからである。

「弱ったな、薬をのみ忘れてしまった」

「水ならありますよ。天守閣の向こうに保育園の水呑み場があるんです。巴江神社の前まで行けば御手洗《みたらし》もあります」

竹岡は、枯れた枝をかきわけて早くも歩きだしていた。彼が仇敵であるべき刑事に対して友人のように親切に振舞うことが、丹那にとってはどうも釈然としないのだった。なぜ敵意を示さないのか。

保育所の水呑み場で薬を服用してから、城趾全体を見てまわるのに小半刻かかった。神社というのは氏子《うじこ》が拝むところで、見物するものではない、と丹那は考えている。事実、巴江神社だの、その横に遠慮っぽく祀《まつ》られている熊野神社のあたりに立ってみても、べつに感興らしきものは湧かなかった。

「崋山の記念館へ行ってみますか」

「いや、止しにしましょう。観光に来たのではないのだから」

と、もったいぶった顔つきでかぶりを振った。が、本当のことをいうと、丹那は、崋山という人物について知識もなければ、関心もないのである。捜査一課の刑事が一途にうち込む対象は、殺された人間と殺した人間とに限られていた。

「それじゃ、旅館へ回りますかな。仲居がいてくれるといいんだが……」

「近いという話でしたな？」

「ええ、おなじ町内にあります。わたしは、駅まで行って電話で予約をすると、ふたたび殿町まで戻ったものですから、かなりの距離を歩かされましたがね」

ふたりは向きをかえると、ゆるい下り勾配《こうばい》の参道をゆっくりと歩いた。

『紅屋』というなまめかしい名の旅館は、城趾からほんの五百メートルばかり西よりの、ちょっと不便な場所にあった。町なかの宿屋は、どれも埃をかぶった古ぼけた建物が多かったが、それに比べるとここは町はずれだけに閑雅《かんが》な趣をもっていた。建物自体はさほど大きくもなく、黒板塀《くろいたべい》に見越《みこし》の松という数寄屋《すきや》造りは粋というよりも、なんだか歌舞伎の書割《かきわり》を見ているようであった。

「ねえ、刑事さん」

足をとめて技師が声を低めた。

「ぼくは俯仰《ふぎょう》して天地にはじるところはないのですが、それにしても殺人の容疑者にされたことは不名誉ですからね、できれば第三者には知られたくないのですよ」

「そうでしょうな」

「ですから、われわれは友人だということにしてもらえませんか」

「いいでしょう」

と、丹那は簡単に同意した。この男にはこの男なりの面子《メンツ》があるだろう。

「しかし、話をどうもっていくのですか？」

「それは、ぼくに委せてください。納得できない部分があったら、その後で刑事さんが補足的な質問をされればいいでしょう」

相談がまとまって門を入った。格子造りの玄関まで飛び石がつづき、水が打ってある。これが凍ったら客が転ぶのではないかな、と丹那はつまらぬことに取り越し苦労をした。

正午過ぎという時刻は、従業員の休息の時間でもあった。下手をすると、その仲居が外出しているのではあるまいかと心配したが、その心配は、もう少しのことで事実になるところだった。玄関に現われた彼女は、白いスーツを着て念入りに化粧をしている。旅館の仲居ではなくて、どこかのお嬢さんのようにみえた。

「あら」

と、彼女は、突っ立ったままで目をひろげた。竹岡のほうはちょっと気づくのが遅れ、ぽかんとしている。

「やあ、見違えてしまった。服を着ると別人にみえますね。和服姿もよかったけれど、洋服がまたよく似合うなあ」

「いやだ」

手の甲を口にあて、身をよじってしなをつくっている。竹岡のお世辞ほどではないにしても、頬骨のとがった点をのぞけば目鼻立ちもくっきりとしており、まず十人並み以上の器量だろう。

彼女は、品定めをしている丹那にも職業的な微笑をみせた。これからバスで豊橋へ買い物に行くところだと知ると、竹岡は少しせき込んだ口調になった。

「ちょっと話を聞いて下さい。時間はとらせませんから。この前ここに泊まった夜のことですがね、家内の友達が、銀座でこのぼくを見かけたというのです。それも、バーの女と仲よく並んですしをつまんでいたというのですよ。これが家内の耳に入ったものだからたいへんだ、別れるの別れないのと騒ぎになったんですが、ぼくが、いくら他人の空似《そらに》だと弁解しても信じてくれない。そこで、この友人が仲にたってくれましてね、ぼくが田原にいたのが本当か嘘なのか、それを確かめることになったのです。というわけで、あなたの口から、ぼくの泊まったのが何月何日の何曜日であったか、正確なところを話していただきたいのですよ」

丹那としては、こんなつくり話をされるとは思わなかったが、竹岡に調子を合わせるために、もっともらしい表情をうかべ、ときどき頷いてみせたりした。仲居は簡単にその話を信じたとみえ、上《あが》り框《かまち》の絨毯《じゆうたん》にそっと膝をついた。

「ほら、田原城を写生した絵を見せたでしょう」

「ええ、そのことは覚えてるんですけど、あれは何日だったかしら……」

細い指を順に折って数えていたが、話が離婚問題に絡んでいるとなると、うっかりしたことを答えるわけにはいかない。

「番頭さん、すみませんけど宿帳を」

帳場の窓が内側からあくと、若い番頭がちょっと会釈をして、うす汚れた表紙の綴じ込みを差し出した。そしてそれを見せられた丹那は、この音響技師が間違いなく十二月二十日に投宿したことを確認したのだった。

「夜でしたわねえ」

「そう。電話で空いた部屋があるかと訊かれましてね、それから五分もしないうちに来られたのですよ」

「ああ、駅から電話したもんでね」

アリバイが成立した途端に、彼は下手《したで》にでる必要はもうないと考えたのだろうか、番頭に対して横柄に頷いてみせた。

三

この秋の休日と祭日における竹岡の行動は、彼が語ったようにきわめて短時間のうちに、疑問の余地のない明白なものとなった。まず初めに休暇をとったことの有無を調べてみたが、残念なことにその結果は否定的なものであった。竹岡が有給休暇をとったのは後にも先にも十二月二十一日の月曜日だけで、翌日出社した彼は、伊良湖岬みやげの椰子の実をみせびらかし、景色のすばらしさをしきりに宣伝していたというのである。

　ひきつづいて刑事たちは、この三カ月間の休日と祭日における竹岡の行動をチェックしてみたのだが、ここでも捜査本部は失望しなくてはならなかった。

　彼は、絵具会社が主催するアマチュア画家の写生会と釣りの雑誌が音頭をとっている磯釣りの会との双方に入会していた。どちらも隔週の日曜毎に集まって近県へ日帰りの旅をやることになっている。その日曜日がずれているのだから、竹岡は日曜のたびにどちらかのグループに加わって魚を釣ったり、スケッチをしたりしているのだった。

　日曜日のことはこれで解決したとして、残った問題は、十月十日の体育の日と十一月三日の文化の日、それに二十三日の勤労感謝の日のあわせて三つの休日である。しかし、調査の結果、これもごく簡単にかたがついてしまった。文化の日には、ホステスの湯浅久子と箱根へ遊びにいっている。この日は恒例の大名行列があり、久子にせがまれてカメラをさげて出かけたのだった。一方、今年の体育の日と勤労感謝の日は、どちらも日曜と二日つづきの連休になっており、それを狙って釣りの会も、日曜画家のグループも、伊豆と佐渡《さど》に一泊二日の小旅行をやっていた。竹岡が参加していたことは同行会員全員によるはっきりした証言があったので、つまるところ、彼が三河田原へ行かなかったことは認めざるを得なかった。

　当然のことだが本部員の間に、あの絵は、果たして竹岡自身が描いたものだろうかという声が上がった。その疑惑をただすため、ただちに彼のもとから城趾の絵のほか数点の水彩画を借り出すと、専門家に鑑定を依頼した。が、どの絵にも下手ながら竹岡の個性が出ていることから、他人の手によるものではあり得ないという結論がでた。こうして、唯一の容疑者は、そのリストから消されていった。

その夜おそく帰宅した丹那は、床に横たわってもすぐには寝つくことができずに、温かい毛布にくるまったまま幾度か寝返りをうっていた。疲れているくせに、竹岡のアリバイが気になって眠れないのだ。休日の行動を手わけして調査したのは、丹那を主とする二班の刑事だが、いずれもベテラン揃いだから遺漏《いろう》がある筈はないのである。にもかかわらず、竹岡のアリバイを素直に肯定したくなかった。丹那の頭のなかの多素子アンテナは、微妙な不協和音をキャッチしていたのだけれど、それがどの音符であるかということになると、容易に指摘することができかねた。

それから二日目のことになる。夜の捜査会議がすんだあと、彼は、このときも肝臓薬をのみ忘れていたことに気づいた。痛む病気ならそうしたこともないのだが、自覚症状はないし、心のなかでは医者が大袈裟に脅かしたのではないかと疑っているものだから、多忙にまぎれると忘れてしまうことになるのだ。そのくせ、一回でも穴をあけるとなんとなく心配で、左の肩胛骨《けんこうこつ》のあたりがちくちくとしてくる。

盆に伏せてある湯呑みをおこすと、薬罐《やかん》の茶を注ごうとした。しかし、この夜の会議は、予定の時間を二時間ちかく越えたものだから、薬罐のなかはすっかりからになっていた。彼は、そっと舌打ちをすると、廊下の水呑み場まで行って蛇口の水をアルミのコップに受け、ひらべったい錠剤をのみ込んだ。冷たい水であった。クロールカルキの臭いがつよく鼻を刺激すると同時に、体のしんまで冷えていくような気がした。

ハンカチで口元をふきながら、ロッカーのなかのオーバーを取りに戻りかけて、ふと足を止めた。ごく自然な連想だが、そのときの丹那は、田原城趾の保育園にある水呑み場のことを心に浮かべていた。運動場の一隅に、午《ひる》さがりの冬の陽差しをうけてつくねんと佇《たたず》んでいた水呑み場と、その上にのせてあった赤いコップのことをはっきりと思い出すことができた。水呑み場があったのはそこだけではなく、社務所の前にも、『田原城趾』と刻まれた石碑と並べて『漱盥《そうかん》』と彫った御手洗があり、水道の蛇口が、その上にぬうっとつき出ていた。竹岡が絵具をとこうとする場合、これ等の水を使えばよさそうなものなのに、なぜ、わざわざレストランの水を瓶《びん》につめさせたのだろうか。

その場に立ち止まったまま、丹那は考えつづけていた。もし、それが井戸の水ならば、場所によっては鉄分を含みすぎるとか、加里分が多いとかいう特徴があって絵を描く上に適当でないということにもなるだろうが、城趾の水は、井戸ではなくて水道の水なのである。レストランの水と変わるところがないのだ。といって、竹岡がそのことを知らなかったとは思えない。とするならば、以上のことを承知の上でレストランに水を所望した理由はどこにあるのだろうか。いうまでもなくそれは水をもらうことによって、これから色を塗るという作業にとりかかることを言外に強調し、レストランの従業員の印象にのこそうとする魂胆があるからなのだ。

丹那は、手洗いにいく新聞記者とぶつかりそうになり、廊下の片側に寄ってさらに思考をつづけていった。仮りに竹岡が主張するとおりに、レストランを出ると、再度城趾へ戻り、絵具を塗りたくったとするならば、つまり、彼に後ろ暗いところがなければ、絵に色を塗るという行為を宣伝する必要はないのである。ようやくのことで、丹那は、自分を悩ましていた不協和音の正体をつきとめることに成功したのだった。

その翌る日のこと、彼は、上司の同意を得て、ふたたび田原へ向かった。あの町の証人を片端から訪ねて回って証言の内容を徹底的にチェックするつもりだった。考えてみると、前回は、丹那が主導権をにぎっているようでありながら、じつは、竹岡のペースに巻き込まれていたような気がする。だが、今度の調査は、丹那の単独行なのだ、気がすむまで突ついてみようと思っていた。

『紅屋』は、正月を迎える用意がすっかりととのっているようだった。門を入ったところには、葉ぼたんの美事な株がいくつも植え込まれ、帳場には松竹梅を寄せ植えにした鉢が、紅白のシクラメンと並べられていた。ガラスを閉めると、そこは小さな温室のようになる。

丹那は、番頭に名刺を渡して先日の仲居に再度の面会を求めた。

「帳場だがね、お峰《みね》さんをよこしてくれないか」

旅館の番頭だから刑事の応対には慣れている。ホールのわきの洋風の広間に通すと、すぐにお茶を接待してくれた。ここは泊まり客が談笑するためのサロンだが、正午を過ぎた時刻なので人影はなく、誰にも気がねなく話ができる。

「あら」

とそれが口癖らしく、手の甲を口にあてた。今日のお峰さんはお仕着せの和服姿で、水浅《みずあさ》葱《ぎ》の着物に藤色の帯がよく似合う。先日の活発そうな洋服姿にくらべると、こちらは別人のようにしとやかで、なまめいて見えた。

「綺麗ですな。やはり和服はいい」

丹那は武骨な愛想をいった。

「あのときの話は嘘だったんですか。友達なんておっしゃって……」

と、非難するような、怨《えん》ずるような目で睨まれ、丹那は居心地わるそうにイスの上で身をちぢめた。

「じゃ、奥さんと離婚するだの、バーの女とすしをつまんだのという話も、みんな嘘だったんですのね」

「まあ、そういうことになる。しかしね、これは、止むなく嘘をついたのであって――」

「いいんですわよ、弁解なさらなくても」

立っていた彼女は、刑事と向き合ったイスに浅く腰をおろした。こうやってつくづく眺めると、歯並びがことのほか綺麗で、どうしてなかなかの美人だ。

「話がこうなれば、あたしも遠慮なくいわせてもらいますけど、お泊まりになったときにあの人の絵をひと目みて、訝《おか》しいな、と思ったことがあるんです」

早くも手応えらしきものがあったので、丹那は息をつめて相手の澄んだ眸をみつめていた。

「あのお客さんは、嘘をついていらしたんですわよ」

「嘘?」

「ええ。いままで城趾で写生していたなんて真っ赤な嘘ですわ」

「どうしてです?」

丹那は、うわずった声をだした。お峰さんは咳払いを一つしてから、おもむろに説明に移った。

「あの人の写生したという絵をご存知ですわね?」

「ああ、知っている。堀と城とを描いたやつでしょう」

「ええ。あたしが、宿帳とお茶を持ってお部屋に入っていくと、床の間において眺めていたあの絵を、いま写生してきたところだといって見せるんです」

「ふむ」

「刑事さんは覚えていらっしゃるかしら。お城の左手に電柱が立っていたのを……」

「覚えている」

「写真を撮る人がよく文句をいうんですの。どう工夫しても画面に電線が入ってしまって面白くないって……。ですから、あの絵を見せられたときも、自然に電柱に目がいってしまったんですのね」

「ふむ」

「あのお客さんの絵にもその電柱が描いてあるんですが、それが木でできているんです。クレオソートを塗ったチョコレート色の電柱なんですわよ」

「なるほどね」

大きく頷いてみせたものの、胸中では失望していた。改めて記憶をたどるまでもなく、竹岡の水彩画に電柱が描かれていることは覚えている。だが、それはお峰さんがいうようにクレオソートを塗った電柱などではなくて、白っぽいコンクリート製だった筈だ。明らかにこの仲居は思い違いをしているのであり、錯覚を基《もと》にした話を聞かされても意味はない。いってみれば時間の浪費でしかなかった。

お峰さんは、そうした刑事の心の中を読みとれるわけがなく、一段と熱っぽい口調になった。

「でもね、刑事さん、あそこにクレオソートを塗った電柱が立っていたのは十月の末頃までなんですわよ。いまはコンクリートになっていますの」

「ふむ」

「あの人が十二月二十日に描いたのが事実なら、コンクリートの柱が立っているべきなのよ。だから、あの絵はもっと前に写生したものに決まってますわよ。なぜ、あんな嘘をついたのか知りませんけど……」

お峰さんは、いうだけのことを話してしまうと、肩を落としてふうっと吐息をした。膝においた白い指にサファイアの指輪がにぶく光っている。

相槌の打ち方が一瞬おくれた。丹那にとって、お峰さんの最後の一言は予想もしないものだったからである。竹岡が、あの絵を事件当日よりもずっと以前に描き上げていたのではないかというのが、多分に希望的な彼の観測であるのに、お峰さんもまた別の方面からおなじ結論に到達しているのだ。

「その、なにかね、あんたが見た絵には、間違いなく木の電柱が描いてあったのかね？　このところは、非常に重大なことなんだが……」

「間違いなんかあるもんですか。なんだったら、竹岡さんに見せてもらえばいいじゃありませんか」

目をきらりとかがやかせ、丹那の反問にいささか不満気な口振りだった。

「いや、念を押しただけですよ」

と、彼は、刑事らしくもなく顔を赤らめた。相手が美人となると、いつもこうなのだ。

四

できることなら丹那も彼女の説を認めたかった。竹岡が十二月二十日以前に当地に来ていないことが明らかになっているいま、常識論からすれば、お峰さんが思い違いをしたものとみるべきだろう。しかし、丹那は、彼女の視力も正しければ記憶力も正しく、その主張には誤りがなかったと解釈してみた。彼女が見せられた絵には、木製の電柱が描いてあり、丹那が見せられたそれには、コンクリート製の電柱が描かれてあったと考えたのである。とすると、竹岡は、新旧二つの電柱を描き込んだ二種類の絵を持っていたことになるのだった。

産業スパイの尻尾《しっぽ》をつかまれた彼は、猪狩を殺すことを決意するとともに、以前にスケッチしておいた田原城趾の水彩画をアリバイ偽造の小道具にすることを思いつく。そして、殺人ののち、その絵を抱えて田原町へ来ると、一日中城趾で写生していたようによそおって投宿する。ここまでは丹那が何回となく推測したことである。

竹岡が宿に着く前に城趾へ寄ってみたのか、それとも翌二十一日に宿をたった後で城趾へ行ったのかはわからないが、そこで、電柱の異変を発見して仰天したことは間違いのないところだった。投宿する前に知ったとすれば、仲居が、その点に気づかぬことを神に祈りながら見せたことになる。あるいは、図太い男だから、電柱の相違という微々たることには気がつくわけもなかろうとたかをくくって見せたのかもしれない。それはともかく、やがては、自分のアリバイを立証する唯一の証拠として、刑事に見せることを前提とした絵なのだから、内容にミスがあっては危険だ。竹岡はそう考えて、最初にかいた水彩画はこっそり破棄することにし、あらためてコンクリートの電柱を対象にもう一枚のスケッチをしたに違いなかった。

丹那は、翌る二十一日の朝、紅屋を出た竹岡が、伊良湖岬で遊んで帰京したという話を思いうかべた。だが伊良湖岬で一日を過ごしたというのは嘘であり、本当は、あの堀端の土手にイーゼルを据えて、おなじ構図による二枚目のスケッチをしていたのだろう。彼の手元には、絵具もパレットも、画を描くすべての材料がそろっていたのだから、急に思いたって写生をはじめるにしても道具にはこと欠かなかった筈だ。

いままでは、竹岡が見せたスケッチ用紙が新しかったことから考えて、彼が写生したのは今年の秋であると判断され、それによって電機技師のアリバイはより強固なものとなっていたのだが、新しいのは描きなおした二枚目のほうの画用紙だったのである。一枚目の、つまりお峰さんに見せたほうが必ずしも新品ではなかったとすると、それは去年の秋の制作だったことも考えられ、そうなると、今年の秋の休日や祭日における彼のアリバイが成立したとしても、何の意味もなくなってしまうのだった。丹那は、自分の推理がよどみなく展開していくことに満足して、さめた茶を一息で飲みほした。傍にお峰さんがいることも忘れていた。

さらに彼は、『椰子の実』のウェイトレスが竹岡から見せられたという、あの鉛筆描きの下絵のことを思い出した。これまで表面にあらわれた現象を順を追ってならべてみると、昼食をすませてレストランを出た竹岡は、ふたたび城趾に戻って水彩画を仕上げ、それをたずさえて『紅屋』に一泊したことになる。

だが、お峰さんの鋭い眼力によってその絵が古い作品だったことが判明したいま、ウェイトレスが見せられた鉛筆画とお峰さんが見せられた完成品とは全く別物であるということになるのであった。この辺に、竹岡の偽アリバイを攻略する、もう一つの突破口があるように思え、丹那は、黙々として考え込んでいった。お峰さんはお峰さんで、所在なさそうに膝の上で指を組んだりほぐしたりしている。

十二月二十日の午後二時前後に竹岡が兇行現場にいた以上、おなじ人間が一時から一時半にかけて愛知県下のレストランで食事をしたわけがない。したがって、彼が姿をみせたのは、ほかの日の午後一時のことであった、と考えるのが妥当である。すでに竹岡が愛知県下にいたのは、二十日と翌る二十一日以外にないことが明らかになっているのだから、二十日という日が否定されてしまうと、彼がレストランで昼食をとったのは二十一日だったとしか思われない。この日の午前中に『紅屋』を出た竹岡は、伊良湖岬へ行ったとみせかけて堀端の林に入り、スケッチをしている。だから、彼がレストランに鉛筆描きの下絵を持ってあらわれたのは、二十一日でなくてはならぬことになる。それが丹那の結論であった。

丹那は、自分のこの推理に確信を持った。真相はこれ以外にはないのだと考えていた。だが、こうした解釈が当たっているか否かは、竹岡がレストランで食事をしたのが午後一時ではあっても、二十日の午後一時ではあり得ぬことを証明しなくてはならない。なんとかしてその日付をはっきりさせたいのだが、あの頰の赤いウェイトレスのことを考えると、気負いかけた丹那の心も急にしぼんでしまうのだった。彼に解っているのは、それがじつは、容易ならぬ難事だということだけであった。

番頭に礼を述べて旅館を出た。軒端の注連《しめ》飾りの大きな橙《だいだい》が、陽差しを浴びてつややかに光っていた。どこかで羽根つきの音でも聞こえてきそうな、静かな午後だった。

やはり来ただけのことはある。丹那は、うれしさを黄色い顔一面にあらわして、うつむき加減にせかせかした足取りで小学校の通りをぬけ、栄町の短い商店街をつきぬけて国道に出た。竹岡が地獄線といっていたっけな、と思った。なるほど、狭い二車線の道路を自家用車やトラックがひっきりなしに走りつづけている。

レストラン『椰子の実』はすでにランチタイムが過ぎているせいか、客は誰もいない。半透明のプラスチックの扉をあけると、その気配にウェイトレスが衝立《ついたて》のかげから首をのぞかせたが、先日の客だと知ると、どぎつい化粧をしたまるい顔に、怪訝《けげん》な表情をみせた。

「そうだな、飲み物をもらおうか。コーラはいけないよ、風邪をひいちまうからな」

「コーヒーか紅茶、それに、ミルクココアになりますけど……」

「ま、安直なやつがいいや、コーヒーをたのむ」

そのコーヒーをはこんできた女を坐らせて、丹那は、早速たずねはじめた。ウェイトレスを脅えさせてはまずいと考えた彼は、刑事であることは伏せておいた。

「やはりねえ、あの人が、ここでサービスランチのことできみと言い争った日がはっきりしないと、都合がわるいんだよ、いろいろとね。なんとか思い出してくれないかねえ」

どう贔屓目《ひいきめ》にみてもぱっとしない顔に、丹那は精一杯の愛想笑いをうかべてみせた。すると女は、かえってたじろいだように身を引くのである。

「覚えてない」

「たとえばさ、あの日がきみの誕生日だったとか――」

「誕生日は七月一日よ」

「ここの、マスターが、虫歯で歯科医へ駆け込んだとか――」

「旦那さんは総入れ歯だもん」

「きみは頭がよさそうだ。考えればきっと思い出せると思うよ」

「…………」

「わたしの考えでは、二十一日ではなかったかと思うのだがね」

「……わかんない」

この女の頭のなかには、大脳が詰まっていないのではあるまいか。丹那は、そうした疑問を感じたが、顔にはださずに、なんとか思い出させようとしてアドバイスをつづけた。しまいには、問答を聞きつけたコック帽の店主まで店に出てきて、いっしょに骨をおってくれたのだが、それが何日であったかを答えさせることはついにできなかった。

「どうもお役に立ちませんで……。もし、後で思い出すことがありましたら、電話ですぐにお知らせしますから」

「すまないけど、そう願います」

丹那の名刺を一瞥した店主は、相手がはるばる東京から来た刑事であることを知ると、さらに腰をひくくして謝った。

「二十一日ということがはっきりすればいいのでしたな？」

「そうです。今月の二十一日です。言い換えれば、二十日の日曜日でないことが判ればいいのですよ」

立ち上がり、料金を払おうとすると、ウェイトレスが妙な顔つきで丹那を見つめた。

「どうした？」

「日曜日でなかったことが判ればいいんですか？」

「そうだよ」

「それなら最初から判っているわ。お客さんは、何日だったか、何日だったかって、そのことばかり訊くんだもの」

口をとがらせ、丹那を咎《とが》めている。

「ばか。もったいぶらずに早く教えてさし上げんかい」

と、店主が横から叱言《こごと》をいった。

四　アイスクリームと腕時計

一

参考人という名目で竹岡が呼び出されたのは、その夜のことであった。彼は一瞬、「またか」といったうるさそうな顔をしたが、すぐに如才ない笑いをうかべると、落ち着きはらった態度で車に乗った。アリバイにはあくまで自信を持っているようだった。

三鷹署の調べ室で丹那が向き合って坐り、傍らで若い刑事が調書をとろうとして用紙をひろげると竹岡は、たちまちいろをなして噛みついてきた。

「これ、どういうわけですか。アリバイのあるぼくを犯人扱いするなら帰してもらいます」

「まあ、待ってください。アリバイがあるっていうけど、あれが偽物であることはわかっているんですよ。前にも話したことなんだが、あなたが宿屋に抱えていった絵はずっと以前に描いた古物でね」

「ばかな！　ぼくが、会社を欠勤しなかったことがまだ判らんのですか！」

「それは判ってますよ。だが、あの絵をスケッチしにいったのは、もっと以前の話です。木の電柱が立っていた頃のことですからね」

丹那は終わりの部分をことさらゆっくりと、一語一語を明確に語った。それまで腰をうかして摑《つか》みかかりそうな格好をしていた竹岡は、途端にひるんだように身を引いた。

「何のことやら見当もつかない。しかしですね、井の頭で猪狩君が殺された頃、ぼくは田原町のレストランで食事をしていた。それは、あなたも確認したではないですか」

「いや、そのことなんですがね」

と、丹那は色のわるい顔に茫漠《ぼうばく》としたうす笑いをうかべた。

「あなたが食事をしたのは、二十日の日曜日だということでしたな？」

「もちろんです」

「料金を払って出ようとしたときに、床の上に落ちていたハガキか何かを踏みつけた。それに気づいたあなたは拾い上げると、傍のテーブルにのせて店を出ていった」

「ハガキのことは覚えてないですな。無意識でやったことだから」

「今度は話が逆だ、ウェイトレスのほうがよく覚えていましたよ。そして、あなたが食事に来たのは、あなたが主張するように二十日ではないといってくれました。あのハガキは、あなたがサービスタイムのことで言い争っているときに投げ込まれたものなんですが、そのハガキを踏んだことから、あの日が二十日でないことがはっきりするんです」

技師は一瞬ぽかんとした顔になり、かがやきの失せた目で丹那を見つめていた。

「わかりませんか？　簡単なことなのですがね」

と、丹那は、相手をじらすような言い方をした。

「あなたは、二十日にあそこで食事をしたといってる。二十日という日は、日曜日なんですよ。田原町の郵便局は『椰子の実』のもっと先にあるんですが、念のためそこへ行って調べてきました。東京の郵便局と、あるいは日本中の郵便局とおなじように、田原町の郵便局もまた日曜日は休みます。郵便物が配達されたことは、その日が日曜日でなかったことを示しているのですよ」

話の途中から元気を失ってもじもじしていた竹岡は、丹那の説明が終わる頃にはがっくりと肩を落としてしまった。戦闘的にぎらぎらかがやいていた眸を伏せると、打って変わったしおらしい口調になった。

「敗けました。ぼくの敗けですよ。考えぬいた計画が、そんな些細《ささい》なことから崩れるとは思いませんでした。こうなったら一切を正直に喋ります。ただ、初めにことわっておきますが、ぼくがやったのではない――」

「まだ、そんなことを言い張っている。きみって男は往生際《おうじょうぎわ》のわるい人だな」

「いえ、そう思われても仕方ありませんが、でも、本当の話なんです。タバコ吸ってもいいですか」

許可を求め、ふかぶかとピースをふかしはじめた。医師から忠告を受けた丹那はこの事件が発生する二日前に禁煙を誓ったばかりであった。目の前でこうもうまそうに吸われると、口中に唾液がわいてくる。

「……猪狩君と新宿の駅ビルで会うことになっていたといったのも、その会見を猪狩君が延期してくれと申し入れてきたといったのも嘘でした。本当は、あの日の二時に井の頭植物園で会うことになっていたのです。指定された場所は、殺人現場からちょっと池のほうに寄った温室のなかなのです。あそこならば、雨が降っても、風が吹いても温かいからな、猪狩君はそういいました。猪狩君が几帳面なたちであることはよく知っています。遅刻するわけはないので す。ところが、二時という約束が二時半になり、三時になっても来ないし、場所を間違えたのかなと思いながら、捜しにでかけたのです。そして、なんということなしに茶店のなかを覗いたら、猪狩君があんなことになっているのを発見して肝をつぶしたわけです」

落ち着きのない目でふたりの刑事の顔色をうかがったが、どちらも半信半疑でいるのをみてとると、唇についたタバコの葉を床に吐きすて、吸殻を邪慳《じゃけん》に灰皿にこすりつけた。

「すぐに一一〇番しなかったことを非難されると思いますが、ぼくの身にもなってください。猪狩君は家を出るときに『竹岡のやつに会ってくるから』といい残したでしょうから、そうして事情が事情だから、誰がみたって犯人はぼくだって思うに決まっている。ぼくは蒼くなりました。そこで、こうしたことの相談できる友だちのところへ飛んでいったのです。推理小説の好きな、頭のいい友人です。ぼくがしどろもどろに話すのを聞き終わると、彼は、ぼくの立場に同情してアリバイを教えてくれたのです」

「わずかの時間にかね？　信じられないな」

と、若い刑事が口をはさんだ。

「いや、いくら頭が冴えていても、そう安直にアイディアが泛ぶわけではありません。懸賞小説に応募するつもりで考えておいた、とっておきのものを譲ってくれたのです。根が旅行好きの男ですから日本中を歩いてカラー写真を撮りまくっているのですが、この秋には田原城を写してきたばかりでしたから、田原町へ行ったことにしようというわけで、その写真を手本にして水彩画を描いたのです」

「なんだ、きみがスケッチしたのではなかったのか」

と、その刑事があきれたように声をはりあげた。丹那は腕を組み、黙って話を聞いていた。

「そうなんです。絵は描き慣れていますけど、ああした追い詰められた状態におかれると、筆がうごきません。そうかといって、他人に描かせたのではまずい。やはり個性が出て、勘づかれてしまいます。ですから三十分もあればできるやつを、二時間ちかくかかりました。そのあいだに彼は写生道具一式をそろえたり、田原町へ行ってぼくがとるべき行動をメモしてくれたりしたのです」

「持つべきものは友だちだな」

若い刑事は、同感とも皮肉ともつかぬ言い方をした。竹岡は、無表情な目で刑事を見つめていたが、それには答えずに話をつづけていった。

「苦労して水彩画を描いたのは、いうまでもないことですが、現物を宿の従業員の目にふれさせて、いままで城趾でスケッチをしていたというぼくの嘘を本当らしくみせかけるためでした。その狙いが逆の方向に働いてインチキであることが見破られたのは、皮肉な話だと思ってます。しかし、仲居に見られてしまったからにはしようがありません。ひょっとすると気づいていないんじゃないかな、と希望的な観測をしていたのですが、ああした客商売の人の目はごまかせませんね」

口調に、少しゆとりがでてきた。彼は、二本目のピースに火をつけ、丹那は迷惑気な顔でそれを眺めている。

その丹那を満足させたのは、竹岡が、翌二十一日にレストランで食事をしたいきさつが、自分が推理したとおりであったからだ。もちろん、それを口に出していえたことではないけれど、心のなかで「やはり、おれはベテランであるわい」と頷いていた。

「しかし、きみ」

と、また、若い刑事が嘴《くちばし》をいれた。

「田原城ってものがどんな処か知らないが、たまには見物人も来るだろう？　二十一日にスケッチをしている姿を目撃されたら、きみの嘘はばれてしまうじゃないか」

「その危険性は計算にいれてありますよ。だから、あの鉛筆画は、つまり、レストランで見せた鉛筆画のことですが、あれもまた東京で描いて持っていったものなんです。やはり写真を手本にして描いたのです」

話が丹那の推理したものと違ってきたので、竹岡の言葉をさえぎるようにして訊いた。

「もっとわかりやすくいってくれないかな。電柱がコンクリートに替わっていたことにいつ気づいたか。まず、そこからはじめてもらいたい」

「いいですとも。絵と実物の間に違いがあってはまずいぞ、という危惧《きぐ》は、東京を出発するときからあったんです。場所が場所ですから、三日見ぬ間《ま》に安アパートが建っていたなんて心配はないですが、嵐で木が倒れたぐらいの事故は考えられます。で、宿に着く前に立ち寄って見渡していたら、電柱がコンクリート製になっていたんですよ。あのときはびっくりしました」

彼は、やや早口になり、言葉を切るとまたあらたな一本をくわえて火をつけた。

「鉛筆画のほうは、消しゴムを使ったあとに描き足せばいいのですから二分とかかりませんが、水彩画のほうはいまさらどうにもしようがない。旅館の仲居さんに見せるのは最初から計画していたことでして、だから見せないことにはアリバイ造りにならないし、といって、じっくり見せれば気づかれないとも限らない。内心ひやひやしていました」

「難しいところだな」

と、若い刑事は、他人事のようにのんびりした口振りだった。

「で、怪しまれなかったのか？」

「ええ。あら、お上手とか、なんとか褒めてくれたのをしおに、こっちもばれないうちにと思ってしまい込んでしまったんですが、後になって考えてみると、客と従業員という立場ですからね、たとい電柱に気づいたとしても、その場では指摘するような失礼なことをする筈がない。ですから、刑事さんとあの宿屋へ行ったときは、胸がどきどきしていたんです、本当のことをいうとね」

狭い調べ室は、タバコの煙で充満している。吸いたいのを我慢していると目がくらみそうな気がしてきて、おでこから頸筋にかけてしきりに冷や汗がにじみでた。丹那は、汚れたハンカチで間断なくそれを拭いた。

「そうは思えないな。あのときのきみがついた嘘は、じつに堂にいってたもんだ」

「殺人容疑者のアリバイ調べだってことを知ったら、あの従業員は、たちまちぺらぺら喋りだすに違いないですからね。喋らせないためには、彼女の同情をひくに限ると考えていたんです」

褒められた技師は、満更でもなさそうに薄笑いをうかべ、先端にたまった灰を指で叩き落とした。

「すると、なにかね、鉛筆画のほうはレストランへ行く前に、木の電柱を消してコンクリートの電柱を描きいれておいたんだね」

「前の日の夕方に見た記憶を辿《たど》って、宿で描きました。たとい短時間であるにしても、現場にいる姿を人に見られたら危険ですからね」

若い刑事は、調書から顔を上げると、ポケットから刻みの袋をとりだして真鍮のキセルにつめはじめた。

「なるほどね。ところで、天候の問題になるんだが、二十日も二十一日も晴れていたからうまくいった。しかし、もし、どっちかの日が雨天だったら困るじゃないか。仮りに二十日が土砂降りだったとする。その大雨のなかで写生するやつもいまいが、仮りにだよ、仮りにその土砂降りのなかでスケッチした絵が晴天の風景画になっていたら、どんなにボンクラの仲居でも気づいてしまうだろう」

「だから友人が豊橋の測候所に電話をして、その日が快晴であることと、当分のあいだ晴天がつづくだろうという予報を聞いてから、田原町の絵を描きだしたのです。もし、東海地方が雨だったら、雨が降っていない地方を見つけて、そこへ出かけたはずでした。あの日は関東地方全域が晴れていましたから、早い話が群馬県の水上《みなかみ》あたりへ行ってもよかったわけです。ただ、田原町には、『椰子の実』というサービスタイムをやっている都合のいいレストランがあった。それが田原町を選んだ理由だったのですよ」

「全く頭のいい友人がいたものだ。だが、だからといって、きみ以外に犯人がいるとは考えられないな。それとも、猪狩氏に秘密を摑まれて土壇場に追い込まれたものがきみの他にもいたというのかね」

若い刑事は、追及の手綱をゆるめようとはしなかった。丹那も同感だ。竹岡のほかに猪狩に釈明を求められる立場の男がいたとしても、猪狩が、彼等ふたりをおなじ場所へおなじ時刻に呼び出して会うということは考えられない。植物園で待っていた人物が竹岡ひとりということになると、彼以外の犯行だとは考えられないのだ。

「警察は、スタートからつまずいているのです。最初から見当違いの方向を模索している。だから、ぼく以外に犯人はいないなんて考えるんです」

と、竹岡は、藪から棒にわけのわからぬことを言い出し、ふたりの刑事は煙にまかれたように顔を見合わせた。

「歯に衣《きぬ》をきせたような言い方はよせ」

「あなた方は、猪狩君を殺したのはぼくだという固定観念から抜けられずにいる。猪狩君を殺して、その殺人現場を目撃されたものだから成瀬さんとかいうバレリーナを殺したのだと思い込んでいる。だが、その逆のケースをなぜ想定しないのですか。犯人は成瀬さんを殺すのが第一の目的であり、それを目撃されたために猪狩君を殺したということを、なぜ考えないのですか」

「それは……」

若い刑事は絶句して、口をもぐもぐさせていた。本部としても最初から捜査の目標を一点にしぼっていたわけではなかったけれど、竹岡というあまりにも容疑者らしい容疑者がいたために、てっきりこの男が犯人だとばかり思い込み、他をかえりみることがなかったのである。

「しかし、きみ、現場の状況が――」

「猪狩君が、先に殺されたようにできている、といいたいんでしょう。だがね、あれは犯人の偽装なんです。犯人は、これは、ぼくのその友だちがいうんですが、『おれと同じくらいの頭のいいやつ』なんです。成瀬さんを殺し、猪狩君を殺したあと、殺人の順序を逆にみせかければ、自分は完全に容疑の圏外にたてるということを、即座に思いついたのです。それにはどうすればいいか。まず第一に彼がしたのは、猪狩君の屍体の上に成瀬さんの屍体を重ねたことです。第二に、ストッキングに故意に孔《あな》をあけてそこから砂をばらまくと、そのストッキングで屍体の喉頸を絞め上げたことです。第三に、猪狩君の眼鏡をはずしてレンズをぶち割ってから、その破片を成瀬さんの靴の裏につき立てたことです。犯人は、これだけのことを、しかも殺人という異常な行為をすませた直後に、きわめて短時間のうちに考え出した、ずばぬけた頭のいい男なんですよ」

ふたりの刑事は、言葉もなく顔を見合わせるだけだった。終始目の前にぶらさがっていたことなのに、指摘されるまでは少しも気づけなかったのが無念でもあった。

「最初からいってくれればよかったのになあ……」

丹那が愚痴っぽく吐息すると、竹岡は、眸をきらっと光らせた。目が、一段と吊り上がったようにみえた。

「冗談じゃない。そんなことがいえますか。警察は、なにがなんでもぼくを犯人にでっち上げようとしていたんだ。ぼくは、必死であのアリバイに縋《すが》りついていたんですよ。そのアリバイを自分から捨てて、じつは、あのとき、現場付近にいたのです、なんてことが軽々しくいえると思うのですか」

反対に怒られてしまい、丹那は、にが笑いせざるを得なかった。

「きみは、犯人のことを彼といっているが、大柄の女でもあの程度の殺しはできるぜ」

かわって、若いほうの刑事がいった。

「犯人が女であるわけがないですよ。ぼくが見ていたんだから」

「なに！」

「さっきもいったように、ぼくは、温室のなかで猪狩君を待っていたんですが、そのうちに男女のふたり連れが温室の前の砂利道を歩いていった。それから三十分ばかりすると、今度は、その男だけがひとりで戻っていくんですね。おや、女はどうしたんだろう、そう思って、彼の後ろ姿を見ていたんですよ。その女というのが屍体になっていた成瀬さんなんだから、犯人があいつであることは間違いないんです」

「きみ、その男の特徴は？　なにか特徴はなかったですか？」

と、若い刑事は、言葉遣いをあらためていた。

「あることはありますがね」

自分が完全に優位な立場にいることを知った電機技師は、太くて濃い眉を動かすと重々しい口振りになった。

「身長はわたしぐらいの、三十男です。灰色系統のオーバーを着て、赤い色のベレ帽をかぶっていました」

二

捜査本部が、成瀬千里を頭から無視していたわけではない。しかし、焦点が竹岡にしぼられてくると、偶発事件にすぎぬバレリーナの死を調査することは、少なくとも事件解決を目指す上では意味がないと考えられていたのである。

その翌日、東中野のマンションに千里の姪をたずねたのは、どちらも佐藤という姓のふたりの刑事だった。年輩も筋肉質の体つきも似ているが、ひとりは鹿児島の産であり、もうひとりは北海道の生まれで、北国人のほうが色が黒く、当人は、これを雪焼けのせいだといっていた。

三階の千里の住居は、ごくありふれた三DKであった。バレリーナという華やいだ職業の女性にしては地味な感じがするが、姪の睦子《むつこ》の話によれば、千里は、踊ること以外にはなに一つ趣味らしきものを持たぬ人なのだというのである。事実、通された居間にも女性らしいこまやかな装飾は少しも見られず、額におさめられた舞台写真が幾つかならべてあるきりだった。睦子もそれに感化されたのだろうか、灰色の目立たぬスーツを身につけ、油気のない髪を黒いリボンでたばねている。

葬儀のときは、人の出入りもはげしかっただろうが、それが一段落したいまでは訪ねてくる客もないらしく、睦子はしずまり返った家のなかにただひとりで暮らしていた。そのせいか、彼女は、刑事がやって来たことを心のなかでは歓迎しているようにみえた。血の気のうせた白い頰に生色《せいしょく》をよみがえらせると、いそいそと立って紅茶をいれたり皿のクッキーをすすめたりした。

「事情がかわったので、少しくわしいことをお訊きしたいのですがね」

北海道産の刑事は、手帳をひろげ、南国の刑事が訊き役にまわった。

「はあ、知っていることでしたらなんでも……」

「亡くなった成瀬さんの知り合いのなかに、赤いベレ帽をかぶった人はいないですか？」

「いますわよ」

と、睦子は、意気込んだような答え方をし、刑事は刑事で目顔で頷き合った。

「何者です？」

「あの、あたしの知っているだけで三人いるんですけど。ひとりは福山《ふくやま》さんという画家で、先生の現役時代によくバックの絵を描いてくださったんですって。ほら、あそこに《コッペリア》と《ジゼル》の舞台写真がありますわね。あの背景は、みんな福山先生なんです」

辛気《しんき》くさい喪家《そうか》の空気から解放されたのをよろこぶように、彼女は、次第に多弁になってきた。目尻のさがった、愛嬌のある顔がいよいよ明るくなっていった。

「年齢は？」

「五十二か三じゃなかったかと思いますわ。来年還暦だというから……」

彼女は、なにか思い違いをしているようだったが、五十代にせよ、六十代にせよ、これでは年齢的にずれがありすぎる。

ふたり目は井沢卓造《いざわたくぞう》という芸能記者で、名前と住所をメモしてから、つぎに移った。

書いてくれた。彼女は、これを多としており、やはり千里が現役時代にしばしば好意的な記事を記者をたずねて食事を共にしたり、ときには、いっしょにバーへ誘ってかるいアルコールを呑むこともあったという。

「幾つぐらいの人ですか？」

「そうね、四十を一つ二つ出てるそうですけど、童顔だから三十四、五に見えるって話でしたわ」

年齢的には合っているな。刑事は目で語り合った。

「近頃、仲たがいをしたことなんかない？」

「そんなことありませんわ。たしか、この間も年賀状を書いた筈ですもの。それに、お葬式のときも来てくださいました」

しかし、彼が犯人であるならば、来ないほうが訝しい。怪しまれぬためには、何喰わぬ顔で香典を持ってくるのが当然だった。

「年賀状を出したことは確かですか？」

「調べてみますわ。お待ちになって……」

立ってつぎの間に入っていったが、すぐに赤い表紙のノートを持って戻ってきた。

「先生は几帳面なたちだったんです。ですから、年賀状を出しそこなったり、おなじ人に二枚出したりしないようにメモはきちんととっていました。これがそうですけど」

それは、ほぼ十年間にわたる記録で、各年の冒頭には、その年のハガキの見本が貼りつけてあり、それにつづけて賀状を出した三百名ちかい人名が、きちんとした書体で列記されていた。おれが書く賀状はせいぜい三十枚どまりだが、到底、この真似はできない。胸のなかで刑事はそう感嘆した。

「うむ、出しているぞ。住所は世田谷区太子堂《たいしどう》の……」

住所を読み上げ、色の黒い刑事がすかさずそれを手帳につけた。が、賀状を出しているところをみると、依然として親密な間柄であったとみなければならない。

「なぜ、赤い帽子なんかかぶるんだろうな」

「目立つためですって」

「目立つ？」

「ええ。人の注目するところになれば悪いことができない、おのずと行ないが正しくなるというんだそうです」

「すると、ベレをかぶらないと暴走する心配があるというわけですか」

「そんなことないと思いますが、旅行先でバーにいっても目立つから無茶なことはしない、ひいては夫婦仲も円満になるとおっしゃるのです」

「こんなことが女房に知られたら大変だ、おれまで赤い帽子をかぶらされてしまう」

と、鹿児島産が笑った。

「中肉中背でしたね？」

「あら、そんなことといいませんわ。背が低いのに金太郎さんみたいによく肥っているんです。だから、赤いベレなんかかぶらなくっても目立つわよ、と先生も笑っていましたけど」

千里の名が出ると、睦子はちょっとしんみりとした口調になり、心持ち目がうるむようにみえた。ふたりの佐藤刑事は、視線を合わせて頷いた。動機がなく、しかも肉体的特徴が違いすぎるのだから、この芸能記者はオミットしてもいいと思った。

「三人目はどんな人です？」

「塚本《つかもと》さんという高校の先生ですわ。学校の名は知りませんけど、たしか神奈川県の市立の高校で――」

「イチ立ですか、ワタクシ立ですか？」

「さあ、そう訊かれてみると……。化学を教えているそうですわ」

「化学ってのは化ける方ですね。やはり成瀬さんの友だちですか？」

とんでもない、というふうに激しく頭をふった。二つにわけて束ねた髪が、左右の肩の上で跳ねた。

「違いますわよ。うちの先生が麹町《こうじまち》に土地を持っているんです。そこに家を建てて住んでいる人です」

「つまり、借地人ですな」

「図々しき借地人ですわ」

と、睦子は、苦々しい口振りで訂正した。刑事は、バレリーナにとって、この化学教師が愉快な存在ではなかったことを悟った。

「図々しいというと？」

「頑固で、融通のきかない変人なんです。先生の土地は、先生のお父さんから譲られた地所なんです。塚本さんがいま住んでいる家も、あの人のお父さんから譲られたものなんですの。

つまり、借地契約をとりかわしたのは、どちらもお父さんの代のことだったんです」

「なるほど」

「ですから、借地契約の期限はとうに切れてしまっているのに、いろいろ難癖をつけて書き換えに応じないんです。地代だって昭和十年頃のままですもの、いくら先生が金銭におおかなたちでも腹が立ちますわよ。なのに、どうでしょう、先生の要求が不当だといって告訴してしまったんですの。誰が考えたって敗けることははっきりしているのに。ですから、事情を知っている人は、みんな陰で嗤ってますわ」

「ときどきいるもんですな。臍《へそ》の曲がった男というものがね。ところで、告訴したとなると、成瀬さんとの仲はわるかったのでしょうな？」

「うちの先生は、変人だから仕方がないという考え方でしたけど、向こうは告訴したくらいだから怒っていたと思いますわ。外道《げどう》の逆恨《さかうら》みですわよ」

「その男の外見的な特徴は？　つまり、肥っているか痩《や》せているか、大男か小男ということですが」

「さあ、あたし見たことはないんですけど……」

そうしたことは調べればすぐわかる。とにかく、三人のなかでこの男が最も本命らしく思えるので、佐藤刑事は、さらに質問をつづけ、もうひとりの佐藤刑事は、いそがしく鉛筆を走らせた。このマンションは壁が厚いとみえて、隣の家からも、廊下のほうからも物音一つ聞こえてこない。部屋のなかは静寂そのものだった。

「臍曲がりというよりも吝嗇《りんしょく》なのかな」

「そうですわね、三十六になってもまだ独身でいるんですから。奥さんをもらうと生活費が倍になるからいやなんですって」

「そいつは一風変わったケチだな。普通いうところのケチは、友達なんかに対して出し惜しみをしても、自分の細君には、気前よくかねを使わせるものですがね」

「あの人の場合は、一般的なケチとちょっと違うわね」

うっかりして、彼女は、友人と喋っているような口調になった。

「噂では、コケマニアなんです。コケの研究に夢中になっていて……。女房を養うかねがあったら、外国へ行ってコケを採集して歩く、と放言しているんですって。だから、近頃では、みんな呆れ返っちゃって、誰も縁談を持ってこなくなったそうですわ」

「コケというのは、地面の上に這っているあれですか？」

「そうなの。四、五年前からコケに熱中しはじめて、去年だったと思うけど、とても値段のたかい本を出したそうですわ」

「コケの本をねえ」

佐藤刑事が、同僚をかえりみた。花の咲く草を栽培したり、丹那刑事のような豆盆栽を育てるというならわからぬでもないが、コケを眺めてどこが楽しいのだろう。

話を聞くにつれて、塚本俊平《しゅんぺい》という男がいよいよ変物《へんぶつ》にみえてきた。

「で、赤いベレをかぶっているの？」

「ええ。これも噂ですけど、寝るときは、赤い寝巻に、赤いナイトキャップをかぶるんだそうです」

「いやだねえ、なんだか花魁《おいらん》の化け物みたいな気がするじゃないか」

と、鹿児島の刑事が、北海道の刑事に相槌をもとめた。

「三十六、七になってなお独身でいると、精神的にこう抑圧されて、もやもやしてくるだろうからな、この場合の赤い色というのは女性の代償なんだよ」

「心理学者みたいなことをいうじゃないか」

鹿児島産の刑事がにやにやした。

「そうじゃないんです。赤は動脈血の色で、赤い色を身につけていると、光の波長の影響をうけて血がきれいになるっていうんですって。ですから下着から靴下まで赤だそうですわ」

「まるで赤シャツみたいですな」

「生徒は『赤シャツ』って呼んでるって話です。でも、四国の赤シャツは肌着だけですけど、こっちの赤シャツは、靴からネクタイまで赤なんです」

「服もですか？」

「それでは、まるでチンドン屋ですもの、さすがにそこまで徹底してはいませんけど、胸のポケットに赤いハンカチをつっ込んで、頭には赤いベレ帽をのっけているんです」

刑事は、また顔を見合わせた。いよいよもって尋常ではない。地代のいざこざが動機で人を殺すということは、普通一般の常識人のあいだでは考えられないが、変人となると話はべつである。

「千里さんは……」

と、刑事は改まった口調になった。

「家を出るときに塚本俊平に会うといっていたのですか？」

「いいえ、誰に会うともいいませんでした。ちょっと出てくるからって……」

睦子は、そこで血の気の薄い顔を刑事に向けると、ためらい勝ちにいい添えた。

「これは思い違いかもしれないんですけど、新宿と銀座に『名門』という喫茶店がありますわね、あそこに呼び出されたんじゃないかと……」

後になって思いついた、というのである。

「そんな喫茶店があったかな？」

鹿児島生まれが、道産子《どさんこ》をふり返った。

「ある。気障な名前だから覚えているんだ。もと男爵の娘とかが、喰うに困って開いた店だが、それが当たってね、わずか二年後に、目黒から新宿に進出すると、さらに二年後に、銀座にも支店を出すほどになった。値段はたかいんだけども、合成甘味料とか、人工着色剤をいっさい使わないというキャッチフレーズが、昨今の公害ノイローゼ気味の都民に受けたんだな」

「そこへ行くってことが、どうしてわかったんです？」

「前の日に電話でそういっていましたから」

「電話をかけた？　誰に？」

「そうじゃないんです。かかってきたんですわ。電話口で『名門』という言葉を二、三度口にしていました」

「了解。ほかには、もう赤いベレの男はおらんですか？」

「いませんね。三人いるだけでも多すぎるくらいじゃありませんの」

睦子は、紅茶をかきまぜながらにっと笑ってみせた。若い娘を元気づけるためには、お喋りにしくものはないということを、刑事はあらためて確認した。

三

その夜の捜査会議までに二つ、三つのことが明らかになっていた。

塚本が中肉中背の体つきで、あの電機技師が温室の陰から目撃した人物に該当することと、勤務先が横浜市の私立女子高校であることがそれである。睦子がいったことは、だいたい当たっていて、三十六歳の化学教師はまだ独身であった。同僚の評判では、必ずしもケチというのではなく、筋のとおった寄付などには率先して応じる場合が少なくないのだが、なにぶんにも変わり者なのでまともに相手にされていないのだった。生徒間の評判は概してよく、難解な化学方程式や分子構造の講義をじつにのみ込み易くやってくれるので、他の学校に比べると、クラスの平均点がかなり上まわっているほどであった。しかし、興が至ると突然教壇の上で浪曲をうなりはじめるという奇癖があるために、せっかくの好評も相殺《そうさい》されてしまう。睦子が語ったとおり、生徒が奉《たてまつ》った尊称は『赤シャツ』であった。

「化学の教師なら物事を論理的に考えそうなものだが、それが、赤シャツを信奉しているのはどういうわけだろうな」

と、佐藤刑事がいった。

「紺屋《こうや》の白袴《しろばかま》みたいなものさ」

と、もうひとりの佐藤刑事がわかったようなわからぬような返事をした。

一方、成瀬千里が呼び出された『名門』は、新宿店であることが判明している。幸いなことに伝票も残っており、その伝票から、ふたりが注文したものまで明らかになった。塚本俊平とみられる男が先に来て、まずヴァニラのアイスクリームを喰い、三十分ほど時間をつぶしているうちに千里とみられる女性がやって来た。ちょうど食事時でもあったから、ふたりは、揃ってエビのピラフで軽い昼食をすませいっしょに店を出たというのだった。

刑事のアドヴァイスでウェイトレスが思い起こしたのは、ベレの男が、終始、皮の手袋をとらなかったことで、すでにそのときから殺意を抱き、指紋をのこさぬよう用心していたことがわかった。伝票をつかんで料金を払ったのは彼女のほうだった。男は、一歩後ろにさがって、会計のすむのを待っていたというが、それがまた、吝嗇漢の化学教師らしいところであった。

「まあ、怖い、あの人が犯人だったんですか？」

と、小づくりなウェイトレスは、寒そうに事務室のストーヴににじり寄った。

「どうりで変わったカップルだと思いましたわ」

「変わったカップルって、どういう点が変わっていたのですか？」

「だって、初対面の間柄でもないし、夫婦にしてはよそよそしいでしょ。あんな齢をして恋人ってことも考えられませんわね。だから、よろめきさんかなって想像したんですけど、全然ツンとしているんです。こうしたお勤めを二年もしていると目が肥えてきて、一目見れば男女の関係がわかるんですけど、あのおふたりさんばかりは、見当がつかなかったもんですから、なんとなく気になって……。そんなことで余計に記憶に残っているんです」

それが、刑事の役に立ったのである。成瀬千里が呼び出しに応じたところをみると、塚本は、我《が》を折って地代の交渉に応じることにしたから会ってくれ、とでもいったのだろう。それ以外に彼女をおびき出す口実は考えられなかった。千里と塚本のカップルであれば、仲むつまじく語り合うわけもないのである。

「いくらツンツンしていても、なにか話をしていたでしょう?」

「そっちばかり見ていたわけじゃありませんから……。遅れてきた女のお客さんの注文を聞きにいったとき、ずけずけした口調で『赤いベレなんか嫌いよ』といっているのが聞こえました。それだけだわね」

「男はなんて答えてましたか?」

「横を向いて、にが笑いみたいな笑い方をしていましたけど」

刑事がウエイトレスから訊き出せたのは、その程度のことでしかなかった。

他の班の刑事たちが、念のために芸能記者と画家の双方に会ってきた。記者のほうは、喰うものが片端から血となり肉となるたちとみえ、成瀬睦子の話から想像したよりも遥《はる》かに肥っていた。そして、気落ちのしたような聞き取りにくい声で、一日もはやく犯人を捕えてくれるようにといった。

「あの偏屈者の高校教師の話は、以前にも千里君から聞かされたことがあります。千里君という人は、芸術家にありがちなことですが経済観念がとぼしくてね、面倒くさい、ゼニ勘定をするよりも飢えているほうがいいってたちなんです。だがそれでは駄目だ、図々しい男ってものは、放任しておくといよいよいい気になりますから、少し強硬に談じ込むように、このぼくがけしかけたんですよ。その問題が昂《こう》じてこうなったとすると、ぼくにも幾何《いくばく》かの責任があります。まさか人殺しをやるとは思わなかった。じつをいうと、この二、三日、眠れないのですよ」

　事実、平素は楽天家らしい肥った記者は、寝不足な赤い目をしており、しきりにまばたきを繰り返していた。蛍光灯のせいか、赤いベレ帽がいやにくすんだ色彩に見えた。

「ところで、形式的な質問ですが――」

「例のアリバイというやつでしょう?」

　ポケットの手帳をくっていたが、すぐまん丸な顔をあげた。

「映画の試写をみてましたよ。他の社の芸能記者連中といっしょに。だからアリバイは百パーセント確実に成立しますが、これが愚にもつかない喜劇でしてね。わたしがげらげら笑っている最中に千里君が殺されていたことを思うとなんともやるせない気持になるんですよ」

　陽気な顔をかげらせると、彼はたてつづけにタバコをふかした。

　刑事たちは、その場で他の新聞社や雑誌社の芸能記者に電話をかけ、アリバイの確認を試みたのだが、それはたちまち成立してしまった。この肥満した赤いベレの男は、誰の印象にもよくのこるとみえ、七人の記者が、異口同音《いくどうおん》に井沢卓造の出席していたことを認めたのだった。

　一方、舞台の背景を描いた画家は、目黒長者丸《めぐろちょうじゃまる》の自宅で鼻の孔をひろげ入れ歯をむき出しにして、往訪の刑事に毒づいたという。

「止してください、冗談じゃない。ベレ帽だけで犯人扱いされるなんて、あんた、気は確かですか。じゃ、借問するんですが、その男がパンツをはいていたとなると、日本中の男性が疑われなくちゃならんわけだ、そうでしょう？」

五十代にしては、髪も黒く、ふさふさとしている。筋肉質とでもいうのか、中年肥りの気配もなく、どうかすると十歳以上も若くみえることがあった。

「いや、先生を疑っているわけではないです。しかし、念のためにアリバイをうかがって——」

「一日中、このアトリエで絵を描いとった。若いぴちぴちした女性をモデルにしてです。そのモデルに訊いてみれば、わたしの嫌疑は立ち所にはれる。どうも刑事諸君は疑ぐりぶかくていかん。わたしが、成瀬君をなぜ殺さなくちゃならんのか。あの気立てのいい美しいバレリーナを……」

この画家は、多分に感情家であるらしく、しまいに言葉をつまらせてしまった。

画架にかけられた描きかけの絵から想像すると、そのモデルはかなりの美人ということになる。そこで、刑事は胸をはずませ、いそいそとして巣鴨《すがも》のアパートを訪ねていったが、あらわれたのは脂肪肥りのハムの化け物みたいな女だった。洗濯をしかけていた彼女は、セーターの袖を二の腕までたくし上げ、大儀そうに息をつきながら、問題の時刻には、モデル台の上で寝そべっていたことを証言した。

丹那と、宮本《みやもと》のふたりが、麹町の塚本家をおとずれたのは、いよいよ暮れもおし迫った三十一日の午後のことだった。どの商店も歳末大売り出しで賑わっているが、喧騒なのは大通りだけのことで、一歩屋敷町に入ってしまうと物音らしいものはほとんど聞こえてこない。どこかの家のなかから、ピアノをおさらいするたどたどしい音がかすかに洩れてくるだけだ。

塚本の家は、テレビ塔の下にあった。丹那の使いなれた尺度でいえば千坪はゆうにあるだろう。瓦をのせた白い塀《へい》にぐるりをとり囲まれた、洋風の二階建てである。真昼だというのに、そこここの窓が閉じたままになっており、それがいかにも変人教師の住居にふさわしく陰気な感じであった。

塚本はコケをいじっていたらしく、片手にピンセットを持ってあらわれた。セーターの胸のポケットからは天眼鏡の柄がつき出している。セーターが真っ赤な点を除くと、容貌も態度も、とりたてでどうということはない。変物だと聞かされ、そのつもりでやって来た丹那は当てがはずれた。散らかしてはいるがと弁解しながら通された客間は、コケの入った容器だらけで、窓際の机の上には独和辞典と、ドイツ語らしい大冊の図鑑がひろげてある。

「新聞に赤いベレのことが出てましたから、いずれは参考人として訊問されるだろうと思っていました」

無愛想に、低い声で呟いた。目も鼻も小さく、どちらかというと女性的な顔立ちだが、なにかの拍子にその目がとげとげしく光ったり、小さな口をきっと結んだりすると、そこに依《い》怙地《こじ》で狷介《けんかい》な性格の一端がちらりと覗いたように思えるのだった。

「その後、訴訟のほうはどうなっていますか？」

あたりさわりない話からはじめた。じわりじわりと、網をしぼっていく作戦だった。

「なんてこともないですよ。裁判ってものは、民事でも刑事でも、時間のかかるものですからね」

「しかし、相手の人が、ああした事情で亡くなってしまったので、拍子ぬけしたんじゃないですか」

「がっかりしたのは事実です。成瀬という女も綺麗な顔をしているくせに、なかなか欲の皮のつっぱった女でしたよ。このわたしに向かって、地代を上げたいというのですから」

このわたしという言い方に丹那はひっかかるものを感じた。なにやら、特別の事情でも伏在しているような口振りだったからである。

「戦前の安い地代なら、上げろというのは当然じゃないですか」

「一般論としてはそうですとも」

と、化学教師は、小さな目をきらりとさせ、反問した丹那につっかかるように応じた。

「だがこのわたしの住んでいるところは、侍《さむらい》屋敷《やしき》があった頃の昔から曰《いわ》くつきの土地でしてね、昭和の世の中になってもなお借り手も買い手もつかなかった。成瀬の親爺さんにしてみれば、税金と維持費をとられる持て余し物だったのです。それとは反対に、わたしの父は理学士でしたから、怪談だの、迷信なんていう科学的に根拠のないものは頭から笑いとばすほうでした。ふたりが、どこで知り合ったのかわかりませんが、成瀬の親爺さんは、父のそうした人柄に気づくと、無理矢理この土地を押しつけてしまったのですよ」

「どんな怪談です？」

「聞かないほうがいいでしょうよ、夜中にトイレにいけなくなると困るから」

からかうような答え方をした。悪意があるわけではなくて、当人は、それがユーモアのつもりでいるようだった。

「父は、世間の無知蒙昧《むちもうまい》な連中の蒙《もう》をひらいてやろうと思ったらしく、家を建てるにあたって殊更《ことさら》に迷信に挑戦をしたんです。つまり、頭から家相を無視したのですよ。そればかりでなくて、随筆を書くときは、姓名判断上わるいとされている字画のペンネームを使ったり、それがまとまって本になったときは、印相家が警告しているような兇悪な相のハンコをわざわざ彫らせて、検印に用いたくらいです。しかし、お化けも出ないし、父も母も、円満の人生をおくると長寿をまっとうして亡くなりました。強《し》いていえば、ぼくの体にちょっとした肉体的な欠陥があるのと、こうして人殺しの嫌疑で当局からしぼられるというのが祟《たた》りかもしれませんがね」

皮肉っぽい口調で言うと、また、にやりとした。もっとも、当人が黙っているときでも、その小さな目は、つねにシニカルに笑いかけているように見えた。肉体的な欠陥というのは何だか知らないが、三十半ばを過ぎてなお独身でいるところから考えると、大体の見当はつくのである。

「言い替えれば、ぼくの父が成瀬の親爺さんにかわって税金を払い、維持費を払ってきたようなものです。だから地代の安いのは当然だ、それを条件に借地をしたのですからね。ところがどうです、戦争で家もろともに契約書が焼けてしまったのをいいことにして、いまになって地代を上げろと、申し入れてくる。わたしが怒るのは当然じゃないですか」

怒る前に話し合いぐらいしてもよさそうなものだが、一挙に告訴に持ち込むところが、やはり変わり者の変わり者たるゆえんなのだろう。しかし、丹那は、そうした思いはおくびにも出さずに、同感したように大きく頷いてみせた。

「大体の事情はよくわかりました。そこで、事件当日のアリバイをお訊きしたいんですがね」

「日記で確かめておきましたが、一日中、この家のなかにいました。ひとり暮らしだから証人はいません。つまり、アリバイなんてないってことですな」

無愛想な、挑むようなひびきである。これではまるで喧嘩腰ではないか、と丹那は思った。

四

「コケの研究をやってたというわけですか?」

「そうじゃない。学校が休みの日は、コケの採集に行くか、自宅で研究をやるか、たいていの場合が二つに一つです。しかし、二十日の日は研究ではない。一日中お客の来るのを待っていたんですよ。しかも、そいつが来なかった。結局、ぼくは待ち呆けをくわされたのです。そして、いまにして思うと、それは、ぼくのアリバイをぶっつぶすためにそうした工作をしたらしいんです。いや、らしいなんてものじゃない。ぼくのアリバイを潰すのが狙いだったんだ」

自分の感情をセーヴしきれなくなったように、化学教師は声をはり上げた。唇の端に泡《あわ》をうかべ、まくしたてるような早口である。演技過剰の気味がある、と刑事は思った。

「どうも事情がよくわからない。最初から話をしてくれんですか」

「そんなにこみ入った話じゃないです。前の晩に、というのは、十九日の晩だが、電話がかかりました。どんな字を書くんだか知らないが、大田区のオオヤマシゲルだと名乗って、コケの新種らしいものを採取したから鑑定してくれないかというんです。話の様子ではどうもアマチュアのコケマニアらしい。結局、二十日の午後に訪ねてくることに話が決まったのです」

「二十日に訪問するというのは、あなたが決めたのですか、それとも先方から申し入れてきたのですか？」

「あっちでです。勤め先が三十一日ぎりぎりまであるので、日曜以外には訪ねることができない、ぜひとも日曜日の午後訪ねたいのだがというので、わたしも待っているからと約束したのです」

「それが来なかったというのですな？」

「ええ」

「それ以後、音沙汰なしですか？」

「そう」

「声に聞き覚えは？」

「全然」

宮本刑事はペンをおくと、丹那をふり返った。到底信じかねるといった顔つきをしている。コケを採集するときはごく地味な服装をしている、だから誰の印象にものこるわけがなく、したがって、アリバイの証明は不可能だ、というのである。丹那も宮本も、当然のことながら、それはこの男の逃げ口上だと考えた。

「勝手なことをいうようですが、冬休み中に真犯人を挙げていただきたいと思ってます。この状態がつづくと、学校へ行けませんからね。ＰＴＡにはうるさい婆ァさんが揃っていますから、殺人犯の教師なんてご免だというわけで、ボイコットされるのは明らかです」

「では新宿の喫茶店で被害者と落ち合った赤いベレの男は、あなたではないというんですな？」

「広い世間には、赤い帽子をかぶるやつもいますよ。赤いベレをかぶっただけでわたしが犯人にされてしまうのは困るな」

入れ歯の画家とおなじことをいっている。

「それは遁辞《とんじ》ですよ。あなたの他に赤いベレをかぶる男がいるかもしれない。しかしね、成瀬さんを憎んでいた赤いベレの男は、あなたひとりしかおらんです」

化学教師は、ちょっとひるんだように沈黙すると、舌の先で上唇をなめた。

「ねえ、刑事さん、あなたは、鬼の首をとったように赤いベレ、赤いベレといっているが、わたしが犯人だったらこれ見よがしに赤いベレなんてかぶっちゃいませんよ。朝刊で読んだ記事には、その犯人は、指紋を残すまいとして手袋をはめどおしだったと書いてある。そのくらい用心ぶかい犯人がですよ、どうして、自分を広告するような赤い帽子をかぶるんです」

「しかし、それは解釈のしようですよ。狡猾《こうかつ》な犯人のことだから、裏の裏を狙ったのかもしれない」

「それこそ苦しまぎれの遁辞だ。ぼくはね、喫茶店に現われた人物は、すなわち前の晩に電話をかけてきたオオヤマシゲルであると思うんです。そいつは、この塚本俊平に罪をきせようと企んで、ぼくの外出を封じる一方では、ぼくをよそおって喫茶店に現われたんだ。どこかで赤いベレを買ってきて、それをかぶるだけでぼくに化けることができるんだから、こんな簡単な話はないです。いってみれば、ぼくは犠牲者なのです」

「さあ、どうかな」

「そいつは、ぼくと成瀬とが犬猿の仲であることを知ってる。さらにはその男は、僕の日常生活がアリバイを立証しにくいことを知っている。さらにまた、いうまでもないことですが、ぼくと赤いベレの関係についても知っているんです。刑事さん、そいつの人相はわかっていないんですか？」

逆に質問され、宮本刑事は苦笑している。

「あなたによく似ていたそうです」

宮本が、話のついでに赤いベレの男が先にやって来て、ヴァニラのアイスクリームをなめながら女の来るのを待っていたことを語るとどうしたわけか、塚本は小さな目を精一杯に見開いて、興奮したようにはげしく息づいていた。

「新聞には、そこまで書いていなかったのですが、たしかにヴァニラクリームでしたね？」

「そうです」

「新宿に喫茶店は何百何千とあるんですが、間違いなく『名門』だったんですね？」

「ええ、そうです」

本物を喰わせることを看板にしているこの店は、メロンジュースを注文すれば、静岡産の温室栽培のマスクメロンをジューサーにぶち込んでもってくる、といった按配なのだ。当然のことだが、メニューにしるされた飲み物の値段は高価なものばかりである。それにしてもこの教師は、喫茶店が『名門』であることになぜこうも関心を示すのだろうか。丹那も宮本も、怪訝そうに相手の顔を見つめていた。

「ちょっと失礼。その『名門』に電話をかけて確かめてみますから。ひょっとすると……」

曖昧にぶつぶつ呟きながら部屋を出ていったが、間もなくダイヤルを回す音と、なにやら通話する音が断続して聞こえてきた。ふたりの刑事は、部屋いっぱいに並べられたコケの標本に、奇異な眸をなげていた。

五分ほどすると、塚本が戻ってきた。少し長すぎると思っていたが、それも道理で、彼はオーバーを着、頭に赤いベレをちょこんとのせて、早くも外出の仕度になっていた。

「恐縮ですが、『名門』まで同道願いたいのです。目的はぼくの潔白を証明するためなんです。アリバイがない以上、こうでもやるほかに方法がないですからね」

頬をふくらませ、大切な時間をつぶされたためか、ちょっと不機嫌そうでもあった。

麹町と新宿はつい目と鼻の先だが、車で四十分もかかってようやく『名門』に到着することができた。

「できれば、同じテーブルに着きたいのですがね。そのほうが、ウェイトレスの記憶を呼び起こすのに具合がいいと思うんです」

しかし、そのテーブルには、四人連れの若い女が坐って盛んにお喋りをしていた。あのぶんでは、二時間待ってもあきそうにない。塚本はいらいらしながら立っていたが、あきらめたように近くのテーブルに腰をおろした。

「刑事さん、その赤いベレに応対したウェイトレスはどれですか。改めてじっくりとぼくを観察してもらいたいのです」

宮本が立っていって、すぐにそのウェイトレスをつれてきた。空色のユニフォームがよく似合う可愛い娘で、脚がすんなりとして綺麗だった。教師は小さな目で真向から相手を見つめ、真剣な顔つきで、先日のベレの男はこの自分だったかどうか、よく思い出してくれといった。周囲の客のなかにも、彼の赤い帽子に気づいたものがいて、露骨な眸をあびせるものもいれば、つつましく視線をそらせ、何事も知らぬようによそおうものもいた。

塚本は、客のことなど念頭にない様子で、またたきもせずにウェイトレスを凝視している。ウェイトレスはエプロンの端を指でつまみ、それをよじりながら、眼前の赤いベレの男を困惑のていで眺めていた。

「……困ったわ」

ルージュを塗った唇を歪めると、困り果てたように嘆息した。そして、赤い帽子に気をとられていたから顔のほうはよく覚えていない、と答えた。

「困ったな」

と、教師もおなじことを呟いて肩を落としたが、すぐに思い返したようにアイスクリームを注文した。

「三つたのむ。あの男が喰ったのとおなじヴァニラですよ」

「何をやろうというんですか？」

宮本は若いだけに、すぐ感情をおもてにだす。このときも、闇雲《やみくも》に引きずり回す相手の態度にしびれを切らしたらしかった。

「まあ、待ってください。五分とかかりはしません。とにかく、あの男がぼくでないことをはっきりと立証してお目にかけますから」

「だから、何をやろうというんです？」

「人体実験ですよ、オーバーな表現をすればね」

そう答えたきり、塚本はそっぽを向いてしまい、宮本刑事の追及をかたくなに拒否した。運ばれてきたアイスクリームをスプーンですくうと、それを目に近づけてしばらく見つめていたが、やがて口のなかに入れてうまそうに舌の上で溶かし、喉を動かして飲み込んだ。丹那たちもそれにならった。

「この店のヴァニラは、本物を使っているんですよ。この、ゴミみたいな小さなやつがヴァニラの粉末ですが、受け取った客がウェイトレスを呼ぶと、ゴミが入っているといって叱りつけた話があるんです。あまり知ったかぶりはしないほうがいいですね」

そんなことを喋りながら喰べているうちに、クリームは半分ほどに減っていた。彼は、スプーンを皿の端においた。

「話は犯人のことになりますが、そいつはクリームを喰いおわると、三十分ほど成瀬が来るのを待っていたそうですね？」

「ああ」

と、丹那は、少しぶっきら棒に頷いた。いくら相手が憎らしいからといっても、もう故人になったのだ、敬称ぐらいはつけてもよさそうなものではないか。

「ところがね、先程、ぼくには、肉体的欠陥があるといいましたが、その体質のためにぼくは三十分間も無事ではいられないのです。せいぜい三分……、普通は、二分ぐらいで反応がでてきます」

「反応？」

「ええ。友人のあいだでも知らないものが多いんですが、ぼくは、ヴァニラのアレルギーでしてね。いや、エッセンスのほうはなんともないんです。あれは、タールを精製したやつですから。本物のヴァニラが胃のなかに入ると、鯖《さば》にやられたり、卵にやられたりする人とおなじように、酷《ひど》い症状があらわれるんです」

刑事には、教師が人体実験といった意味が急速にわかりかけてきた。塚本の顔ははやくも赤味がさし、むくみがでて、ひと回り大きくなったように見えた。

「大丈夫ですか。無茶をやってはいかんな」

「ぶつぶつが出てきて、無性に痒《かゆ》くなります。ひどいときは、内臓の内側まで痒くてたまらなくなるんです。気管が収縮して、呼吸困難になったりします」

すでに声がかすれている。

「きみ！　おいおい」

塚本は指を折り曲げると、ネクタイをゆるめようとした。その手の甲にも、一面に赤い発《ほっ》疹《しん》が見えた。丹那を見つめる目も赤く充血して、焦点がぼやけ、うるんでいる。

「しっかりしろ」

ふたりの刑事は同時に立ち上がってテーブルを回った。塚本はイスからずるずると崩れおちると、壁に頸筋をもたれかけ、口を大きくあけて喘いでいた。その度に喉がひいひいと音をたてる。レストランのなかはしーんと静まり返ってしまい、客もウェイトレスも総立ちになってこちらを見ている。

「毒をのんだのよ、青酸加里だわよ、きっと」

「失恋したのかしら」

「何いってんのよ、井の頭事件の犯人じゃないの」

「じゃ、こっちのふたりは刑事だわね」

「決まってるじゃないの。重大な責任問題よ、これは。クビだわね」

「だから慌ててるのね」

だが、丹那も宮本も夢中である、そんな囁きは耳に入らない。

「おい、しっかりしろ」

「救急車だ、救急車。早くたのむ」

たしかにふたりは慌てていた。醜態なほど慌てふためいていた。

やがて十分ちかく経つと、この騒ぎもどうやら静まり、客は腰を落ち着けて、飲んだり喰ったりするようになった。

救急車には宮本刑事が同乗して病院へ行った。救急医が、これは蕁麻疹《じんましん》だから注射を一本うてばけろりと癒《なお》るといってくれたので、丹那はやっと安心して後に残ることができたのだった。料金を払ったり、割れたカップの弁償をしなくてはならない。

彼は、床にかがむと陶器のかけらを拾っていた。

「いいんです、あたしがやりますから」

「そうかい、すまないね」

丹那は立ち上がると、溶けて乳白色の液体になってしまった自分のアイスクリームに、恨めしそうな一瞥をなげた。

「あの、刑事さんでしょうか?」

「ああ、そうだが……」

「あたし、あのときのお客さんもこうして落としたマッチを拾い上げていたことを思い出したんです。そしたら、ちょっと妙なことに気づいたのですけど」

拾った破片を手に、ウェイトレスは、話すほどの価値があるか否かで迷っているふうだった。

「どんなこと?」

「いまのお客さんは、左手首に時計をしていましたわね?」

当り前じゃないか、おれだってそうだ。

「このあいだのお客さんは、右の手首にはめていたんですけど」

「右に？」

「ええ、マッチを拾おうとして右の手を伸ばした拍子に、手袋と袖の間からちらりと見えました」

こうした予期しないウェイトレスの発言から、ある男の姿が大きく浮かんできたのである。

五　濡れた足跡

一

ふたりの佐藤刑事が、ふたたび東中野のマンションを訪ねたのは、おなじ日の夕方のことで、睦子の部屋にもすでに明るい蛍光灯がついていた。歳の瀬もいよいよおし迫って、誰もが慌《あわただ》しさを感じているのに、この家だけは落ち着いた静謐《せいひつ》のなかにあった。睦子自身も世俗を超越した仙人のように、悠然と編み物をしているところだった。

「今度は、どんなご用でしょうか？」

毛糸の玉と編み棒を片隅によせて、刑事たちをソファに坐らせた。

「成瀬さんの周囲に、右手首に腕時計をはめている男はいませんか？」

睦子の白い顔が、すぐに思い当たったように頷いた。前回とおなじように灰色のスーツで身を包み、化粧もしていない。

「いますけど、その人がどうかしたんですの？」

「誰です？」

「鈴鹿一郎《すずかいちろう》という、もとの旦那さんですけど」

千里に結婚の前歴があるということは、どちらの刑事もそのとき初めて知ったのだった。なんとなく彼女は、死ぬまで独身をおしとおしていたものと思い込んでいたのである。

「いつ別れたんです？」

「そろそろ一年になると思いますわ」

「その旦那さんは左利きですか」

「いいえ。なぜ……？」

「時計を右手にはめているからですよ」

「あ」

と、自分の勘のにぶさを恥じるように微笑した。

「右手首に入れ墨をした跡があるからですわ。それを隠そうとして腕時計をはめるんです」

著名なバレリーナの夫に入れ墨があるとは意外だった。そんな男と結婚したとなると、彼女も余程のぼせ上がっていたことが想像されるのである。

「何者ですか」

「プロのカメラマンですわ。その世界ではかなり知られた人なんですの。雑誌のグラビアや、カラー写真によく作品を発表しています」

お前知っているか、というふうに刑事は視線を合わせた。そして、同時に双方とも首をよこにふった。

「雑誌に載せるというと、ヌードが専門ですな？」

鹿児島の刑事は察しがよかった。

「はあ」

「どんな入れ墨ですか？」

「ブルーの桃を彫ってあるんです」

「なぜ、そんないたずらをしたのか、説明していましたか？」

「子供の頃、米軍基地でハウスボーイをしていたのですって。そのとき、アメリカ兵に麻薬をうたれて、気がついてみると入れ墨されていたと話していました」

事実かもしれない。しかし、疑ってかかれば、若い頃に悪い仲間とつき合ったことがあって、そのときにそうした入れ墨をしたという想像もできた。

「離婚の原因はなんでしたか。念のために断っときますが、これは、興味本位で訊いているのではありません。殺人事件の捜査に必要だから訊ねているのです」

「わかってますわ」

睦子は上唇をひとなめすると、思い切ったように語りだした。

「あの人は、女性を誑《たぶら》かす天才なんです。自分のほうから女にちょっかいを出すのではなしに、女性のほうから飛び込んでいくといった、変な引力みたいなものを持っているんです。なんていったらいいかしら……」

ちょっと沈黙していたが、適当な言葉が見つからなかったらしく、また話をつづけた。

「一般のドン・ホアンは、上等の仕立の服を着て女の関心をひきますわね。ところが、あの人は、どんな服を身につけていても素敵にみえるんです。顔にしたって、美男子でも好男子でもないんですけど、あの人の場合は、それがとても魅力的に思えるんです」

「わかるような気がするな、その話」

「上手なカメラマンだというので、うちの先生が舞台写真やスチールを頼んだことがあるんです。それをきっかけに知り合ってしまったんですわ」

苦々し気に述懐した。

「結婚後もこの人の素行はおさまりません。職業がヌード専門のカメラマンでしょう？　モデルといえば、八頭身の美人ぞろいです。ですから、年がら年中、あっちこっちのモデルとよろめいているんです。それなら先生のほうでも火遊びをすればいいんですけど、先生は、どちらかというとストイックなたちですもの、そんな真似はしたくてもできません。これだけお話しすれば、どこに離婚の原因があるか、おわかりでしょう？」

「なるほどね、成瀬さんもさぞ腹が立っただろうな。で、どんな性格の男でしたかね？」

「冷酷な人でしたわ」

「ふむ。なぜ？」

「狩猟が好きで、シーズンになると出かけるんですけど、熊や猪はとってきたことがないんです」

「それはそうだろう、あれは猛獣だからね」

「カモシカや白鳥を撃つんです。弱いものいじめをするのが好きなのですわよ」

「あの白鳥というやつは、狩猟を禁止されていたんじゃなかったかな……？」

と、鹿児島の刑事は、同僚の意見を求めた。強力《ごうりき》犯罪にかけてはヴェテランだが、猟のことはあまり自信がないのである。

「そうですわ。ですから、一度お巡りさんがどこかで噂を聞いたとみえて、たしかめに見えたことがあるんです。あの人は、お巡りさんを煙にまいて追い返してしまうと、この居間の床を転げ回って、息がとまりそうなほど笑いつづけました。そのうちに笑い止むと、立ち上がって、いままでお巡りさんが背にあてていたクッションを放り上げたり、蹴飛ばしたりするんです。あたし呆気にとられて見ていました。やがて、クッションが破れると、なかの詰め物がひらひらと舞って、そこら一帯が真っ白になったんです。それが白鳥の羽根でした。肉のほうは、仲間たちでバーベキューにしたそうです」

ふたりの佐藤刑事は、無言のまま顔を見合わせた。どちらも呆れ返っていた。そして、どちらも、今度こそ、ホンボシに違いないと確信した。

「もう二、三お訊きしますが、鈴鹿さんは、ベレをかぶっていましたか？」

「ええ、気が向くとかぶることがありました。でも、赤じゃなくてブルーです」

「土地を借りている塚本という男ですがね、鈴鹿さんは、このいきさつを知っていたのですか？」

「塚本さんが告訴したのは、離婚するちょっと前のことでしたから、ある程度のことは知っていた筈ですわ」

彼は、千里と化学教師のあいだのトラブルを知っていたという。となると、鈴鹿一郎が、犯行をこの男に転嫁しようと企てたことは疑問の余地がなかった。しかも塚本俊平は、よくいえば浮世ばなれをした、わるくいえば偏屈な男である。この男に罪をかぶせれば、動機が多少あやふやであっても犯人と目《もく》されてしまう。鈴鹿は、その辺のことを充分に計算した上で、この計画をねったに相違なかった。

だが、別れた夫から電話があったくらいで、いそいそと誘い出されるものだろうか。

「立ち入った質問になりますが、成瀬さんは、もとの旦那さんに未練があったのでしょうか？」

「勝気なひとですから、そんな気配はおくびにも出しません。でも、あの人から電話がかかれば、関係のあったすべての女性が喜んで飛んでいくだろうと思いますわ。魅力というよりも、魔力みたいなものを持っているんですもの」

佐藤刑事は、黙って頷いた。『名門』における彼女はツンとしていたというが、それは、第三者の目を意識したからだろう。あるいは、それが前夫に対する精一杯の抵抗であったかもしれない。その彼女が、つまるところ人影のない淋しい植物園に連れ込まれているのだから、刑事にも、プロカメラマンの不思議な魅力のほどが想像できるのであった。

ただ、ふたりの刑事にとってついに解明することができなかったのは、動機の問題だった。仮りに千里のほうに未練があったとして、復縁をもとめて拒まれたことが動機だとすると、被害者は鈴鹿一郎のほうでなくてはならない。一年前に赤の他人にもどった男が、なぜ、綿密な計画をたてて以前の妻を殺さねばならなかったのだろうか。

「わかりません。思い当たることなんてないんです、全然……」

睦子も困惑の体《てい》で、首をふるばかりだった。

二

千里と協議離婚をしたカメラマンは、その直後、公害喘息《ぜんそく》の気味があるといって東京を離れると、長野県の上田市《うえだ》に引っ込んでしまった。上田とはまた、意外な土地を選んだものだ。当時、知友の誰かれから同じような質問をうける度に、以前、スキーに来たときに見たこの町のたたずまいがとても気に入ったから、二、三年住んでみようと思ったまでさ、と説明した。

たしかに空気は澄んでいる。それに上田〜上野間は急行で三時間そこそこだから、活動家の彼にしてみれば、東京の郊外ぐらいにしか思っていないのだろう。事実、雑誌の仕事もあるのでかなり頻繁《ひんぱん》に出京している。

情報の蒐集と整理に手間どったのは、すでに二度も苦い失敗を重ねていたからだが、そのため丹那が上田へ向かったのは、年が明けた正月の一日であった。はるばる長野県の北部へ出かけていって、もし留守だったら目もあてられない。丹那は、それが心配であった。

列車に乗るまでうっかりしていたが、上田市は菅平《すがだいら》スキー場をひかえている。元日だからすいているだろう。のんびりとしたことを考えながら乗車した丹那は、どの車両もスキー客で満席なのを知ると、がっかりすると同時に自分の迂闊《うかつ》さに腹を立てた。彼等は、立っている哀れな乗客には目もくれずによく喋り、よく呑み、よく喰い、ときには、その長いスキー道具で丹那の向こう脛《ずね》をいやというほど打ったりした。丹那は、高崎、軽井沢といった駅に停車するたびに、席があくことを密かに期待して立っていた。が、彼の希望はいつも虚しく裏切られてしまった。ようやく席があいたのは上田駅に到着したときで、丹那は、スキーをかついだ若者の後につづいてホームに降りた。頬をなでる空気が、東京とは比べものにならぬくらいに冷たく、身がひきしまるようだ。

改札口を出たスキーヤーは、バスか上田電鉄の小さな電車で菅平へ行く。駅前のターミナルは、スキー場行の乗り物を待つ客でたちまちあふれてしまう。丹那は彼らの背後を迂回して広場を半周すると、駅の正面から北へのびる大通りを進んだ。平素は、買い物客で賑わうはずの松尾町《まつおちょう》、原町《はらまち》といったメインストリートも、正月のいまはほとんど通行人もなく、雪におおわれてひっそりとしていた。バスターミナルの混雑が別の世界の出来事のような気がする。

この商店街を通りぬけたあたりで左折すると、その一帯が鈴鹿一郎の仮寓《かぐう》する連歌町《れんがちょう》であった。初めてこの町名を見たときは、なにやら風流な町名だから、宗匠頭巾《そうしょうずきん》のご隠居でも住んでいるのだろうと想像したものだが、むかしここは上田でも知られた娼家のならんだ一画だった。すでに廃業して十年余になるせいか、見回したところどれもありきたりの商家の構えばかりで、その頃の紅灯《こうとう》の名残りはどこにもなかった。

鈴鹿一郎は、その中程の呉服屋の隣に住んでいた。南京下見《なんきんしたみ》の鶯色《うぐいすいろ》のペンキが剝げかかった二階建ての西洋館で、一見したところ歯科医院のような感じを受けたものだが、後で聞いた話では、耳鼻科の医院だったという。

手袋をはめた手でしばらく扉を叩きつづけていると、やがてカメラマンが出てきた。誰か客でもあったらしく、彼が応対している間に慌てて裏口から帰っていく気配がした。丹那が訪れたといって逃げる必要もない。例によって女を引き入れていたのだろうと、丹那は想像してみた。

一郎は、とり散らかしたミカンの皮やウイスキーグラスを片づけると、座布団を裏に返して刑事にすすめた。もちろん、歓迎されるわけはないのだけれど、べつに迷惑そうな顔もしていない。丹那にしても、冷たい玄関で応対されるよりもこのほうがありがたく、遠慮せずに炬燵《こたつ》に下半身をいれた。なにしろ、わずかの時間に体のしんまで冷えてしまった。炬燵がなによりの馳走《ちそう》なのだ。

「寝正月ですよ。年末からちょっと暇になったものですからね」

はるばる東京からやって来た刑事の労を犒《ねぎら》いながら、あたらしいグラスにウイスキーを注いでくれた。下をむくと、ひと握りの髪がたれさがり、そのたびにうるさそうに掻き上げている。その右手首に大型の腕時計がはめてあるのを、丹那の目はすばやく捉えていた。

写真家は額が広く、おでこがやや飛び出ていて、赤い厚味のある唇がなにかの軟体動物を連想させた。彼の顔写真は、佐藤刑事が借りてきたアルバムで見ていたのだが、実物を前にすると、どうしてこんな男が異性の関心を魅くのだろうか、女の心理がいよいよ不可解に思えてきた。

一郎が茶を淹《い》れに立っていった後、丹那は、それとなくあたりを見回した。男ひとりで暮らしているとかく不精になりそうなものなのに、小綺麗に掃除がゆきとどいている。彼のことだから、身辺の世話をさせる情婦がいるにちがいないと丹那は睨んだ。室内を見回すうちに、本棚の上の壁にかけられた直径三十センチほどの丸い時計に目が止まった。先程から耳鳴りに似た妙な音が聞こえてくるので、何だろうかといぶかっていたのだが、どうやら、この時計が犯人らしいことに気がついた。変わった時計だなと思って眺めていると、丹那は、もう一つの意外なことを発見した。時を刻むチクタクという音が全くしないのである。

「なに、それほど珍しいものじゃないですよ」

声がして、写真家が盆をささげて入ってきた。

「音叉《おんさ》時計なんです。なかに入っている音叉を指先ではじいてやると、ブーンという発信音をだして動きだすのです。従来の時計は秒針の動きがギクシャクしていますが、これは辷《すべ》るように回転しているでしょう、見ていると気持がいいんです」

「なるほどね」

赤い秒針を目で追いながら頷いた。いろいろと変わった時計があるものだ。

「前の奥さんは気の毒なことをしましたな」

新年早々の悔《くや》みでもあるまいと思ったが、訪問の目的が目的だったから、それに触れなくては話がすすめられない。

「可哀想なことをしましたよ。よほど葬儀に行ってやろうかと思ったのですが、いろいろと人にはいえない事情がありましてね、こちらで冥福をいのったわけです」

風邪をひいているらしく、鼻にかかった声であった。

「その件でやって来たのですがね」

丹那は、炬燵のこころよい温かさにとっぷりと浸りながらいった。

「井の頭植物園であなたによく似た人物を目撃した人がいるのです。池のそばに大きな温室があるのですが、この若い男女は、そこでランデヴーをしていたんですな。その恋人たちの前を、あなたによく似た人が、殺された成瀬さんとふたりで歩いていった。そして、三十分ほどすると、あなたに似た男だけがふたたび温室の前を通っていったというのです」

相手が示すわずかな反応でも見逃すまいとするように、丹那は、油断のない眸で鈴鹿の表情の動きを見つめていた。

「ふたりとも視力は確かだし、つまらん嘘をついて世間を騒がすような人間だとは思えんのです。そうしたわけで、あなたの駁論《ばくろん》を聞きにきたわけですよ」

「ちょっと待ってください、いきなり訊かれても見当がつかない。刑事さんがいわれるのは、千里が殺された日のことですね？」

べつに動ずる様子もなく、落ち着いて問い返した。

「先月二十日の午後二時のことです」

「弱ったな。そう藪から棒につっつかれても即答はできませんよ。ただ確実にいえるのは、ここ二週間あまり東京には出ていないことです。だから、その恋人たちが見かけた男がぼくでないことは明白ですがね」

写真家は、しきりに髪を掻き上げ、口の中で二十日、二十日……と呟きつづけている。

「困ったな。日記もつけていないし」

「日曜日ですがね」

「そんなこといわれても駄目です。サラリーマンと違って、われわれはウィークエンドもウイークデイも関係ないんですから。一年中が日曜日であり、勤労日でもある……」

語尾を口のなかにのみ込んで、しきりに首をかしげている。こいつ、とぼけていやがる、と丹那は思う。

「雨が降ったとか、なにかにひっかけて思い出せませんか」

刑事の言葉が耳に入らぬように、また、ひとしきり髪を掻き上げた。そんなにうるさい髪ならポマードで撫でつけるか、いっそのこと坊主頭にでもしてしまえばよさそうなものだ。こっちの気持までいらいらしてくる。

「待てよ。そうだ、思い出した。ぼくはずっと上田にいましたよ。外出先で腹が痛くなったものだから、家に帰って炬燵にもぐり込んでいたんです。日曜日で医者が休診でしたから」

「もっと具体的に聞かせてください」

「いいですとも。ぼくにとって冬の上田は初めてですし、健康を取り戻したらもっと東京に近いところに引っ越すつもりでいますから、思い出になるような風景を撮っておこうという気持を持っていたんですよ。で、原稿書きが一段落したもんで、昼食をすませると、カメラと三脚を抱えて、ぶらりと出たんです。ま、ぼくにとって風景写真は専門外ですから、モデルさんを写すほどに自信はないのですがね」

問題は、それが立証できるか否かという点にあるのだが、丹那は黙って聞いていた。話の腰を折ると、相手の気位がたかい場合は腹を立て、口をつぐんでしまうことがあるからだ。

「なにしろ人口七万余りの小さな町ですから、少しピッチを上げれば半日で回れます。そのつもりで出たのはいいですが、途中で冷え込んでしまって、いまもいったとおり慌てて家に帰ったわけです。これはぼくの持病でしてね、経験のない人にはわかってもらえないでしょうが、大腸が収縮して一時的な腸閉塞みたいな状態になるらしいんです。そうなると、モヒを射つか、お灸《きゅう》をすえる以外に痛みを止める方法はないですがね。疝痛《せんつう》っていうのはあの痛さのことだろうと、自分なりに解釈していますよ」

身動きもできなくなり、ただ体をエビのように折り曲げて、痛みの遠のくのを待つのだという。

「ひどい場合は、六時間以上もつづくんです。だから少し格好が悪いかもしれないけれど、厚いズボン下をはいているんです」

「暖めればいいのでしょう？」

「冷えた結果痛みだすわけですから、暖めればいいことになりますが、入浴したくらいでは癒りませんね。やはりモヒです、これは瞬間的に効きますから。お灸はヘソのすぐ下に左右一つずつのツボがあって、ここに五火か六火すえると二十分ぐらいで痛みが去ります。しかし、二十日のときは医者は来てくれないし、モグサは切らしている。痛くて買いに出ることはできないといった悪条件が重なって、脂汗を流して苦痛と闘いました」

痛みが治まると、けろりとしてしまう。そして、闘争のあとの疲労感が急ににじみだし、ぐっすりと眠ってしまうのだそうだ。

「そういう病気の話は初めて聞きましたよ。何病なんですか?」

「知りませんね。ぴんぴんしているときに医者にみせてもわからんでしょうからね。小学生のときに発病して以来の長いつき合いですが、病名も本当の治療法も知らないのです」

「それはそうだ、痛まないときに医者にいくのは億劫《おっくう》なものですからな。ところで、午後の二時に上田にいたということが証明できるでしょうかね? 二時でなくともいい、とにかく、二時に井の頭の現場へ到着することが不可能だという証明が欲しいのです」

「それをお話するつもりでいたのですよ。フィルムを三分の二ほど撮ったところで痛みだしたんですが、最後から二枚目が北信《ほくしん》女子短大の校舎なのです。この夏、課外講座の講師として五日間にわたって写真の話をしたことがあったものですから、先刻いった記念の意味で、校舎をバックにセルフタイマーで撮りました。建物全体が入るようにセットしたので、間違いなく塔も入っていると思ってますが……」

「塔?」

「ええ、時計塔です。だから時計塔さえ写っていれば、ぼくが三時前後にそこにいたことは一目瞭然《りようぜん》でしょう」

「なるほどね」

憮然とした顔つきで、刑事は布団をひきよせた。これは、プロの写真家なのだ。写真に手を加えたり、細工したりすることは、お家芸ではないか。そんなものでごまかそうという作戦なのか。

「その写真を見せて欲しいですな」

「いや、まだ現像してないんです。そのうちにフィルムを全部撮りおえてから焼くつもりでいたのですがね」

どてらを着ているのと、酔いが回っているのとで、大儀そうに炬燵から出ると、隣室に入って、押入れでも開けるような気配がしたが、すぐにまた戻ってきた。手に革ケースに入ったカメラをさげている。

「これです」

丹那は、プロのカメラマンの用いるカメラを、多少の好奇心をまじえて手にとった。さんざん使い古して疵《きず》だらけになったライカであった。ストラップにはセロテープがぐるぐると巻きつけてあり、それが手垢《てあか》でうす黒く汚れている。その無造作なさまが、いかにも職業写真家らしかった。

「お手数でもそのまま持ち帰って、現像してみてください。口はばったい言い方ですが、プロであるぼくが写したものです、狙った的はちゃんと入っているはずですよ」

「じゃ預り書を書きましょう」

「なに、いいです。そんなに大事なカメラじゃありませんから。もうレンジファインダーの時代は過ぎましたよ。これからはなんといっても一眼レフの天下です」

プロらしい確信に満ちた言い方だ。丹那が、鈴鹿との会話のなかで信じたのは、この一語だけであった。

三

本庁に戻ると、正月休みの技師の手をわずらわせて慎重にフィルムを焼いてもらった。二十四枚撮りのうち十八枚が使用ずみだが、それ等は当人が語ったとおり、いかにも余技として撮りましたといったような、出来映えのよくないスナップであった。いずれも雪の日の風物ばかりで、上田公園の城趾からはじまって図書館がそれにつづき、丹那にも見覚えのある松尾町の雑踏や、町はずれを走っている上田電鉄の玩具みたいな電車などの風景が並んでいる。昔、公園の茶店あたりで売っていた名所絵ハガキと同列の、個性もなにもない凡作ばかりだ。

「これがプロのカメラマンの作品かねえ」

「プロといっても婦人科だそうでしてね、風景写真は苦手だといってましたよ」

「棒焼きで批評されたんじゃ、向こうさんも迷惑だろうけどね、手当たり次第に撮りまくったという感じがする。雑だねえ」

と、肥った技師は呆れたようにいった。素人の丹那も、先程からおなじ印象をうけていた。疑惑の目でみるせいかもしれないが、アリバイ偽造の手段とするために、ただもう無闇矢鱈《むやみやたら》にシャッターを切って歩いたような気がするのだ。

その十七枚目が、北信女子短大の建物をバックにして自分を写したという、問題の一齣《こま》であった。もっとも、彼が画面に入っている写真はこれだけではなく、ほかにも一枚ある。上田城の前で撮ったもので、左手をポケットに入れて、雪で白く化粧された櫓《やぐら》を見上げている図だ。カメラは側面からそれを捉えている。

最後の十八枚目は、小高い丘から町を遠望したものだった。雪をかぶった畑がゆるやかな傾斜でつづき、その彼方に、工場らしい面白味のない建物が幾つも並んでいる。

「この十七枚目をもっとよく観察してみたいのですがね」

「いや、全部をキャビネに焼いてみよう」

技師は、一切はおれに委せろというふうに頷くと、ネガを持って上がっていった。鑑識課は五階にある。

丹那が早目の夕食をすませて帰ったところに、ひと足遅れて肥った技師が入ってきた。焼付されたばかりの写真はまだしっとりと濡れているようだった。これだけ大きくなると写真家の表情もかなりはっきりとわかる。彼はそれが癖だとみえて、短大の前に立ったときも左手をズボンのポケットに、ちょっと構えたポーズをとっていた。レンズは低い位置で彼を仰角に写しているのだが、唇を歪めてぎゅっと嚙みしめたのは、そろそろ腹痛がもよおしてきたことを示すための演出か。ここでも白無地のトックリセーター一枚という薄着姿である。なかなか芸の細かい男だな、と丹那は、心の中でせせら笑った。

バックにあるのは凸字型をした校舎の二階と三階、それに中央につっ立っている時計塔だ。雪空の下の建物は陰気にかげって、見るからに寒々とした感じがする。人物が画面のやや左側に寄っているので、時計は、彼の頭の斜め上に位置した形になり、文字盤全体がきれいに入っていた。大学の時計塔の多くがそうであるように、この時計にも数字はついていない。けれども、長針と短針が示す角度から、三時三分という時刻がはっきりと読めた。したがって、この写真が本物であるかぎり、写真家が井の頭で犯罪を犯すことは不可能になるのだった。井の頭で二時に犯行をし、わずか一時間で上田まで戻ってくることは絶対にできない。

「専門家の見解を知りたいもんですな」

「きみとしてはインチキ臭いといってもらいたいのだろうが、残念ながら細工した痕跡はない」

技師は、十八枚の伸ばした写真を机上一面にならべると、改めてその一つ一つに目をとおした。

「よく見たまえ、一貫して十八枚がおなじトーンだ。もし彼が工作をしたとすると、その一枚だけ調子に乱れがでる。きみのような素人の目にはわからぬかもしれんが、ぼく等の目をごまかすことはできないのだよ」

「そんなもんですかね」

「フィルムの両側に孔《あな》が並んでいるだろう。スプロケットの歯車がこいつを嚙んでフィルムを送るわけだが、もし、このフィルムを何かの目的のために二度三度と巻き返したりすると、この孔にスプロケットの歯の痕跡がのこる。だから、こいつは怪しいなってことがぴんとくるんだが、このフィルムにはそれがないんだな」

「なるほど」

「つまりさ、ぼくが想像したのは、犯人が問題の十七齣目をあけておいて、事件の翌日の三時三分にあらためて撮影したのではないかということなのだ。だが、スプロケットに巻き返した痕跡がないから、この仮説は成立しないんだよ」

「しかしね、そんな面倒なことをするよりも、いっそのこと、全部を事件の翌日に撮ればいい。いや、前の日に撮ったっていいではないですか」

「要するにぼくがいいたいのは、そうした一切の技術的な操作をやっておらんということなのだ」

と、彼は少し怒ったように語気をつよめた。多血質のせいか、機嫌をそこねるとたちまち顔を赤くする。

「だがね、丹那君」

彼は、肉のだぶついた顎を丹那に向けると、たるんだ瞼のあいだから意地悪い目つきで刑事を見た。

「これは、難事業になるね。アリバイを叩き壊すためには、この写真が二十日に撮られたものでないことを証明しなくてはならんわけだが、さて、それをどうやって立証するかね？」

丹那にしてもいわれるまでもなかった。人妻が隣家の細君のアラ捜しをやるときのような熱心さで、ルーペを目にあてると、丹念に写真を覗き込んだ。そして、しばらくそうしているうちに、そこに彼を元気づけるものを発見したのである。校舎の窓は、二階と三階をあわせて六十近くならんでいるのだが、その一つから、若い女性が顔をつき出して庭を眺めている。いや、窓そのものが六ポの活字みたいに小さいのだ。覗いている人間は、髪と服装によって女性らしく思えるだけで、あるいは男性であるかもしれなかった。

「男かな、女かな」

「よし、四つ切りに焼いてみよう」

写真技師の機嫌は、もうなおっていた。気軽に引き受けると、おもたい足取りで出ていった。

ひとりになった丹那は机に肘をつき、掌に顎をのせた自堕落《じだらく》な格好で、いまの写真のことを考えていた。十二月二十日といえば、ほとんどの大学が冬休みに入っているはずだ。しかも、二十日は日曜日ときている。どう考えても校舎のなかは無人であるべきだった。だが、あの写真では、窓から人が姿をみせているのである。この点から推して、丹那は、問題の一齣が、まだ冬休みに入る前に撮影されたものだと考えた。いや、肥った技師が、スプロケットの疵が云々《うんぬん》といっていることを考慮すれば、一連のフィルムのすべてが冬休み以前に撮られたことになる。彼は、すっかり元気づいていた。そして、写真が焼けたら、それを抱えてすぐにも上田へ向かいたいと思った。

間もなく、しっとりとした四つ切りの紙焼きが届いた。ライカだけあってレンズの解像力はすばらしく、建物の上空には、中天を目指して急上昇をする鳶《とび》の姿までが鮮明にあらわれている。

窓から覗いているのは、やはり女性であった。齢頃から判断して学生であることは間違いなさそうだ。カーディガンの胸にペンダントらしいものをさげている。

「もう一枚、彼女の顔をトリミングして手札に伸ばしておいた。これだけはっきりしていれば文句ないだろう」

「どうも」

女は短く切った髪を真ん中から左右にわけ、耳の下のあたりでカールしている。面長《おもなが》な顔立ちだから、むしろ長く伸ばしたほうが似合いそうなものだ。口の大きいのと、頬のこけているのが難だけれど、情熱的な大きい目がはっとするほど綺麗だった。引き伸ばしたピントの甘い写真を見てさえどきりとするくらいだから、実物に面と向き合ったらさぞ美しいことだろう。朴念仁《ぼくねんじん》の丹那だが、美人と会うのは嫌いではない。

丹那が上田駅に降りたのは、翌る一月二日の三時前であった。彼の心づもりでは、まず大学へ行って写真を見せ、女の住所氏名を訊く。つぎに彼女を訪ねて、窓から首を出したのが何日のことであったかを思い出してもらう。ただそれだけの、簡単すぎる仕事なのだ。終列車に乗れば、その夜のうちに帰京できる。

それにしても、あのカメラマンも窓から女が見おろしていたとは夢にも思わなかっただろう。この写真をつきつけられたときの彼の狼狽ぶりを想像しただけで、丹那は上機嫌になってしまう。今日も満席で立ちつづけてきたのだが、そうした不愉快さも、疲れも、たちまち消しとんで、黄色い顔一面に微笑がひろがっていった。そのニタニタした丹那の顔を、小意地のわるそうな中年の人妻が、おそろしい目で睨みつけながら通り過ぎた。

ここから短大のある神川《かんがわ》に行くには、列車で一駅バックするか、芦田《あしだ》方面行のバスに乗るほかはない。時刻表と睨み合わせてから、各駅停車で大屋《おおや》駅まで戻った。

このあたり国道十八号線に沿って工場が並んでいるが、一歩その裏側に入ると、雪の積もった田畑が白くつらなっていた。その畑のなかの舗装された一本道を北へ入っていくと、やがてゆるやかな坂になり、それを登りつめた小高い丘の上に、南を向いて、写真で見覚えのある北信女子短大の校舎が雪に覆われて立っていた。灰色だと思い込んでいた壁は、淡いベージュ色の化粧煉瓦を貼ったものだった。

太い門柱には鉄の扉がついていて、片方だけが内側にあけてある。そこを過ぎると、雪におおわれた校庭の真ん中に、その雪を踏みしめた一筋の道が正面の入口までつづいていた。鈴鹿が立っていたのはどの辺なのか。興味をもって見回してみたが、写真からうけた印象を雪の上に視覚化することは、いうまでもなく困難だった。

丹那はあきらめて足を急がせた。そして、踏み固められた雪の道を歩きながら、建物を見上げた。窓は、時計塔を中心に二、三階とも左へ十六、右へ十六、あわせて三十二個ずつならび、一階は真ん中に大きな玄関がひかえているため、それにスペースをとられてやや少なくなっている。あの女性が覗いていたのは、二階のどの窓だったのか。だが、これも写真とひき比べてみなくては正確にはわからない。そうかといって、ここで立ち止まってとりだすのも、寒くて億劫《おっくう》である。

冬休みの最中だから当然だけれど、校舎のなかは静まり返っている。床も、壁も、あたりの空気も、外部よりも冷えきっていた。丹那はつづけさまに二度もくしゃみをし、がらんとしたホールのなかでぶざまな彼の声は幾重《いくえ》にも反響して消えていった。

用務員室は、北向きの見るからに冷えびえとした一隅にある。が、扉をあけると、床の上には側面が赤くなるほど焼けた、大型の石炭ストーヴが据えてあった。上にのせられた銅の薬罐が音をたてて沸騰している。丹那は生き返った気持になり、思わず溜め息をついた。

「この女性ですがね」

「どれ」

と、用務員は電灯をつけると、節くれだった手に写真を持った。五十を越えた年輩で、むかしは職業軍人ででもあったのか、いまもってイガ栗頭である。べつに悪感情をもたれたわけでもあるまいが、丹那を見る目つきがいやにとげとげしくて、あまりいい気持はしない。

「うちの学生だな。よく見かける顔ですよ、美人だから。しかし、名前までは知らないな。なにしろ二千人からいるんだから。それも嫁入り前の年頃の娘ばかりがうようよとね」

若い女に食傷《しょくしょう》しているような言い方だった。

「冬休みに入ったのはいつからですか？」

「うちは早いからね、十五日でした、先月の」

「この写真は二十日に写したといっているのですが、冬休みにも登校する人があるんですか？」

と、丹那は、ようやく本題に触れた。

「二十五日まで課外講座があったのです。東京からスキーをしにやってくる有名人に頼んで、特別講座をひらくわけだ。さすがに東京の文化人ですな、いやな顔ひとつしないで講師になってくれる」

それは買いかぶりだ、と丹那は思う。これが男子の学生ばかりだったら、大枚の謝礼をつつんだって見向きもしまい。

「二十日は日曜なんですが、日曜でも講座はひらかれたのですか」

「講師の都合もある。休みなしで十日間をぶっつづけにやったんです。うちの学生は熱心だからね」

日曜日にも学生が登校していたとなると、この写真が二十日に撮られたとしても、べつに訝《おか》しくはないわけだ。出端《でばな》をくじかれたように、丹那はちょっとのあいだ沈黙した。

用務員の説明によれば、スキーに来た文化人を片端から口説いて講師になってもらうのだから、内容はあちら委せの寄せ鍋みたいなもので、漫画家のあとに哲学者が喋ったり、栄養学者につづいて産児制限の専門家が講義をしたりするのだという。

「こういっちゃ悪いが、福袋みたいなもんだな。聴講料を納める段階では、どんなことが勉強できるんだか見当がつかないんだから」

と、初めてにやにやしてみせた。さらに彼の説明によると、二階には八教室あって、写真の窓は左から数えて七つ目だから、二〇二号室なのだそうだ。講座が開かれたのはこの教室で、特に石油ストーヴを四台おいて部屋を暖めたという。

「われわれは慣れてるけど、東京から来る人は寒がりが多いからねえ。といって、スチームを焚《た》いたら暖房費がたいへんだ」

「全く。ところで、どうしたらこの人に会えますか」

写真の女を指さして、

「そうだな。さし当たって、おなじ講座に出席していたほかの学生に会ってみるんだね」

そういって、二、三の心当たりの学生の家に電話をかけ、ようやく在宅しているひとりをつきとめてくれた。

「緑《みどり》が丘《おか》という団地で、少し遠いがね」

いかつい顔の用務員は、根は親切な男だとみえ、市街地図をひろげて地理を教えてくれた。

四

西沢西枝《にしざわとりえ》が住む緑が丘団地は、市内の西北のはずれにある。丹那が、上田駅前から団地直行のバスに乗ったときはもう五時になろうとする頃で、駅にも松尾町の商店街にも電灯がかがやいていた。予定よりもすっかり遅くなってしまい、丹那は意気込みを忘れたように、むっつりとした顔つきだった。東京人は寒がり屋だといっていたが、たしかにそのとおりだと思う。足の先から忍びよってくる寒気に対抗するすべがなく、彼はただ小刻みに体を動かしていた。

緑が丘は、数年前に団地として開拓したところだ。東京で見かけるような団地住宅のほかに、サラリーマンが個々に建てた小綺麗な一戸建ての住宅が並んでいた。丹那は五分ばかり捜し回った揚句《あげく》、ようやく西沢酉枝の家を発見することができた。これもまた、三間の小さな家だった。西側の窓にピンクのカーテンが張ってあり、若い女性の影がうつっている。これが酉枝だなと見当をつけたら、果たしてそうだった。丸顔の平凡な顔つきだが、はきはきした応答ぶりから頭の回転が早いことがわかり、丹那はこの女性に好感を持った。

「正月だというのにすみませんな。じつはこの学生さんですがね、住所と名前を知りたいと思いまして」

手札の写真を相手の前においた。丹那のために赤いふかふかとした座布団をしき、電気ストーヴで玄関をあたためてくれていたのである。

「あら、仏文科の青柳《あおやぎ》さんじゃないの。あたしとおなじ一年の青柳町子《まちこ》さんですわ。でも、せっかく東京からお出でになったのにお気の毒ですわね。いま、上田にはいませんのよ」

「おや」

と、丹那はがっかりした声をだした。

「何処にいるんですか？」

「石打《いしうち》のスキー場ですの。ご存知ですわね、上越線の石打駅で降りるんですけど」

「石打……」

思わず嘆声がでた。石打へ行くには、いったん高崎まで戻って、そこから上越線の下り列車に乗りかえなくてはならない。すぐそこに菅平という有名なスキー場があるくせに、なぜ、とんでもない土地へ滑りにいったのだろう。だいいち、おれが迷惑する。

「遊びじゃないんですわ。向こうの民宿でアルバイトをしていますの。学校の求人課に申し込みがあったものですから、青柳さんがそれに飛びついて……。待遇はいいし、日当も七千円くれますし。お正月を返上して働いて十万円ためると、そのお金で、今年の夏休みに九州旅行をするんですって」

「羨ましい話ですな。家庭に入ってしまうと、旦那さんや子供をおいて旅をするなんてことはできないですからね」

「あら、われわれはやりますわよ」

と、西枝は、冗談めかして笑いながら、断固としていった。

「家庭に隷属《れいぞく》するなんて真っ平ですもの。結婚したからといって、夫に遠慮なんかしませんの。行きたい土地へは行きますわ」

「そうですな。これからの奥さんは、そのくらいの意欲がなくちゃ……」

丹那は無責任に同意してみせた。青柳町子が不在では、この女性から知っているかぎりの情報を得なくてはならない。彼女の機嫌をとり結ぶためなら、なんにでも賛成するつもりでいた。

「ところで、この青柳さんですがね、講義を聞いている最中に窓からのぞいたというのは、どういうわけですか？」

「ああ、それ？　お教室で石油ストーヴを四台も焚いているでしょう？　だから気分が悪くなったんです。冷たい空気を吸っていたら一分間ぐらいでなおりましたわ」

石油ストーヴが四台も入れれば、急速に酸素が不足するのは常識だ。が、問題は、それが二十日の午後三時三分であったか否か、ということである。

丹那は、相手の澄んだ眸を見つめながら、ゆっくりとした口調でそのことを訊ねた。

「覚えてますわ、十二月二十日のことでした。あの日のお講義は、ウーマンリブのことだったんです。東京の新聞社の論説委員が先生で、ウーマンリブ大賛成だとおっしゃるんです。あたしたちすっかり喜んでしまって、暗くなるまで討論をしました。青柳さんが気分がわるくなったのはその日のことなんです。あのときは、講師の先生がびっくりしちゃって白墨《はくぼく》を落としたほどですわ」

女子学生が石油ストーヴのガスにあたったぐらいで驚倒するとは、意外に胆《きも》っ玉《たま》の小さな論説委員である。加えて、ウーマンリブ大賛成などといって学生に迎合《げいごう》するようなタイコ持ち的言動が、丹那の気にくわなかった。こんな男に限って、家庭ではネロ以上の暴君になりがちのものなのだ。客観的にいえば、丹那はいささか八つ当たりの気味であった。

「それが二十日であることは確かですか？　ここが非常に大切なのですが……」

丹那のくどい質問は、しかし、いとも簡単に否定されてしまった。

「あたし、現代音楽が大好きなんですの。難しすぎるなんていう人が多いのですけど、シュールの絵を見るときみたいに、変な先入観なんか持たずに、すんなり没入すればいいのだと思いますわ」

西枝は、丹那が訊ねたこととはまるきり無関係な話をはじめた。

「日曜毎に午後三時から『海外の音楽』というFM放送があるんです。二十日は、国際現代音楽協会が主催する『世界音楽祭』の参加作品が紹介される予定でした。前々から、これを待ちわびていましたのよ」

「へへえ」

「この日は、東欧諸国や南欧諸国、それから北欧の作品のほかに、日本人の作曲したものも放送されるんです。欠席しようかなと思ったんですけど、母に録音を頼んで出席しました。夕方、楽しみにしながら帰ってきたら、母が不慣れなものですから録音に失敗してしまって、何の音も入っていないんですの。思わず腹をたててしまって……。ですから、つよく印象に残っているんです。あれが日曜日だということは、つまり、二十日の出来事だということは間違いありませんわ」

「なるほどね」

彼女が、こうまではっきり記憶している以上、事実とみなすほかはなさそうだ。しかし、念には念を入れるのが丹那の信条だった。西沢西枝にしても、なにかの拍子でひょいと思い違いをすることもあり得る。丹那は、さらにもう二、三人の女子学生に会って話を聞いてみたかった。

「秦《はた》さんがいいですわ。やはり一年生なんです。あの人も聴講しているんですもの」

赤いブーツをはくと、団地の見えるところまで案内してくれることになった。もう戸外はすっかり暮れてしまい、雪の道が街路灯の光にほの白く浮かび上がってみえていた。うっかりすると足をとられて転倒しそうになる。若い女性と歩く機会など滅多にない丹那だったが、西枝がなにを話しかけても上の空であった。

秦暁美《あけみ》は、両頰にえくぼのある楽天的な女性で、何がおかしいのか、話の合間に声をたてよく笑った。彼女もまた、西沢西枝とおなじことを証言し、とどのつまり、丹那は、あのカメラマンのアリバイを事実と認めざるを得なくなった。

「西枝さんがいうとおりだわよ。あのときは風が強かったもんだから、国道沿いにある工場の煙がまともに吹きつけていたでしょ。窓から煙が入って閉口したもんですわ。年末だから日曜日も操業していたらしいんです」

「しかし、思い違いということもあるではないですか。二十日だと考えていたのが、じつは十九日だったり、二十一日だったり――」

「じゃ、こう申し上げたら納得していただけるかしら」

彼女はけらけらと笑いながら、丹那を絶望の淵へ蹴おとしていった。

「この写真の青柳さんは、髪を短くしていますわね。スキーをするとき邪魔になるからといって、美容院で切ってしまったんです。それが十九日の土曜の夜のことですの」

「というと、つまり――」

「この髪型で学校へ来たのは二十日の日曜日が最初よ。だから、この写真が十九日以前に撮られたことにはならないんです」

「なるほど」

「そして、月曜日の朝の列車でアルバイトに出かけていったんです。まだ向こうにいますわ。石打の民宿で働いていること、ご存知だわね？」

「西沢さんから聞きましたよ。すると、つまるところ、青柳さんが写されてしまったのは十二月二十日のことで、それ以外の日ではあり得ないわけですね？」

と、丹那は虚ろな声で念を押した。

五

日帰りの予定がすっかり狂ってしまった。いまから東京へ戻ったとしても到着するのは夜遅くなってしまうし、丹那には、もう少し念を入れて調べておきたいことがあった。ふたりの女子学生の話で、鈴鹿一郎のアリバイは成立したものとせざるを得なかったが、せっかく上田にやって来たのだから、得心《とくしん》がいくまでもう一、二箇所訪ねてみたいところがあった。

その一夜を、丹那は、秦暁美がすすめてくれた海野町《うんのまち》の旅館で過ごすことにした。正月早々から宿に泊まるような酔狂な客は少ないから、部屋があいていることはわかっていたのである。

なにはさておいて、まず冷えきった体をあたためたかった。着替えをすませた彼は、仲居に風呂をすすめられると、待っていたように立ち上がり、タオルを手に部屋を出た。冷たいタイルの浴槽を予想していた彼は、そこに新しい檜《ひのき》の風呂桶《ふろおけ》が据えてあるのを発見すると、とたんに相好《そうごう》をくずしてしまった。道楽といえば入浴と盆栽いじりの二つしかない丹那にとって、木の風呂に入るのが長年の夢であった。湯垢でぬるぬるするような不潔な桶は論外だけれども、木の香の匂う日本式の風呂に入っていると、郷里に帰ったようなやすらぎと、寛《くつろ》ぎを感じるのである。その望みが、いま、予期しないところでかなったのであった。

おそい夕食をすませた。体がほっかりとあたたまり、腹がくちくなると、やっとのことで人心地《ひとごこち》を取り戻すことができた。そして、だれもがそうなるように、丹那も眠気をもよおしてきた、だが、まだ寝るわけにはいかない。本部に今回の調査について報告をしたうえで、上田に一泊することを連絡しておかねばならなかった。貧乏性の丹那は、電話料金が割安になる八時という時刻を待っていたのである。

「ご苦労さん、了解した。寒いから風邪をひかないようにすることだな」

報告をすませると、上司の声が、抑制した口調でそう犒《ねぎら》ってくれた。彼は、どんなときでも大声をだしたり、興奮したりすることのない男であった。丹那も、いままでに叱られた経験がない。

「ところで、こちらにも、きみに知らせておきたい情報がある。一つは、仲間のプロカメラマンから提供されたものだが、鈴鹿一郎は、悪質な賭博《とばく》にひっかかって莫大な借金をこしらえた。年内に返済するようにきびしく迫られているんだが、浪費家の彼には、そんな大金がない。だからといって払わずにいると、消される心配があるんだな。あの男には、なんとかして金繰りの算段をしなくてはならぬ切羽つまった事情があったわけだ」

「なるほど」

写真家の窮状はよく理解できた。しかし、それと、千里殺しの間にどんな関係があるというのか、その辺のわけが丹那はのみ込めなかった。

「もう一つの情報だが、本部に入ったのは、こっちのほうが先だったんだ。きみが出かけて間もない頃、成瀬君から電話があってね、佐藤刑事が出た。北海道産の佐藤刑事だ。ああした痛ましい事件が起こるとは知らないから、彼女宛てに沢山の年賀状が出されている。成瀬君は、それを整理していたのだが、そのなかにある会社の外交員からきたハガキが混じっていたんだな。成瀬君は、それを見ているうちに、今度の事件の動機とも考えられることに思いついたというのだよ」

「…………」

丹那は相槌をうつことも忘れて、受話器を耳におしつけていた。

「被害者の成瀬千里女史は、この外交員にすすめられて総額五千万の生命保険に加入した。受取人は、当時夫であった鈴鹿一郎だがね」

「そんなに亭主を愛していたんですか？」

「いや、夫のほうも彼女を受取人に指定して同額の保険をかけたのだ。もっとも、別の会社だったそうだがね。夫婦仲にひびが入ったのはそれから二年ばかり後のことで、別居、離婚ということになった。当然のことだが、外交員は、契約を打ち切るか、受取人の名義変更をするか、問い合わせたわけだ。それに対して彼女は、そのうちに名義を変更するからと答えて、ひきつづき掛け金を払い込んでいたのだよ」

「新規の受取人は誰にしたのですか？」

「成瀬睦子君にするつもりでいたらしいんだな」

「つまり……？」

「ああ。そこが、芸術家気質というのか、世事にうといというのか、あるいは物臭《ものぐさ》だったのか、近いうちに手続きをとるからといってずるずるべったりにしているうちに、今度の事件が発生してしまったんだ」

「すると、保険は、全額がもとの亭主の懐にころがり込むわけですね？」

「そうだ、彼の犯行が立証されなければの話だがね。昨今の悪性インフレの時代でも、五千万といえばかなりの大金だ。あの男としては、賭博の借金を払ってもなお一生遊んで暮らせるくらいのお釣りがくる。食指を動かさぬはずがないじゃないか」

「たしかにそのとおりですな。明日、あの男のアリバイを、もっと徹底的に叩いてみます」

成算ありげに勇ましく答えて、通話を終えた。そして、炬燵に戻って少し気持が落ち着いてくると、容易に陥落する相手でないことに気づいて、思わず溜め息をついてしまうのだった。少なくとも、今日調査したかぎりでは、二十日の午後三時に大学の前に立っていたという写真家の主張を否定することはできない。いまの彼としては、明日の訊き込みに期待をかけるほかなかった。

青柳町子が髪をカットした美容院は、この旅館とおなじ並びにある『ミユキ・ビューティーパーラー』だと聞いている。だが、美容院だの、髪結いなどというものは年末が多忙をきわめる職業だった。疲れ果てた彼女たちは、欲も得もないほどくたくたになり、元日を文字どおり寝正月で過ごすと、二日、三日は、思い切り羽根をのばして遊びまわるものである。そうしたことを知っている丹那は、出しぬけに訪ねていって会ってくれるかどうか、心もとない思いがした。朝食のときにそれをいうと、髪を島田《しまだ》に結い上げた仲居は、その頭を重そうにかしげて、愛想よく微笑した。

「そんなこと、心配いりませんね。あそこのマダムとここのおかみさんは、小学校から女学校を通じて友だちだったんですもの、電話を一本かけておけば大威張りですわよ」

「そうかね、そいつは済まんですなあ」

大きな口をあけて丹那は笑い、ついでに餅を頬張った。朝食は雑煮とお節《せち》料理、それに屠《と》蘇《そ》までついている。人のわるい見方をすれば、客用の朝食をつくるのが面倒くさいからだということになるだろうが、丹那は、旅人に正月料理を味わわせるための思いやりだと解釈した。事実、こういう機会がないと凍《こお》り豆腐に鶏肉、葱《ねぎ》などの入った信州風の雑煮を賞味することはできないのである。

美容院のマダムの返事は、年始回りをするから十時までに来てもらえないか、ということであった。丹那にしても、石打まで行かねばならないのだから、早ければ早いほど都合がいい。すぐに仕度をして宿を出ると、踏み固められた雪の道を歩いて美容院へ向かった。家数にして十五軒と離れていない目と鼻の先である。ゆっくりと足を運んでも三分とはかからなかった。

正月も三日になると、大半の店が営業を始めていたが、この美容院だけは、ガラスの内側に淡い藤色のレースのカーテンをぴったりおろして、客の来るのを拒んでいた。扉を叩く前に、丹那は、店の外観に目をやった。女性専用の商売だけあって、綺麗に磨かれたガラスの窓も、その下にしつらえられた葉《は》牡《ぼ》丹《たん》の植え込みも、明るくて、垢ぬけていた。

丹那の気配を感じたとみえ、待っていたようにガラスの扉があいた。一見して女主人だとわかる小肥りの中年女が真っ赤な唇を割って笑いかけていた。美顔術はお手のものだから当然のことだが、白粉を塗り、紅をはき、弓状の眉が形よくえがかれていた。手の爪は銀色に染めてある。美しいことは確かだけれど、丹那の好みからいえば、やや厚化粧の気味があった。

丹那が店のなかへ入ると、彼女は、スパイ映画のヒロインみたいに素早く扉を閉じた。そしてふたりは、客の待合室のイスにかけて向かい合った。テーブルの上には、フランスのスタイル雑誌が投げ出したままになっており、その横に真っ赤な花をつけたシクラメンの鉢がおかれてあった。この花もマダムに似て厚化粧だな、と胸のなかで丹那は思った。

「ほかでもないんですが、この女性を見かけたことはないですか？」

引き伸ばした青柳町子の写真を渡した。

「知ってますわ、短大の学生さんで、青柳さんという方です。うちのお顧客《とくい》さんですもの」

「最近、ここへ来ましたか。わたしがいうのは、客として、の意味ですが」

「ええ、見えましたわよ。髪をカットして欲しいといわれて……」

「夏場にちょん切るというのはわかりますがね、真冬に短くするのはどういうわけです？」

とぼけて訊ねた。

「アルバイトに石打へ行くんですの。あそこで、仕事の合間をみて、思い切り滑るんだといってました。髪が長いと邪魔になるからですわよ」

「切りにきたのはいつのことですか？」

「待ってください、レシートを見ますから」

彼女は立って、仕事部屋に入っていった。レジスターの抽出《ひきだし》をあける音がし、一分ばかりたって、それを閉める音がすると、彼女は、小さな紙片を指につまんで戻ってきた。紫色のインクで数字が打ってある、どこででも見かけるレシートである。

「先月の、つまり十二月の十九日ですわね」

「何時ごろでしたか？」

「夜だったことは確かですね。このレシートの番号を見ても、数字がかなり大きくなっていますから、夜であることは間違いありません」

「しかし、これが青柳さんだということは、どうしてわかるんですか。べつに名前が入っているわけでもないのに」

「あ、それには、わけがあるんですわ」

女主人は、客商売で板についた愛想のいいにこやかな口調でいった。

「この二千五百円という数字はセットの料金ですけど、二番目に打ってある半端の数字は、ドイツ製のファウンデーションのですの。ところが、ドイツの化粧品というのはイメージが悪いものですから、半年たってようやく一ダース売れたくらいなんですのよ。お店にいつまでも置いておくのも格好わるいでしょ、だから誰か買ってくれないかなと思って、内輪に話をしていたんですのよ、三分引きでいいからって……」

「そしたら、青柳さんが買ってくれた、というわけですか？」

「あら、のみ込みがお早いですわ」

女主人は、ここでまた、職業的な微笑をうかべて刑事を褒めた。

「セットをされたのはあなたですか？」

「そうじゃないんです。あたしは監督ですわね、いってみれば。青柳さんをやったのは、美《み》智《ち》子《こ》という住み込みの女の子ですわ。若いくせに疲れがまだ抜けないといって寝ているんですの」

「その美智子さんとかにも会ってみたいんですがね。もう十時半だ、そろそろ起こしてもいい時間ではないですか？」

つられたように、彼女も時計をあおいだ。

六

マダムと美容師の話が一致した以上、これを信じぬわけにはいかない。丹那は、期待がはずれたことを少々いまいましく感じながら、通りがかりのボックスに入って、悪臭を出した硫黄工場にダイヤルを回した。二十日の日曜日に操業していたという暁美の発言を確認しておく必要があったからである。いくら歳の瀬が迫ったからとはいえ、日曜日だというのに機械を回転させるわけがあるまい。もしそうだとするならば、町子が首をつきだしたのもまた、日曜日でなかったことになる。

「正月早々妙なことをお訊きしますが」

と、丹那は、腰をひくくして訊いた。

「十二月二十日に工場が操業していたかどうかを知りたいのです」

「二十日？」

「日曜日です」

「二十日の日曜日ですね、ああ、やっておりましたよ」

警備員らしいその男は屠蘇に酔っているのか、機嫌のいい口調で応じた。彼自身も出勤していたから間違いはない、という。

「組合がよく文句をいいませんでしたね？」

「そのぶんだけ年末の休暇が繰り上がりますから」

テレビでも見ているのだろうか、声の背後に《寿三番叟《ことぶきさんばそう》》の聞き覚えのある旋律が流れていた。礼を述べて受話器をおくと、丹那は、思わずほっと白い息をついた。どうやら、写真家の写真によるアリバイは、叩けば叩くほど強度を増していくようであった。

だが、疑ぐって疑ぐりぬくのが刑事の刑事たるゆえんだった。丹那は、さらに足をのばして石打の民宿に青柳町子を訪ねて、当人の口からはっきりしたことを訊きたいと思い、歩調を早めて駅へ向かった。

十二時半の急行で上田を発ち、高崎駅で五分間の待合わせで石打行の急行をキャッチした。

しかし、これだけスムーズにいっても、石打に着いたときは午後の四時になっていた。ぐずぐずしていると、今夜もここに泊まらなくてはならぬことになる。

駅前には、木を叩きつけた臨時の出札所までできており、帰途につくスキーヤーが、窓口に群がって乗車券を求めていた。丹那はそれを横目に見ながら、列車から降りた若者たちの群れに混じって先を急いだ。幅の狭い林道は、鉄道を越え、向こう側の山裾に通じている。スキーを担いだ彼等に比べると、丹那のほうがずっと身軽だけれども、革靴をはいているので滑りやすく、うっかりすると転倒して雪まみれになりそうだった。足元に気をとられて歩くうちに、丹那はいよいよ遅れてしまい、やがて彼ひとりが、粉雪の降るなかをとぼとぼ歩いていた。

村民が出資し合って造ったという山荘は、山麓をけずった跡に建てられてあった。採光がわるいとみえて、早くも建物全体に電灯がともっており、それが丹那という旅人の目にはいかにも暖かそうに映った。

すぐ後ろの山の斜面がゲレンデである。派手な色彩のヤッケを着た若者が、白い山肌をかすめて滑り、転げ、立ち上がってまた滑っていた。男の太い声と女の黄色い声が交じり合い、それが山彦《やまびこ》となり、増幅されて丹那の耳にまで聞こえてきた。おれがもう少し若かったらなあ、と丹那は初老の男みたいな感慨を抱いた。

村人は、都会の青年男女を相手にする以上は洒落た建物にしなくてはなるまいと考えたのだろうか、山荘は安っぽいカレンダーの風景写真にでもありそうな建物だった。急傾斜の屋根には煉瓦の煙突が二本つきだしており、壁は濃いブルーのペンキが塗ってあった。もっとも、こういう突飛な外観をもっているからこそ、滑りに出たスキーヤーは、目標を見失うことなく帰れるのである。丹那は、オーバーの裾についた雪を払い落として戸口に立った。

一階は、大半が板の間の大きな広間になっていて、幾つかのいろりと白木の机、四隅には反射型の石油ストーヴが置いてあり、一見して食堂兼社交室であることがわかった。突き当たりの奥は調理場だ。頭に白い布をかぶった女性たちが、といだ米を大釜に仕込んだり、大きな鍋で肉と野菜のカレー煮をつくっているのが見えた。その匂いは、山荘の扉をあけた途端に丹那の嗅覚を刺激していたのである。客はすべて喰べ盛りの若者なのだから、質よりも量が問題になるのだろう。

広間が無人なのを知ると、調理場の入口までいって声をかけた。まな板の上で野沢菜らしい漬け物を切っていた中年女が、包丁をおくと濡れた手をタオルで拭きながら近づいてきた。陽焼けのしみ込んだ黒い顔と、ごつごつと筋張った手を見ると、土地の農婦に違いない。

「何でしょうか？」

「青柳町子さんというアルバイトの学生さんがいる筈ですが。ちょっとお目にかかって話を聞きたいのです」

「いま、風呂場の掃除をしています。呼んできますから……」

丹那は、話を聞く前から彼女がどんな答えをするか見当がついていた。この女子大生だけが、他の証人たちと違った意見を吐くということは期待できなかった。丹那は冴えない面持ちで板の間の端に腰をおろして、払いのこしたズボンの雪をそっとはたいた。

人が近づいてくる様子にふり向くと、それが青柳町子であった。引き伸ばした写真で見る限りでは、いささか印象が茫漠《ぼうばく》としたものだったが、実物の彼女は、予想よりもはるかに美しかった。口が大きいとか、唇が肉感的であるとか、従来の価値判断からすればマイナスになるものが、彼女の場合は逆に個性美を強調することに役立っていた。今日まで、丹那は、ジプシー女性を眺めたことがない。だが彼女のきらきらと輝く野性的な眸を見たとき、ジプシー女は、こんな目をしているに違いあるまいと思った。

「なにかご用でしょうか。青柳ですけど……」

歯切れのいい、よくとおる声で訊ねた。正月だというのに、青いジーパンを膝の上までたくし上げ、セーターを肘までまくり上げた活発な格好だった。足もふかずに急いで出てきたとみえて、あたり一帯が足跡だらけである。丹那は、好むと好まざるとにかかわらず、目の前にむきだしにされた白い脛《すね》や、ジーパンに包まれた腰を見ないわけにはいかなかった。そして、コルセットで絞め上げたようなくびれた胴や、赤いジャケツの下に息づいている胸のあたりを一瞥すると、困ったようにあわてて目をそらした。これほど均整のとれた体つきの女性は、東京にもいないんじゃないか。丹那は、感嘆の眼差しでもう一度、この女子短大生を盗み見した。

「ある事件を調査しているんですがね、それに関連して、あなたが、ここへ来られた日付をはっきりさせておきたいのです。いつだったでしょうか？」

「先月の……」

町子は、右手を出すと、細長い指で数えるふうだった。丹那は、「白魚《しらうお》のような指」という表現が意味するものを、四十になって初めて理解したように感じた。

「そうだわ、二十一日でした」

それは秦暁美の答えとまったくおなじ内容であり、丹那が予期した内容でもあった。

「二十一日は、たしか日曜日の筈ですから、列車が混んでたいへんだったでしょう？」

「いいえ、二十一日は月曜日ですわ。二十日の日曜日まで上田にいたんです。学校の課外講座を聴講していました」

「その日付が大切なポイントになるんですが、ここに来たのが二十一日であることに間違いないですか？」

「確かです。お給料の計算に重大な関係がありますものね、マスターの帳簿にもはっきり記入されている筈ですわよ」

指摘されるまでもなく、後でそれを覗いてみるつもりでいた。一日の給金が七千円という高額なのだから、日数計算をちょっとでも誤ると、山荘側にとっても、青柳町子にとっても大きな損失になる。お互いに慎重たらざるを得ないのだ。

「もう一つ、髪を切ったのはいつでしたか？」

「十九日でしたわ、先月の」

と、刑事は、このときも何気ない口調でそらとぼけたことをいった。この訪問が無駄骨であることはわかっている。が、その一方では、なんとかして写真家のアリバイに隙《すき》を見つけたいものだと考えていた。

質問が長びくとでも思ったのか、彼女は、ひざまずくと髪に手をあててくすりと笑った。

「あら、いやだ、自分では無理ですわよ。美容院へいかなくては」

「百貨店の前にあるあの美容院ですか？」

「駅前です。『ミユキ』というお店ですわ。でも、なぜそんなことを質問しなくちゃいけないんですか？」

「いや、それがですね、先刻もお話ししたように重大な関連性があるのですよ。具体的にないにも言えないのは残念ですが、あなたの行動をはっきりさせることによって、あなたとは赤の他人であるところの、ある人物の白黒がはっきりしてくる。ですから、わたしの質問について青柳さんが気にかけることは何もないのです。いってみれば、あなたは触媒《しょくばい》に似たようなもので……」

曖昧な説明でその場を切りぬけた。依然として町子は白い顔に不服そうな、わけのわからなそうな表情をうかべているが、丹那は、それをあえて無視した。

「それでは、マスターの帳簿をみせてもらいましょうかね。忙しいところを悪かったですな」

「失礼しますわ。お客さんが帰ってこないうちに、浴室の床を洗っておかないとならないんです。あら、もう五時だわ」

会釈をして奥へ引っ込んでいった。その後ろ姿を見送るでもなく追っていた丹那の目は、何気なく板の間にしるされた足跡を見て、意外な感じに打たれた。足の裏のくぼんだ部分のない、いわゆる土踏《つちふ》まずのないノッペラボーの足だったからだ。丹那は、見てはならぬものを見てしまったかのように、慌てて目をそらせた。

彼女がマスターと呼んだのは、これも明らかに農業が本職の五十男であった。彼もまた、白いコック帽をかぶり、白衣をつけて、一人前の板前か調理師みたいなスタイルをしていた。

「正月が書き入れ時だからね、休むわけにはいかんのです」

と、彼は、多忙がうれしくてならぬ様子だ。丹那は、言葉少なに青柳町子がここに来たのは先月の二十日だと思うが、当人は、二十一日だと主張しているので埒《らち》があかない、ついては、はっきりしたことを教えて欲しいのだが、と述べた。

「帳簿を見ればわかります。ちょっと待っててくださいよ」

燗徳利に地酒をつめていた彼は、その作業を中断すると、刑事をもとの板の間に案内しておいて、隅の事務机の上から一冊の大学ノートを持ってきた。そして、指先をなめてページを繰《く》っていたが、すぐに目指す数字を見つけ、ノートを引っくり返して丹那の前にさしだした。

「あなたの勘違いですよ。ここに記入してあるとおり、十二月の二十一日です」

「そうだよ、あれは二十一日の夕方だ、あの子が着いたのはな」

食器を洗っていた農婦が、野良《のら》で話をするときのように大声でいった。

「懐中電灯を落とした日だからな、湯沢《ゆざわ》の配電会社に訊けばすぐにわかることだ」

納得のゆきそうにない丹那の顔を見て、コック帽がにやにやと、摑みどころのない笑いをうかべた。

「くわしく説明すると、こんな話になるんです。青柳さんが到着した晩にこの辺り一帯が停電になったのですよ。で、あの学生さんは、懐中電灯を持ってトイレへ行くことになったんです」

トイレという外来語が、きわめて自然に会話のなかに溶け込んでいた。若い連中に接触していると、ひとりでに覚えてしまうのだろうか。

「従業員のトイレは、裏の崖下にあります。吹雪のときは仕方がないが、それ以外の場合は、お客さんとはべつのものを使うことになっているんです。ところが、着いたその晩、青柳さんは、懐中電灯をなかへ落としてしまったんですよ。それ以来、夜、トイレに入ると、底のほうでぼうっと灯りがともりつづけていて、女たちは、なんとも妙な気持だと笑っています。ですから配電会社に停電した夜のことを問い合わせれば、いっそうはっきりするわけですよ」

「どうも。よくわかりました」

汚ない話に終止符をうつように、丹那はぽつりといって頭をさげた。

六　虚像と実像のあいだ

一

その翌日のこと、佐藤刑事の片割れのほうが、東中野のマンションの一室に成瀬睦子をおとずれた。都合三度目の訪問である。

睦子は、珍しく和服姿で、白粉気こそなかったが、遠慮勝ちにあわい口紅をつけていた。いままで編み物をつづけていたらしく、居間のソファの上には八分どおり編み上がったカーディガンと、毛糸の玉がおいてある。春着にするつもりだろうか、それは鮮やかな萌黄色《もえぎいろ》だった。

「結果はどうだったでしょうか？」

紅茶をすすめると、睦子は待っていたように、すぐさまその問題に触れてきた。

「どうもそれが思わしくないのです。鈴鹿一郎氏にはちゃんとしたアリバイがあってですね、三時に上田市内にいたことがはっきりしました。午後の二時に井の頭で殺人をやったとしたら、どんなに急いでも上田に帰り着くのは夕方の五時か六時になります。ですから、鈴鹿一郎氏はシロだと断定せざるを得ないのですよ」

刑事の語調は、いつになく気勢があがらなかった。

「で、今日お寄りしたのはほかでもないのですが、いままでの三人の赤いベレの男以外にも赤いベレをかぶったものがいたのではないか、もう一度考えていただきたいからなのです」

「いそうもありませんわね、残念ですけど」

睦子は持ったカップには唇をつけずに、そっと皿においた。

「赤いベレをかぶる人なんて滅多にいやしませんもの。うちの先生の周囲に三人もいたということが、そもそも奇跡みたいなものだと思いますわ」

それは彼女のいうとおりだろう。刑事は心のなかで同意した。いままでの三人にしても、本当に真っ赤だったのは化学教師ひとりだけで、あとの画家と新聞記者は赤っぽい茶色であった。真っ赤なベレがそうざらにいる筈もないのである。

睦子は、刑事がテーブルにのせた問題の写真に見るともなく視線をおとしているふうだったが、そのうちに不意に目をきらっと光らせたかと思うと、興奮したような早口でいった。

「ひょっとするとこれ、二郎《じろう》さんかもしれないですわ」

「二郎って誰です?」

「鈴鹿一郎の弟ですわ。小さいころ養子にもらわれたとかで姓が変わっているんです。たしか園田《そのだ》二郎といったと思います」

「そんなに似ているのですか?」

「存じません。会ったことないんですもの。くわしいことは知りませんけど、酔っ払って先生のお弟子さんに変な真似をしかけたらしいんです。それ以来、先生は、あんな獣みたいな男はきらいだといって、一度も招待しなかったんです」

「なるほど、怪しからん男ですな」

刑事は、一応、相手の発言に同意してみせた。それが殺人の動機に結びつくとは考えられぬけれど、外道《げどう》の逆恨《さかうら》みということはよくあるのである。兄貴にそそのかされれば、ふたつ返事で替え玉をつとめるぐらいのことはやりかねまい。

「しかしねえ、子供の時分によく似た兄弟でも、大人になると変わってくるものですよ。家庭生活とか、職場の相違が人相にまで影響するからね」

「でも、似ている筈なんです。双生児ですから」

「なんですって？　ふた児！」

「そうなんです。一卵性だからそっくりなんだって、自分でもいってましたわ」

彼女の興奮が、鹿児島生まれの刑事にもうつっていった。目の前をさえぎっていた障壁が、一挙に吹き飛んでしまったような爽快さを感じていた。そして、少し気持がおさまってくると、こうした愚にもつかぬペテンに引っかけられたことに猛然と腹が立ってきた。

「なんの商売をやっている男ですか？」

「くわしいことは知りませんけど、ポピュラーというんですか、軽音楽というんですか、ナイトクラブなどでバンド演奏をしていました。これも兄のほうが自慢に話しているのを聞いたのですが、放送局のクラシック専門のオーケストラが、フランスの近代音楽をやろうとしたとき、上手なサキソフォン吹きが見つからなくて、スカウトされたことがあるんですって」

「なるほどね」

と、佐藤刑事は曖昧に相槌をうった。音楽には関心がないから話がよくのみ込めないけれど、園田二郎が腕のいいラッパ吹きであることは理解できるのである。

「それ以来、ずっとクラシック畑にいるわけですか？」

「そうじゃないんです。普段はサキソフォンという楽器は必要ないからですわ」

「普段というと……？」

刑事は、自分の無知をさらけだして訊ねた。こうした仕事をしていると、雑学がものをいうことが少なくない。知らないことは、その場で訊くのが彼の信条であった。訊くは一刻《いっとき》の恥である。

「クラシックが取り上げる曲は、バッハだとか、モーツァルトだとか、シューマンなんかでしょう? だけど、サキソフォンが発明されたのはもっと後の時代ですから、このような作曲家の作品を演奏する場合には必要がないんですのよ」

「ふむ」

「時代がくだって、ビゼーなんかの頃には、もう楽器として認められていますから、オーケストラのなかに用いられていますけど」

「なるほどね。ビゼーはお呼びだが、シューマンはお呼びでないというわけですか。すると、園田氏がクラシックに参加したのはそのとき限りで、また、ポピュラーに戻ったのですね?」

「ええ、キャバレーのショウの人気者でしたから、マネジャーが放そうとしないんです」

「人気者だった?」

そう彼が反問したのは、睦子がときどき用いる過去形が気になったからである。が、彼女は、その質問の意味をとり違えたようだった。

「よくは知らないんですけど、身軽な人だったとみえて、アクロバチックな演奏をしたんですって。ステージの上に仰向けに寝転がって吹いたり、テーブルに脛をひっかけておいて、蝙蝠《こうもり》みたいに逆さにぶらさがって吹いたり、いろんな芸当が得意だったんです」

「だったというと、現在では吹いていないのですか？」

睦子は、黙って大きくこっくりをした。そうした様子をすると、彼女の白い顔は、ふと童女のようにあどけなく見えた。

「あの人たちは、兄弟そろって狩猟が好きなんですの。ときには、いっしょに行くこともあったそうですわ。ところが、三、四年前の冬でしたけど、この二郎さんが、友達連れで赤城《あかぎ》山《さん》へ兎《うさぎ》を撃ちにいったとき、銃が暴発して左手の指を三本失ってしまったんです。もし、あれが猪狩りの弾丸だったら完全に死んでいたろうといわれていますの。それに比べれば、指三本ですんだのは不幸中の幸いだったたって、鈴鹿が話していました。でも、指が足りなくては、楽器の演奏はできませんわね。これも鈴鹿の自慢ですけど、最後となった演奏のときに、といってもサキソフォンが吹けなくなった本人は、指揮者みたいに右手を振っていただけですけど、ファンの女の子のなかには、興奮のあまり卒倒するものが十人くらい出て、救急車が、会場と病院の間を三度も往復したんだそうですわ」

「兄貴にそっくりならば、当然、女性に騒がれたでしょうな？」

と、刑事は頷いた。なにやら羨ましそうな口調でもあった。

「で、ポピュラーの世界から足を洗ったあと、どんな職業についたのですか？」

「ホステスの斡旋《あっせん》業です。キャバレーで働いていたものですから、水商売と縁が切れなかったんですわね。うちの先生が、二郎さんという人を嫌ったのは、一つは、この職業が気に入らなかったからです。男性として最も恥ずべき職業だ、としばしばいってましたわ」

成瀬千里のその気持はわからなくもない。いかにもそれは非生産的な商売だからだ。しかし、あえて意地悪をいってみれば、バレエだっておなじことじゃないか。踊っているうちは芸術かもしれぬけれど、それは瞬間的なものなのだ。幕が降りてしまえば、そこには何も残らないのである。

佐藤刑事は、内心の思いはおくびにも出さずに、鉛筆の先をちょっとなめた。

「どこに住んでいるんですか?」

「存じませんわ。いまも申したように、この家とはつき合いがなかったんですから」

刑事は、兄が、なにかというと弟の自慢をしていたことに注目した。おそらく、それは兄弟仲がよかったせいだろう。そして、兄思いの弟であるならば、写真家をバックアップするために、頼まれれば諾々《だくだく》として身替わりをつとめたに相違ないのである。

「もう、刑事さんもお気づきでしょう? ここに写っている鈴鹿は、左手をポケットに入れていますわね。これは、ポーズをとっているみたいに見えますけど、本当は二本しか残っていない指を隠すためにしたことですわ、きっと」

断定するように睦子はいい、刑事は、幾分あわて気味に写真を取り上げた。

二

丹那は、園田二郎を訪ねる佐藤刑事に同行した。双生児の兄弟が、どの程度似ているかを確かめるには、丹那が行かなくては見当がつかない。

「ホステスを斡旋する商売があるなんてことは知らなかったな」

「おれも初めて聞いた。職業に貴賤がないというのは同感だが、園田二郎の場合はちょっとね。バレリーナが、出入りをさし止めたくなる気持がわかるじゃないか」

丹那が、軽蔑をあらわにした。

「いや、おれも最初はそう思ったんだが、なかなか大掛りな仕事をやっているんだぜ」

「大掛りであろうがなかろうが、ホステス斡旋業であることに変わりはないさ」

目白駅から女子大のほうへ歩きながら、丹那たちは、そうした会話をかわしていた。

鬼子母神《きしもじん》の角を通り過ぎ、陸橋を渡って左に折れたところに、園田二郎の住むマンションがあった。南面した白亜の建物は、東中野の成瀬千里のそれよりもはるかに明るく豪華にみえた。設計が垢ぬけしている。一階の入口は、一流ホテルに比べても遜色《そんしょく》がなさそうだった。

「ほう、贅沢《ぜいたく》な家にいるんだな。ホステスを斡旋するぐらいでこんなに収入があるものかね」

丹那は、思わず立ち止まって建物の外側を見回した。

「新聞をみると、やたらにホステス募集の広告が出ている。志望者は、それを読んで直接出かければいいじゃないか。こんな男に中間搾取《さくしゅ》されるわけがわからんな」

「最初は、おれもそう思っていた。だが、単なるホステスの口入れ屋じゃないんだ。もっとスケールがでかいんだよ。日本女性を、リオやサンフランシスコや、シンガポールに売り込んだり、逆にスペインのダンサーやジプシーの踊り子を呼んで、キャバレーなんかに出演させたりしている。ひょっとすると、婦女子を誘拐《ゆうかい》してるんじゃないかと思ったが、いまのところ、そうしたあくどい真似はやっとらんようだ」

入口の回転扉を押した途端に、どちらも無口になった。黙って歩いている限り、佐藤刑事は商店の旦那ぐらいに、丹那のほうは、さしずめ古道具屋のおやじ程度にみえるのである。

園田二郎の部屋は、ここの住人にふさわしく絢爛《けんらん》としていた。客間兼居間には、洋家具店から最上のセットを運ばせたのではないか、と思いたくなるほどの豪華な調度が並べてあった。革張りのソファ一つだけでも二、三十万はしそうなしろものである。こうなると、壁にかけられた岸田《きしだ》劉生《りゅうせい》の《麗子像》も、模写ではなくて本物のように思われてくる。

園田二郎は、黒い衿《えり》のついた茶色のガウンを着て、ひとりつくねんとオンザロックを呑んでいるところだった。かなり酔っているとみえ、顔が赤く、目がとろんとしている。反射的に丹那は、どてらにくるまった鈴鹿一郎の姿を思い泛べた。こちらは身嗜《みだしな》みがいいのか、髪をきちんとわけ、ヒゲを綺麗に剃っているが、その点を除けば、一郎と対面したような錯覚を生じた。いや、洗髪してポマードを落とせば、兄とおなじ髪型になるかもしれないのである。双生児だから当然といえば当然だけれど、声の調子も、喋り方も、唇の端を吊り上げて皮肉そうな目つきをする癖までが一郎とそっくりだ。

「お待ちしていたんですよ。成田山《なりたさん》へお札をもらいにいく予定だったんですがね」

「そいつはどうも。なに、すぐに済みます」

オンザロックのグラスを持つと、立ち上がって刑事を隅のホームバーにつれていった。

「どうです、一杯？」

と、彼は、つっ立っている丹那を見た。

「残念ながら肝臓をやられていましてね」

「ほんとですか。そちらの刑事さんはいかがです？」

「甘党でね、駄目なのです、全然」

佐藤刑事は、はねつけるように首をふった。幼い頃から芋焼酎《いもじょうちゅう》で鍛え上げた彼は、丹那とは比べものにならぬ酒豪であった。

「肝臓には、金が解毒剤になるって話は知りませんか。黄金の水なら飲めるでしょう」

丹那が、狐につままれたように返事をためらっていると、二郎は、背中を向けて棚の上からみがきぬかれたリキュールグラスを取り、ふり返ってふたりの刑事の前にそっとおいた。

つぎに、背のたかいそのグラスに細かなごみみたいなものが浮いた液体をそそぎ、赤い顔をにやりとさせた。

「ダンチッヒ産のリキュールです。『ゴールドワッセル』という酒ですから、訳せば文字どおり『黄金の水』ですな。大正時代のあたらしがり屋なんかが盛んに呑んだらしいです。杢《もく》太郎《たろう》の詩にも出てきますからね」

「そういえば、和酒にも金粉入りのがあるようですな」

「まあ、和酒と洋酒とどちらがうまいか、とにかく呑んでみませんか」

洋酒会社のセールスマンのようなことをいった。甘党の刑事も、肝臓のわるい刑事も、こうなると無下《むげ》に拒むこともできなくなり、グラスにそっと口をつけた。

「この辺りで、ちょっとお訊ねしたいことがあるんですがね」

「どうぞ、どうぞ」

気さくな返事がかえってきた。刑事がふたりしてやってくれば、たいていのものが訝しく思う筈だが、この男は、そうした様子はおくびにも出さないで、ただ上機嫌でいた。それとも、酔っているせいだろうか。

佐藤刑事は、グラスをおいた。そっとやったつもりだが、自分でもびっくりするほど固い音がしてしまった。

「なんですかね?」

「あなたの義理の姉さんだった、成瀬千里さんが殺されたことはご存知と思いますが、あの日の午後三時にあなたは何処におられたか、それを知りたいのです」

「要するに、アリバイがあるかってことですな。ぼくの嫌疑は、それほど濃厚なのですか。だいいち、ぼくには彼女を殺す動機なんてものがないですからね。虫の好かん義姉であったことは事実ですが、それだけの理由で殺人をやりますかねえ。しかも、一年前に兄と離婚した、利害関係のない女ですよ、相手は」

一応は、そう反駁してくるのが順序というものだろう。佐藤刑事もそれを心得ていたから、説いて聞かせるような口調で答えた。

「問題は、あなたが兄さんとそっくりなことですよ。さらに、その兄さんに動機があるからです」

園田は、ハンカチでおでこの汗をちょっとなで、鼻を鳴らすような音をたてた。

「ふた児というのは、はたから見れば面白いかもしれんですが、当人にしてみれば、似ているということ自体が迷惑なものなのですよ。小学校から中学にかけての頃は、兄貴がいたずらをしてぼくが叱られるってことがしばしばありました。子供時代は、無邪気な笑い話ですむ。しかし、大学を出て、社会人になると話は深刻になるんです。この前なんか、銀座のバーで酔っ払っていたホステスに頭から酒をぶっかけられたことがある。『口惜しい！』と叫んで、武者ぶりついてくるんですな。ようやく引き放して事情を訊いたら、ぼくの兄に捨てられた女だってことがわかりました。ああしたヒステリータイプの女では、兄貴も嫌気がさしたのは無理ないんですが、とばっちりがぼくのところにくるのはご免だな。お陰で、上等のネクタイをだいなしにしちまいました」

話を終えると、氷の音をたててグラスを傾け、うまそうにオンザロックを呑んでいる。いらいらした佐藤刑事が、大きな目をむいて声をかけようとしたとき、わずかに早く彼が口を開いた。

「先月の二十日の午後二時のことですな？」

「二十日の午後三時のことです」

二郎は訝《いぶか》しそうに首をかしげると、グラスをおいて、刑事のほうに飛びでたおでこを向けた。

「二時のアリバイじゃないのですか。犯行時刻は二時前後だと聞いていますが」

「殺されたのは二時前後ですが、われわれの知りたいのは三時のアリバイです」

一瞬、彼はのみ込めないといった表情をうかべ、真っ赤な厚い唇をなめると、なにかいいかけようとした。

「……どうも、わけがわかりませんな。が、それは、どうでもいいことです。正午から夜の十時まで、ずっと友人といっしょでした」

「いい記憶力ですな」

「褒められるほどのことはないです。ネタを割れば、元日に上田の兄貴から電話がありまして、自分は、たいした理由もなしに千里殺しの疑いをかけられた、さいわい、アリバイを立証できたからよかったが、ついては、お前もアリバイをはっきりさせておくように、と忠告してくれたのです。兄貴と同様、ぼくもさいわいなことにアリバイはたやすく証明できる。ウィークデイはうんと働くかわり、休日は徹底して遊ぶのがぼくの生き方ですから、問題の日も友だちをあつめて牌《パイ》をいじっていたわけです。どいつもこいつも、麻雀となると目の色を変えるようなやつばかりで……」

喋り終わると、グラスに残った液体をひと息で呑み、左の手の甲で濡れた赤い唇を乱暴にこすった。丹那は、そのとき、初めて三本の指が欠けているのを目にしたのである。

三

園田二郎のアリバイがあっさりと成立してしまったことから、捜査はふたたび振り出しへもどっていった。一郎、二郎の兄弟が、いずれもシロということになると、『名門』のウェイトレスが目撃した右手首の時計という話も怪しく思われてくる。再度訊問をうけた彼女は、次第に自信がぐらつきはじめ、しまいには、小首をかしげながら、自分の見誤りだったかもしれぬといいだした。こうして、改めて捜査方針を立てなおして調査を続行したものの、いままでのようなめぼしい収穫もないままに、やがて、三鷹署におかれた本部は縮小され、丹那も本庁に帰ってきた。水のぬるむ三月の初めのことで、デパートでは、子供の客相手におたまじゃくしが売られていた。

それからひと月ほどたったある日、丹那は、行きつけの歯科医院の待合室で自分の番がくるのを待ちながら、暇つぶしに備えつけの古雑誌を手にしていた。彼の家系は歯がよわい。ふたりの兄は、丹那の年齢に達する以前に、どちらも総入れ歯になっている。おそかれ早かれ、自分もこうなるのではないかという恐れは、つねに彼の脳裡にあった。

捜査会議を終えてヤキトリで焼酎をやりながら同僚と談笑していても、ふと、自前の歯で喰えるのはいつまでのことだろうかと思ったりする。口にあの咀嚼器《そしやくき》をはめ込んで喰ったのでは、好物の味も一段とおちるに違いないのである。そうしたことを考えると、うまい筈のヤキトリの味がたちまち索漠《さくばく》たるものに変わってしまうのだった。だから、丹那は、なんとかしてその時期を遅らせようと努めている。歯科医の門を頻繁に叩くのには、そうした理由があった。

どの娯楽雑誌もそうだけれど、丹那が手にしたものも例外ではなく、巻頭には、グラビアのヌード写真が特集されてあった。丹那は、裸体画は芸術だと思っている。だが、ヌード写真は違う。編集長は、男性読者の劣情を刺激することが狙いでこれを掲載し、雑誌の売れゆきを伸ばそうとする、写真家は、その目的に沿って殊更《ことさら》えげつないポーズをモデルにとらせるのだ。どこに芸術性があるというのであろうか。

そうした考え方をする丹那だから、これまでもヌード写真をしげしげと鑑賞したことはない。そのときもグラビアを飛ばして読み進もうとして、指先をなめてページをくっていた。そうした瞬間、彼の目に『鈴鹿一郎ヌード傑作集』の文字が飛び込んできたのである。あの写真家がヌード専門だということは承知していたが、作品に触れるのはこれが最初だった。かつては容疑者であった男が、どんな写真を撮っているかということに丹那は強烈な興味を感じ、いままでにない熱心さで一つ一つを丹念に眺めていった。隣に坐った若奥様風の上品な女性が、そうした丹那の姿を軽蔑をこめた眼《まなこ》で見ているのが痛いほどよくわかっていた。彼にとってまことに不本意なことだけれど、だからといってページを伏せる気にはなれなかった。

鈴鹿一郎の作品は、見れば見るほどいやらしく、不潔であった。写真の背後には、より少しでも大胆なポーズをとらせることによってジャーナリズムに自分の名を売り込もうとする作者の魂胆が見えすいているようだ。そして、写すほうも写すほうなら、レンズの前で恥ずかし気もなく裸体をさらす女も女だった。顔はドミノで隠しているけれども、ここまで露骨になったからには、いまさら仮面をかぶろうがかぶるまいが同じことではないだろうか。

そうした感慨を抱きながら、二枚目の写真に目をやったとき、彼は意外なことに気づいて思わず坐りなおした。モデルの肉体の一部に見覚えがあったからだ。丹那はそわそわしながら立ち上がると、診察室を覗いた。

「先生、また、出直してきます」

「ああ、どうぞ」

「それから、このヌードが載った雑誌を拝借しますよ。後で返しにきますから」

丹那は、慌てて靴をつっかけた。彼は、またもその背中に、あの妙齢の婦人の軽蔑しきった視線を痛いほどに感じていた。

部屋に戻ってグラビアをつきつけると、上司は、写真を見るよりも丹那の顔をつくづくと見入った。

「どうしたんだい、きみらしくもない」

鬼貫《おにつら》というこの警部は、これも丹那に劣らぬ堅物だったから、眉にしわをよせ、いささか迷惑気な表情をしていた。

「ま、わたしの説明を聞いてください。上田で一泊して石打へ回ったときの話なんですが、そこでわたしが見聞したもののなかに、まだ誰にも喋っていないことがあるんですよ。じつにくだらぬ、捜査上まったく無意味なことだと判断したものですからね」

丹那は、あいているイスを引き寄せると、この顎の張った主任警部のとなりに坐った。

「石打の民宿でアルバイトをしていた、青柳町子という女子学生の名を覚えていますか？」

「覚えている。写真で見たよりもずっと美人だったそうじゃないか」

「そうです、胴が蜂みたいにきゅっとくびれていましてね。脚の線なんか外国人のようにきれいで、このわたしでさえ息をのんだほどでしたよ」

このわたしというのは、「この朴念仁《ぼくねんじん》のわたし」の意味である。

丹那が訪ねたとき、彼女は、大きな浴室の掃除をしていた。黒っぽいセーターに色のあせたブルウのジーパンをはき、そのズボンを膝の上までたくし上げたあられもない姿で、丹那の前にあらわれたのだった。短い髪を、手拭いできゅっと包んでいたものだ。

「彼女が、風呂場を洗っていたことはお話ししましたね？」

「ああ聞いた」

「濡れた足で板の間に出てきたものですから、その辺一帯が足跡だらけになりましてね、それを何気なく見たら、これが扁平足《へんぺいそく》なのです。ミス・ワールド・コンテストにしても足の裏まで調べやしないでしょうから、彼女が扁平足だってどうってこともないのですが、ちょっと意外な秘密を覗かされたような気がしたものですよ」

「現代娘なんだ、扁平足だからって、べつに恥ずかしがるわけもないだろう」

「でも、足跡を眺めているとなんだか変な気持になりますよ。ヒマラヤ山中で雪男にでも出遭ったような……。いや冗談は止しにして、このヌードを見てください」

雑誌は去年の夏の号で、丹那が指さしたのは、砂原に仰向けになった女を足のほうから撮った一枚であった。濡れた肌に砂がまつわりつき、長い黒髪が、横に流れている。

「どうです、このモデルも扁平足でしょう」

「そうだな」

主任は、慎重にヌードを眺めてから同意した。やわらかい陽差しを斜めにあびた裸体は、胸や腹やふとももなどにくっきりとした陰影をつくっている。だが、足の裏だけは人形のそれのように平坦であった。

「すると、なにかい？　このモデルが青柳町子なのかね？」

「断定はしませんがね可能性はあると思うのです。この脛の長いのも青柳町子とおなじ特徴ですから。白人は脚が長いといわれますが、彼女等は膝から上の部分が長いのですね。それに対して、黒人は脛のほうが長い。つまり、シルエットとして眺めれば世界中で黒人女性がいちばん美しいのですよ。青柳町子は、そうした美しい脚を持っているんです。ですから、脛の長いことと、扁平足であることから判断すると、このモデルが彼女であることは間違いないと思います」

主任の鬼貫は、急に興味を感じたらしく、一段と熱心な目をして写真に見入っていた。

「モデルの名は浜《はま》ちどりとなっているが、これは芸名かな？」

「でしょう。まだ学生ですからね、本名を出すわけにはいかなかったと思います。わたしが会ったふたりの女子学生も、それから用務員も、彼女がモデルをやったことは一言も触れていません。鈴鹿一郎と青柳町子とが、カメラマンとモデルの関係にある秘密は、固く守られているようです」

「これだけ恵まれた肉体条件を持っていると、平凡な結婚をして主婦の座におさまっていられまいな。これを資本にして派手な世界へ乗り込んでいこうという野心を抱いたとしても不思議はない。いろんな夢を描いているだろう」

「そうです、野心に燃えていると思うのですよ。鈴鹿一郎と組めば、やがては東京に出て一流のモデルになれる。おそらく、そう計算しているでしょう。とすると、鈴鹿一郎の片棒をかついで偽アリバイにひと役買うことは、充分に考えられると思うのですが……」

「同感だな。頭が痛いとか称して窓から首を出したのは、鈴鹿一郎と予《あらかじ》め時刻を打ち合わせてやったことだろう。あの写真は、写真家とモデルの合作になる偽物だったんだな」

鬼貫も丹那も、内心の興奮を押えつけたように、平静な口調で語り合っていた。が、問題はそこから先にあるのだった。鈴鹿一郎のあの写真が十二月二十日の午後の三時三分という時点で撮影されたことは、青柳町子が窓から顔を出したという事実によって証明されている。そしていま、これがふたりの当事者による合作であることが想像されたわけだけれど、だからといって、彼のアリバイが打撃を受けたわけではないのである。

「女子学生に紹介してもらった、いい宿があるんですけどね」

早くも丹那は、この主任警部が上田へ行くものと決めているようだった。

四

鬼貫が上田に降りたのは、その翌日の正午のことだった。丹那から聞いた話では、スキーヤーがごった返していたそうだが、いま見かけるのは、若いハイカーや、温泉帰りの老夫婦といった旅行客ばかりで、喧騒といった感じはどこにもなかった。

駅前広場を迂回すると、商店街の松尾町をぬけ、原町の手前で右に折れた。この海野町も、上田市の目抜きのショッピングセンターで、大きなデパートがある。丹那が教えてくれた旅館は、その百貨店の手前の大通りに面していた。彼は、鞄をそこに預けてから調査をはじめる予定だった。といっても、どこから手をつけようという確たる目標があるわけではなく、丹那の入念な調査の跡をなぞってみて、彼が見落とした落ち穂を拾い、あわよくば、一郎のアリバイを崩そうというのであった。いままでの経験からすれば、大きな落ち穂にゆきあたるのは単に運がよいというに過ぎなかった。今回の出張も、鬼貫としては僥倖《ぎようこう》に期待をかけるほかはなかったのである。

丹那が電話をかけてくれたお陰で、二階の大通りを見おろす上等の部屋に通された。向こう側は種物屋《たねものや》で、その店先には二分咲きの芝桜や三色すみれ、ひな菊などの苗が並べてあり、通りすがりの老人が立ち止まって買おうかどうか思案している態《てい》だった。

「あの日、丹那さんがお発ちになったのとほんの一足違いに、秦さんのお嬢さんから、お電話がありましてね……」

茶菓子を持ってきた仲居が、急須《きゆうす》に湯をそそぎながら話しかけた。

「秦さん？」

鬼貫は、座敷に戻って茶卓の前に坐った。

「ああ、緑が丘の団地にいるお嬢さんだったね」

「はい。帳場がお発ちになったばかりだと申しましたら、なんだかがっかりしておいでだったとか」

いったい、なにを告げるつもりだったのだろうか、と、鬼貫は小首をかしげた。丹那のことだから、異性に慕われるというような艶っぽい話であるはずがない。そうかといって、秦家に忘れ物をしてきたということも聞いていないのである。

「がっかりした？」

「ええ。昨夜のお話のことでちょっと……といっておられたそうですわ」

昨夜というと、それは鈴鹿一郎のアリバイに関連したことになる。丹那が出発してしまったなら手紙でも書いてよこせばよさそうなものだが、そのままになっていたところをみると、いおうとすることに自信がなかったからではあるまいか。そう考えているうちに、鬼貫は、にわかに秦暁美と会って、彼女が告げようとしたことの内容を聞かせてもらいたくなった。

「秦さんと、この旅館とは親しいの？」

「はあ、秦さんのお母さんとここのおかみとが幼な友達だったとか……」

「なるほど。で、どうしたら会えるかな。そのお嬢さんとだが」

「学校だと思いますわ、たぶん」

すぐ帳場から緑が丘の秦家に連絡をとってくれ、まだ大学にいるからそちらへ回ってくれるようにという返事があった。

　タクシーを呼んでもらった。大屋までの国道十八号線は、ほとんど一直線にのびている。両側に並んだ民家が次第に間引きされたようにまばらになると、左は一面の畑で、黒い土に青い麦がもえていた。

「あれが信州大学の繊維学部ですよ」

　教えられて首をのばすと、大学の建物を見ようとして目をやった。いまの校名にはなじみがないけれど、昔の上田高等蚕糸《さんし》学校時代の名は、受験生時代によく耳にしたものであった。都会育ちの鬼貫には、蚕糸学校がどんなことを学ぶところか皆目《かいもく》見当がつきかねて、受験雑誌にこの校名を見かける度に、奇異な思いをしたものだった。これが、あの専門学校の後身なのか。張った顎をつき出すようにして覗こうとしたが、立木にさえぎられて校舎は目に入らなかった。

　十分余りで短大の前に着いた。

　用務員に用向きを述べて二十分ほど茶飲み話をしているうちに、講義の終わりをつげるベルが鳴り、まもなく秦暁美が入ってきた。北国生まれのせいか色白で、ほとんど化粧らしい化粧をしていないが、目がいきいきと輝いて、見るからに知識欲に燃えているような、新鮮な印象を受けた。頬がまるくふくらんでいる。

　休み時間になると、この用務員室にはひっきりなしに学生が入ってくる。そして、熱いお茶を飲んだり、売店で買ったあんパンを喰べたりしている。若い女性に食傷したようなことをいったくせに、その用務員は、本当は、「おじさん、おじさん」と呼ばれるのが嬉しくてたまらないのだ。もと軍人の威厳はどこかに放擲《ほうてき》してしまい、目尻をさげてサービスにつとめている。

「校庭へいきましょう。今日は南風だから暖かだわ」

暁美は先に立って外に出た。写真ではわからなかったが校庭一面に芝が敷きつめてあり、黄色い枯れ葉のあいだから、緑の濃いほっそりとした若葉が勢いよく葉先をのばしていた。

「あのときの刑事さんにお電話したのは、見せていただいた写真にちょっと気になることがあったからですわ」

枯れ芝の上に坐ると、ふっくらとした膝をスカートで覆いながら、本題に入っていった。

「最初は気がつかなかったんですけれども、もう一度写真を見て、寝床に入って考えているうちに、だんだんはっきりしてきたんです。でも、あたしの思い違いでないことを確かめてからお話ししようと思って。いい加減のことをいってはご迷惑ですものね」

「いや、そうした遠慮はいらなかったのですがね」

ポケットからキャビネ判の例の写真を出して見せると、暁美はそれを手にとって、画面と二階の窓とを何度も見比べていた。

「ほら、ご覧になって。青柳さんが覗いたのは端から数えて七つ目の窓ですわね」

しなやかな指で写真と正面の建物とをさし示した。

「窓は、一つの教室に四つずつありますの。向かって左のほうから、二〇一教室、二〇二教室とつづくんです。教室は全部南側に並んでいまして、北側が廊下です。教室の数は二階が八つで、これは三階も同じことですわ」

階段と化粧室は、中央の塔の部分にあるのだそうだ。

「ですから、具体的にいいますと、青柳さんが首を出した窓は、二〇二教室の向かって左から三つ目の窓ということになりますの」

「ちょっと待ってください」

鬼貫は、写真と実物の建物の窓をかぞえ、納得してから頷いた。

「そうですな」

だが、この女子学生がなにを語ろうとしているのか、鬼貫にはさっぱり目星がつかなかった。ただ、それが重大な意味をもっていることだけは、彼女の真剣な表情からもうかがわれた。

「あの日のお講義は、ウーマンリブの討論会になってしまったでしょう？　だから、みんなが机とイスを持ち寄って教壇に対して半月型の円陣をつくったんです、討論し易いように」

「なるほど」

「ですから、写真に写っている七番目の窓は、開けられなくなってしまったんです」

「…………」

「そうしたわけで、青柳さんが覗いた窓は、自由に開閉できた八番目の窓だったんです。この写真は違っておりますわ」

きっぱりした口調でいうと、紅い唇をきゅっと結んでしまった。相手がいかめしい肩書の警部ということになると丹那に対したときのように笑ってばかりはいない。

鬼貫はちょっとのあいだだったが、彼女のいうことが理解できなくて、呆気にとられていた。やがて事情がのみ込めてくると、昨日、丹那からモデルの正体を知らされたときに劣らぬ驚きに打たれて、しばらく言葉もでなかった。

暁美の語ったことが事実だとするならば、この写真はどういうことになるのだろうか。八番目の窓から覗いた女の顔が、七番目の窓からつき出ているのはどういうわけなのだろうか。ふたりのすぐそばではバレーボールの練習をするグループがいて、しきりに金属的な叫び声をあげていたが、鬼貫の耳にはそれも聞こえなかった。

十分の休みはたちまち過ぎてしまい、やがて始業のベルが鳴った。

「いいのですか？」

「あたしのほうはご心配なく。休講なんです。いまの時間は二〇二教室もあいているんですけど、覗いてご覧になりません？」

誘われ、後について二階に上がった。教室に入ると鬼貫は、当時の机とイスの位置をくわしく再現してもらい、彼女がいうとおり七番目の窓が開けられぬ状態にあったことを確認した。二つの机が、その窓をふさぐような恰好で位置していたから、そこに坐っていた学生を立たさぬ限り、外を覗くことはできないのである。

校庭に出るまで鬼貫は考え込んでいた。彼の思考の邪魔をすまいとして、暁美は黙って後についてきた。八番目の窓から覗いた首が、七番目の窓から出たということはあり得ない。したがって考えられる解釈は、つぎのようなものになる。すなわち、

①ある時点において、町子が七番目の窓から顔を出し、一郎がそれをバックに自分を写した。

②それとは別の時点で、町子はふたたび窓から外を覗く。この場合の彼女は、前回とおなじく七番目の窓をあけたかったのだろうが、討論会という予期せぬハプニングが生じた結果、七番目の窓を開くことができなくなった。そこで、止むなく八番目の窓から首をつき出した。このときが、午後三時三分であったことになるのである。

では、①の時点は、本当は、いつのことなのだろうか。討論が終わったとき外はすっかり暗くなっていたというから、それから後に撮ったものでないことは明白である。つまり、討論会が開始されるよりも以前のことだと考えられるのだった。

「話は十二月二十日のことになりますがね、講義がはじまったのは何時でしたか？」

「午後の一時ですわ。あの日ばかりでなしに、あの課外講座は、すべて午後一時の開講でし

た。早い人は十二時半頃に来ていますけど……」

　すると、①の時点というのは、まだ教室に誰もいないとき、つまり十二時半より以前のことになる。鬼貫は、これを午前十時のことに仮定して、その日の鈴鹿一郎の動きを想定してみた。

　午前中のことだから、学生の姿はどこにもない。彼は、そっと時計塔に近づくと、針を五時間すすめて三時にセットする。一方、町子は、寒々とした人気のない二〇二教室に忍び込み、問題の七番目の窓から顔をつきだして、シャッターがおりるのを待つ。一郎は、彼女の顔とセットした時計塔とをバックに、セルフタイマーで自分を写したわけだが、時計塔から校庭を走って横断し、カメラの位置に戻ってくる間に若干の時間のロスがある。時計の針が三時三分になっているのはそのためなのだろう。鬼貫は、そう解釈してみた。

　この場合、鈴鹿にとって都合がよかったのは、用務員室が北に面していることだった。だから、彼のこうした行動は、誰の目にも触れずにすんだのである。午前十時というのは、単なる仮定だけれど、それが九時であろうが、八時であろうが、この筋書とさほどの相違はあるまい。自分のこの考えに、鬼貫は自信を持っていた。

　さて、この写真家は、ただちに時計の針を正確な時刻に戻すと、校門の前に立って毒にも薬にもならない町の遠景を一枚撮った。彼の意図がどこにあるかはわからぬけれども、塔の場面をラストに尻切れとんぼに終わると、作為めいた印象を与えるおそれがあるので、それを警戒して、余分にもう一枚シャッターを切ったものと鬼貫は推測した。

これで、ともかく前半は成功したことになる。彼としては、一分でも無駄にすることなく東京へ直行したいところだが、いちばん近い大屋駅には急行が停車しないから、上田駅まで駆け戻るほかはない。

急行で上野に到着した一郎は、山手線で新宿駅へ向かったのだろう。そして、人目を避けて用意してきた赤いベレをかぶると、『名門』に姿を現わしたことになる。一方、上田に残った町子にもやらねばならぬ仕事があった。やがて講義がはじまって、本当の三時三分という時刻がくると、頭痛を口実に窓をあける。そして、いかにもその時点で写されたように見せかけるのだ。彼女の主張をバックアップしてくれるのは、当時教室にいた講師および受講者全員なのだから、一郎のアリバイは完全無欠なものとなるのである。

鬼貫がつぎに検討したのは、時計塔の大時計の針をどんな手段によって動かしたのか、ということだった。暁美に訊ねると、さあといって、小首をかしげた。

「用務員のおじさんにお訊きになったら……？」

「そうしてみましょう。ときに、青柳さんはどうしています？」

「それが……」

急に口ごもり、膝のわきの芝を乱暴にひきちぎった。

「新学期になってから一度も登校しないんです」

「病気ですか？」

「かもしれませんわね。そのうちに誰かが様子を見にいくと思いますけど」

ただそれだけのことならば、何も返事に窮したように黙り込むわけはない、鬼貫は、そこに格別の理由でもありそうな気がした。

「病気ではない、と考えられるような事情があるのですか？」

「ええ。今年のお正月に刑事さんから写真を見せられたあと、なんだか変だなって気がしたことはお話ししましたわね」

「そう」

「でも、あのときは、刑事さんと連絡がつかなかったものですから、西沢酉枝さんの意見を訊いてみたんです。西沢さんはよく見なかったからそこまでは気がつかない、といってましたけど。この話が、どこをどう伝わったものか、最後に青柳さんの耳に入ったらしいんです。この春休みにぱったり喫茶店で顔を合わせたら、『変な噂たてないでよ、あたしが迷惑するじゃないの』って、文句をつけるんです。こっちも癪《しゃく》にさわったから『べつに噂なんかしてやしないわよ。自分の注意力を確認しておきたいだけなんだから』って、言い返してやりました」

「ふむ」

「売り言葉に買い言葉になって、あなたがそんなに怒るんなら、あたしは東京の刑事さんに手紙を出すわ。どっちが正しいか、はっきりさせようじゃないのって提案したんです。実際は、遊びすぎちゃって問い合わせなんかしないうちに、新学期がはじまってしまったんですけど」

「なるほど」

「そうしたら、青柳さんは、最初の日から顔を見せないじゃありません。ひょっとすると、あたしが、東京の刑事さんに照会したものと思い込んで、なにか具合が悪くて登校できないんじゃないかって考えたんです」

「具合が悪くてね」

彼女が渋り勝ちだったわけが、やっと了解できた。余計なことを喋ったために、町子が逃亡してしまったのではないか。暁美はそれを心配しているのだった。

鬼貫は、さらに若干の質問をしたのち、情報を提供してくれたことに礼を述べて別れると、ふたたび用務員室の扉をノックした。鬼貫に時計塔のことを訊ねられた用務員は腹をゆすって笑い出した。

「あなた、そりゃ、無茶な話ですよ。電気時計ですから親時計の針を動かさない限り、子時計の針は押そうが引こうが、ビクともせんです」

「親時計をこっそりいじることはできませんか」

「駄目ですな。あれは、隣の部屋にあるんですが、鍵は責任をもってわたしが保管しておるです。わたしから鍵を奪わぬかぎり時計室には入れんのですよ」

つよい口調で否定され、鬼貫はがっかりした。針を操作することが不可能である以上、鬼貫がたてた仮説もまた否定されてしまう。

五

庶務課で町子のアパートの所在を教わってから大学をあとにした。それにしても、針をいじることも、親時計に触れることもできないとなると、あの写真は、どうやって撮ったものだろう。校門を出たところに佇《たたず》んで、鬼貫は、その疑問を考えつづけていた。そこから南の国道までゆるやかな麦畑の傾斜がつづき、その先に一群の工場が立ち並んでいる。鈴鹿一郎のネガフィルムのなかの一齣《こま》が、ここからの眺望であることを鬼貫ははじめて知った。

いい解釈が思いつけぬまま、彼は、思い切ったように歩きかけたが、ふとふり返って最後の一瞥を短大の建物になげた。春の午後の陽をあびた時計塔は、蒼空をバックに、くっきりとした直線を強調して鬼貫を威圧するようにそそり立っていた。と、彼の見ている前で鋼鉄の針がカタリと動いて、分を刻み、その拍子に鋭い光をぎらと反射させた。背後の麦畑の上空では、ヒバリの鳴き声がしきりであった。

突っ立ったままの鬼貫は、この校舎が、シンメトリカルな構造であることを考えていた。いま、彼が、ここで大学を写真に撮り、ネガをこっそり裏返しにして焼いても、そのことに気づくものはまずいないだろう。校門には、右側の門柱に北信女子短期大学の標札が出ているから、これが入ると立ち所に化けの皮がはがれてしまう。だから、門から一歩なかに入ってシャッターを切らなくてはならない。そして、鈴鹿一郎の写真が、事実そうなっているのであった。

仮りに鬼貫が考えたとおり、ネガを裏返しにして焼いたのだとすると、一郎のバックに写っている時計の文字盤も逆になるから、三時三分は、じつは八時五十七分であったとみなされる。上田・東京間は、急行で三時間を要する程度だ、八時五十七分に上田市内にいた一郎が、午後二時に東京の現場で犯行するのは充分に可能なことになるのだった。

だが、校舎だけを逆転させただけでは完全ではない。そこに立っている一郎も、窓から首を出している町子も、服装は左右が均等であることを要する。そう思いながら写真を取りだして眺めると一郎の無地のトックリセーターがシンメトリックだし、背後の町子もまた、髪を真ん中からわけた左右均等のスタイルであった。一郎の髪は左わけだが、写すときだけ右わけにすればよいのだから、簡単なことだ。

鬼貫は、なおも喰い入るように写真を見つめていた。もし太陽が照っていれば、影の位置から裏返されたことに気づかれてしまう。が、冬の信州の空はつねに雪もよいの雲におおわれているのだ。そうした心配は要らない。万事がお誂《あつら》え向きにできているではないか。

いままで、鬼貫は、写真家がセーター一枚の薄着で写っているのを見て、腹痛が起きたという話をもっともらしくするための演出だと解釈していたのだけれど、ここにいたって、自分の読みの浅かったことにようやく気づいたのであった。おなじことは、青柳町子についてもいえる。彼女が髪を短くカットしたのは、スキーの邪魔になるからではなく、その裏面には、アリバイ写真を作成したのが十九日もしくはそれ以前ではあり得ぬことを限定する目的があった。翌二十一日に石打へアルバイトにいってしまったのも、九州旅行の準備をするということよりも、アリバイ写真が、二十一日もしくはそれ以降にとられたものではない点を強調する狙いがあったのだ。だが、一郎たちが苦労して案出したこの詭計《きけい》も、ネガを逆に焼いたことに気づかれれば、瞬時にして崩壊してしまうのである。鬼貫は、推理がとんとんとはずみがついたように進展したことに満足そうな面持ちになり、ゆるい傾斜のついた舗装路を町へ向けて歩きだした。

まもなくバス停が見えるというあたりにさしかかったとき、自分の仮説に大きな欠陥のあることに気づいて、急にむずかしい顔になった。ネガを裏返しにして焼きつければ、位相が逆になった陽画《ポジ》が仕上がるのは確かなことである。だが、あのフィルムをカメラから取りだして現像したのは本庁の鑑識課の技師なのだ。あの怒りっぽい肥った技師が、どう間違えてもネガを裏返しにして焼くわけがない。そればかりか、鬼貫自身もネガとポジとを手にとってじっくりと眺めている。その段階でどこにも異常のなかったことは、自分の目で確認していたではないか……。こうして、鬼貫の解釈は呆気なく否定されてしまったのである。

どこか静かな場所で、とっくりと考えてみたい。鬼貫は、大屋駅の踏み切りを渡り、千曲《ちくま》川《がわ》のほとりに降りていった。そして大きな石の上に腰をおろして頭が痛くなるほど検討してみたものの、つまるところ、新しい発見もなければ展開もなく、やがて小一時間もした頃にズボンの埃《ほこり》をはらって立ち上がった。やはり信州であった。四月だというのに、水辺はまださむざむとしていて、気がつくと下半身がすっかり冷えてしまった。

このまま宿に帰って風呂に入りたかったが、彼にはまだ、青柳町子に会うという仕事が残っていた。庶務課には、急性虫垂炎《ちゆうすいえん》の手術を受けるために入院しなくてはならぬが、学費は期日までに納入するから心配しないでくれとの電話が入っている。課員が病院の名を訊くと、級友にも見舞いに来られるのは心苦しいので、病院の名は教えられない、自分が病気であることも伏せておいて欲しいと答えた。庶務課員はそれを本気にして、彼女の希望を忠実にまもっていたのである。事実この女性は病気なのかもしれなかった。だが、鬼貫は、暁美が憂《うれ》えていたように逃走したのではないかと考えたかった。逃亡したならしたで、適当な処置を講じなくてはならない。いずれにせよ、彼女のアパートを訪ねてみることだ。

青柳町子のアパートは、上田城趾に近い図書館裏の仙石町にあった。駅から歩いて十分ほどの距離である。ひっそりと立っている木造のこの図書館は、点字の蔵書が豊富であるということで、ひろく盲人の間に知られた存在だった。

城に近いこの辺りは武家町だったのだろうか、ところどころに武家屋敷を思わせる土の塀が残っており、落ち着いた静かなたたずまいを見せていた。鬼貫は通行人に道を訊ね、彼女のアパートを探りあてた。環境だけはいいが、退職官吏《かんり》が老後の生活のためにやりくりして建てたような、貧相な建物だった。新築して間もないせいか、清潔な感じがするのが唯一の取り柄である。

一階三号室のプラスチック製の真っ赤なドアを叩いた。二度三度とノックを繰り返してみたが、小さな部屋はしずまり返っていた。その音を聞きつけたとみえて、隣室の扉が細めにあき、髪にたくさんのクリップをくっつけた三十女がおでこを覗かせた。片手に取り込んだ洗濯物をかかえている。

「そこは空き部屋ですわよ」

「入院したという話は聞いているのですがね」

「入院しているかどうかは知らないけど、そのお部屋は引き払ってますわ。管理人さんに、適当な人を捜してくれって頼まれているんだけど、近頃は、こんな安アパートに来るような貧乏人はいなくてねえ」

「移転先はわかりませんか？」

「知りませんわ。挨拶もしないで行ってしまったんですもの。自炊しているから不自由だろうと思ってなにかと気を遣ってやったのにこうなんだから。近頃の若いものはドライっていうんだか、礼儀知らずっていうんだか、全くいやになっちゃう」

不平をぶつける相手が出現したことに、彼女は喜んでいる様子がありありとみえた。

「ここを出たのはいつですか?」

「四月の一日よ。もう一日はやく出ていけば、今月分の部屋代を払わないですんだのに、ばかなひとだわ。管理人さんも、だしぬけに引っ越したいといわれたときは冗談だと思ったんですって。エープリルフールで担いでいるんだろうと……」

暁美の炯眼《けいがん》に胆をつぶし、慌てふためいて逃げ出したに違いなかった。とするならば、移転先をいい残していくわけもないのである。

「引っ越すとき運送屋が来ただろうと思いますが……」

「所帯持ちじゃないから、机と本箱ぐらいのものでしょう? 自家用車かなにかにのせて運んでいったらしいわ。それも夜のことなの、どの家でもテレビを夢中になって見ているうちに、風みたいにいなくなってしまったのよ」

「おかしな人ですな」

鬼貫は主婦に迎合するように、非難めいた口調で相槌を打った。

ともかく、町子の所在をつきとめるのが先決だ。そう考えて、ただちに長野側に協力を依頼したにもかかわらず、その後の彼女の行方はわからずじまいだった。それこそ風のように、大気のなかに消えてしまったのである。

六

青柳町子の逃亡は、彼女が写真家のアリバイ偽造に一役買っていたことを証明した。しかし、肝心の証拠写真をいかにすれば否定できるのかという問題になると、解決の兆《きざ》しはまったくないのだ。鬼貫は、うかぬ顔で宿に戻った。

入浴して汗をおとしても、心に屈託があるから爽快な気持にはなれない。宿のネーム入りのタオルを手にさげ、廊下の洗面所に立って、髪に櫛《くし》を入れはじめた。お洒落ではないが、身嗜《みだしな》みはきちんとしているほうである。上目づかいに鏡を覗きながら、洗った頭の肌にローションをつけ、せっせとマッサージをはじめた。

肩越しに、『非常口』と刻んだ合成樹脂の標識が映っている。部屋に帰る前にその所在を確かめておこうと思った。用心深いたちなので、旅先で宿に着くと、すぐに非常の場合の逃げ道を調べておかぬと気がすまない。同僚のなかには、彼の細心を笑うものもいるけれど、本人は、旅館の火事などで死ぬのは恥だと考えている。

手入れをすませて櫛を洗いながら、ふと彼は、いままでの鏡のなかの文字をうっかり実像だと思っていたことに気づくと、口を歪めて苦笑した。『非常口』という三字は、どれも左右均等だから、虚像と実像との間に違いがないのである。彼が思い違いをしたのも無理ないことだった。

櫛の水を切ってケースにおさめようとしたとき、鬼貫は、なにか思い当たった表情になって手の動きをとめた。左右が均等なのは、この文字に限ったものではない。あの北信女子短大の建物にしても同じことなのだ。そう考えたところで、目からはらりと鱗《うろこ》がおちた。

部屋に入ると、座卓の前に坐って、いまの思いつきを進展させることにした。一郎は、大学の建物を写したと主張しているけれど、実際はそうではなく、鬼貫が経験したように鏡に写った虚像にむけてシャッターを切ったのではないだろうか。カメラの位置を少しずらせば、カメラ自体は鏡に入らずにすむからだ。レンズの前に鏡を置き、そこに映った建物を写せば、いまの『非常口』の標識と同様に校舎の左右が逆になる。と同時に、時計塔の針の位置も反転するのである。したがって、三時三分だとばかり思っていたのは虚像であり、実像は九時三分前を指していたことになるのだった。もし、そこに時刻を示す1から12までの数字がしるしてあれば、こうした詭計は成立しないが、多くの大学の時計塔がそうであるように、北信女子短大の時計にも文字ははめ込まれていない。そこに一郎は目をつけたのだろう。

では、鏡がどれだけの大きさを要したかという点になると、にわかに鬼貫には見当がつきかねた。全身像を写すためには、身長の半分の鏡があればいいという程度のことは知ってる。それと、一郎が立っている位置と時計塔の高さを勘定に入れて、ざっと計算してみた結果、画家が写生するときのキャンバスぐらいの大きさがあれば役に立ちそうな答えがでた。鈴鹿一郎としても何回かテストを繰り返して、最小限の鏡面を算出したに相違なかった。仮りにそれが映画撮影用の反射板《リフレクター》ほどの面積であったとしても、本職が本職なのだ、カバーをかけてさえいれば、持ち歩く姿を目撃されたところで奇異に感じられることもないだろう。

鬼貫は、さらに推理をすすめていった。彼は、その慎重な性格から、一足飛びに結論に到達するようなことはしない。いつも緩慢なテンポで、一つ一つ駄目を押しながら前進していくのだった。

すでに、写真の建物は、東の右翼と西の左翼とが入れ替わったことがわかっている。とするならば、町子が顔を出しているこの七番目の窓は、実際には実物の建物の右から数えて七番目のことであり、いままでのように左から勘定したとするならば二十六番目の窓にあたる。

図を書いてみないと混乱を生じるので、手帳をひろげ、塔を中心とした建物の両翼にそれぞれ十六個の窓をしるしてみた。そして、一つの教室に四つずつの窓を割り当ててルームナンバトを振っていくと、町子が忍び込んだ教室はいままで考えていたように二〇二教室ではなく、二〇七教室であることがわかるのだった。

左右を逆にするという一郎の計画からすると、講座がひらかれる二〇二教室と相対する二〇七教室をえらぶことが必要条件となる。だが、四つある窓のどれから首を突き出すかは、町子の自主的な判断にゆだねられていたのだろう。その時点では午後の講義のときに机を半月型に並べ替えるということは予想できなかったのだし、また問題は、窓には覗くという行為自体にあるのだから——。

さて、一切の準備がととのって、一郎はシャッターを切ったわけだが、それから後の経過については、大学の芝生の上で想像したことと大差はあるまいと思った。唯一つ違っているのは、あの写真家には、時計の針に触れる必要はちっともなかったということだけである。

その後で一郎は東京へ直行し、一方、上田に残った町子は、午後になるのを待って再度登校する。一郎がシャッターを落としたのが午前九時三分前であったことから、彼女があらためて首を突き出す時刻は限定されているわけだ。講義を聞くふりをしながら、といっても、あの日はフリートーキングみたいなものだったけれど、町子は、三時三分になるのをひたすら待ち続けていた……。

午前中の二〇七教室におけるときは、四つある窓のうちのどれから覗いても差し支えはなかった。しかし、午後の場合は、三時三分という時刻が決められていたように、首を突き出す窓が限定されてしまう。二〇七教室の窓と相対的な窓を選ばなくてはならないからである。いま、写真から逆算してみると、町子が午前中に覗いた窓は、建物の右端を起点として第七番目の窓だったことになる。したがって、午後は、左から勘定して七番目の窓から首を出さなくてはならぬ筈であった。別の言い方をするならば、二〇一号室の教壇に向かい、左側に四つ並んだ窓のうち、三番目を選ぶことが要求されていたのである。

もちろん、町子はそうするつもりだったろう。どの窓から首を突き出すかについては、計画をたて、実行に移すまでの間に、何回となく注意をされたことだろう。成否を決めるポイントの一つがそこにあることを、彼女も充分に知っていたことは疑いない。だから、その窓がふさがれてしまったときの町子の内心の驚愕、狼狽のほどは鬼貫にもよく想像することができるのだった。だからといって、いまさら、どうなるものでもない。机をどかせて無理に顔を覗かせたのでは、その不自然な行動が、かえって一同の疑惑を呼ぶことになる。

そこで、止むなく教壇に対して四番目の、校庭から見上げると左から数えて八番目の窓をあけて深呼吸をしたことになる。二階の窓は三十二もずらりと並んでいるのだから、一つぐらいずれたとしてもたいしたことはあるまい。胸中、ひそかにそう考えて自分を慰めていたのかもしれない。そして、それが結果的には敗北へつながることになったわけだけれど、町子としては、あれ以外にとるべき手段がなかったこともまた事実なのだ。

夕食の膳がはこばれてきた。鬼貫は、この山国の町を歩いているときに、通りすがりの魚屋の店先に大量の海の魚が入荷しているのを見ていたので、いずれは鮪《まぐろ》の刺身でも出るのだろうと思っていた。が、綺麗な器《うつわ》と椀《わん》に盛られたのは鯉《こい》のあらいであり、鯉こくであった。

「佐久《さく》の鯉は有名だからね」

と通ぶっていうと、仲居は笑いながら首をふった。

「塩田《しおだ》の鯉ですわ。この辺から別所《べっしょ》温泉にかけて塩田平《だいら》といいますが、鯉の養殖がさかんで……。佐久よりもずっとおいしいという評判ですけど」

銚子が一本のっている。呑めない鬼貫だったが、入浴する前に、鬱屈した気持を払いのけようとして頼んでおいたのだ。それが、いまは祝盃に変わっていた。辛口の地酒だけれどなかなかいける。

と、酢味噌《すみそ》をつけた鯉の白い一片を口に入れた鬼貫は、目の前にまたあらたな障壁が立ちふさがっていることに気づいた。いまの推理ですべての謎が解けたつもりだったが、鏡を用いたことをどう立証すればいいのか。季節がいまならば、屋根瓦の疵だとか、葺《ふ》き方から容易に左右の逆を指摘することができるだろう。だが、写真の建物は雪で覆われている。一切の特徴が消されているのだ。

酒のうまさも、塩田鯉の味も、鬼貫にはわからなくなっていた。あの写真家は、鬼貫が勝利をつかんだと思うと、間髪《うぬぼ》をいれずそれを奪い返していく。今度こそ最終的に勝ったと信じていたのだが、これも自惚れにしかすぎなかったのである。鬼貫には、鈴鹿一郎という男が、量り知れぬ底力の持ち主のように見えてきた。あれだけ頭のいいやつなのだから、この鏡応用トリックが立証不能なことも、予め計算に入れていたに違いなかった。

「え？」

仲居がなにか話しかけたが、鬼貫には意味がとれなかった。

「信州のご出身でしょうか？」

「ぼくが？　いや、東京生まれだ。どうして？」

「信州人は、顎の張ったひとが多いという話ですもの」

「そんなに張っているかねえ」

憮然とした面持ちで、そのあたりを撫でつづけていた。

七　アリバイの構造

一

川添昌造《かわぞえしょうぞう》の細君は、群馬県の月夜野《つきよの》町の産である。夫の昌造は生来のロマンチストで、いまでも詩集を読んでは涙するほどだから、この月夜野という地名を聞いてそれがひどく気に入ってしまった。月光に照らされて蒼白くひろがる町や、川面をきらきらとかがやかせて流れていく利根川を想像し、そこで生まれた女性は、さぞかし夢みるようなリリシズムにあふれた乙女であろう、と考えた。細君の光子《みつこ》からプロポーズされたとき、だから昌造は躊躇なくそれを受け容れたのである。

昌造が自分の早とちりに気づいたのは、結婚してまだ三日目の、鳥取の旅館にいたときだった。宿に着いて、仲居が茶菓を持って挨拶にきたすぐあと、光子は、壁の扁額《へんがく》の陰から上半身を覗かせている小動物に気づくと、悲鳴をあげて夫の頸にかじりついた。

「こわい。イモリがいるわ」

昌造は、そういってすがりつく花嫁がいかにも可憐で、可愛らしくてならなかった。彼は、新妻の髪をかるく撫でやりながら、ちょっと見は似ているが、これはイモリではなくてヤモリであること、イモリは両棲類だが、ヤモリは爬虫類で全然べつの動物であること、志賀直《しがなお》哉《や》の短編にも登場するように、ヤモリはもともと山陰方面に多く棲息することなどを、諄々《じゅんじゅん》と説いて聞かせたのである。彼は銀行員だが、高校時代にペットとして亀を飼ったことがあるので、蛇や蛙についてはひとかどの知識を持っていた。昌造としては、「あなたよく知っていらっしゃるのね」といって、光子が、尊敬の目で自分を見上げてくれるものとばかり思っていた。

「なにがヤモリよ。あたしがイモリだといったらイモリなんだから。わかった？」

たかぶった声で怒鳴りつけるようにいわれるのと共に、胸を思い切りどんと突かれ、彼は、重心を失って卓の上にもろに腰をおとしてしまった。ズボンの下で菓子皿のもなかが、原形をとどめぬまでに潰れていた。月夜野町が空《から》っ風《かぜ》と嬶《かか》ァ天下《でんか》で知られた上州《じょうしゅう》の一部であることを、新夫はそのとき初めて痛切に思い知ったのであった。

以来、早いもので四年になる。夫婦喧嘩は相変わらず三日をあげずに起こるが、近頃は、突き飛ばされたり、嚙みつかれたりしないで済むコツを会得《えとく》していた。コツというと大袈裟になるけれど、要するに決して逆らわないことだった。雲行きが怪しくなったら、先人がいったように柳に風とうけながし、駄犬のペスを連れて散歩に出る。見たいテレビ番組があっても、それは諦めるほかはない。そして、ぶらぶらと外を歩いて、二時間なり三時間なりの時間をつぶし、細君の興奮が去った頃合いを見計らってそっと帰宅するのだ。ときには、すしの折詰を持って戻ることもある。

こうした横暴な細君に対して腹を立てぬ彼が、世人の目には不思議なものに映るらしく、ときおり、同僚の間で話題になることがある。なかには、不甲斐ない男だといって歯ぎしりをする熱血漢もいないわけではないが、大方は、人間ができているという評価をくだしてくれるのだった。しかし、そうした褒め方をされると、昌造はくすぐったくてたまらなくなる。彼が、細君のヒステリックな仕打ちに忍従できるのは決して腹ができているからではなく、細君を猿並みに毛が三本足りない動物だとみなしているからに過ぎなかった。光子がわめきはじめると、ああ、エテ公が吠えとるわいと思って、ペスと共に難を避ける。ただそれだけのことだった。どこの動物園で訊ねても、猿に歯をむかれて立腹した入園者はいないのである。

五月一日の夜も、光子の誕生日を一日間違って覚えていたというただそれだけのことで、昌造はあやうく眼鏡を跳ねとばされそうになり、ほうほうの態《てい》でペスを連れて家を出た。だが、その夜の彼は、いつもに比べていささか足取りが重く、元気がなかった。昨日、銀行で勤務中に、後ろの席の女子社員から鬢《びん》に一本の白髪が出ているのを指摘されたことが原因であった。若白髪だからべつに気にする必要はないのだけれど、それを細君と結びつけると、考え込まざるを得ないのである。おれも人生の峠にさしかかり、そろそろ先が見えてきた。この限りある命を、今後も光子にしごかれながら生きていかねばならぬのだろうか。昌造のそうした心境なり、感慨なりを愚かな妻が察するわけもないが、利巧者のペスは、いち早く主人の気分を読みとったらしく、雨あがりの夜道を、ただ黙々としてついてきた。その夜のペスは、すれ違ったプードルの雌《めす》ですら無視した。

いつの間にか、ふだんの散歩コースを逸脱して、大きな原にさしかかっていた。その広大な空地は、地主が値上がりするのを待ってあそばせているのだ、という噂なのだが、子供たちのあいだでは、野球ができるので大歓迎だった。そして、やがて夏がくると一面にブタクサの花が咲き、気管支のよわい住民は花粉アレルギーを起こすのであった。そのときは五月初旬だから、まだ心配はなかったけれど、あたり一帯に緑の草いきれが立ちこめ、そこここの叢《くさむら》の根元では、地虫が単調な声でしきりに啼きつづけていた。

夜風に吹かれて歩いているうちに、昌造の気持も少しはおさまってきた。そして、この辺で自分にも元気をつけ、しおたれている愛犬にも気合いをいれてやろうと考えると、足元に落ちていた棒切れを拾い上げて、力をこめて原の中央へ向けてほうった。

「ペス、取ってこい!」

このときも駄犬は、敏感に主人の気持を察して、たちまち尾をふってはしゃぎだした。一声たかく吠えると、棒切れの後を追って飛んでいった。

昌造は、犬の帰りがいやに遅いことに気づいて口笛を吹いた。そうしながら、心のなかでふと妙なことを考えていた。飼い主が、いま昌造がやったように草原へ向けてボールを投げると、犬がくわえて戻ったのはボールではなくてシャレコウベだったので、びっくりして尻餅をつくという漫画である。作者も掲載誌も記憶にない。いつ読んだかということも覚えていなかった。それなのに、なんの脈絡もなしにプロットだけが泛《うか》んだのが奇妙だった。これは、なにかの予感なのかもしれないぞと昌造は思った。そして、いやな気持を振り切ろうとして顔を上げると、こちらに走ってくるペスの姿が目に入った。白と黒とのぶちだから、暗いところでは白い部分だけが目立つのである。

「ペス、早く来い！」

駄犬は、荒い息をしながら目の前で止まると、ぶるっと体をふるわせて毛についた水滴を払った。彼は、シャレコウベのかわりに、白っぽい片方のハイヒールをくわえていた。

二

この事件を鬼貫が担当したのは、たまたま当番だったからにすぎない。現場が多磨《たま》墓地とほとんど境を接した三鷹市のはずれにあったことから、ふたたび三鷹署に本部が設置される運びとなった。

被害者は、二十歳前後の女性である。現場にはバッグその他の遺留品がないので、身許の確認には多少の時間がかかりそうだったが、着用している鶸色《ひわいろ》のドレスがかなり高価な生地であることと、手の爪を銀色に染め、足の指に銀色のペディキュアをしていること等から、身持ちの固いオフィスガールや、家庭の主婦だとは思えなかった。

死因は扼殺《やくさつ》によるもので頸部に十本の指の痕がくっきりと残っており、犯人が、彼女の蘇生するのをおそれる余りに、絶息してもなお絞めつづけていたことが想像されるのだった。扼殺の場合のつねとして、生前はかなりの美人と思われるものがすっかり変貌してしまっていた。

こうした事件で重要な問題となる犯行時刻は、前夜の、つまり四月三十日の深夜のこととされていたが、その幅は解剖の結果さらに狭《せば》められて、十二時から午前一時までの間ということになった。事実、十二時半頃に、メーデーの前夜祭の酒に酔ったある宣伝会社の労組委員長が通りかかって、車が停っているのを目撃している。したたか酔っていたため、黒っぽい乗用車だというほかは、ナンバーはもちろんのこと、型も塗料の色もはっきりせず、担当者をがっかりさせたのだった。

被害者の服装がかなり乱れているにもかかわらず、現場には争ったあとが全く見られないことから、ここは第二現場で、べつに第一現場があるのではないかという意見が捜査会議の大半を占めた。バッグがないのも、金品強奪が目的だからではなく、屍体だけを運んできたからではないだろうか。さらに一歩すすめて、被害者が外出着姿であるのと上物のハイヒールをはいていることによって、第一現場は車のなかだろうと推測された。もし、彼女が犯人の家で殺されたのであるならば、屍体を運搬するにあたって、わざわざ靴をはかせる必要がないからである。

犯人が男性であるらしいことは、屍体を搬《はこ》んだ膂力《りょりょく》と、頸骨が折れるほどに絞めつけた指の力からもうかがわれたが、もう一つ、被害者のレースの手袋についていた毛髪が男のものであることが判明したことによって、いっそうはっきりとした。争っているうちに被害者が相手の髪をつかみ、その拍子に何本かの毛髪がぬけたことは容易に想像できるのである。

被害者の身許は、彼女の死が朝刊に報じられると間もなく判明した。鶸色のツーピースと貝のペンダントが、一昨夜外出したきり帰宅しない山本豊子《やまもととよこ》のものによく似ている、という申し出があったからである。問い合わせてきたのは、北区王子《おうじ》町のアパート月光荘の管理人であった。彼に屍体の確認を依頼しようとすると、自分の神経は至極《しごく》繊細だから到底そうした荒仕事には耐えられないといい、断固とした口調で拒否された。そこで、親許に連絡をとったところ、奇妙なことに該当者なしという返事がとどき、本部は頭をかかえてしまった。といって、いつまでも親捜しをしているわけにはゆかないので、とどのつまり、その不快な役目を押しつけられたのは、月光荘に出入りのそば屋の少年店員であった。彼は、多分にお人好しなものだからことわることができずに、にきびの吹き出た顔におどおどした表情をうかべてやって来た。山本豊子は、そば好きというよりも丼物が好物であり、彼女にしばしば接触した人間は、管理人を除くとこの少年以外にはなかったのである。

被害者が豊子に間違いないことが判明した直後、北国生まれの佐藤刑事が、このアパートの訊き込みを担当させられた。連休も第二日目を迎え、彼が乗った電車も近郊へ繰り出す人でかなり混んでいた。乗客の大半は若者で、彼等は人から殺されたり、人を殺したりすることとはまるきり無縁の世界の生物のように、陽気で、楽し気で、屈託がなかった。刑事は、殺される直前まで、山本豊子も朗らかに笑っていたことであろうと思った。

電車を王子駅で降りると、飛鳥山《あすかやま》のほうに向かって坂をのぼり、右手の石神井川《しやくじいがわ》の橋を渡った。アパート月光荘は、その橋の袂《たもと》に、石神井川を背にして建った二階建ての防火建築であった。窓に干してある洗濯物がどれも女物だから、ちょっと注意深い目を持っていれば、お妾《めかけ》アパートであることはすぐに見抜けるはずだ。

大きなガラスの扉をあけて一歩なかに入った途端に、刑事は、きれいに掃除されてある廊下を見て、やはり女性のアパートなんだなあと、つくづく思った。よそのアパートでは、喰い残した店屋物《てんやもの》の丼を部屋の外に出しておくものだが、ここでは、そうしただらしのない光景はどこにも見られなかった。住人のすべてが二号とホステスだから、当然のことだが、子供がいない。それが、きちんと片づいている理由の一つなのかもしれなかった。

管理人は、テレビでプロ野球の中継を見ていたが、刑事が訪ねていくと思い切りよくスイッチをひねって立ち上がった。移転していった住人からもらったものだろうか、彼の部屋の調度は、大半が女の持ち物で占められていた。塗りの剝げかけた三面鏡が二つもあり、窓のレースのカーテンはピンクで、何気なく足もとに目をやると、彼がはいているサンダルも真っ赤な女物であった。ひょっとすると、この男は、色のさめたカラーパンティをはいているのかもしれないぞ、と刑事は胸のなかで考えた。

「山本さんが殺されたと知ったときは驚きました。元気に、跳ねるような足取りで出ていった姿が目にうかびます」

彼は、三十半ばの年輩で、人並はずれて大きな頭はいかにも聡明そうにみえ、骨の細いところは見るからにひ弱そうな感じだった。女ばかりのアパートの管理人というと、ちょっと見には女護ヶ島《にょごがしま》の村長《むらおさ》みたいで、男性の羨望のまととなりそうだが、少し考えてみるならば、ヒステリックでかまびすしく、嫉妬ぶかい動物を相手にただひとりで闘わねばならぬのだから、これほど辛気《しんき》くさい職場はないことに気づく筈である。世故《せこ》にたけた五十男でなくてはつとまりそうもないこの仕事を、三十代でやりとげていることから考えると、聡明そうなのは見かけだけではなく、事実、利巧者なのかもしれない。

刑事は傍観者の目に映った山本豊子の日常生活から訊ねていった。返答をする前に、ほんの少し間をおいて考え込むのがこの男の癖であるらしく、そして、その仕草が、彼をさも慎重な性格の持ち主であるように印象づけた。

「入居されたのは去年の春ですが、隣近所とのつき合いを避けているように見えたですね。社交下手というのではなくて、つとめて触れられるのを避けているふうでした。食事なんかにしても、買い物袋をさげて夕餉《ゆうげ》の仕度に出かけるなんてことは一度もなかったでしょうな。夕食はたいてい店屋物ですましていたようです。だから、この辺の中華料理屋やすし屋、そば屋なんかにとってはいいお顧客《とくい》だったでしょう」

「近所づき合いはないとしても、男との交渉はあったでしょう？」

「月に一度か二度ぐらいの割合いで、男の人から電話がありました。五号室の山本さんを呼んでくれというので、ブザーを鳴らして電話を切り換える。ただそれだけのことですから話の内容までは知りません。しかし、敢えていうならば、愛人もしくはそういった種類の男性だったでしょうな」

「なぜです？」

「電話がかかってきた直後に、彼女がいそいそと出かけていくからですよ。いつでもそうでした」

「というと、四月三十日の夜も、ですか？」

「ええ、十時過ぎに電話がくると、待っていたように着更えをして出ていきました。ここの前を通りますからいやでも目に入るんですが、それが鶸色のツーピースだったわけで。大胆な色ですが、よく似合っていましたよ。山本さんは、際立ってみごとなプロポーションの人でしたから、普通の女性にはちぐはぐでみっともないような服が、じつによく合いましたね」

「電話をかけてきたのは、おなじ男ですか？」

「そうです。山本さんがここへ入居して以来、あの男以外の電話はなかったです」

「男のほうから訪ねてきたことはありませんか？」

ちょっと返事が遅れた。淡い杏色《あんずいろ》の眸が宙を見つめていた。

「……解りかねます。もうお察しがついていると思いますが、居住者の何割かは二号さんですから、旦那が通ってくるということはしばしばあるんです。そうした場合、わたしはじろじろ見ることはしないで、エチケットとして目をそらせることにしていますし、先方も少しばかり面映《おもは》ゆそうな様子で、顔をそらせて通っていきます。ですから訪ねてきたことがあったとしても、わたしにはわからなかったでしょうね」

「声に特徴はないですか？」

管理人は、考えるように小首をかしげた。話がと切れると、刑事は、あたりの空気がいやにしんとしていることに気がついた。子供の声ひとつしないアパートのなかは活気がなく、なまめかしさとはおよそ縁遠い不健全な感じを受けた。

「……何回か聞いたわけですが、ちょっとくぐもった声であることを除くと、目立った特徴はなかったように思います。ただ二度ばかりでしたか、駅からかけているとみえて、バックに騒音が入っていたことがありました」

「駅ねえ。どうして駅ってことがわかったんです?」

「アナウンスが聞こえたからですよ。『19時発〝八甲田《はっこうだ》〟……』とかいっていたので、上野駅だなって思いました。あの急行は、東北本線の青森行ですからね」

「そう、わたしも乗ったことがある」

と、北海道生まれのその刑事はいった。父親の病が篤《あつ》いという知らせを受けたが仕事のため帰省することができず、五日後にようやく上野を発ったのだった。刑事にとっていやな思い出になっている。

「アナウンスが聞こえたのはそのときだけですか?」

「もう一度あります。いつも短い通話で切り換えるもんですから、そうそうアナウンスが入ってくるわけでもありませんが、もう一つのほうは、はっきりと『赤羽《あかばね》、赤羽……』と連呼していました」

「上野と赤羽ですか。すると、上信越線か東北線ということになるな」

小声で独語した。

男が駅から電話したという情報は、刑事に幾つかのことを想像させた。その頃の彼は、豊子を愛していたのだろう。だから着京すると何はさておいても彼女にそれを知らせ、ランデヴーの打ち合わせをしたのだ。男が東京の住人であるか、地方の住人であるかはわからないけれど、もし東京の人間だったら、そうがつがつした様子を見せるわけがあるまい。その点を考えると、どうやらこの愛人は地方住まいの人間であるような気がした。

いうまでもなく、いまの段階では、彼の犯行だと断定することはできない。あるいは、犯人はほかにいることも考えられた。豊子がこの男とわかれた後で犯人と遭い、ドライヴに誘われたのかもしれぬからである。が、それはそれとして、まず、この電話の主の正体を確かめることが必要であった。

「彼女もホステスでしたか?」

「いえ。勤めに出たことはありません。つまり、純粋の二号さんですね。なかには、二股《ふたまた》かけて稼いでいる人もいますけど」

「入居したのはいつです?」

「今年の四月でした。それまでは、浅草の千束町《せんぞくまち》にいたという話ですが」

「横浜に両親がいるといっていたのは嘘だったのですか。それとも、以前は、そこに住んでいたが、現在では移転したあとだったのですか?」

「それは、明らかに嘘だったようです。向こうの電話局の話では、あの番地にあるのは鉄工場だということですからね。それも、終戦後から今日までずうっとつづいている工場なんだそうです。しかし、水商売の人は、概して身許をかくしたがる傾向がありますから、特に山本さんだけが怪しからんということもできないと思うんです。現に、このアパートの他の連中にしても、本当のことをいってる人が何人いるか、疑問ですものね」

一般論として、それは刑事も承知していることだった。深くその点を追及することは避けて、つぎの質問に移ろうとしたときに、管理人が遠慮勝ちにいった。

「空室ができると周旋屋に連絡をすることになっているんですが、どのくらい待ったらいいでしょうか？」

「一応、あの人の部屋のなかを調べる必要がありますから、今日、明日というわけにはいかんでしょうな。しかし、それが済めばどうってことはないですよ。とにかく、葬式が終るまではあのままにしておいて欲しいのですが……」

「わかりました。わたしも管理を委《まか》されている以上、利潤の追求ということを無視するわけにはいきませんので」

「それはそうでしょう」

と、刑事は理解のあるところを見せた。

「ところで、彼女も周旋屋の広告を見て入居したのでしょうな？」

刑事は、何気なくそう訊ねた。いってみれば、言葉のはずみみたいなものだったが、管理人の返事は、彼が予期しないことであった。

「いえ、山本さんは例外でした。周旋屋に連絡をとろうと思っている矢先に、男の人から電話がかかりましてね、部屋が空いているんなら若い女性を紹介したいといわれるんです。渡りに舟とばかり承諾したんですが、それが山本さんでした」

　そこで言葉を切ると、いおうかいうまいかためらう様子をみせた。

「どうかしましたか？」

「余計なことかもしれませんが、このときの紹介者と、のちのち山本さんに電話をかけてくるようになった男とは、同一人物ではないかと思うんです。まる味のある、くぐもったといいますか、ちょっと鼻にかかった声が共通していますから」

「最初の電話の声をよく覚えていたものですな」

「いいえ、べつに記憶力がいいわけではないんです。世間には、よく他人のそら似ってことがあるでしょう。その場合は、顔や姿が似ていることをさしますが、外観はまるきり違っていても、声や話しぶりがそっくりだという場合もあります。あの男の声は、わたしの中学時代の同級生にとてもよく似ているんですよ。もう十五年近く会ってませんけど、最初は、そいつからかかったんだと思ったくらいです」

　刑事は、ボールペンのキャップをはずしてメモをとろうとしたが、インクが涸《か》れていたのでかすれた文字になった。

「部屋があいたことを、どうして知ったのでしょうかねえ？」

「そう訊かれるとおかしいですね。普通は、周旋屋の窓に出ているビラを見てくるのですが、あの場合は、どうして知ったのかな」

「住人から聞いたということは想像できませんか」

刑事にそういわれて、思い当たった顔をした。

「そうかもしれない。いや、そうに決まってますよ。前に住んでいた下塚《しもづか》さんという人は、山本さんと違って社交的なたちでしたから……。もっとも、非社交的ではホステスなんて商売はつとまりませんよね」

「それはそうだ」

「ですから、自分がアパートを出ることを隣近所の人達に吹聴したことは考えられます。あの人は、ホステス稼業から足を洗って、まともなサラリーマンと結婚することになっていましたからね、嬉しくて黙っていられるわけがないのです」

その噂を伝え聞いた男が、山本豊子に空室を斡旋したことになる。とすると、彼にその情報を伝えたのは誰だろうか。それをつきとめれば、背後にいる男の正体も割れるに違いない。

だが、結婚話で浮き浮きしていた彼女のことだから、喋った相手は、月光荘の住人だけとは限ったものでもなさそうだった。バーの同僚にも語っただろうし、近所の八百屋のおかみさんにも自慢したかもしれないのだ。刑事は、まずアパートの住人から当たっていこうと考えた。

「いいです、わたしがご案内します」

大きな頭をふりたてて、管理人は壁の時計を見た。

「刑事さんは、ちょうどいい時間に来られたんです。少し早すぎると、まだホステスさんたちは眠ってますし、遅すぎるとバーへ出勤してしまいますからね」

管理人の後について廊下に出た。どういうものか、彼は、女を訊問したりするのが下手だった。子供や老婆はさしたることはないのだけれど、若い女性となると苦手だった。すぐに相手を怒らしたり、泣かしたりしてしまうのである。デパートへ買い物にいっても、売り子が女だと買わずに帰ってくる。

「ことわっておきますが、二号さんに対してホステスと間違えると機嫌がわるくなりますよ」

「ほう」

「おなじホステスでも、バー勤めの人は、キャバレー勤めの女性に対して優越感を持っていますから、そのつもりで」

「そのつもりでといわれても、見ただけでは区別がつきませんや」

「二号さんとホステスの区別は簡単ですよ。あっちは昼行性だし、こっちは夜行性の動物ですから、目を見ればわかります。ホステスさんは夜が遅いもんで、今頃はどうしてもしょぼついた目をしているんです」

「なるほど」

刑事は、一つ利巧になった。

刑事は、管理人の後について一階二階併《あわ》せて七戸の女に会って話を聞いて回った。女たちは、どれも申し合わせたように首を横にふり、そのうちの五人が下塚美佐子《みさこ》が結婚するためにアパートを出ることは知っていたといい、しかし、口外したことはないと答えた。

「だって癪《しゃく》なんですもの」

と、ひとりの女が言い添えた。羨ましいから黙殺してやったというのが、ホステスや二号たちの一致した心境であるらしかった。

「これは、殺人事件に関連する重大問題ですからね、噂話として誰かに喋ったと、正直にいってくださらないと――」

「うるさいわね、この人」

ときには、気のつよそうなホステスに嚙みつかれ、ほうほうのていでひきさがることもあった。山本豊子が美人だったためか、非社交的だったためかわからないけれども、彼女の死は、あまり同情をされていないようにみえた。

「下塚さんの移転先はどこですか？」

部屋が空くことを彼女は誰と誰に話したのか。くわしいことはもう忘れているかもしれないが、ともかく当人に会って訊いてみるつもりでいた。

「それなら、わざわざ訪ねていく必要はないでしょう。電話をかければいいです」

刑事は、管理人に手を引っぱられるようにして再び彼の部屋に戻っていった。

三

いまは、夫の北条《ほうじょう》姓を名乗っている下塚美佐子が、月光荘を出ることを喋った相手は、記憶しているだけで一ダース以上に及んだが、そのなかに園田二郎の名が挙げられたとき、刑事は、思わず訊き返していた。どこかで聞いたことがあるような気がし、そいつが写真家の弟であることを思い出した。

その夜の捜査会議は、月光荘における収穫をめぐって久し振りに熱のある討論がかわされた。その結果、月光荘に電話をかけて入室の交渉をしたのは園田二郎だろうが、上野駅や赤羽駅から電話をかけて豊子を誘いだしたのは、鈴鹿一郎に違いないという結論がでた。とすると、殺された山本豊子の正体は、青柳町子なのではないだろうか。

こうなると、何よりもまず被害者が町子であるか否かを確かめる必要がでてくる。

「手っ取りばやく扁平足のことを訊いてみましょう」

監察医務院のダイヤルを回した丹那は、短い通話ののち、受話器をおいた。

「やはり、仏さんの足は、扁平足だったそうです。しかも屍体はプロポーションが日本人ばなれしているといいますから、いよいよ青柳町子くさいですな」

「十中八、九は、彼女だとみなしていいな」

ここまでくると、身許の確認は容易だ。指紋の照合という手もあれば、歯型を地元の歯科医に送ってカルテと比べてもらうという方法もある。ただちにその手続きがとられた。

しかし、かかりつけの歯科医院は上田市内にはなく、以前に住んでいた仙石町のアパートから指紋を採取することにも失敗して、長野側の刑事は、二つとも親許の飯田《いいだ》市まで辿《たど》っていってようやく手に入れることができたのである。そうした事情があったものだから、屍体が青柳町子であることが確定したのは、その翌日の夜も遅くなってからだった。

刑事はつぎの日に赤坂のオフィスに園田二郎を訪ね、この事実をつきつけて、町子をアパートに紹介したいきさつについて説明を求めた。そこは、六本木の交差点にほど近いイタリア料理店の四階で、あつかう商品が商品であるだけに、室内の装飾も派手で、けばけばしかった。四方の壁にミレやモネ、マネといったフランスの画家の作品がぶらさがっている。そんな結構な絵を五枚も六枚も飾れるわけがないから、まず模作に違いあるまいと刑事は睨んだ。

刑事が腰かけたイスは、先客の体温がのこっていてなまあたたかく、それが美人のホステスであることを想像すると、なんとなくくすぐったい感じがした。胴のくびれた女秘書が、ツンとすました顔をして紅茶をおいてゆき、彼はそれを一口すすってから、おもむろに手帳のページをひらいた。前回のときもそうだったけれど、会うたびに感心するのは、二郎が左手の欠けた指をいとも自然に、器用に隠すことだった。目の前でその左手をふって大袈裟なゼスチュアをされても、知らぬ者には、その指に異変のあることに気づけそうもなかった。

「わるいけど、十五分しか時間がありません。訪問客がありますので」

「それだけあれば充分です。まず、青柳町子さんとの関係をお話しねがいたいですな」

「べつに、関係なんて大袈裟なものじゃないですよ。ぼくがこういう商売をしていることを兄から聞かされたとみえて、どこかいい店で働きたいから斡旋してくれといって訪ねてきたのです。いい店といっても銀座や道頓堀《どうとんぼり》なんかじゃなくて、サンフランシスコかニューヨークの日本料理店のホステスなんです。もし、そこが駄目なら南米のリオでもいい、とにかく、若さと美しさとを売り物にして荒稼ぎをしたいというのが狙いでした」

洗練された指さばきでライターを鳴らすと、横にくわえたゲルベゾルテに火をつけた。

「ぼくなんかもその世代に属していますが、いまの若い女の子は金銭欲が強いですからね。労せずして一攫千金《いっかくせんきん》のチャンスを掴もうとしています。彼女もそのひとりなんだなあ。ぼくが、目下のところ海外のホステスの求人申し込みはないとことわると、それまで東京で待っているというもんで、月光荘に部屋を借りてやったのです」

いまさら隠すとかえって不自然にみえると思ったのだろうか、町子と写真家のことはおおっぴらに語った。

「ホステス志願者には、いつもこんな具合に親切にしてやるのですか？」

刑事は当然の質問をしたのだが、二郎は、それを皮肉と解釈したらしく、飛びでたおでこのあたりまで赤く染めた。

「そんなことはない。もっとビジネスライクにやりますよ。女ってものは浅はかですから、ちょっと笑顔をみせると自分に気があるなんて思い込む。だから、ぼくは、彼女等には笑い顔すらみせたことはありません。いつも口をきゅっとむすんで、ベートーヴェンが苦味《くみ》チンキをなめたような顔つきをしています。しかし、青柳君はべつでした。兄から、以前にモデルとして使った気のいい子だ、よく面倒みてやって欲しいと頼まれたのです。ふたりがどんな間柄なのか知らないけど、頼まれればいやといえないのが、ぼくの性分《しょうぶん》でしてね」

「山本豊子という変名を使っていたのですが、おかしいとは思わなかったのですか？」

「両親に連れもどされるのを警戒したからですよ。新聞に三行広告でも出されたら、たちまち居所がばれてしまう。ホステスだの二号なんて連中は、お節介がそろっているんだもの、というのが彼女の説明でした」

「ふむ」

「両親の居場所について嘘をついたのも、なにかの拍子に管理人が、彼女の父母と連絡をとるようなことが生じた場合を考えていたからです。なにしろ青柳君は懸命でした。なんとかして渡航して、自分の夢と冒険に挑戦したいといってました」

「どうもわからないな。モデルの経験はあってもホステスの経験はないのだから、日本にいる間にそのへんのバーに勤めて、ホステスとしての修行をつめばいいではないですか」

「ぼくもそれをすすめましたが、アパートに引っ込んで米会話とブラジル語の会話の勉強するんだといってました。短大で仏文を専攻していたもんだから、英語のヒヤリングがすっかりなまってしまった、ともいってましたね」

落ち着いた仕草で二本目のドイツタバコに火をつけた。赤くなった顔の色は、とうに元に復していた。

「彼女が殺されたと知ったら、ただちに青柳町子であることを知らせていただきたかったですな」

「申し訳ないと思っています。でもね、信じてくださるかどうかわからんですが、このところ多忙でしてね、新聞も読まないし、テレビも見ていないんです」

そういわれると、嘘だということがわかっていても反論するわけにはいかない。

「管理人は、あなたの声をよく覚えていて、ときどき電話をかけて被害者を誘いだしたといってますが」

「そんな筈はないですよ。電話をかけてくるのは青柳君のほうでした、あとどのくらい待てばいいのかといって」

「すると、誘いだしたのは兄さんのほうかな？　ふた児だから声が似ているのは当然だ」

園田二郎がシロであることは、屍体の頸部にのこされた指の痕からみて疑問の余地がなかった。本部のすべてのものが、兄の犯行だとみている。

「想像されるのは刑事さんの勝手ですが、そうした質問は直接兄にしてください。仕事のことで上京していますから」

そういうと、彼は、書棚の上の大きな置時計に目をやり、吸殻を灰皿でもみ消した。約束の時刻が過ぎようとしているのだった。

四

職業写真家は上京中でなお一両日にわたってホテルに滞在するというので、本部では、まず担当のメイドに依頼をして枕カバーに付着した彼の毛髪を手に入れ、これを科警研に送って慎重な検査をしてもらった。そして、それが、被害者の手袋から発見されたものと同一人の毛であることが証明されてから、つぎの行動にでた。

日比谷のホテルに彼を訪ねたのは、丹那である。指定された午前九時という時刻におくれぬよう、六階のロビイで三十分も前から待っていた。

深々とした革張りのイスに腰をおろしていると、不意に頭の上で鈴鹿一郎の声がした。靴がめり込むような上等の絨毯がしいてあるので、足音が吸収されてしまい、広間にいる誰もが泥棒猫みたいに歩いているのだった。写真家は、グリーンのコールテンの服に真っ赤なボヘミアンネクタイをしめていた。

ふたりは、席をソファに移して、ならんで坐った。ロビイのなかは人影もまばらで、話し声も聞こえない。窓が一つもなく、やわらかい間接照明でほんのりと照らされているので、時刻の観念が曖昧になってしまい、なにかの拍子にいまが夜の九時過ぎのような気がすることもあった。

「早いもんですな。あなたが見えたのは、寒い冬の最中でしたからね」

「そう、お宅の炬燵にあたらせてもらったときには、生き返る思いがしたものですよ」

と、丹那も目尻をさげて笑ってみせた。

「飲み物とりますか？」

「わたしは結構。それよりも、早いとこ話を片づけたほうがいいでしょう。まずお訊きしたいのは、殺された青柳さんとの関係です。弟さんに彼女の面倒をみてくれるよう頼んだそうですが、あなた方はよほど仲がよかったとみえますな」

「仲がよろしいといっては、語弊がありますよ。要するに、カメラマンとモデルの関係です。これは、写真家という職業柄なんですが、気に入った被写体がいると、声をかけずにはいられない。作家なんてものは、ペンと原稿紙さえあれば仕事ができるでしょう。しかし、われわれカメラマンは、カメラとフィルムがあっても、それだけではどうしようもありません。ですから、モデルになるような女性をいつも捜しているわけです。といって、いくら素晴らしいモデルでも、そう長い期間にわたって使っているわけにはいかない。先方も生き物ですから、徐々に体の線がくずれてきますし、こっちもおなじ被写体ばかり写していると、慣れが生じてくる。感激が失せてくるんです。ですから、上田近辺だけでも、何人かの女性にモデルになってもらいました。つまり、ぼくがいいたいのは、青柳君もそのひとりに過ぎないということですよ」

「すると、それ等の女性が上京するとなると、つねに弟さんが住居の世話をしてくれるのですか？」

丹那の口調が辛辣《しんらつ》になっていた。

「それをこれから説明しようと思っていたんです」

通りかけたボーイを呼ぶと、写真家は、横柄な口調でハイボールを注文した。

「あなたは要らないんですか？」

「ええ」

「じゃ、ダブルで頼む。さて、この春でしたが、青柳君が訪ねてくると、上京したい、弟を紹介してくれといきなりいい出すんですな。若いうちに、自分の肉体の美しさを武器として運を拓いてみたいと、そういうのですよ。これには事情がありまして、彼女と結んでいた六カ月間のモデル契約を更新しなかったことが絡んでいるのです。つまり、彼女の腰の線が鋭角的になりすぎたという理由でことわったことが、青柳君にはショックだったらしいんですね。それで、美しさが失われないうちにうんと稼いでおきたいと決意するようになったのです。もっとも、これはぼくの想像ですが、的をはずれているとは思いませんよ」

話し方に自信がみちている。丹那は、上田の寓居に彼を訪ねた際の印象もおなじだったことを思い出した。女を口説くときもこの口調でやるのだろう。

「鋭角的にというと——」

「つまりです、モデルは、肥ることを恐れて極端に食事を制限するんですが、度が過ぎると、脂肪がおちてとげとげしてくるんです。ぼく等ヌードを専門にしているものの目からみると、わずか百グラム痩せただけでもすぐわかります。肥っても困るけど、骨皮筋衛門《ほねかわすじえもん》というモデルも困るんです。といって、慌ててめしを喰えばもとに戻るかというと、そうは問屋が卸さない。早くいえば、そんな女は使い物にならないんです」

「なるほど、難しいものですね」

丹那は、感心したように頷いてみせた。町子の体の線が肥ったとか痩せたとかいうことも、アメリカに渡ってホステスになりたいといったということも、すべて出鱈目《でたらめ》にきまっている。しかし、それを追及したところで、片方の町子が死んでしまった現在、否定する材料はどこにもないのである。

「ところで、青柳さんが殺された四月三十日のアリバイを聞かせてもらいましょうか」

「また、アリバイですか」

空気がかすかにゆれ、ボーイが盆にのせたグラスを差しだした。喉をうるおすように一口呑むと、傍のテーブルにことりと置いた。

「残念ながら日中のアリバイはないですよ。気候もよくなったことだし。ひとりで別所温泉の奥をぶらぶらしたんです。峠の茶屋で野鳥の焼いたのを喰わせるというんで、そいつを当てにして行ったんですが、場所を間違えたんだか、店仕舞いをしたんだか知らないが、なかなか見つからないんです。腹を減らして戻りました」

「いや、日中のことはどうでもよろしい。わたしが訊いているのは、夜のことです」

「夜？　夜のアリバイははっきりしていますよ。というのは、ちょっとした乱痴気パーティをやったからなんです。しかも、新しく発見したヌードモデルとふたりきりでね」

おでこを丹那のほうに突き出すと、いたずらっぽく片目をつぶってみせた。

「だから、彼女に訊いてみれば、ぼくが上田を離れなかったことは明白になります」

前回も時計塔のアリバイで酷い目にあっている。丹那は、眉に唾をつけたいような気持で、思わず用心深い表情をした。

「もっと具体的に、くわしく聞かせてください」

「いいですとも。納得されるまで何度でも繰り返します。二十歳になったばかりのひとで、ぼくは、かねてから彼女に目をつけていました。そして、今度依頼された雑誌のカラー写真のモデルになってもらいたいと思ったんです。しかし、いくら相手が近代娘であっても、ヌードの交渉をするには、時間と手間がかかります。用意できたぞ、おいきた合点《がってん》、というわけで素っ裸

（小《こ》池毬子《いけまりこ》という上田市の商事会社に勤務する、オフィスガールがそれなんです。）

になれるもんじゃない。それなりの準備というか、お互いの心がかよい合うような雰囲気をつくって、ぼくの人格、ぼくの手腕、ぼくの芸術的良心というものを信頼してくれるようになったとき、初めて向こうも下着をぬぐという気持になるんです。誤解のないようにいっときますが、彼女にぼくを信頼させるといっても、道学者みたいな道心堅固《どうしんけんご》な人間に見せかけるんじゃないですよ。倫理学の講義をするんじゃなくて、彼女の羞恥心《しゅうちしん》を麻痺させて、気分的にリラックスする方向へもっていくんです。いっしょに食事をするとか、酒を呑むとか、お喋りしたり、踊ったりするとか、ぼくは、いつもそうした手を使います」

言葉を切ると、またグラスをとった。氷がかちかちと鳴り、水滴が派手な大きなネクタイの上に滴りおちた。

「そうしたわけで、小池君とは二、三度お茶を飲んだり、映画を見たり、自宅に招待したりしたんですが、あの三十日の晩も、うちに遊びにきてくれるように約束をしといたんです。彼女は、モダンジャズの大の愛好家ですが、ぼくも同じ趣味を持っている。珍しいLPを手に入れたときでもありますから、それを聞かせてやりたかった。ぼくの手料理でご馳走をするつもりでいたのに、ぼくが別所で昼めしを喰いそこねてですね、腹をすかせてぐったりしているのを見て、自慢の手料理をこしらえてくれました。腹がふくれれば、ぼくも元気がでてきます。そこで、レコードを鳴らしたり、ロックに合わせて踊ったりしているうちに、ふと気がつくと、もう十一時を過ぎようとしている。そこで、車で小池君を日の出町《ひ　でちょう》のアパートへ送ってやりました。だから、ぼくが、疑ぐられるなんて、とんでもない話ですよ、心外だな」

憤慨に耐えぬといいた気に頬をふくらませてみせた。

彼の主張するように、十一時まで上田市内にいたのが事実だとすると、この写真家の犯行ではあり得ない。小池毬子と別れたあとただちに東京へ急行しても、時間的に間に合わないからである。

「率直に訊きますが、小池さんとは偽証を頼めるほどに親密な仲ですか？」

「冗談じゃない。ねえ、刑事さん、前の事件でもそうでしたが、どうも警察の人は、勝手な解釈をおしつける傾向があるようですな。ぼくが犯人としての条件をそなえていると知ると、何がなんでも都合のいい鋳型《いがた》にぼくをはめ込んで、犯人を鋳造《ちゆうぞう》しようとする。今戸焼《いまどやき》の狸をつくるみたいな安直さでね」

「そんなことはない――」

「そうでしょうか」

丹那の発言をさえぎって反問した。唇の片端を引きつったように歪め、皮肉っぽい目つきで丹那を見ている。

「ぼくが小池君に偽証を頼んだとすると、それも殺人事件の偽証をしてくれるように頼んだとするとですな、彼女とぼくの仲は、なみたいていの間柄ではないことになる。例えば、そう、例えば婚約しているとか、夫婦であるとか、なみなみならぬ固い絆《きずな》で結ばれていなくては相手も承知してくれませんよ。ぼく等がそれほどに深い仲であるかどうかは、ぼく等を知る周囲の人に訊ねてくれればすぐにわかります。それに、彼女には婚約者がいるんですよ、来春結婚するボーイフレンドがね」

写真家は早口でまくしたてると、残った褐色の液体を一息で呑みほしてしまった。

八　逆位相の時点

一

小池毬子が尾瀬《おぜ》へ一泊旅行に行って不在だというので、丹那が上田へ赴いたのは五月六日のことだった。連休が明けたのだから当然出勤してくると思い、駅に近い松尾町の会社をたずねたところ、今日は病気欠勤で自宅にいると告げられた。

「ふだんは丈夫なひとで、入社以来欠勤したのは今日が初めてです。腹痛だというんですけど、何かわるいものを喰べたんですわ、きっと」

丹那は、ここで略図を書いてもらうと、それを頼りにバスで信州大学繊維学部の手前まで行った。彼女が寄寓する日の出町のアパートは、警察署や税務署、それに労働基準監督署などがならんだ通りのはずれにあって、町なかとは思えぬほど静かなところだった。

ノックに応じてドアを開けた小池毬子は、片手に喰べかけの大福を持ち、紅のはげ落ちた口のまわりを粉で真っ白にしていた。

「おや、腹が痛いのにそんなものを喰べたら大変だ」

思わず注意をすると、毬子は、慌ててハンカチをとりだして唇をぬぐい、いたずらっぽくにやりと笑った。鼻筋のとおった瓜実顔《うりざねがお》の美女だが、目尻がさがり気味なので愛嬌がある。

名刺を受け取った彼女は、こうした場合に多くの人がみせる警戒的な反応は少しも示さずに、ダイニングキッチンに請じ入れた。奥の居間のテーブルの上には大福餅をのせた皿や湯呑みのたぐいが散らばっている。

「おなかが痛いというのは嘘なんです。靴ずれがひどくて、サンダルもはけないから欠勤したんだけど、足が痛いから休みたいともいえないでしょ」

片足をマーキュロで赤く染めて、痛そうに足をひきずっている。

「尾瀬はどうでしたか。わたしが行ったのは十年も前のことだが、季節がずれていたので水《みず》芭蕉《ばしょう》の花を見そこなってね」

女の気持をほぐすためにそうした世間話を二つ三つしたが、もともと毬子は人見知りしないたちとみえ、最初から打ちとけた態度にでた。

「連休がはじまる前の晩のことを思い出して欲しいんだが。四月三十日の夜のことですがね」

「覚えてる。鈴鹿さんというプロのカメラマンの家でごはんを喰べて、ジャズのレコードを聞かせてもらったの。ジャニス・ジョップリンって素敵だわ、ほんとに楽しかったな」

「じつは、その話を聞くために信州までやってきたのだけど、もう少しくわしく話してくれないですか。鈴鹿さんの話では、夜おそくまで愉快に騒いだそうだが……」

「そうなの。ジャズを聞いているうちに踊りたくなったもんだから、ゴーゴーのレコードをかけたのよ。鈴鹿さんのスタジオは洋室でしょう、踊るにはちょっと狭いけど、でも、快適だったわ」

とたんに、目がいきいきと輝いてきた。

「何時頃までいた？」

「十一時を過ぎてたと思うな。お酒呑んでたけど、そんなに酔ってなかったから記憶力は確かよ。あたしって、わりかしお酒に強いんだ」

丹那は、写真家が語ったことを一つ一つ確かめてゆき、とどのつまり、鈴鹿一郎と彼女の発言のあいだにはいささかの矛盾も、喰い違いもないことを確認した。毬子が事実を語ったのだとすれば、夕方から夜中にかけて、終始いっしょだったこの写真家にはアリバイがあることになる。

「鈴鹿さんと仲がよすぎるって噂もあるんだがね。あの人と結婚するんじゃないかって」

「いやだァ」

と、毬子は、耳ざわりな声を出し、とってつけたようにけたたましく笑った。

「あたしには婚約者がいるのよ。あの晩は、鈴鹿さんがアルバート・アイラーのダンモを聞かせてくれるというから訪ねていったの。アイラーって知ってる?」

「いや」

「ソニー・ロリンズも聞かせてくれたし、痺《しび》れちゃったわ。あたしって、クールなダンモが大好きなの」

「ところで、もう一つ訊きたいのだが、あの写真家の指に妙なところがあったことに気がつかなかった?」

呑気な、物事をつきつめて考えることがなさそうなこの女性も、ようやく、ことの異常さに気づいたようだった。細く描いた眉をよせると、訝しむように丹那の目を見た。

「それ、どういう意味でしょうか?」

「あなたは知ってるかどうか、鈴鹿さんにはふた児の弟がいてね。ふた児だから顔つきも声もそっくりなわけだ。だから、あなたとゴーゴーを踊っていた男も、あなたは、鈴鹿さんだと思っていたかもしれないが、弟のほうだったということもあり得るのですよ」

「まあ」

「ただ、このふたりを区別するところが一つだけある。それが指なのです。弟は、事故で左手の指を三本なくしているからです」

「そんなことないわよ。いっしょに食事したんだもの。指はちゃんと五本あったわ」

「しかし、かくすのが上手でね、うっかりしていると見逃してしまうんだが……」

丹那も懸命だった。二郎の犯行でないことは、頸に残された指の痕から断定できる。そして、一郎の犯行であることは、被害者の手袋についていた彼の毛髪から、これも明らかになっているのである。したがって、どう考えても、毬子とゴーゴーを踊っていた相手は二郎でなくてはならない。兄のアリバイ偽造の片棒をかつぐために、はるばる東京から上田へやってきた弟のほうでなくてはならなかった。

「思い出したわ」

突然、毬子が、明るい声をはり上げた。

「夕ごはんがすんだ後だったわ。あたしは、早くレコードを聞きたかったし、鈴鹿さんは、もっとお話をしようといって意見が一致しないの。そこでジャンケンで決めることにしたのよ。そのとき、鈴鹿さんは、何度もパーを出したわ。だから、もし指が足りなかったらすぐ気づくじゃない？　指が二本しか残っていなきゃ、パーを出しても、チョキになっちゃうわよ」

「なるほどな。だが、ジャンケンは右手でやるものじゃなかったかね。指が欠けているのは、弟の左の手なんですよ」

「あ、そうか」

思い違いを指摘されると、子供みたいに赤い舌をちょろりと出した。

「あたしって、生まれつきそそっかしいの」

毬子はそういって、また天井の一角を睨むようにして考え込んだ。が、すぐに顔を丹那に向けると、また、なにかを思い出したらしく、足を引きずるようにして隣室へ入っていったが、間もなく、一枚の紙を持って戻ってきた。

「ゴーゴーを踊っているとき、セルフタイマーで撮ってくれたの」

手にとると、キャビネに伸ばした白黒の写真だった。

「これを見れば文句なしよ」

「どれ」

目を接近させた。大きく焼いてあるのでかなり微細な点まで識別することができる。前面に毬子ともう一人の人物が、向かい合ってゴーゴーを踊っている。どちらも腰を妙な格好にくねらせ、愉快そうな笑顔だった。向かって左側に立って、両手を前方に突き出しているのは明らかに毬子で、ミニスカートの裾から綺麗な脚が伸びている。一方、それに対する相手の男は半袖のセーターにジーパンといったラフな服装である。左手を天井に向け、両脚をなかば開き、柳に飛びつこうとする蛙の図を思わせた。右手は胴体のかげになって写っていない。男は、毬子にいわせれば鈴鹿一郎であり、丹那の見解によれば、園田二郎でなくてはならなかった。彼は、なによりも真っ先に高く挙げられた左手の指に注目した。そして、五本揃っていることを知ると、一段と疑わしそうな目つきになった。

指が五本あるのだから、単に一瞥しただけでは写真の男は、一郎のようであった。だが、彼は、千里殺しのときにも鏡を用いて撮影するという手を用いて偽アリバイを造っており、しかも、それが見破られていることを一郎はまだ知らずにいるのだ。これに味をしめておなじようなことをもう一度繰り返したのではないか。

もし、今度はネガを裏返しにして焼いたのだとすると、ここに写っている男が頭上に振り上げている左手は、実際には右手であったことになるのだから、園田二郎でも充分に代役はつとまるのである。その場合、写真では、体の側面にかくされている右手がじつは指の欠けた左手だということになる。つまり、シャッターが落ちるのを知っている二郎は、その寸前にいちはやく左手を胴の陰にひっ込めて、指の揃った右手をこれ見よがしに振りかざしたものと考えられるのだった。

「どうです、この写真を撮られたときのあなたの位置を思い出してくれんですか。写真では左側にいるけど、本当は右側にいたんじゃないのかな」

「……わかんない」

ちょっと考えてから、首をふった。

「忘れた？　たいせつなことなんだから、ようく考えて思い出して欲しいんだがね」

「忘れたんじゃないわよ。写真を撮られたのはこれ一枚じゃないんだもの。左側にいるときや、右側にいるときや、全部で三度も写されたの」

「もらった写真は何枚だった？」

「これきりよ」

畜生、どこまで抜け目のない男なんだ。丹那は、腹のなかで歯ぎしりをして口惜しがった。写真家は、後日、刑事が追及してくることを予測して、手を打っているのである。丹那の考えを否定するものはそれだけではなかった。

踊っている男女の向こう側にソファが置いてあり、さらにその壁に丸い型の時計がかかっている。以前に鈴鹿一郎の居間に通された際に見かけたのとおなじ時計なのだが、もし、丹那が想像するようにネガを反転して焼き付けたのだったら、この時計もまた逆転していなくてはならぬ筈である。前回の偽アリバイに利用した時計塔の時計は、文字盤に時刻を示す数字が打ってなかったからこそ成功したのだが、この掛け時計には算用数字で1から12までがちゃんとしるされている。逆さに焼いたなら数字まで裏返しになってしまうのであった。

「この時計、年中、ピーッと鳴ってるのよ。耳鳴りみたいですごく勘にさわるの」

「ほう、なかなか神経がデリケートなんだね。時計会社では、宇宙音とか称して自慢しているそうだがね」

「あの人が下へ降りていった隙に、どんな仕掛けになっているのかと思って裏を覗いて見たんだけど、暗くてよくわからなかったの。お喋りしたり、レコードかけたりしているときはちっとも気にならないのよ」

「そのかわり、カチカチというセコンドの音がしない長所もある」

「あら、そうだったの？」

彼女は、初めて知ったように写真の時計に目をやっていた。

丹那も釈然としないものを感じて写真を見つめていた。青柳町子を殺したのが鈴鹿であることは疑問の余地がない。とするならば、この写真が偽物であることもまた、疑問の余地はないのである。どれほど巧みにできていても、造り物であるからには、どこかに不自然なところがあるに違いない。が、写真に素人の彼が、いかに目を見張ったところで、歯がたつものではなかった。丹那は、これを借用して本庁に持ち帰り、肥った、怒りっぽい写真技師に徹底的に検査してもらおうと考えた。

「この写真を借りたいんだが」

「返してくれなくてもいいのよ。この写真、きらいなんだもの」

意外なことに、彼女は、吐きすてるように同意した。

「ところで、ここが塗りつぶされているけどどうしたわけかね？」

ソファの上の一部が黒で塗られており、そこに何かいわくがありそうだった。

「知らないわよ、そんなこと」

毬子は、にべもなかった。

二

鈴鹿一郎は、この日の午後の特急で帰上することになっている。丹那は、上田城趾をひとめぐりして時間をつぶしたのち、連歌町の家をたずねた。雪の日の印象しか残っていないこの刑事には、上田駅前の初夏の風景も、商店街の雑踏も、一様に新鮮なものに見えた。

「やあ、お待ちしてましたよ」

白いズボンに赤い半袖シャツというアットホームなスタイルで、写真家が顔を出した。電機技師を殺し、ふたりの女性を殺したのが彼だとすると、にこにこと、陽気に振舞うこの男は、人間の生命の尊厳をどう思っているのだろうか。彼の後につづいて二階へ案内されながら、丹那には、この男の頭脳の構造がまるで異なったメカニズムを持っているような気がして、肌がひやりと感じた。兇悪な犯罪者と対決したことは幾度となくあったけれども、相手を不気味に思ったのはこれが初めてのことだった。

「信州は、やはり冷えますな。今日はいい気候ですが、五月になっても寝るときはまだ電気毛布を用いるんですよ」

階段をのぼると、左手に大きな洋間がある。前住者の医師は、内部をカーテンで仕切って待合室と診療室のふたつに利用していたのだそうだが、写真家は仕切りを取り払って、スタジオとしていた。正面に通りを見おろす窓が四つ、同様に左手には呉服屋の側面に向いて窓が三つある。右手の壁は階段と隣り合っているため窓はなくて、先程、写真で見たとおりにソファが置かれ、その上方に時計が掛けてあった。そして、部屋の一隅に三脚のついたカメラだの、大型ライト、ゴムで被覆された太いコードなどが雑然と寄せられていた。

「この時計は――」

「そう、前回おいでになったときは、居間に掛けてあったやつです。その後、スイス製の置時計を買ったものですから、こっちへ移したんです。ところで、珈琲でもいかがです」

丹那もちょうど喉がかわいているときだった。できれば、濃いやつを味わいたかった。

「近頃は、カレンダー用にヌードが使われるようになりましてね。今年の前半は、ここでセットを組んでカレンダー写真を撮りまくりました」

「わざわざ、東京からモデルを呼んでですか？」

「プロのモデルは使いません。どれもこれもモデルでございといった、おつにすました顔をしておさまり返っている。あれが見るものの反感を招きます。純粋に芸術的に鑑賞してもらうためには、そうした雑念をまじえられては困るのです。だからぼくは、アマチュアのモデルを使うのです」

ガスコンロに薬罐をのせ、点火しながら語った。仕事の合間にモデルとお茶を飲むためだろうか、片隅に小さな流しとガス台、それに珈琲やココアの罐をならべた戸棚がおいてある。

「先程まで、小池さんから話を聞いていたのですがね、ゴーゴー踊りの写真を三枚も写したのはどういうわけですか。そういっては悪いが、あの程度のつまらぬスナップなら一枚でも充分な筈だ」

珈琲カップに口をつけると一口啜って、丹那は、意地のわるい質問を投げ、相手がどう答えるかをそっと待っていた。

「それは素人衆の発想です。ぼく等プロは、おんなじ人物を三十枚も撮るのが普通です。そのなかで最も出来のいいやつを発表するんですから、あとの二十九枚は無駄になってしまう。フィルムをけちけちしていたんではプロとはいえませんからね」

「しかし、それは、雑誌などに発表するときの、つまり、仕事としてやる場合の話でしょう。ゴーゴー踊りのほうは、いってみればプライヴェイトな写真です。その場合にいまの説明は通用しませんよ。それとも、あの写真もグラビアに載せるつもりですかね？」

丹那も負けずに皮肉をこめて反論した。

「そうじゃない。発表する気はありませんよ。ただ、職業的な習慣が顔をだしたといってるんです。あるいは、フィルムに対する考え方が、一般人とはべつだということもできますな。われわれプロは、フィルムなんてちり紙程度にしか考えていないのですから」

「なるほど」

と、丹那は、あっさり追及を打ち切って、話題を変えてしまった。

「もう一つ知りたいのは、芸術写真家である鈴鹿一郎氏が、なぜ、あんな愚にもつかぬスナップを撮ったのか、ということです」

するると、彼は急に弱気な微笑をうかべ、言葉につまったように視線をそらせた。

「困ったなあ。堅物の刑事さんに話してきかせても、果たして理解してもらえるかどうか疑問だからなあ」

「なんですか」

「じつはね、ぼく等のグループのあいだで――グループというのは、ときどき羽目をはずして騒ぐ気の合った連中なんですが――その仲間同士でいろんないたずらをして戦果を誇ることがはやっているんです。で、あの場合も小池君を肴《さかな》にして、ちょっとしたお遊びをやらかそうと考えたんです」

そこまで説明しかけたときに、階下でベルが鳴ったので、写真家は立ち上がって降りていった。扉があき、客が玄関に請じ入れられる気配がした。長居の客だと困るな、と丹那は気がかりだった。せっかく東京からやって来たのだ、邪魔をされずにたっぷりと話を聞きたい。

客は初老の男らしいだみ声で、それが断片的に丹那のいる部屋まで聞こえてきた。なにやら、金銭の支払いに関する話らしく、写真家は、故意に声をセーヴしているとみえて、彼の話し声はまったく聞こえなかった。

少々時間がかかる様子なので、丹那は、窓際までいって連歌町の通りを眺めていた。すぐ前に停車しているのは、いまの客が乗ってきたのだろうか、クリーム色の屋根をしたチョコレート色のクラウンだった。

やがて、三分ほどすると客の挨拶する声がして、丹那の目の下で車に乗り、自分で運転して走り去った。きれいに禿げ上がった血色のいい五十男で、浴衣に草履《ぞうり》をはき、小脇に黒い革鞄を抱えていた。外見からはちょっと職業の判断がつきかねる男である。何者だろうか。そうしたことを考えながらイスに坐ったときに、扉をあけて写真家が入ってきた。

「どうも、お待たせしてしまって。放送局の集金人なんです」

丹那は黙って頷いてみせたが、胸のなかで、この男は嘘をついていると思った。放送局の集金人なら一応それらしい服装をしている筈である。浴衣がけで車を乗り回すわけがない。

「さて、先刻のつづきですが、小池君のところで見せられた写真で、なにか気づいたことはありませんか？」

「べつに。そういえば、ソファの一部が塗りつぶされていたですがね」

それを聞くと、今度は、写真家が笑顔で大きくこっくりをした。

「そうですか。塗りつぶしていましたか。じつはね、刑事さん、ぼくのいたずらというのは、ソファの上にあらかじめある物を投げ出しておいたことなのです。部屋の灯りはしぼってあるから小池君は気づきませんが、フラッシュをたいた写真にはちゃんと写っているんですよ」

「なんですか、それは？」

「どうも具合がわるいなあ。……はっきりいうと、パンティなんです」

丹那は呆れ返って、まじまじと相手の顔を見た。多少は名を知られた写真家だから、いたずらをするにしても洗練されたことをやるのだろうと予想していたが、これは悪趣味以外の何物でもない。

「いや、弱ったな。そんな顔をしないで下さいよ。その写真を見たものは、実際は、小池君がパンティをはいているんだけど、パンティなしで踊っているものと早合点してしまうんです。小池君は必死になって弁解しますが、弁解すればするほど怪しいぞってことになる。そうした小池君の困った様子を眺めてにやにやしようというのが、ぼくの狙いなんです」

「そいつは、少しあくど過ぎはしませんか。あとで、あなたが真相を明かしても、信じてくれない人もある。そうした場合、あなたはどうするつもりなんです？」

「だから、刑事さんは堅物だというんです。ぼくだっていたずらをする以上はスマートにやりますよ。一見、これはパンティみたいですが、本当はレースのひだのついたハンカチなんです。折りたたみ方によってパンティらしく見える。殊に、ぼく等のグループの連中みたいに邪心に充ちたものは、頭からパンティだと思い込むんです。ほら」

ポケットからハンカチをとりだすと、器用に折り曲げてみるみるうちにパンティらしきものを作り上げた。

「こうやって実演してみれば、ぼくのいうことが本当だって理解してもらえる。と同時に、彼等は、自分たちのえげつない心をかえりみて微苦笑する、という筋書なんです。だから、失敗することのないように三枚も撮ったわけですよ」

なるほど、ソファの上にパンティと見まごうものが置いてあったのか。毬子がそれを黒く塗りつぶしたのは当然である。

「いま考えると、ずいぶん浅薄なことをしたと反省してますが、その翌日には、計画を実行に移して、伸ばした写真をまず彼女に送ったんです。ところが、その日の午後、まったく偶然なことから小池君にボーイフレンドがいるという話を聞いたんですよ。しかも、来春早々には式を挙げるという。ぼくは、愕然としました。もし、あの写真が婚約者の目に入ったらこの縁談はぶちこわしになるかもしれない。さいわいに相手の青年に知られないとしても、ああしたネガがぼくの手元にあったのでは、小池君としても気分がすっきりしないでしょう。そこで、その翌日、彼女に会って謝まると同時に、他意のなかったことを説明して、そのあかしとして彼女の目の前で、三枚のネガを焼き捨ててみせたのです。そして、あの伸ばした写真は、絶対にお婿さんには見せないようにと、忠告をしておいたのですよ」

一応は筋のとおった話であった。わざわざシャッターを切るほどの値打ちもないシーンを念入りに三枚も撮った理由、その三枚のネガを焼却してしまった理由が、ちゃんと説明されているのである。しかし、丹那は、それを信じるほど好人物ではなかった。

三

鑑識課の写真技師は、丹那がネガを持ち帰らなかったことをまるで彼の手落ちであったように非難して、頸筋まで赤く染めてぶつぶつ不平をいっていたが、やがて諦めたようにルーペを片手に写真を覗きはじめた。そして、丹那がそばに突っ立っていると気が散って仕事ができないといい、身振りで刑事を追い払った。

丹那が五階に呼び上げられたのは、ほぼ一時間のちであった。千住《せんじゅ》の先で死後轢断《しごれきだん》の他殺体が発見されたという通知があった直後なので、課員の大半が出払っており、部屋のなかは閑散としている。

「いろいろと検討してみたが、一つの場合を除けば本物だと断定していいな」

机の写真に顎をしゃくってみせた。

「なんですか、一つの場合というのは？」

「べつに珍しい方法じゃないんだが、前もって時計だけ写しておいて、そいつを原寸大に伸ばすんだ。それを切り抜いて壁に貼りつけ、その前でゴーゴーを踊るという寸法だよ。手っ取り早くいうならば、ここに写っている男女やソファは本物だが、壁の時計は一枚の紙切れにすぎんというわけだ。但し、その場合に注意をすることが二つある。一つは光源の問題だな。極端な例をいえば、時計を撮影するときにライトを右側からあびせていたのに、いざゴーゴーの男女を撮ろうとするときにライトを左側に置いたとすると、影の方向がいっちくたっちくになってしまう。左右ばかりでなく、高低の問題もあるが、要するに写すやつは、光源の位置に慎重であることを要求されるわけだ。この写真が、紙の時計を写したものだとすると、ライトの位置には十二分の注意を払ったものとみえるな。特にその点をくわしく調べてみたんだが、訝しいところは一つもなかった」

「そのことについて――」

「もう一つは簡単なことなんだが、切り抜いた紙の側面を黒く塗る必要がある。こいつを忘れると、写真に仕上がったとき、切り抜きだってことが一目瞭然となるんだ」

「いや、その紙の時計を貼りつけたという心配は全然ないのですよ、この場合」

「なぜだい?」

と、技師は、また、不機嫌そうにとがった目をした。

「鈴鹿一郎が部屋を出ていったあとで、客に招かれていた女性が手を触れたといっているんですから。紙や金米糖《コンペイトー》でできた時計だったら――」

「怪しからん。なぜ、それを先にいってくれんのか。この忙しいなかを、おれは一時間もかかってその問題を検討したんだぞ。そうなると、この写真は本物だ。時計の文字盤に細工をした痕跡はないんだからな」

肥った技師は、赤くなって怒鳴ると、ぷいと横を向いてしまった。駄々っ子みたいなこの中年男を、丹那は、腹のなかでにやにやしながら眺めていた。

技師に否定されたものの、依然として丹那は、ゴーゴーを踊っていたのは二郎ではないか、という疑惑を捨て去ることができなかった。丹那のみならず、鬼貫を含めた本部員の大半が、その意見に同感であった。

町子が殺された夜、二郎はどこにいたか、ということがつぎの問題になった。

往訪の刑事に対して、二郎は、マンションの部屋でソリテールをして独りで過ごし、空腹を感じてきたので、十時四十分頃にすし屋から出前をとったと、主張した。ソリテールはペイシェンスともいい、トランプの独り遊びである。

刑事が、裏をとるためにすし屋の若い衆をたずねて話を聞くと、電話をかけたのも、ドアを開けてすしを受け取ったのも園田二郎に相違ないというのだが、なにぶんにも相手が双児なのだから一郎を見て二郎だと思い込んだとしても不思議はないのである。あるいは、電話は、二郎が上田からかけたもので、マンションで待機していてすし屋と顔を合わせたのは、兄の一郎だったのかもしれない。

写真家がマンションに顔を出した理由は、第一にすし屋に顔を見せて弟のアリバイを用意すること、そして、第二にマンションの駐車場から二郎の車を借り出すことの二つであると考えられた。町子をどこで殺害したかは、わからないけれども、屍体を搬んだのは、この車に違いなかった。レンタカーを借りるよりも、弟の車を借りたほうが後腐れがない。途中でもし検問にひっかかったとしても、弟の免許証を見せれば文句なしにパスするのである。

数日ぶりで夜おそく国分寺の自宅に帰った鬼貫は、床に入る前に温かいココアをのみながら、丹那がもたらした報告を検討しているうちに、ちょっと妙なことに気づいた。丹那と写真家との間でかわされた問答のなかで、丹那が、事件当時のアリバイを質《ただ》したことに対して、鈴鹿一郎が、日中は別所温泉の先の峠までのぼり、野鳥料理を喰いそこねたと答えているのがそれである。千里殺しと町子殺しにおけるアリバイ工作から推し量っても、彼の頭の冴えていることがわかるのであった。その彼が、兇行時刻のアリバイを述べずに、まるで見当はずれの日中の行動について語ったのは、単なる思い違いとして看過《かんか》することはできなかった。ピントはずれの返答をするようなたるんだ頭脳の持ち主でない彼が、そうした返事をしたからには、それは故意にやったこととしか思えないのである。とすると、何かの意味なり、目的なりが秘められていたに相違ないのだが、それについて鬼貫は、こう解釈してみた。あの写真家は、それとなく丹那に、日中のおれは上田市内にはいなかったぞ、と主張したかったのではないか。とはいうものの、それがただちに青柳町子の事件に関連していると考えるわけにはいかない。早い話が、写真家はその日、上田市内で車を走らせて当て逃げをし、それをカバーするつもりで別所のことを持ち出したのかもしれないからだ。

鬼貫がひっかかりを感じたもう一つのことは、丹那がいるときに訪ねてきた男を放送局の集金人だと、偽わったという件《くだり》であった。彼が、いわでもの嘘をついたのは、玄関でかわされた会話が秘密を要するものだったからではないか。あるいはまた、その男の存在もしくは、その男との関係を丹那に知られてはまずいことがあるからではないのか。この場合、丹那に知られては困るという事情は、青柳町子殺しに関連したことになるのである。

自分の考えが少々うがちすぎている気がしないでもなかったが、翌朝、三鷹署の本部に顔を出すと、ただちに丹那を呼んでこの点を質してみた。

「車の特徴はどうだった？」

「クラウンのハードトップです。ボディがチョコレートで屋根が……あれはたしかクリーム色のレザー張りだったと覚えてます」

「ナンバーは？」

「四桁の終わりの二桁は、確実に記憶しています。家内の齢《とし》とおなじでしたから。しかし、弱りましたな、これを公表すると家に帰れなくなってしまう」

愛妻家にかぎって、恐妻家のふりをしてみたくなるものだ。

車種とボディの色、それにラスト二桁のナンバーがわかっていれば、持ち主をつきとめるのはさほどむずかしい問題ではない。丹那が語った内容に運転者の年輩を書き添えて、即日長野県側に照会をもとめた。

その日のうちに電話でもたらされた返事によると、持ち主は、小諸《こもろ》市荒町《あらまち》九〇番地居住の高松弘明《たかまつひろあき》、五十五歳、ということが判明した。あの日、丹那が目撃した人物が、果たして高松か否かは即断できないにしても、年輩が似ていることから、まず当人とみてもよいだろう。仮りに誰かに貸したものだとしても、この高松という所有者に訊ねれば、借りた男の名は容易に判明する。

ともかく、電話では埒があかない。直接当人に会ってみることだ。そう考えた鬼貫は、自分で現地を訪ね、場合によっては丹那が調査した後をもう一度チェックしなおすことにした。ヴェテランの丹那に遺漏がある筈はないけれども、異なった視点からみれば、また、あらたな発見があるかもしれない。

四

鬼貫の小諸についての知識はゼロに近く、わずかに藤村《とうそん》の詩と懐古園《かいこえん》の名を知るきりである。

改札口をぬけて駅前広場に立つと、正面にメインストリートが伸びている点では上田市に似ていないこともなかった。この相生町《あいおいちょう》は、第一次近代化工事が終わったばかりというだけあって、左右にならぶ商店街は上田に比べるとはるかに近代的で、うっかりすると、東京の街なかを歩いているような錯覚をおこしそうだった。

国道十八号線を越えて、さらに三、四百メートルのぼったところで右に折れる。高松弘明が住む荒町は、駅から徒歩で十分あまりのところで、付近には旧家が多かった。もっとも、これは、後になって知ったことだが、市内で近代化されたのは相生町一帯ぐらいのもので、少数の農家が、洒落た都会風に改築したことをのぞくと、歳月を経た商家と農家から成り立っている街であった。人口四万弱の小諸市にはとりたてて数えたてるほどの大きな産業はなく、したがって、他の都会で見られるようなホワイトカラーやブルーカラーなるものは少ない。サラリーマンが居住する中級住宅街といったものもないのである。

鬼貫は、近所まで行くと、タバコ屋で喫いもしないハイライトを買い、保険の調査員みたいな口振りで高松弘明の身辺について訊ねてみた。店番をしているのは六十年配の痩せた女で、上下の前歯にずらりと金冠をひからせていた。

「結構なご身分ですわ、一日中、浪花節《なにわぶし》をうなったり、草花をいじったり。夜になると、お酒を呑みながらテレビのプロレス見物ですものね。ほんとに羨ましいですわ」

真実、羨ましそうな顔つきをした。店番をしていると、テレビを見る暇もないのだという。

「無職といえば無職かもしれないけど、土地と家作《かさく》のあがりで左団扇《ひだりうちわ》なんですよ」

とすると、鈴鹿一郎の家主もこの男なのかな、と思った。いや、そんな筈はない。家主が家賃を取りにきたからといって、これを放送局の集金人だといいつくろうわけがないのである。

「車の運転が上手だそうですな？」

「それは巧いもんですわよ。若い時分は、トラックを走らせていたっていいますもの。それがひょんなことから地主さんのお嬢さんに見染められて……運のいい人にはかないませんわね」

「いや、どうも」

喫煙の習慣のない鬼貫は、ハイライトの値段が八十円ということを初めて知った。

予備知識をつめ込んだところで、この結構な身分の紳士をおとずれた。よく刈り込んだカナメモチの生垣のなかに芝をしきつめた小さな庭があり、その庭に似つかわしい可愛い池が、濁った水をたたえていた。一見したところでは、それほどの金満家とも思えない。そこに彼のつつましやかな生活信条が想像されるのだった。家は、方形の屋根の和風造りで、玄関の扉も格子戸である。

高松弘明は、在宅していた。頭が禿げ上がった血色のいい小づくりの男だ。丹那が見かけたのとおなじ特徴をしているから、写真家をたずねた浴衣姿の客はこの高松弘明だと考えて間違いなさそうであった。今日も朝顔の模様の浴衣を着ているが、運転手をしていただけに動作がきびきびしており、それは早口の喋り方にもあらわれていた。

「あれは、わたしの家作じゃないですよ。金を受け取りにいったのは、相生町にあるわたしの理髪店を貸した代金なのです」

家主と聞いたときから因業親爺《いんごうおやじ》のイメージを描いていたのだが、こうして会うと、彼は話好きの好人物らしく、鬼貫の予想を裏切って打ちとけた話しぶりだった。

「最初からお話ししますとね、わたしは、家作の一つに理髪店を持っておるのです。友人だった前の持ち主が、老人ホームに入ることになったとき、餞別《せんべつ》のつもりで言い値で譲り受けたのですが、わたしは、バリカンのいじり方も知りませんから、床屋に貸していたのですよ。ところが、四カ月ばかり前にその床屋が郷里の新潟へ帰って以来、借り手がつかないのです。ご承知のように、近頃の若い連中なんてものは髪を伸ばし放題で散髪なんかしやせん。ですから、床屋商売もはたから見るほど楽ではなさそうで、二、三度借りたいという話が持ち込まれましたが、わたしの店は高級すぎて、やっていく自信がないと尻込みするのです。そんなわけで、いまもって空いております」

肥っているせいか、話をしているうちに浴衣の胸がはだけてくる。それに気づくと、あわてて衿をかき合わせるのだった。

「十日ばかり前のことですが、あの鈴鹿さんがひょっこり見えて、一日でいいから店を貸してくれないか、というのです。わたしとしては、僅かばかりの日銭が入ったところでどうってことはありませんからお断わりしたのですが、先方さんが熱心でしてね。それに、名を知られた写真家だと聞いたもんで、結局は貸すことにしました」

床屋を借りるということ自体が、わけのわからぬ話だったが、それを秘密にしたがっていた理由も不可解だった。鬼貫は、興味をもって話のつづきを待った。

「まさか、散髪のコンクールをやるわけでもあるまいし、なぜ店を借りたがるんだかさっぱり見当がつきません。そこで訊いてみますと、なんでも、この小諸市には鈴鹿さんが先生格で、アマチュアの写真マニアの会があるんだそうです。その会員の作品展をやらかそうというんですよ。まあ、そうした文化的な行事なら反対することもないので、店の品物には疵《きず》をつけないことを条件に、貸すことにしました。いちばん心配なのは、なんといっても大きな鏡を割られることですわな」

キセルの先で煙草盆を引きよせると、刻《きざ》みをまるめて火皿につめた。ふかく吸い込んで、肺のなかで味わうようにかるく目を閉じ、鼻の孔から灰色の煙を吐きだす。見るからにうまそうな喫《の》み方だった。

「無事に終わりましたか？」

「ええ、当日の朝、あの人が見えたものですから鍵を預けましてね、ほぼ二十四時間後の翌朝、またやってきて返してくれました。なかなかきちんとした青年だと思ったものですよ。でも、店のなかがどうなっているか、やはり気がかりでしたから、その後で覗きにいったのですが、紛失したものはなんにもない。心配したような事故は一つも起こってないのでほっとしたわけです」

「ほかに会場がありそうなものですが、なぜ選《よ》りに選って理髪店に目をつけたのでしょうか？」

「わたしもそれを質問したんです。大きな散髪用のイスが四つも並んでいるのだから、何かと邪魔になろうじゃないか、とね。すると、疲れたお客さんは、そのイスに腰をおろして休憩するんだという返事です。ほかの物は、白布でカバーするといってましたよ」

「しかし、それでは、床屋を借りる目的が説明されていませんね」

「いや、そういう意味なら答えは簡単です。借り賃がやすいからですよ。画廊を借りると五万はとられます」

「展覧会がひらかれたのはいつでした？」

「先月の、つまり四月の三十日でした」

大体のいきさつはのみ込めたものの、写真家が理髪店を借りたことを秘密にしようとした理由は、依然としてわからないのである。この展覧会でなにを企てたのだろう？　展覧会にどんな意味があったのだろう？　しかし、この疑問を解くには、家主よりも会員にぶつかったほうが効果があるのではないか。

「あなたは、ご覧にならなかったのですか？」

「ええ。元来、ああしたものに興味はありませんでな」

「その写真展で、なにか変わった噂はなかったでしょうか？」

「いえ、べつに何も聞いておりませんがな」

高松弘明は上体をこごめると、吸殻を吐月峰《とげつぽう》にプッと吹き捨てた。

「使用料は会員から徴収して払うことになっていましたがね、なに、わずか一万円のことですから、鈴鹿さん一個人だって払えないわけはない。そう考えて、上田まで行ったついでに寄ってみたのです」

家主ともなると、借金の取り立てはきびしいのであった。

九　終章への傾斜

一

会員のひとりに町内の米屋がいると聞いて、つぎにその店に寄った。米屋といっても多くの米穀商がそうであるように兼業である。米八商店は、店を二つに仕切って片方では米や麦を商うかたわら、もう一つの店で荒物屋、菓子屋、日用雑貨店をひらいていた。店先には亀の子だわしの束がぶらさがり、その下にアイスクリームの冷凍ボックスが置いてあるといった按配だった。

昔の米屋は、米糠《こめぬか》をあびたなまっ白い顔をしていたものだが、稲垣《いながき》八郎《はちろう》は黒々と陽焼けをした元気そうな青年だった。

「わたしは商売がありますから、出来のいい二、三点の写真を提供しただけで、とうとう会場を覗く暇もなかったですよ。ほかの会員は大半が勤め人ですから、昼休みにどっと出かけたようです。どっとといっても三十人前後ですけど」

理髪店に秘められた謎があるとすれば、一日中この会場に坐っていた張り番役に訊くにしくものはない。

「諸費節約の上からそういった仕事は、会員が買ってでました。たしか、芳賀《はが》さんと吉沢《よしざわ》さんだったと覚えてます。芳賀さんは、子供もなければ、お姑《しゅうとめ》さんもいない気楽な主婦で、吉沢さんは、暇と借金ならいくらでもあると威張ってる受験浪人なんです」

そのふたりに会いたいのだがというと、客がいないときでもあったので、店主は気易く両人の家に電話をかけて都合を訊いてくれた。

「思ったとおりです、張り番は彼等がやっていました。なにしろ傑作ばかり並べてあるので、監視人の苦労はたいへんだったらしいです」

くすくす笑っている。

「芳賀さんに会ってみたいのですが、遠いのですか？」

「いえ、紺屋町《こんやまち》だから五分とかかりません。相生町に出て右に行きますと、信濃毎日新聞社の支局がありますが、その角を右に曲がった一帯が紺屋町なんです」

「ありがとう」

礼を述べてメインストリートに戻ると、ゆるやかに傾斜した道をのぼっていった。浅間《あさま》の西麓にひらけた都会だから、東に向いた道路はすべて昇りの勾配になっているのである。

鬼貫が訪ねたとき、主婦の芳賀芙美子《ふみこ》は、リヤカーをひいた農婦から野菜を買っているところだったので、路上の立ち話という格好になった。

「こちらが涼しいですわ」

誘われて、鬼貫は枝のたれた柳の陰に入った。彼はまず展覧会当日、この写真家がとった行動について、それとなく訊ねてみた。

「開催の段取りを、つけてくださったのは、鈴鹿先生ですけど、あとはわたしたちに委せるからとおっしゃって帰ってゆかれましたわ。スポーティな服装でしたから、ゴルフかなにかをなさるんだと思いましたけど」

「あとは委せたというと、いっときは顔を出していたわけですか?」

「いっときというよりも、すれ違いみたいなものでした。十一時の開場でしたから三十分ばかり早く行きますと、先生は先に来ていらっしゃって、三十分ほど雑談をしました。そして、お客さんがぼつぼつ見える頃になると出てゆかれたのです」

「夕方にまた戻られたのでしょうな?」

「いいえ。わたしたち会員の自主運営という建て前ですから」

鈴鹿一郎は、このグループでも女性会員には人気があったらしく、芳賀芙美子の言葉の端にも写真家によせる好意がにじみでていた。しかし、彼の魔力は、同性には作用しなかったようである。

受験浪人の吉沢直樹《なおき》の家は、信濃毎日支局をはさんでちょうど正反対の方角にあたる六供《ろっく》にあったが、道路工事の騒音にいたたまれなくなり、図書館に行っていた。市立図書館がある袋町《ふくろまち》は、先程たずねた荒町の西にあたるところなので、鬼貫はまた、相生町に戻って坂道を下らなくてはならなかった。

吉沢直樹は、本をひろげて居眠りでもしていたのだろうか、赤い目をこすりながら出てきた。蒼白い頰にまばらに不精ヒゲが生えており、この齢頃の若者によくあるうす汚ない感じの青年だった。スポーツシャツの衿元が垢《あか》で黒くなっている。

「ちょうど気分転換をしたいと思っていたところなのです。コーヒーを飲みにいきませんか」

先に立って相生町まで来ると近くの大きな喫茶店に入った。ショウケースには、高価な洋ナマがずらりとならべてある。

「ラジオで若者相手に深夜放送というのをやっているでしょう、あれは迷惑なんだなあ。ぼく等の心をくすぐったり共感する話題をならべたりするもんだから、つい夜中までつき合って聞いてしまう。すると翌日は、眠くて勉強どころではないんです。ぼくは浪人だからいいけれども、学生はたいへんだと思うなあ」

浪人一年生だからまだ二十歳にはならぬ筈だが、もういっぱしの成人気取りでピースをくわえている。

「親爺にかくれて吸っているうちに病みつきになったんです。あのスリルが面白いんだなあ。タバコの味なんかわからなかったけど、はらはらしながら煙をふかすところが痺れるんですよ。だから、高校生でもおおっぴらに喫煙できるようにするといいんです。スリルを味わうことができなくなるから、タバコなんかに興味を持ちませんよ。政治家なんてわかっちゃいないんだなあ」

「止したほうがいいでしょう、こんなもの吸うとろくなことはないんだから」

「もう止められません。数学の問題を解いているときに途中で一服すると、不思議にすらすらといくんです」

鬼貫が黙ってハイライトの箱を押しやると、喜んで受け取り、ポケットにねじ込んだ。痩せて、ひょろりとしたこの青年は、見るからにひ弱そうで、そのくせヒゲが濃いとみえ、剃り跡が青々としていた。

吉沢直樹が語った内容も先程の若い主婦と似たりよったりで、写真家が、なぜこの床屋に執着したかという疑問は解けそうになかった。

「ぼく等が注意していたのは、写真を盗《と》られることではないんです。アマチュアの写真を盗んだってどうってことないですからね。本当の目的は、店の什器《じゅうき》というんですか、バリカンだの、ブラシだの、ポマードだの、そういった備品を持っていかれないように気をつけることだったんです。白いシーツで被《おお》っていたからそれほど心配することはなかったんですが、問題は、鏡なんです。鏡を割られたらたいへんだということを、鈴鹿さんは、何度も念をしていましたからね。あとで芳賀さんと笑い合ったんですよ、もう床屋はこりごりだ、今度やるときはラーメン屋かなんかがいいなって」

おかしそうにひとりでうふうふと笑っていたが、ふと真面目な顔にもどって鬼貫を見た。

「床屋で思い出したんですけど、鈴鹿さんは、なぜあんな店を会場にしたんだろうな」

それは、こちらが知りたいことである。

「借り賃がやすいからでしょう」

「そんなことはありませんよ。だって、会員の今西《いまにし》君という高校生が、叔父さんの口ききで駅の近くのギャラリイを無料で借りられるって話を持ち込んだとき、鈴鹿さんは、あっさりその好意を蹴ってしまったからです。無料とはいっても、会のあとかたづけをする小母さんに千円の掃除代金を払わなくちゃならないんですけど、それにしたって、床屋の借り賃に比べればただみたいなものなんです」

「なるほど。で、鈴鹿さんは、どんな口実でことわったのですか?」

「ギャラリイで展覧会をやるのはプロのすることだ、というんです。お前たちはアマチュアだから、床屋がちょうどいいんだって。位負《くらいま》けがするともいったそうです。だけど、ぼくはそうは思わないな。ほら、馬子《まご》にも衣装ってことをいうでしょう、あれですよ。立派なギヤラリイでやれば、かえって引き立つと思うんだけど」

その意見には、鬼貫も同感である。いってみれば、彼等にとって晴れの舞台なのだから、ギャラリイを斥《しりぞ》けたのは合点がいかなかった。位負けがするというのは、体のいい言い逃れだとしか思えない。

「理髪店の会は盛況でしたか?」

「どのくらいの人が見にくれば盛況といえるのか、そのメドがわかりませんから、ぼくにははっきりした返事ができかねるんですが、会場が床屋ということになると、見栄っぱりの紳士淑女は入りたがりませんね。では、八っつぁん熊さんの庶民階級はどうかというと、相生町というメインストリートのデラックスな店だから敬遠してしまって、これも見にこないんです。だから今西君は、やはりギャラリイで開催すればよかったんだと、不平をいってました」

「それはそうでしょうな」

と、鬼貫は、あたりさわりのない相槌を打った。話を聞けば聞くほど、写真家が理髪店に喰いつこうとした姿が明瞭になってくるのだが、では、その狙いはどこにあるのだろうか。

鬼貫は、その店にある何物かを持ち出すためではなかったか、と考えてみた。後日、家主が調べたときには紛失したものはなかったといっているから、用をすませたあとで至急もとの場所に返しておいたことが想像されるのである。したがって、それは他の業者にはなく、

のは、革砥《かわと》といったものならない。バリカン、剃刀、革砥といったもの床屋だけにあるという特殊なものでなくてはならない。バリカン、剃刀、革砥《かわと》といったものは、求めようとすれば、いくらでも手に入るのだから除外するとして、それ以外のよそにない物といえば、理髪店でよく見かける大鏡か散髪用のイスぐらいなものではないか。

だが、こうした大きな物を持ち出すのは容易なことではなく、事実、持ち出した様子もないし、持ち出したところで利用価値があるとも思えない。その他さまざまなケースを考えてみたが、満足する解答は得られなかった。喫茶店で頭をひねっているよりも、店のなかに入って自分の目で見、自分の手でふれて調べれば手掛りを掴むことができるに違いない。

青年と別れたあと、再度家主をたずねて了解を求めると彼も興味を感じたらしく、車に同乗して案内してくれた。

上野を発つのが遅かったので、西の空は早くも茜色《あかねいろ》に染まってみえた。相生町の歩道には買い物に出る主婦の姿が見られ、色彩の美しさで人目をひこうとする果物屋や婦人服店では、もう電灯がともっていた。

「ここですよ」

理髪店は家主が自慢したとおり、明るい感じの大きな構えの店だった。歩道に面した窓ガラスに、金と赤の文字で『理髪館フィガロ』としてあるのも気がきいていた。高松弘明は、正面の扉をあけると先に入って、白いカーテンをまくり、鬼貫が後につづくとまた降ろしてしまった。

「居抜きのまま譲られたものでね、借り手さえつけば明日にでも営業できるんですが、どうもねえ。場所がいいからパチンコ店にでも改造しようかと思っています」

「もったいないですな、これだけのものを」

外はまだ明るいが、店のなかはカーテンを引くとほの暗い。

「借り手がいつ現われるかわからんですから電気はとめてあるんです。基本料金だってばかにはなりません」

だから電灯はつかないというのである。止むなく、鬼貫は手当たり次第にあたりをかき回し、その結果、ようやく辿りついたのは、床屋だけにある道具で、しかも手にさげて持ち出せるものとなると、ヒゲ剃りの石鹸を溶かす陶器のカップの他にはないという結論であった。

五個あるそのカップは、まるでヨーロッパの王室御用と見間違うほど豪華で、洒落《しゃれ》たデザインと美しい模様で彩られ、ぶあつくて手にとるとどっしりとした重量感があった。しかし、いくら豪奢であっても、ヒゲ剃りカップでしかなく、写真家がこれを密かに持って出たという結論は、いかにも馬鹿気ているしナンセンスだった。鬼貫は、未練がましくポマード瓶のなかまで覗いてみたが、鈴鹿一郎が欲しがったものが何であるかは、ついにつきとめることができず、疲れた体を散髪用のイスにどかりとのせて、額の汗を拭いた。ふと目を上げると、背後の壁の時計は、六時を十五分も過ぎている。昼食をとる時間のなかった鬼貫は、急に空腹を意識した。

二

写真家がハイキングに行ったと称する別所……。鬼貫は、この土地に興味を感じて、家主にすすめられた旅館にかけ合い、部屋を予約した。連休がすんだばかりのシーズンオフなので簡単にとれたのである。

小諸駅から鈍行で上田まで行き、上田電鉄の小さなプラットホームに渡って別所行の電車に乗った。この素朴な私鉄を利用するのは初めてだが、二両連結の電車が走っている姿には見覚えがあった。昨年の暮れに鈴鹿一郎が撮った一連のフィルムのなかに写されていたからである。

乗客の大半は下校の高校生で、電車は坐る席もないほどに混んでいた。男の学生は黙ってノートを読み、女子学生は休みなくお喋りをつづけた。暮れなずんだ丘や畑を走りぬけると、小さな村落があらわれる。その度に停車して、客を降ろした。乗客の数は減る一方で、終点に着いたときは、鬼貫のほかにずんぐりした熊みたいな高校生だけになっていた。学生は草履をひきずって、彼の前をのっそりと降りていった。

おなじ長野県内の温泉ではあっても、別所は上山田《かみやまだ》のような歓楽地とは違って、地味で、落ち着いた雰囲気が特徴だった。ひと握りほどの芸者と、ストリップ小屋が一軒あるきりで、あとは健全そのものである。その点が鬼貫の気に入った。

アルカリ性の湯に身を沈めながら、つとめて仕事のことは考えまいと努めていた。写真家が、理髪店の『フィガロ』になぜあれほどまで執着したのか、それを思い泛べると寛《くつろ》いだ気分になれないのだ。

湯から上がって脱衣室の鏡の前に立ち、櫛を使って髪をなでつけていた鬼貫は、背後に置いてある体重計に目をとめた。台の上に乗ると、鼻先で丸いメーターのなかの針が回転するという形式のものである。久し振りで体重でも計ってみるか……。だが、彼のその呟きは声にならずに、口のなかで消えていった。鏡のなかの体重計の目盛りは、必然的にあの『フィガロ』の鏡面に映った丸い時計を連想させ、鬼貫は、そこに妙なものを発見したからである。

鏡のなかの時計から時刻をよみとる場合には、裏返しに映っている文字盤を頭のなかで無意識にひっくり返して、何時何分であるかを知るのである。いってみれば、瞬間的になされる翻訳でもあるわけだが、鬼貫が、『フィガロ』の経験を振り返ってみると、翻訳なしに、ストレートに文字盤が目に飛び込んできたような気がするのだった。べつの表現をすれば、かつて『非常口』の標示板で体験したときのように、映っている文字盤を実像としてキャッチしていたように思えるのである。職業柄、鬼貫は、自分の観察力については訓練もしていたし、常人以上の自信を持っているつもりだった。

あのとき落胆しているうえに空腹であったので見逃してしまったのだが、もし、それが目の錯覚でなかったならば『フィガロ』の時計は、文字盤が逆になっているばかりでなく、針の動きを含めた一切のものが裏返しになっていなくてはならない。

　冷えかけた体に浴衣をまとうと、鬼貫はさらに考えつづけた。物好きのマニアが面白半分にこしらえたなら別だけれど、あの気取った理髪館が、店内に素人の手細工を掛けておくわけもないのである。とすると、しかるべき時計会社の製品でなくてはならぬわけだが、商品として裏返しの時計をつくるような酔狂なメーカーがあるとは想像もできなかった。やはり、自分の見間違いだったのだろうか、と思う。

　部屋に戻ってからもそのことは念頭を去らなかった。もし、そういう時計が世の中に存在するならば、そして、もしその時計が、針が逆に回転することと、文字盤が裏返しになっている点を除いて、大きさも、型も色も、鈴鹿家の掛け時計とおなじであったならば……。鬼貫にとって、これはすこぶる魅力のある空想であった。

　鈴鹿一郎は、その時計の存在を人伝てに耳にしたか、さもなければ、たまたま『フィガロ』で散髪をした際に知る。やがて、青柳町子を殺さねばならぬようになったとき、写真家であるだけに、お手のものの写真によるアリバイ偽造を企て、この時計の利用を思いつく。だが、珍しい時計だから入手するのが難しいし、また、入手先から足がつくことを警戒しなくてはならない。そうしたおりもおり、『フィガロ』が、ながいこと閉鎖されていることを知り、この店の時計をこっそり持ち出そうと考えた。本来ならば忍び込んで無断借用すればよいのだが、職業的な泥棒でもない彼にこうした器用な真似はできかねる。そこで、写真展の会場にすることを思いついて、理髪店の借用という行動にでたのだろう。こう推理してみると、彼が『フィガロ』にあれほどこだわった理由もわかるし、今西という会員が持ってきた結構なギャラリイの件を拒否したわけも理解できるのだ。

「ご免ください」

声がして、仲居が夕食の盆を運んでくると、片手で袖の袂をおさえ、皿数の多い料理をテーブルに並べた。塩田鯉の本場だから小鉢に盛られたあらいも、木の椀に入れられた鯉こくもある。だが、鬼貫は、空腹を忘れていた。箸をとるよりも、推理の翼にまたがって空想の世界をはばたくほうが楽しかった。仲居にさがってもらい、テレースの籐《とう》イスに腰をかけたままの姿勢で、彼はなおも考えつづけた。

鈴鹿一郎が時計を持ち出したのは、四月三十日の朝、家主から渡された鍵で理髪店の戸をあけて帰っていった直後から、会員の芳賀、吉沢両名がやってくるまでの間のことに違いなかった。それを抱えてハイキングに行くことは無理なので、ひそかに自宅に寄っておいていったのだろう。いや、別所へ行ったという話自体が事実かどうか判明しないのだから、時計を家に持って帰ると、すぐさまスタジオの舞台装置にとりかかったものと考えたほうがよさそうであった。

証人に利用すべき人物として、あらかじめ小池毬子に目をつけておいた彼は、何回かにわたって自宅に呼んで信頼感をあたえておいたのだろう。ときには、夜間に呼んで、階上のスタジオに案内したこともあったに違いない。彼としては、前もって階下の居間から移してきた音叉時計がそこの壁に掛けてあることを、それとなく彼女に目撃させておく必要があるのだ。

さて、小諸から戻った彼は、いままでの時計をはずすと、代わりに理髪館の時計を掛け替えたのだが、室内のルックスを絞っておけば、毬子が時計の変化に気づくこともないのである。もっとも、スタジオの照明をその夜にかぎって暗くするのは妙に勘ぐられる恐れもあるから、そこは慎重に、彼女をその部屋に入れるときは、つねにほの暗い状態にしておかねばならない。電機屋にいけば、そうした種類の照明器具はいくらでも手に入れることができる。それを買ってきてスタジオに用いれば、毬子はムードをだすために灯りをセーヴしたものと解釈するに決まっている。彼の真意がどこにあるかを悟られる心配はまったくないのである。

「鯉こくですから熱いうちに召し上がってください」

親切にそう言い残していった仲居の好意を、心ならずも裏切ることになりそうだった。焼いた紅鱒《べにます》も、チキンのフライも冷たくなりかけている。鬼貫は、一度ちらりと横目で見やったきり、ふたたび写真家の犯行の跡を追いつづけた。

夕方になって約束どおり毬子が訪れてくると、階下の居間で食事をとったのだが、これは、明るい照明の下に自分の顔をさらして、そこにいるのが正真正銘の鈴鹿一郎であることを示すためのデモンストレーションとして解釈すべきだろう。やがて、食事がすむと席を二階のスタジオに移して、待望のジャズを聞かせる。このとき、彼女に女性向きの甘口の洋酒を振舞ったのは、一つは毬子の気分をさらに陽気にさせてゴーゴーを踊らせるためでもあったろうが、もう一つは、注意力を散漫にするためではなかったろうか。機をみて階下に降りた彼は、家のなかに潜んでいた二郎と服装をとり替え、ついで写真家になりすました弟はスタジオに戻って、毬子とのデートを続行したわけだが、入れ替わりに気づかれる危険性を少なくするには、相手の女を程よく酔わせておくに限るからである。

三

一方、自宅を出た一郎は、その足で弟のマンションへ急行したことになる。十時四十分頃に弟の部屋に着いていたことは、すし屋の店員の証言によっても明らかだから、上野駅には、遅くともその二十分前には到着していなくてはならない。こころみに時刻表をひらいてみると上田発19時23分、上野着22時8分の特急〝あさま〟というのがある。ほかに頃合いのものは走っていないから、まずはこの列車を利用したことは間違いなさそうに思えた。月光荘の管理人は、被害者の山本豊子が、十時過ぎにかかってきた電話で呼び出されていったといっているが、鈴鹿一郎が上野駅に着いてすぐに連絡をとったとすると、時間的にもぴったりと一致をみるのであった。

すし屋に出前の注文をしたのは一郎だとも考えられるが、大事をとって、上田にいる二郎が長距離をかけたのかもしれない。後者だとすれば、マンションに到着した彼は、ただちに上田の自宅のダイヤルを回し、弟にいま着いたことを連絡したに違いないのである。二郎は、兄がマンションにいることを確認した上で、東京のすし屋へダイヤルする。この場合、二郎本人がかけていることを強調するために、店員と当人との間でしか通用しない冗談口でもたいておけば、効果は相乗する筈である。

上田に電話をかけ終わった写真家は、つぎに月光荘に連絡をとり、女を呼び出すのだが、指定した場所は、池袋近辺ではないだろうか。そうしておいてから着ていた服をぬぎ、二郎の部屋着をまとって、すしのとどくのを待つ。配達された食物を喰ったか捨ててしまったかはわからぬけれども、ふたたび外出着に着替えると、駐車場に降りて弟の車に乗り、指定しておいた場所へ走らせて町子を拾った。鬼貫は、自分のこの推理に自信があった。もし、ミスがあったとしても、それは枝葉末節の、とるに足らぬものだろうと考えていた。

さて、兄貴からの電話を待ったり、すし屋へ電話をしたり多忙だった二郎は、しかし、これで解放されたわけではない。兄の依頼によって三枚のスナップを撮らなくてはならぬからである。しかも、このなかの一枚に兄の命運を賭けているのだから、彼としても緊張せざるを得なかったろう。シャッターがおりる瞬間に、カメラに右側面を向ける位置に立ち、踊りながら右手を上げるというポーズをとることは、マンションの自室で何度となく練習しただろうが、いざ本番となると、手元も狂い勝ちである。しかも、彼ひとりではない、相手がいるのだから二郎の苦心はなま易しいものではなかった。

鬼貫は、このとき、彼が撮った写真の内訳を、つぎのように推察してみた。三枚のうち一枚は本番用だが、万一失敗した場合を考慮して、おなじ構図でもう一枚撮る。残った一枚は、毬子と位置が入れ替わったときに、即ち、彼が左側面を、そして、毬子が右側面をカメラに向けて立ったときにシャッターを切る。もし、初めの二枚だけしかなかったら、つまり本番用と緊急用の二枚きりしか撮らなかったなら、ネガを裏返しにして焼きつけた印画を一瞥した毬子は、左右が逆になっていることを即座に見ぬいてしまうだろう。だが、位置を替えたものをまじえて三枚撮っておけば、丹那が指摘したとおり、写されたときにどちら側で踊っていたか、という彼女の記憶に混乱を生じさせることができるのだ。

別棟から新婚夫婦のたからかな笑い声が上がったが、鬼貫の耳にはとどかなかった。膳をさげにきた仲居が、料理に手をつけていないのを見て、びっくりして退っていったことも知らなかった。

三枚の写真を撮り終えた二郎は、さぞかしほっとしたことだろうと思う。その後でジャズと踊りとで楽しさを満喫した毬子を日の出町のアパートへ送っていったのだが、ハンドルを握るときに指の秘密に気づかれぬためにはルームライトを消すか、彼女を助手席でなしにバックシートに坐らせるか、欠けた指にあたる部分に詰め物をした手袋をはめたか、方法はいくらでもある。そして、ふたたび兄の家に戻ってくると、初めて一切の緊張から解きはなたれて、死んだように、前後不覚になって眠ったことだろう。

一方、同じように、町子を殺して屍体を捨てた写真家のほうも、弟のマンションに帰ると、心身の疲労からくたくたになった身を弟のベッドに横たえる。だが、弟の場合と違って、殺人を犯したのだ。この男が良心の呵責《かしやく》を感じるか否かは大きな疑問だが、いつものように熟眠することはできなかったのではないか。いや、その前に上田の自宅に電話をして、互いの計画が何の障害もうけることなしに成功したことを報告し合い、ひそかに祝杯をあげたことも考えられるのだった。

そうして、その翌日、眠れぬ一夜を明かした写真家は、朝一番の列車で帰宅する。鬼貫は、ここでも時刻表をあけてみたが、上野発6時35分、上田着9時47分の長野行急行があるから、これに乗ったものだろう。そして自宅で待ち構えていた弟と服を交換する。

二郎は、ただちに東京へ向かう。というふうにも考えられるけれど、これでは上野着が、早くて午後の二時二十分になってしまう。だから鬼貫は、二郎が兄の帰宅を待つことなしに、その外出着を借用して、やはり朝の列車で帰京したものと考えたかった。あるいは、自分の服を鞄につめて持ってきていれば、それに着替えて出かければよい、なにも写真家の服を借りる必要はないのである。

着京した二郎は、その足で六本木のオフィスに出勤すれば、それでいい。しかし、一郎のほうには、まだ仕事があった。無断借用した裏返しの時計を持って小諸市へ向かい、こっそり理髪店の壁にかけてから入口の戸に錠をかけて、その鍵を家主に返却しておかなくてはならない。

それがすむと、何はさておき、自宅に駆けもどって弟が撮影したフィルムの現像、焼付にとりかかったことだろう。もし、失敗していたらそれはアリバイの崩壊に通じる。パッドの現像液のなかを喰い入るように見つめている写真家の真剣な表情が、鬼貫の脳裡にあざやかに泛んでくるのであった。

しかし、彼の恐怖は杞憂《きゆう》におわった。そこで最もよく撮れたネガを用いて印画をつくるのだが、この場合に少なくみても二枚は伸ばしたのではないかと思う。なぜなら、いったん写真を受け取ったものの、腹を立てた毬子が印画を破り捨てることもあり得るのだし、それがなくては、肝心のアリバイを立証する証拠がなくなってしまう。もし、破棄された場合は、とっておきのもう一枚を丹那に提出したに違いないのである。小池毬子に婚約者がいることは承知の上で、いや、婚約者がいるからこそ彼女を証人役に抜擢《ばってき》したのだろうが、パンティを口実にしてネガを焼くという写真家の思いつきには、鬼貫も感嘆してしまうのだった。

空想は、そこまでで途切れてしまい、鬼貫は現実にかえって、食卓いっぱいに並べられた料理をぼんやりと気ぬけした面持ちで眺め回した。いままでの推理は、あくまで一つの推理にしかすぎない。第一、現実の問題として裏返しの時計が存在するとは思われない。第二に、仮りにそうした物があるとしても、型や、大きさや、色までが写真家の掛け時計そっくりだとは考えられないのである。第三に、もし、以上の問題が解決したとしても、写真家が極秘裡に搬びだしたことをどうして証明すればいいのか。彼にしたって、慎重に行動しただろうことはいうまでもない。その現場を目撃した者がいる筈はないのである。

ぎりぎりの線まで追いつめられると、写真家は、体をかわして赤い舌をぺろりと出す。時計塔のアリバイでもそうだったし、今度の場合も例外ではなかった。なんとももどかしい限りだが、どう考えてもこれを打ち破るような名案は泛ばなかった。

考えることを諦めて、鬼貫は大儀そうにイスから立ち上がると、食卓の前に坐った。

四

翌朝は早目に起きて浴室におり、洗面をすませた。ほかの泊まり客はまだ眠っているとみえて、建物のなかは静まり返っている。宿のパンフレットには、近くの神社や仏閣が写真入りで紹介されてあって、朝食前にそれ等を訊ねて回るといい運動になるのだが、鬼貫は散歩をするほど寛いだ気持になれずに、籐イスに腰をおろすと、昨夜のつづきを考えていった。

写真家のアリバイは、裏返しの時計が存在するという前提のもとに立って、初めて解けるのである。このことから鬼貫は、こうした特殊な時計が実際に製造されていることを信じて疑わなかった。時計店で訊ねてみれば、必ず肯定されるに違いないという確信を持っていた。いまの彼を悩ましているのは、あの男が、『フィガロ』から時計を運び出し、そして、用がすむと密かに搬入しておいたことをどうやって実証するか、という問題であった。そこに写真家の指紋がついていれば文句はないのだけれども、あの頭のいい男が間違ってもそんな愚かな真似をする筈がない。終始手袋をはめて、慎重に扱ったことはいうまでもなかろう。

彼が駄目だとすると、二郎はどうだろうか。だが、考えるまでもなく、この弟も期待薄であった。二郎にしてもばかではない。それに兄からくれぐれも注意されていただろうから、素手で時計に触れて指紋をのこしたとは思えないのだった。彼には、時計に接触する必要性がないのである。壁に掛かった時計の前で替え玉の演技をつづけただけで役目を果たすことができるのだ。

一郎と二郎とが否定されてしまうと、時計に指紋をつける機会があったものはいないことになる。

「お目覚めですか。ずいぶんお早いですわね」

朝刊を持ってきた仲居は、ついでに床《とこ》をたたみにかかった。鬼貫は、苦い顔で新聞に手をのばしかけたが、途中で動きを止めると、また考え込んでしまった。ありふれた犯罪事件ならば、主犯なり共犯の指紋だけが対象になる。鬼貫もそのつもりで焦点をもっぱらこの両名に絞って検討してきたのである。だから、脇役の小池毬子のことをすっかり失念してしまったのだけれど、彼女の指紋が時計にのこっていれば、あのアリバイを否定する上でやはり有力な証拠となるのである。そして、その毬子は、発振音が癇《かん》にさわるといって時計の裏側を覗き込んでいるのだ。それに触れたからには、指紋がつくのは当然のことではないか。

一郎が時計を返却する際に、もし、ハンカチで払拭《ふっしょく》するようなことがあれば、毬子の指紋は消されてしまう。だが、席をはずしていた一郎――すでに入れ替わっていたとするならば、二郎ということになるが――は、毬子が時計をいじったことは知っていないのだから、彼女の指紋を消そうという気は起こる筈がなかった。仮りに一郎が用心深い男で、先の先まで考慮して行動する男であったとしても、理由もないのに時計を拭うことは考えられなかった。もしそうすれば、時計についていた他のもろもろの指紋まで消してしまうことになり、かえって疑惑を招くことにもなりかねないからである。利巧者のあの男が、それに気づかぬわけもないのだ。鬼貫は、もう一度小諸の家主を訪れて問題の時計の借用方を申し入れようと考えていた。

食事をすませて宿を出ると、バスに乗って三十分で上田駅に着いた。彼は、駅前通りの松尾町のあたりを、時計店を捜してゆっくりと歩き、海野町の角まで来かかったときに、レストランの隣に目指す店を発見した。女店員が歩道に水をまいており、主人らしい年輩の小肥りの男が内側からショウウィンドーに首を突っ込んで、ネックレスの位置をなおしている。十時という時刻は、時計屋や貴金属商には早すぎるのだろうか、店のなかには水をはったバケツがおいてあって、掃除の最中のようにみえた。

血色のいいその主人は、鬼貫の質問に愛想のいい笑顔で応じてくれた。

「裏返しの時計というとジェコーの製品ですね。壁にかけるやつで、床屋さん用に売り出したのですが、売れゆきが思ったほどぱっとしなかったらしくて、現在では製造中止になっています。いま売っていたら珍品として騒がれるでしょうな」

昨夜、鬼貫が数え上げた第一の難関は、あっさりとパスしたことになる。ついで彼は、ゴーゴーを踊っている例の写真をとりだして、そこに写っている掛け時計を指さした。

「この型ですか？」

「ええ。丸形で側面が黒くて、文字盤の直径がたしか三十センチぐらいあったと思います。散髪されているお客がひょいと上目づかいに鏡を見ると、逆になっている筈の時計がちゃんとした姿で映っている。アイディアは非常に面白いのですが、床屋さんてものは案外に保守的な人が多いとみえて、あまりはけませんでしたな。むしろ、一般向けに売り出したほうが評判になったんじゃないかと思ってますが。とにかく、アイディア倒れになったのは惜しいことでしたよ」

色、型とも鈴鹿一郎宅にあった音叉時計とおなじであるという話を聞き、第二の難関もパスしたことを知った。そして、第三の関門である指紋の問題は、すでに解決したも同様であった。鬼貫は、礼を述べると、胸を張って店を出た。

列車で小諸へ行くつもりで上田駅まで来たとき、右手の上田電鉄の電車が到着したとみえて、降車客の群れが改札口から出てきた。

「あら、お早うございます」

若やいだ声をかけられて振り向くと、秦暁美の丸顔がそこにあった。

「よくわたしを覚えていましたね？」

「ええ、でも……」

顎のはった鬼貫の顔は、信州人のなかでもひときわ目立つものらしい。

「電車ですか？」

「バスに乗り遅れたものですから。ときどきお寝坊して電車で来るんです」

上田電鉄は別所線のほかに菅平行の北東線もあって、これは緑が丘団地の近辺をかすめるようにして走っているのである。

「どちらへ？」

「小諸まで行こうと思いましてね」

「それならバスのほうが早いですわ。国鉄の各駅停車は出たばかりですもの」

誘われて駅前からバスに乗ることにした。ラッシュアワーはとうに過ぎているが、主婦が買い物に出かけるには早すぎる。バスのなかは二、三人の女子学生が乗っているほかは客がなく、車掌があくびをするほど閑散としていた。

「丹那さんはお元気でしょうか？」

「なにしろ活動家ですからね、働きすぎるのと、近頃は、少し肝臓をやられているので疲れ気味のようです」

「大変ですのね」

「大変といえば、青柳さんが殺されたニュースが入ったときは、クラス中がたいへんだったでしょうな?」

「それはもう……。机をならべていたクラスメートがあんな死に方をするなんて、悲しいというよりもショックでしたわ」

上田市内をはずれてしばらく走るうちに、やがて北側に北信女子短大のシンボルが見えてきた。鬼貫は話をやめて、恨みの深い時計塔に目をやった。青柳町子殺しの解決はついたものの、千里殺しのほうはアリバイを崩す決め手となるものがいまだに発見されていない。それが唯一の心掛かりになっていた。

「今日はトビが飛んでいないようですな」

上空のあたりを見回しながら呟いた。

「トビ?」

「ほら、あなたにお見せした写真にも一羽写っていたではないですか」

「ああ、あの鳥?」

どうしたわけか、暁美はくすくす笑いだした。片手で口を押えようとした拍子に、膝の上の教科書とノートが滑り落ちそうになった。

「それは、鬼貫さんの思い違いですわ。あれは、鳥ではありませんの。凧《たこ》なんです。鳶凧《とんびだこ》とかいう……」

「鳶凧ですって?」

鬼貫は、鸚鵡《おうむ》返しにいった。トビが翼をひろげた姿を模して、全体を鳶色《とびいろ》の泥絵具で塗ったこの凧は、鬼貫にとっても少年時代の郷愁につながるものだった。奴《やつこ》凧や蟬《せみ》凧が初級向けだとしたら鳶凧は中級用なのだ。糸を伸ばして巧みにあやつれば蒼空高く揚ってゆき、やがては、本物のトビと見まごうようになる。その見るからに男性的な姿に少年の鬼貫は魅かれたのだった。だが、どうしたことか、戦後はこの鳶凧を見かける機会がなく、理由がわからぬままに、これも時代の好みの変遷であろうかと思っていたのである。

二、三年前のことになるが、渋谷のデパートで凧の展覧会が催されたとき、暇をみて覗きにいった鬼貫は、三十年ぶりで懐かしの鳶凧と対面した。そして、そこに誌《しる》された解説カードを読み、鳶凧が、埼玉県在住の某職人の創案によることと、当人の死去と共にこの凧が絶えてしまったことを知った。そうした先入主もあずかって、暁美に指摘されるまで写っているものはトビだとばかり思い込んでいたのだった。

「いまどき、珍しい凧を持っている人もあるものですな。凧なんてものは、ひと冬でぼろぼろに破れてしまう消耗品なのですがね」

「そうじゃないんです、市役所の吏員《りいん》に凧マニアみたいな人がいて、自分で作るんですわ。

中国のムカデ凧だとか、フランクリンが雷の実験をするときに揚げた西洋凧だとか、なんでもかんでも自分でこしらえてしまうんです。そして、お休みの日は朝から揚げているんですの」

「ほう、器用な人ですな」

いつまでも童心を失わずにいるその吏員が、鬼貫には羨ましく思えた。

バスがスピードを落とすと、暁美は立ち上がり、ていねいな挨拶をのこして下車していった。鬼貫は、窓越しに手を振って短い再会を惜しんだ。明朗ではきはきしていて、しかも女らしい優しさを失っていない。ああした女性と結婚した亭主は、さぞかし幸福だろうな……。鬼貫は、そうした感慨にひたりながら改めて時計塔を見やった。

大屋駅を過ぎ、やがて小諸市内に近づくにつれて、まばらに並んでいた人家の間隔が次第に密になってきた。だが鬼貫は、そうした変化も眼中になかった。あの凧が秘めている重大な意味に、ようやく彼は気づきかけていたからである。

五

丹那が警察病院で投薬を受け、バスの停留所に立っているときに、和服姿の、どこかで見たような顔の女性が歩いてきた。片手に大きな包みを抱えて、うつむき気味に足を急がせている。

「猪狩さんの奥さんじゃありませんか」

「あら。あの節はお世話さまになりまして」

立ち止まって包みを持ちかえた。

「事件が解決しましたそうで、仏もうかばれることと思いますわ。ご苦労さまでした」

「いえ、なに……」

と、丹那はぎこちなく咳払いをした。美人と向かい合うと虚心たり得ない。

「しかし、ご主人にしてみれば飛んだ災難で、ご同情に耐えません」

「ありがとうございます。でも、こうなったのも主人がお節介をやいたからだと諦めておりますけど、もとはと申しますと、竹岡さんがスパイを働いたからでございましょう。なにかにつけて恨んでいますわ」

包みのなかは仕立て物で、それが和裁の上手な未亡人のアルバイトなのだ。幸福な家庭をうち壊された彼女が、ことあるごとに竹岡を恨み、愚痴をこぼしたくなる気持もよくわかる。

「お気の毒です」

口下手な丹那には、われながら間がぬけたと思うようなことしかいえない。

「あの卑劣な男のことは、思い出すたびにわたしも腹を立てるのですよ。いまも平気で会社にでているのでしょうかね？」

「いえ、とうにクビになりましたわ」

「人の噂では落ちぶれて、競輪場で捨てられている車券を拾っていたそうですけど」

「でしょうね」

意外な話であった。功績があったのだから、北海電機側に再就職したものと思っていたのである。

「いいえ、北海電機というのはドライな会社ですから、産業スパイをやるようなたちの悪い男は要らないといって断わられたんですって」

未亡人は、小気味よさそうに唇を曲げた。遠慮がちにうすく紅を塗った、形のいい唇であった。

「女性がひとりで生きていくことは並み大抵じゃないと思いますが、どうか頑張ってください」

バスが近づいてきたとき、丹那は、月並みな挨拶を述べた。心なしか、彼女の後ろ姿は一段と痩せて、元気がなさそうに見えた。

鈴鹿一郎と、その弟が検察庁送りとなった夜、鬼貫と丹那は、ふたりきりの打ち上げの宴を張った。その店は、信州の山菜料理や鯉料理を喰べさせるばかりでなく、何種類もの地酒をそろえていることで知られていた。客は圧倒的に信州人が多い。彼等は郷里の酒にほんのりと酔ってくると、喰べることよりも議論することを楽しむように声高に喋るのだった。長野県人の理屈っぽい性格は、あの「世界に冠たる」ドイツ人に比しても劣らぬほどなのだ。

ろくに鯉こくを味わうゆとりのなかった鬼貫は、事件が解決して、肩の重荷がとれたのを機に、もう一度、舌がやけどしそうな熱いやつを喰ってみたいといい、丹那を誘ったのであった。それに、疲労から寝込んでしまった丹那が、久し振りで出勤してきたので、全快祝いの意味も含まれていた。鬼貫はほとんど呑めぬたちだし、丹那もアルコールはまだ許されていない。ふたりの間には銚子が一本立っていたが、それが適量なのである。

この夜の店は五分の入りで、殊に鬼貫たちが坐っている小座敷には、ほかに客がなかった。よほど大声をださぬかぎり、話の内容を聞かれる心配はない。

「この事件は、少なくとも動機の面からみるとありふれたものでしたね。最初のバレリーナ殺しは保険金欲しさからですし、町子殺しのほうは秘密が洩れるのを恐れたためでしたから」

「そうだね。動機は平凡だが、アリバイで苦労させられたという意味では近頃珍しい事件だった。やっとのことで偽アリバイのメカニズムが解けても、今度は、それを立証する方法がないという二段構えだったからね」

鬼貫は杯を手にしたが、酒を呑まずにそれを見つめていた。

町子から当局の手が自分のまわりに伸びてきたことを訴えられた鈴鹿は、仲のいい弟に連絡をとって、彼女をかくまってくれるように依頼した。渡米してホステスになるというのは、園田二郎のつくり話にすぎない。もし、町子にそのような希望があれば、ああした境遇にも我慢しつづけていたろうし、ひいては殺されるような悲惨な最期をとげることもなかった筈であった。月光荘に身をひそめて十日ばかりたった頃から、町子は、こうした生活には耐えられないという不平をしきりに洩らすようになったのである。一郎は、仕事で上京してくる度に彼女に逢って、なにかとなだめ賺《すか》したものの、やがて町子はしびれを切らすようになった。

町子が千里殺しの際にアリバイ造りの片棒をかついだのは、かつて鬼貫が想像したように一郎のバックアップでプロのモデルとして世に出ようという野心があったからではなく、彼を愛していたからだった。だが、生来のプレイボーイである一郎は、千里との結婚生活によって家庭に束縛されることの辛気くささをいやというほど味わわされ、二度と結婚する気にはなれなかった。

一郎にいわせると、千里と送った結婚生活は、例えてみると大きなガラス瓶のなかに入れられて、徐々にポンプで空気をぬかれていくみたいに、窒息しそうな毎日であった。離婚してからの彼は、自由気儘《きまま》に振舞える独身生活をさんざん楽しんだ揚句、異性から相手にされない年齢に達したときに、献身的に奉仕してくれる若い妻をめとることが理想だった。

当然のことだが、カメラマンと結婚するつもりだった町子の夢はあっさり破れてしまった。話がちがうと詰問すれば、そんな約束はした覚えがないと、はぐらかされる。しかも、町子には、不平を聞いてくれる友人もなければ、慰めてくれる相手もいないのである。兄弟の間で彼女を香港へでも連れ出そうというプランが検討されている頃に、町子の内攻した不満がついに極点に達して、警察に一切をぶちまけると言い出したのだという。

四月三十日の夜、池袋まで呼び出した彼女を車に乗せてドライヴしているうちに、機をみて扼殺したのだが、必要以上に執拗に絞めつけたのは、いうまでもなく十本の指の痕をくっきり残すためである。一郎には、上田の自宅で踊っていたというアリバイが用意してある。とすると、当局は、苦しまぎれに、二郎が殺し屋の役を請負ったと考えだすかもしれない。その対策として毒殺でもなく、刺殺でもなく、扼殺という手段を選んだのだった。取り調べの際に、彼は、「五分間ちかく絞め上げていました。いざ離そうとしたら指が喰いついたように曲がってしまって、自由にならなかった」と、語っている。あの原に屍体を遺棄したのは、そこに空地があることを知っていたからで、犯人は土地カンがあるとみた当局の考え方に誤りはなかったことになる。

「ツイていたことも確かだな。例の労働組合の委員長だかが、車を目撃していたことは彼も知っていたんだ。一郎が屍体を捨てて車まで戻ってくると、酔っ払いが突っ立って、とろんとした目で車を見ていたといっている。しかし、駐車したところが草むらで、ナンバープレートがかくれていたからナンバーを読みとられた心配はない。彼はそう考えて、男が立ち去るのを待っていたのだそうだ」

「レンタカーならともかく、弟の車のなかでやったとは意外でした」

「いや、これは了解の上でしたことなんだな。弟のほうも、逮捕されるまで平気であの車を乗り回していた。女の子を誘ってドライヴもしているしね。そういった点に二郎の異常な性格があらわれている」

「犯罪者の素質があったというわけでしょうな」

丹那も杯をおいて、暗い顔つきをした。彼が欠勤しているうちに片がついてしまったものだから、詳細な説明を聞くのはこれが初めてなのである。

「話は飛びますけれど、一郎は、小諸のあの床屋に裏返しの時計があることをどうして知ったのですか?」

「ぼくも予想しなかったことなんだが、時計屋から聞いたんだ。時計屋というよりも、時計屋のセールスマンなんだな。これが、一郎に時計を売りつけた際に、小諸の理髪店でも買ってくれました、但しこっちは裏返しの時計で……などと講釈して聞かせた。それを覚えていたんだ。彼もカメラサークルを指導するためにしばしば小諸へ行くから、『フィガロ』に貸し店舗の紙をはられていることはよく知っていたのだよ」

「しかし、そのセールスマンが裏返しの時計のことを他人に喋ってしまったら危険じゃないですか?」

「その心配はない。北海道の農場に行ってしまったのだから。それに、もし彼が喋ったところで平気だったろう。偽アリバイのネタが割れても、立証は不可能だという自信がある。あのジャズが好きな女性がたまたま手を触れたというハプニングさえなければ、完全犯罪になった筈だからね」

「まったく、頭のいいやつでしたね。偽名の電話をかけて、コケマニヤの先生のアリバイを曖昧なものにしてしまったり……」

と、丹那は溜め息をついた。

「彼の自信のほどを示すエピソードはもう一つあるんだよ。事件の前日、もとの妻に電話をかけて『名門』で逢おうという申し入れをしているんだが、彼女が、そのことを第三者に喋る可能性はないわけではない。勝ち気な性格の女性だから、別れた夫に逢いに行きますなんてことは洩らす筈はないにしても、なにかの拍子に家人に話されてしまう危険性は無視するわけにはいかない。だが、鈴鹿には、喋るんなら勝手に喋れ、おれにはアリバイがあるんだ、という自信があったんだな。絶大な自信がね」

食事がすみ、仲居が茶をついでいったところで鬼貫の顔を見た。

「第二の事件のことはこれでわかりましたが、時計塔の写真の決め手はどうやって発見されたのですか？」

「あのネガに写っていたのがトビではなくて、鳶凧だということがわかったからさ」

「もう少し具体的に頼みます」

「よろしい、よく注意して聞いてくれたまえよ。いくら凧の話だからといっても、うわの空だとわからなくなる」

釘を一本打っておいて、鬼貫は、ゆっくりとしたテンポで話をすすめていった。

「爪が風に対抗して揚ることはいうまでもないことなんだが、あのネガをそのまま焼き付けると、つまり、時計の針が三時三分を示しているように焼くと、凧のポーズから判断してまともに東風を受けて揚っていることになる。だが、これは鏡に映ったものにレンズを向けて撮ったのだから、いまさらことわるまでもないが、左右が逆になっている。西と東とが入れ替わっているのだ」

「わかった。あの男は、右と左を入れ替えることはできたが、自然現象を自由に扱うことまではできなかったわけですね。だから、あの写真を撮ったときは東風ではなくて、西風が吹いていたことになります。凧に気づかなかったのが運のつきだったんだな」

丹那が、勝ち誇ったようにいった。大きな声だったが、こちらを振り向く客はいない。議論好きの信州人は、大声には慣れているのかもしれなかった。

白い歯をみせて、鬼貫はにやっと笑った。

「それでは、満点の答案とはいえないな。せいぜい十点というところじゃないか」

「どうしてです?」

「ネガを裏返して焼くと時計塔の針は午前九時三分前をさすわけだが、それは、午前九時三分前に西風が吹いていることを証明するだけだ。あのネガがインチキであることを立証する

ために は、午後の三時三分に東風が吹いていなかった点をはっきり証明しなくてはならない」

「…………」

丹那は、かすかに口を開け、わけがわからなそうな表情を泛べた。

「なにも難しく考えることはないのだよ。いいかい、あの男は、問題の写真を十二月二十日の午後三時三分に撮ったものだと主張している。そして、われわれには、上空に揚った凧の位置や角度からみて、撮影当時は東風が吹いていることがわかっている。そこで、もし、そのとき吹いていた風が東風ではない、ということが立証できたら、初めてあの男は嘘をついたことが明らかになるのだ」

「なるほど」

丹那は、ちょっと考えてからもう一度「なるほど」といった。

「すると、あの男にとって、午前九時三分前の天気なんかどうでもよかったわけですな。風が吹こうが、霧がわこうが……」

「そうとばかりはいえないさ。これは極端なたとえだけど、午前中に大雨が降って、午後は上天気になったというようなことでは困るんだ。午前中に撮った写真を午後に撮ったと、いいくるめることができなくなるからね。彼にとっては、午前中も午後も、天候に変化のないことが必要条件だったのだ。あの日が、一日中曇天だという予報を確かめてから実行に移したんだから」

「ははあ」

「話が前にもどるが、午後三時三分の上田上空にどんな風が吹いていたかを知るのは簡単だよ、測候所へいって記録をみせてもらえばいい」

「そうですね」

「だが、丹那君、ぼくは、まだ安心できなかった。もし、その日の午後三時の記録に東風としてあったらどうなる？　なにしろ、相手は気まぐれな風なのだからね、午前中は西から吹いていたのが、午後になると東風に変わったケースは、これまでにいくらでもあっただろう。あの事件当日もそうだとすると、鈴鹿一郎のアリバイを攻略する手段は失くなってしまう。彼の完全犯罪は成功して、われわれは指をくわえて見ていなくてはならないのだ」

「なるほど」

「だから、ぼくは慌てた。走っているバスから飛び降りて、測候所へ駆けつけたいと思ったほどだ。だが、その前に果たしておかなくてはならない用件がある。万々、そんなことは起こるまいが、ちょっとの差で家主があの時計を古道具屋に払ってしまうことだってあるだろうし、そんなことはしないまでも、彼が店のなかを掃除して、時計を磨き上げるということだってないとはいえない。そうしたことを考えて、バスのなかでいらいらしどおしだった」

「わかりますね、その気持」

「だが、間もなく、ぼくは冷静さを取り戻したよ。あの写真を撮ったときに東風が吹いていないということを、きみの報告のなかから摑んだからなんだ」

「わたしの……？」

上機嫌の鬼貫とは反対に、丹那は眉をよせて考え込んだ。自分の報告のどこにそんなことがあっただろうか。

「きみが緑が丘の団地に、秦さんというお嬢さんを訪ねたときのことだよ。彼女は、なんといった？」

「さあ」

「ウーマンリブとやらの討論会の最中に、青柳町子が窓から首を突き出したときのことだ」

「どうも思い出せませんな」

「簡単なことなんだ。窓を開けたら工場の煙が入ってきて不愉快な臭いがしたといってたそうじゃないか」

丹那もようやく思い出せた。

「やっとわかりましたよ。工場は、あの大学の南の方角にある。その煙が吹きつけられたからには、南風だったたというわけですね」

「したがって、東風である筈がないというわけなのさ。果たして測候所の記録にもそう誌《しる》されてあったがね」

語り終えてから、鬼貫は両手で湯呑みをかかえるように持ち、うまそうに渋茶で喉をうるおすと、しばらくじっと宙を見つめていた。彼は、なにかの雑誌で見かけたあの不運なバレリーナの美しい舞台姿を思いうかべていたのだった。

時計塔

南国の山

小樽《おたる》市は北海道第三の大きな都会である。坂が多く、町の人びとは冬になると、市内のいたるところでスキーを楽しんでいる。

小樽市では、一月十日から稲穂《いなほ》町のギンザデパートの八階で、日本現代美術展が開かれていた。なにしろわが国の有名な画家の傑作ばかりを集めた即売会なのだ。小樽の美術愛好家の間では、展覧会の話でもちきりであった。

パリにいる不二山嗣二《ふじやまつぐじ》、荻野高徳《おぎのたかのり》などといった人たちも、はるばる最近作を送ってきている。印象派の作品、野獣派の風景画、ピカソふうの人物画。まさに、雪の中に花がさいたようだった。

展覧会が始まる二週間もまえから、新聞は写真入りで出品される画家や作品の解説をしていた。なかでも評判の高かったのは山内武彦《やまうちたけひこ》画伯の百号の大作〝阿蘇山《あそさん》〟である。山内氏は四十年まえにフランス留学から帰ってくると郷里にひっこんでしまい、毎日毎日阿蘇ばかり描いている有名な画家だ。

会場は満員つづきだった。外は寒いけれど、デパートの中はスチームが通っているから、春のような暖かさだ。そのホカホカした展覧会場で絵を見ているお客さんたちは、芸術作品からうけた興奮のために、みなほおを赤くそめていた。

さて、展覧会が始まって六日めの午前十時ごろのことである。会場の受付に宮崎《みやざき》という若い店員がすわっていると、一メートル六十五センチぐらいの、でっぷりふとった、黒のソフトに茶のオーバーを着た紳士がやってきた。目に青いサングラスをかけている。

「きみ、きみ」

「はい、ご用ですか？」

「あそこに〝阿蘇山〟という絵があるね。気にいった。あれをくれたまえ」ステッキで、油絵をさし示した。

「あれでございますか。四百万円でございますが」

「よろしい。包んでくれたまえ。お金は一万円札で四百枚だ。数え違えないように落ちついてやりたまえよ、アハハハ」

天井をむいて笑っている。宮崎はもうびっくりしてしまい机の上にポンと出された紙幣を一生けんめい数え始めた。あまり大金なものだから、指がふるえて、うまくいかない。

「きみ、しっかり数えたまえ。ふるえとるが、寒いのかね？　アハハ」笑っている紳士の前に、ほかの店員が、絵をガクブチごと紙に包んで持ってきた。

「あ、ごくろう。どうだね、きみ。四百枚あるかね？」

「ご、ございます」

「ではもらっていくよ」お金持の客は、会場を威圧するように、大またで歩いてエレベーターの中に消えた。

「すごいブルジョワだわね。あたし、あんな人のおよめさんになりたいわ」

女店員のひとりが、ためいきをついた。彼女のおひるのお弁当は、コンニャクとタクアンだ。そんなことを思うと、自分の人生が灰色に見えてくる。

一大事

それから十分ほどたったころのことである。会場の受付に絵をかかえたいまの紳士がもどってきた。

「なにか忘れものでも？」

「いやいや、そうじゃない。いまエレベーターの中で、中学時代の友だちの浜崎《はまざき》というやつに会った。鹿児島で南国物産《なんごくぶっさん》の社長をしておる、わし以上の大金持だ。これがたまたま北海道旅行の途中このデパートで展覧会をのぞいてみた。そして不二山と荻野を買いたくなったのだ」

　この二枚のパリ風景の絵には、まだ売約済の赤いカードはは られていない。

「ところが旅行中だから、二枚合わせて四百万円いう金がないといいおる。そこで気の毒だから、わしが四百万円をかしてやろうということになった。鹿児島へ帰ったら、すぐ電報為替で返してくれる約束だ」

「はあ、さようで……」

「そこでだ、この絵を一時返すから、金を返してもらいたい」

「は？」

「わしはすぐ銀行へいって、また四百万円おろして、ここにもどってくる」

「はい」

「この絵はだれにも売らないでおいてもらいたい。必ず一時間以内にもどるから」紳士は、そういって、返してもらった四百万円とはべつに、ポケットの中から一万円札を五枚とりだして机にのせた。

「ほれ、この五万円は手付金だ」

「はい。では絵はだれにも売りません。ただいま五万円の受取りをさしあげます」

「うむ、急いでくれたまえ。友人が下で待っておるから」

　受取りを書いてわたすと、紳士はそれをポケットに入れ「じゃ、また」といって会場を出ていった。宮崎は紙に包まれた四百万円の絵を金庫にしまいこんだ。

それから三十分ちかい間、宮崎も女店員もいそがしくて、紳士のことを忘れていた。

「宮崎さん、不二山さんと荻野さんの絵はまだ売れていませんね」

「そうだな。鹿児島の社長さんはどうしたんだろう」

さらに三十分たった。あの金持が銀行から四百万円をおろして絵を買いにくる時刻だ。だが、姿をみせない。

それから一時間たったころに、宮崎も女店員もようやく気がかりになってきた。そして午後になっても現われないので宮崎は少し心配になった。あのお金持だけではない、南国物産の社長も、姿をみせないのだ。

「係長さん、いま申したようなわけなんです」

「そいつはへんだな。その絵を持ってきたまえ」

宮崎は、金庫から絵を出して持ってきた。

「包み紙を破ってごらん」

ビリビリと破ったとたん、宮崎も係長もまっさおになっていすからとび上がってしまった。

「あ、これは！」

「すりかえられている。〝阿蘇山〟じゃない」

それは絵ではなかった。えのぐをぬるまえの、ザラザラしたカンバスであった。

「宮崎君、警察に電話するんだ。四百万円の絵が一枚のカンバスにすりかえられたといえ」

あわてて宮崎はダイヤルをまわした。さっき一万円札を数えたときのように、指がふるえていた。

サギ師

青いサングラスをかけていたから人相はよくわからないがその男は手付金の五万円をさしひいた三百九十五万円と四百万円の絵と、合わせて七百九十五万円をぬすんでいったのである。ふとった五十五歳ぐらいの男。帽子をかぶっていたから、頭がはげているかどうかはわからない。

小樽警察は北海道じゅうに犯人のモンタージュ写真を送りその写真は釧路《くしろ》警察にもどいた。

「また、あのペテン師がやりおったな」釧路警察の署長は、にがにがしくいった。「五十五歳のふとった男といえば、あの源一郎《げんいちろう》にきまっておる」

「私もそう思います」山形《やまがた》刑事がいった。

「きみ、さっそく調べてくれ」署長はそう命令すると、めがねのレンズをハンカチでふき始めた。源一郎は町はずれの千歳《ちとせ》町にすんでいる。山形刑事は千歳町でバスをおりると、雪のつもった道を歩いて、源一郎のとなりの家のドアをたたいた。若い奥さんが顔を出した。

「警察の者ですが……」と刑事は手帳を出して見せた。奥さんはびっくりしたように目をまるくした。

「いや、あなたのことではないのです。となりの源さんが最近どこかへ旅行したことがあったでしょうか」

「ええ、ありました。一月十四日の夜行で札幌へ遊びにいかれました。おみやげにバターあめをくださいましたわ」

十四日の夜行でいけば、十五日の午前中に小樽に着く。事件があったのは十五日だから、絵をぬすんだのはやはり源一郎にちがいない。札幌へいったふりをして、小樽までいってきたのだ。山形刑事はそう考えて、源の家をたずねた。

源一郎は茶色のセーターを着て、パイプタバコをすっていた。奥のへやからラジオの漫才が聞こえてくる。

「札幌へ遊びにいったそうだな」

「いきましたよ。十五日の朝着いて、一日じゅう遊んで夜中の列車で帰ってきた。釧路とちがって、札幌はにぎやかでいい都会ですな」

「札幌のさきの小樽まで足をのばしたのと違うか」

「いや、小樽なんかいかねえですよ。なぜそんなことを聞きなさるのかね?」源はうす笑いをうかべている。

「一月十五日の午前十時ごろに、小樽のギンザデパートで四百万ちかいサギをやったやつがいる。おまえそっくりの男だったのだぞ」

「じょうだんをいっちゃいけねえ。あたしゃそのころ札幌の農科大学のポプラ並木を見物していましたよ」

札幌と小樽とは四十四キロ離れており、急行で四十五分かかる。午前十時に札幌の大学にいたのが事実とすれば、同時刻に同じ人物が小樽に現われるわけはないのである。

「うそをつくな。おまえのいうことは信用できん」

「今度はほんとうです。証拠があるんだから」と源はいった。

アリバイ

源一郎がもってきたのは、セルフタイマーでとった一枚の写真だった。正面に札幌農大の校舎があり、一階中央の入口のところには、左右に国旗がたててあった。一月十五日は成人の日なのだ。だから日の丸がひるがえっている。源一郎はその入口にむかって左側に立って、まぶしそうな顔をしている。校庭につもった雪が乱反射をおこすから、目がギラギラするのだ。

大学の建物は三階になっていて、屋上の中央には時計塔がある。つまり全体の形が凸字形をしているわけだ。その時計の針が十時一分前をさしている。

「どうです。十時にわしはここにいたんだ。小樽のデパートでサギをした悪いやつは、わたしによく似たほかの男ですよ」

「よし、この写真は参考のため借りていく。ネガのほうも、貸してくれないか」

源は首をふった。「ネガはだめだ。ストーブの上に落としたものだから、アッというまもなくもえてしまった」

しかたがない。そこで写真を警察に持って帰り、小樽警察に送ってやった。小樽警察でも、源という前科六犯のサギ師の名は知っている。犯人はこの男にきまっていると考えた。

「この写真は去年の十二月十日にとったと考えたらどうかね。十二月十日は創立記念日だから、大学では、やはり旗をたてたことだろう」

捜査課長のこの考えは、さすがに名案だった。源は十二月十日に農大の校庭で写真をとっておく。そしてそれを、一月十五日にとったようにみせかけるのだ。

「それに違いない。一月十五日に札幌にいたというのはウソだ。小樽にいたにきまっている」

そこでこの意見を釧路警察に知らせた。折り返し、釧路から電話で返事がきたが、そのころ源はまだ刑務所にいたということだった。小樽署の刑事は顔を見合わせた。

窓の顔

蛇山《へびやま》源一郎という男は、他人をだましてお金をぬすんだことが、いままでに何回もある。だからギンザデパートで店員をごまかしたのも彼に違いないと、警察ではにらんでいる。

「だが、犯人が小樽のデパートで絵をぬすみ出した時刻に、蛇山は札幌にいたというアリバイがあるのだからな。彼を犯人にするわけにはいかんのだよ」

署長は時計塔がうつっている写真をポイと机に投げ出して、残念そうにいった。

「署長、私の考えも聞いてください」

森《もり》という刑事がいった。まだ若いが、剣道は五段である。

「なにかね」

「犯人が小樽のデパートに姿を現わしたのは午前十時です。すると蛇山源一郎が札幌にいたのは十時ではありません」

「それはあたりまえだよ。だからわれわれは源が犯人ではないと結論したのだ」

「いや、そうではないのです」森は首をふり、自信ありげにことばをつづけた。「源は札幌でこの写真をとったのち、小樽のデパートへ向かったのです。でなければ、ギンザデパートで絵をぬすんだあと、札幌にいって写真をうつしたのだと思います」

「しかし森君、時計の針が十時をさしているのを忘れてはいかんよ」

「そこですよ、問題は」森はますます自信にみちた顔になった。「たとえば小樽から大学にかけつけたのが午後一時だったとしましょう。源は時計塔によじのぼると、針を十時にもどしたのですよ。そうして写真をとったのです」

「ふむ、そいつは気がつかなかったぞ」

署長も、まわりにいた刑事たちも、森の推理に感心してしまった。そしてひとりの刑事がすぐ受話器をとりあげて、札幌の農科大学に電話をかけた。

「もしもし、こちらは釧路警察署です。時計塔の針を動かすことができるでしょうか」

刑事はくわしく事情を説明した。

「ナニ？　え？　ふむ、ふむ……」しきりにうなずいている。やがて通話を終えると、みんなの顔を見た。

「どうだった？」

「だめです。針を手で動かすことはできないそうです」

刑事たちは、それを聞くとがっかりした顔になった。時計の針を動かせない以上、蛇山源一郎が農大の前に立っていた時刻は、午前十時以外にないことになるのだ。

「すると、犯人はほかのやつなんだな」残念そうに署長は口をゆがめた。と、そのときまで虫メガネで写真をのぞいていた松井《まつい》刑事が、叫び声をあげた。

「びっくりするじゃないか。どうした」

「これを見てください」松井が指さしたのは、校舎の三階の窓であった。正面にむかって中央から左へ三つめの窓のところに、針の穴のような小さな顔がうつっている。

「虫メガネでのぞいてください。学生の顔です。この学生に面会して聞いてみれば、ほんとうの時刻がわかると思うのです」

「うむ、それはいい考えだ」署長も、手をたたいてよろこんだ。

大学生の話

松井刑事は、写真の窓の部分を大きくひきのばしてもらうと、それを持って札幌の農大をたずねた。

「この学生の名まえと住所を教えてください」

大学の事務員は、ひと目見ると、うなずいた。

「農芸化学科の二年生です。沢田三郎《さわださぶろう》といって、家は北三条西《きたさんじようにし》三丁目にあります」

刑事は、すぐさま北三条へむかった。そこはにぎやかな大通りだった。さびれた釧路の町にくらべると、月とスッポンの違いである。沢田三郎の家は大きな洋品店だった。刑事がたずねていったとき、三郎は赤いセーターを着て、オカリナを吹いていた。やせて、あごがとがっている。

「大学の三階の、正面にむかって中央から左へ三つめの窓はなにの教室ですか」

「無機化学の実験室ですよ」だしぬけにへんな質問をされたものだから、大学生はびっくりしていた。

「一月十五日にあなたはその教室にいましたか」

「ええ、友だちと実験をしていたのです」

「では、正確に答えてください。時刻は何時でしたか？」刑事はそうたずねながら、ごくりとつばをのみこんだ。学生の返事一つで、蛇山源一郎のアリバイが決定するのである。胸がドキドキするのも、むりのないことだ。

「十時ごろでしたね」

「えっ？」刑事はそう叫んだきり、ことばがつづかなかった。源一郎が農大の前で写真をとったのは、まちがいなく午前十時ごろであることが、これで証明されたのである。小樽のデパートで絵をぬすんだのは彼ではないのだ。

北へ飛ぶ

一夫《かずお》君と豪助《ごうすけ》君が小樽のデパートの名画盗難事件の話を聞いたのは、三月のことだった。

学年末試験もぶじにすんで、あすからはいよいよ春休みというときであった。「一夫君に豪助君、こんな事件があったぜ」と吉田《よしだ》刑事がいって、『警察情報』という雑誌の記事を読んで聞かせてくれたのである。

「ぼくは、蛇山源一郎という男があやしいと思うな」

豪助君がいった。一夫君はだまってミカンを食べている。

「そう、釧路警察も小樽警察も、みな源が犯人だと思っているのだ。けれども、彼には否定することのできぬアリバイがあるのだよ」吉田刑事がくわしく説明して聞かせると、強気の豪助君も、だまりこんでしまった。

すると、いままでだまっていた一夫君が、色白のきれいな顔をあげた。目が黒く光っている。

「ぼくは、蛇山という人のアリバイはにせものだと思いますね。あの写真にトリックがあるに違いないですよ」

「だが一夫君、三階の窓に顔を見せている大学生も、証言しているのだよ」

「大学生が犯人の味方をして、うそをついているのではないでしょうか」

「ちがうね。大学生と源とはアカの他人だ。おたがいに見たこともないのだ。うその証言をして、源をかばってやるわけがない」

そういわれても、一夫君はへこたれない。

「やはりぼくは、写真にトリックがあると思います。その写真を見れば、すぐわかるんだがなあ」

「写真ならば、ここにでているよ」

吉田刑事がさし出した『警察情報』を、一夫君は手にとってじっと見つめていた。「……わかりました。五十パーセント、アリバイはにせものだと断言できますね」

吉田刑事も豪助君も、雑誌にのせてある時計塔の写真から一夫君がどんな発見をしたのか、さっぱりわからなかった。それに、五十パーセントというのはどんな意味なのだろうか。

「それはね、沢田三郎という大学生にあってみなくては、なんともいえません」

一夫君は、そう答えるきりだった。

雪国にて

北海道の警察に聞いてみると、ぜひ一夫君と豪助君に来ていただきたい、という返事だった。ふたりは春休みの三日めの朝、羽田空港をとびたって、一時間後には札幌の千歳空港に着いていた。東京の三月は、春がすぐそこまできている。だが北海道はまださむざむとしていて、広い飛行場の片すみには、雪が山のように積み上げられていた。

一夫君たちがくることは、すでに新聞に写真入りで発表されている。だから飛行機からおりると、小樽と釧路の刑事のほかに、新聞記者やカメラマン、それに市民たちも、百人ちかくつめかけていた。

「フン、きみが一夫君というこどもかね？」ぶしょうひげをはやした太った男が、群衆の中から声をかけた。

「そうですよ。あなたは？」

「蛇山源一郎だ。きみはおれのアリバイがにせものだといったそうだが、それはとんだ見当ちがいだ。あとで赤はじかくなよ」にくにくしくいい、フフンとせせら笑った。

一夫君たちが乗った車には、釧路署の松井刑事も乗りこんだ。そして農科大学へむけて、雪のつもった白い道を走りだした。その後に警察の車、新聞社の車が何台もつづく。

「ウフフ、まるで大統領になったみたいだね」豪助君はうれしそうにニコニコしていた。やがて車はポプラ並木道を走りぬけて、大学の建物が、目のまえにたっている。

一夫君は車をおりて、屋上にそそり立っている時計塔をじっとながめた。文字盤の針は十時五分まえをさしている。数字は書かれてないが、針の位置ですぐわかる。

そこへ、大学の方から、ひとりの学生がやってきた。角帽をかぶり、とがったあごをマフラーでつつんでいる。それが沢田三郎だった。

「あなたが一夫君ですね？　こちらが豪助君？」

三人は握手をした。つめたい手だった。そのようすを、源一郎はとがった目でにらみつけている。

「沢田さん、ぼくの質問に答えてくださいね」

「いいですとも」

「三階中央から左へ三つめの窓は実験室でしたね?」

「そうです。そのことは刑事さんにも話しました」

「では、反対に右へかぞえて三つめの窓はなんですか?」

意外な質問が出た。きき耳をたてていた記者たちが、ハッと緊張した。

なぞとける

「それは図書館です」

「では、もう一つ答えてください。事件のあった日の午後二時ごろ、あなたは図書館にいませんでしたか?」

「いましたよ。おひるにパンを食べて、一時ごろから夕方まで、ずっと図書館で本を読んでいたのです」

沢田はふしぎそうな顔をして、よく知っていますね、と首をかしげていった。一夫君はニコリとすると、刑事からかりた問題の写真を見せた。

「ここに、あなたがうつっているからですよ」

「だって、これは実験室にいるときの写真じゃないですか」

「そうじゃないのです。図書館にいたときの写真のフイルムをうらがえしにしてやきつけると、右と左が逆になって、実験室にいたような写真ができあがるのです」

「一夫君、すると源さんが写真をとったのは、午前ではなくて午後だったわけですか？」記者のひとりがたずねた。

「そうです。小樽で絵をぬすんだのが午前十時で、ここへきたのは午後二時です。あの文字盤には数字がありません。だからフイルムをうらがえしにすれば、時計の針は十時をさしてしまうのです」

パッと身をひるがえして源一郎が逃げだそうとした。

そのとたん、豪助君とくいのはねごしがみごときまって、源一郎は雪の上にたたきつけられた。刑事がとびかかり、手錠をはめた。

また粉雪《こゆき》が降り始めた。一夫君は両手をオーバーのポケットに入れ、じーっと立ちつくしていた。心の中で、一年間に解決したさまざまな事件を思い出しているのかもしれない。

城と塔

一

「五時だぜ。遅刻は困るよ」

夫の猪狩《いかり》は三度もそう念をおして出ていったのである。万事に几帳面《きちょうめん》な性格の夫だから、時刻についても例外ではない。それが、小一時間も待ったのに姿をみせないのは妙だった。妙というよりも不安であった。

待ち合わせの場所としてこの喫茶店を指定したのは夫のほうなのだ。事情がかわって遅れるなら、その旨《むね》を電話してくるのが当然である。にもかかわらず、猪狩があえて連絡をよこさないのは、そうしたくとも出来ない状態におかれているのではないだろうか。彼女の胸のうちに萌《きざ》した不安の念はたちまちふくれ上がり、それは交通事故と結びついて、瞼の裏に救急車ではこばれていく夫の血にまみれた様子を思いうかべた。

縁起でもない。京子《きょうこ》はつまらぬ考えを払いおとそうとして、目を室内の豪華な装飾にむけるのだが、すぐにまたもとの思考にもどっていくのだった。日曜日なのでこの大きな店の席もほとんどふさがっている。京子とおなじテーブルにも、ひと組のわかい男女が坐っていて、女性の涙というテーマで歯のうくような会話をかわしていた。その気障《きざ》な一語一語がいら立っている京子の神経につき刺さり、すると京子はますますいらいらしてくるのであった。席を変えたいと思っても、手頃の場所が目につかない。

もしかすると、夫が言ったのは隣りの店なのではないか。多分にそそっかしいところのある自分が、早呑みをしてここに入ってしまったのではないか。そう思って灰皿のマッチに目を落した。が、マッチにしるされた金色の文字は、ここが夫の指定した店であることを示していた。京子はますます不安になり、ふっくらとした頰からは血の気が失せていった。

マッチを掌《てのひら》にのせていじっているうちに、また別の考えがうかんできた。家を出るとき、自分の腕時計を一時間はやく合わせてしまったのかもしれない。だとすればいまは五時五分前だ。パンクチュアルな夫は、あと五分以内に、その長身をひょっこりと現わすに違いない。京子は腕時計の針のすすんでいることを希《ねが》いながら、壁の電気時計を見上げた。だがその時計も、京子の気持を黙殺しておなじ時刻をさしていた。

五時半まで待ってから思い切って席を立った。レストランで夕食を共にする約束が破られたことを、京子は少しも怒ってはいない。ただ夫のことが無性に心配でならなかった。とにかく、家に帰ってみることだ。ひょっとすると風邪でもひいて寝込んでいるのかもしれぬ。そう思うと、足がひとりでに小走りになってしまう。

地下鉄のフォームにおりると、電車はいま出たばかりだった。気がせいているおりでもあり、ちょっと腹立しい思いがしたけれど、しいて気をしずめてベンチに腰をおろした。日曜の夕方の地下鉄は、いつものラッシュアワーの光景とは反対の、落着いたおだやかな雰囲気のなかにあった。電車を待っているのはわかい愛人同士であり、子供の手をひいたやさしいパパたちだった。誰もがデパートの包装紙でくるんだ土産の箱をかかえている。それらのなかで、ただ京子だけが異端者のように、こわばった表情をうかべ、うつろな眸《ひとみ》を靴のつま先になげていた。

京子は、日曜日は銀座のバーが休みであることを考えていた。とすると、夫はあの女のマンションへ遊びにゆき、手練手管《てれんてくだ》にまるめ込まれて妻とのデートをすっかり忘れているのかもしれない。猪狩には二年来なじみをかさねたバーのマダムがおり、それが凄いほどの美人であることを、京子は夫の同僚からこっそり耳打ちされていた。ことを荒立てるのはまずいと思って気づかぬふりをしてきたのだが、それをいいことに、今日もまた鼻の下を思いきりのばしているのだとすると、今度こそ容赦《ようしゃ》はしない。

交通事故よりも風邪ひきよりも、女のマンションにしけ込んでいることのほうが現実性があった。京子は、顔色をかえてあたふたと帰宅するのが馬鹿らしくなってきた。いっそ一人で食事をして、ロードショウの映画でもみたほうが気晴しになる……。そのくせ、電車がフォームに着いて扉があくと、人びとの先に立って乗り込んでいった。

二

井之頭《いのかしら》公園に隣接する植物園は、メタセコイヤと古代蓮《こだいばす》とで知られている。池のほとりにはあずまや風の小さな茶店が建っていて、そこで喰《く》わせるあやめ団子がまた客の人気を呼んだ。江戸時代につくりだされたこの団子は大正に入るとともに絶えてしまったのだけれど、店の主人がそれを惜しんで古老のあいだを訊ねて歩き、どうやら復活することができたのである。

店が賑わうのは春から秋にかけてのことで、シーズンオフになると、からっ風に吹きさらされて団子を喰う酔狂《すいきょう》な客もなく、冬場は休業するのが例になっていた。そのあいだ、五日おきぐらいに店主や細君が様子をみにくるが、それはいたずら者に店内をあらされたり、ひどい場合はカマドをぶち壊わされたりするのを警戒してのことだった。なにぶんにも開放的な店だから、完璧な戸締りは不可能なのである。

猪狩勇造《ゆうぞう》は、十二月二十一日月曜日の正午前に、この茶店の調理場のたたきの上で、両手を不自然な恰好《かっこう》にねじまげた冷たい屍体となって発見された。発見者は茶店の細君のほうで、悲鳴を聞きつけた庭園技師がかけつけたとき、四十女の彼女はまるで肩上げがとれたばかりの小娘のように、台所の隅に立ちすくんでぶるぶると震えていた。その指さす床に目をやった技師は、これも息をのんだまま立ちつくした。男の脚を枕にしたような形で、わかい女の

彼の腕にしがみつき、一緒に連れていってくれと泣かんばかりに頼んだ。腰がぬけていたのである。

間もなく初動捜査班が駆けつけ、さらに三十分あまり遅れて本庁の連中が車をつらねて到着すると、型通りの検証がはじまった。

男の屍体が猪狩勇造であることは、所持していたパスやオーバーのネームからすぐに判り、遺族に連絡がとられた。かなりはげしく争ったとみえてオーバーのボタンは三つまでち切れ、度のうすい近眼鏡がもぎとられて床に投げ捨ててあった。片方のレンズは踏みわられてしまい、もう一方のレンズは大きくひびが入ったまま、辛うじて枠にしがみついていた。

女のほうは二十八、九歳の赤い派手なオーバーを着ている。これも必死に闘ったらしく、オーバーはなかば脱げそうになり、鰐革《わにがわ》のバッグは口をあけ中味が床一面に飛び散っていた。二人とも顔や頭を滅多打ちにされたのだが、女のほうはさらに念を入れて女物のナイロンのストッキングで絞め上げてある。よく見ると、兇器はそのストッキングに砂をつめたサンドバッグで、犯人は女を襲っているうちに靴下が破れたため、中味をまき捨てたのち、それで頸をしめたことが想像された。出血はほとんどないから血腥《ちなまぐさ》い感じはないけれど、打撃を受けて異様に脹れ上った顔はなんともすさまじく、殺しの現場に慣れたはずの刑事たちも思わず視線をそらせたほどだった。近くの杉の梢で高啼きするモズの声が、ひとしお不気味に聞えた。

女の身元も、バッグの運転免許証から簡単にわれた。成瀬千里《なるせちさと》、二十九歳。

「バレエダンサーにそんな名の人がいたっけな」

検証が、あらかた済んだ頃に、丹那《たんな》という中年の刑事がわかい同僚をかえりみた。せまい茶店のなかはまだ鑑識と刑事とでごった返している。

「そうですか」

「カリエスかなんかで現役をしりぞいたんだが、いまは元気な体にもどって、バレエ研究所の校長かなにかになっているはずだ」

「刑事さんのいうことは当ってます」

と、大きなマスクをかけた鑑識係が口をはさんだ。近頃の鑑識課員は白衣をつけない。青い作業衣にルンペン帽みたいなものをかぶっているから、腕章をまいていないと警察関係者には見えないのである。

「ふくらはぎを見て下さい。大根足ともちがうが、ぽってりとふくらんでいるでしょう。バレエで鍛えられると、こうなる人が多いのです。間違いなく踊り手ですよ」

「目のつけ所がちがうね。偉いものだ」

「褒《ほ》められると白状しないわけにいかないけど、この人の《白鳥の湖》を見たことがあるんです、四、五年前にね。オデットが当り役で、それは上手なものでした。楚々《そそ》とした淋しさと気品のある雰囲気をただよわせて、この人がでてくると劇場全体がしーんとなったものですよ。それがあんな悲惨な死に方をするとは想像もしなかった。気の毒ですな」

カメラの邪魔にならぬよう一歩さがりながら、しみじみとした口調で述懐した。

レンズの破片が成瀬千里の靴底につき刺っていたことから、猪狩が殺された後の現場に引きずり込まれたことが判る。さらにまた、猪狩がサンドバッグで殴殺されたのに対し、千里のほうは途中でバッグが破れてしまったことからみても、猪狩殺しが先であったものと判断された。とすると、千里はこの池の畔《ほと》りを歩いているうちに茶店のなかで争う声を聞き、殺人現場をのぞいたところ、それを犯人に知られて殺されたことが想像された。もしそうだとするならば、このバレリーナは全く不運だったということになる。

その日の夕方、司法解剖の結果が監察医務院から発表され、中心問題である兇行時刻は前日の午後二時前後であることがはっきりした。他に関係者の注目をひいたのは、成瀬千里は頭蓋骨陥没の打撃をうけていることだった。犯人は激しい勢いで頸を絞めたのだが、これは無駄な労力を費したことになる。

本部では、犯人と二人の被害者のあいだの三角関係が動機ではないかとみて、双方のつながりを洗ってみたものの、それを肯定する情報は一つもなく、猪狩とバレリーナとは一面識もない間柄であるとしか思われなかった。やはり当初に考えたように、千里が現場をとおりかかって傍杖《そばづえ》を喰《く》ったとみる意見が大勢を占めた。

では、二人が植物公園へ出掛けたのはどんな目的があったからなのか。東中野の、千里のマンションに住み込んでいるメイドがわりの姪《めい》の話によると、彼女はあたらしい振りつけを考えるには散歩がいちばんいいと言い、しばしば人影のない場所を歩いていたという。だから二十日の日曜日も、その目的で井之頭植物園にやって来たものと思われた。

他方、猪狩のほうは、なにぶんにも未亡人の京子が降ってわいた悲劇に錯乱の状態であるため、まだくわしい話を訊くまでには至っていないのだけれども、彼女が洩らした断片的な言葉を綜合すると、昼食をすませた夫は誰かと会う約束になっているからと言い残して家を出ていった。相手の名前は判らないがそのときの感じでは顔見知りの男性で、それもあまり愉快な目的ではなさそうだった、ということになるのである。

三

この事件で執拗に容疑者のアリバイと取り組んだのは、丹那という中年の刑事であった。一般に刑事というとドタ靴をはき天気のいい日にも型のくずれたトレンチコートか何かを着用して、胡乱《うろん》な目つきでその辺を嗅ぎまわるような先入主を持っているものだが、これはテレビドラマや映画からうけた誤った印象なのだ。特に近頃の刑事にはなかなか凝った身躾《みだしな》みのものが少なくなく、趣味も非常に洗練されている。

しかし丹那は、その点からすると一世代前の刑事ということになる。彼は見栄えのしない、どちらかというと貧相なタイプの男だった。だから丹那が最新流行の服をつくらせて着ても、既製服か、わるくするると古衣を着ているようにしか見えないのだった。だが、村夫子然《そんぷうしぜん》とした冴えない容貌も、ときには役立つことがある。これが優秀な刑事だとは誰も思わないから、相手もつい気をゆるして、喋らなくてもいいことを喋ってしまったりするのだ。

三鷹《みたか》署で第一回目の捜査会議がひらかれた後、丹那は本部をでて、猪狩の同僚である平《ひら》林義猛《ばやしよしたけ》を自由ケ丘の独身寮にたずねた。被害者と平林とは共にオメガ音響の技術研究所に勤務する技師で、目下はあたらしいカートリッジの開発を担当している。細君をのぞけば、猪狩ともっとも接触の多いのが、研究所で机をならべている平林なのであった。

夕食の最中にぶつかったものだから、丹那はそれがすむまで彼の部屋で待たなくてはならなかった。洋風の個室は、平林の性格をあらわすようによく整頓され、書棚の上には飴色《あめいろ》をしたヴァイオリンと調子笛がのせてある。壁にも音楽家みたいな線のほそい男のポートレイトが飾ってあるのをみて、丹那は、平林が音楽好きであることを知った。特にクラシックファンと称する連中のなかには鼻持ちならぬ気障なやつがいるものだが、平林もそうした男なのだろうか。

「や、お待たせしました」

声をかけて平林が入ってきた。長身の、刑事の予想を裏切って見るからに気さくそうなタイプの青年だった。暖房がきいているせいか、薄手の真赤なセーターを着ていた。

「なにかお訊きになりたいことがおありだとか……」

「欠勤された猪狩さんのことですが」

こうした場合の丹那はいつもそうなのだが、うまい言葉が思いつけずに、ぎこちない話し方になってしまう。

「まだ奥さんはショックから恢復されておりませんのでね、いちばん親しいというあなたにお訊ねしたいのですよ」

しかしショックを受けたのは細君ばかりではない。この技師も、肉のうすい唇を大きくあけたきり、しばらくは閉じることを忘れているようだった。やがてわれに返ると、そそくさとした動作でタバコをくわえ、二、三度マッチをすって火をつけた。

丹那は、相手が煙りを吐きだすのを待ってから言葉をつづけた。

「奥さんの話では、猪狩さんは誰かと会うために植物園へいかれたというのですが、口吻《くちぶり》から、相手はどうも研究所の同僚ではないかと思われるのですよ。なにか心当りはありませんか」

平林は思い当ることがあるように頷いた。

「猪狩君のことをお話する前に、うちの研究所の仕事内容をちょっとご説明しましょう。そのほうが、事情が呑み込みやすくなりますから」

技師は刑事にイスをすすめた。

「わたし共の研究所では光電管によるカートリッジの開発をやっています。ご存じとは思いますけど、LPレコードから音をとりだすための宝石針がついている部分、あれがカートリッジです。従来はコイルに振動をつたえるムービングコイル式と、マグネットに振動をつたえるムービングマグネット式が代表的な仕組でした。わたし共が研究している光電管によるのは、針先の動きを光の強弱に変えて発電しようというのが根本原理でして、東芝とトリオと北海電機、それにわが社の、計四つの会社が試作品を発表しています」

先方はできるだけ嚙んで砕いたように説明しているらしいのだが、音楽に興味のない丹那は、またレコードやステレオ装置にも関心がなかった。話の大半が理解できない。

「ムービングコイル式にも、ムービングマグネット式にも、静電型にも圧電型にもそれぞれ欠点があるように、光電管式にもやはりウィークポイントがありまして、ユーザーの不満をかっているのです」

技師は、理解しやすいように、ときどき言葉を切っては相手の反応をみた。

「この光電管式というのは、従来のMM式あるいはMC式のように針先の振動をじかに伝えるのではなくて、針先に光をあてて振動によって生じる変化を小さな孔をとおして光の量に変える、そいつを光電管にあてて発電するわけですから、仕事が間接的になるわけで、このインダイレクトな発電がうちの製品の唯一のデメリットとされております。その欠点をなんとか克服しようというのがわが研究所の大きな命題でして、この夏頃、ようやく満足すべき開発に成功したのですが、驚いたことには、ライバル会社の北海電機が発表した試作品が、そっくり同じ方法を用いているのですな。わが社の研究は独特のものでしたから、偶然の一致ということはまず考えられません。研究所内にスパイがいるに相違ない。われわれはそういう結論に達しました。しかし、それが誰であるかは判らずにいたのです。ところがつい二、三日前のこと、猪狩君が八王子のキャバレーで、意外なものを目撃したというのですよ」

喋りつづけているものだから、タバコはなかば灰になってしまった。技師はあたらしい一本に火をつけ、たてつづけにふかしている。

八王子は東京のはずれの、山梨県に近い織物の町だ。土地の人間ならばともかく、わざわざ都心からでかけていくほど洒落《しゃれ》たキャバレーのあるわけもない。

「猪狩君の大学時代の友人に八王子の大地主の息子がおりましてね、この人に誘われていったのだそうです。すると、少しはなれた席に、うちの研究所員のA君が見知らぬ男と酒を呑んでいるんですな。黒のサングラスをかけていたから百パーセント当人だとは言い切れませんが、九十九パーセントまで研究所の人間に違いない。もう少しはっきりするまで待ってみて、本人だったら声をかけようか。それともこうした場所で肩を叩くのは野暮《やぼ》だろうか。ためらいながらそれとなく眺めているうちに、その男のちょっとした動きがA君の癖にそっくりだったものですから、当人に間違いなしと確信したというのです」

「なるほど」

「そのうち、猪狩君はあることに気づいて訝《あや》しいぞ、と思いました。二人とも、上衣の衿のバッジをはずしていたからです。うちの会社は電機業界でも知られた存在でして、バーやキャバレーでもバッジをつけているほうがもてるくらいなのです。変なことをしてるな。そう思った途端に、例のスパイの一件が頭のなかにひらめいたのですが、疑惑の目でみていると、いよいよ怪しく思えてきます。相手の男は北海電機の人間ではあるまいか。都心をはなれた八王子のキャバレーでとぐろを巻いているのも、ここならば研究所の同僚がやってくる心配がないからではないか。バッジをはずしているのは、後ろ暗いことをしているからに違いない……。スパイ問題が起った直後ですから、猪狩君の神経がとがっているのは当然でした」

「なるほど」

「たまたまそこに、侍《はべ》っていたホステスが、とおりかかったものですから、いいチャンスとばかりに呼び止めて男の名をたしかめようとすると、客の名をかるがるしく喋ってはいけないという店の方針だから、とことわられてしまいました。猪狩君がねばって、せめて商売ぐらいはいいだろうというと、どうやら電機業界の人らしいというんですな」

「なるほど」

「そのホステスも名刺をねだったんですが、客のほうでも身元の知れるのを用心してか、どうしても貰えなかった。ではなぜ電機業界の人間であるという見当がついたかといいますと、二人の男の会話の合間に、デシベルだのメガヘルツだのクロストークなどという言葉がとびだすからなんです」

「これは驚いた。わたしでさえちんぷんかんぷんなのに」

丹那が感心してみせると、技師は目尻にしわをよせて笑った。

「これには理由がありましてね。彼女の愛人に、子供が生まれたと知ると逃げだしていった怪しからんやつがいて、そいつがテープレコーダーに凝っていたものですから、彼女も電気用語を聞きかじっていたというわけです」

「すると」

と丹那も釣られて笑顔をみせた。

「A君の相手の男はやはりライバル会社の社員だったのですか」

「いえ、そこまでは教えてくれなかったそうです。あまり突っ込んで妙な目でみられても困りますからね」

「それもそうですな」

「そこで、いまの話は忘れてくれと言ってチップをわたすと、A君がまだ気づかぬのを幸いに店をでてきたのですが、しかしこれだけのことで同君が産業スパイであると決めつけるわけにはいきません。バッジにしても、洋服を着替えるときにつけ忘れてきたとも考えられますし、相手の男というのもですね、丁度猪狩君とその連れが同期生であるように、大学時代の友人かもしれない。電気を専攻したクラスメートがライバル会社に入社することはしばしばあるケースですから、猪狩君がそう考えたのも無理のないことなのです。まあそんなわけで、所長の耳には入れずに、ちかぢかおりを見て事情を訊いてみるつもりだと、そう言っておりました。なにしろ微妙な問題ですからね、もし勘違いだとしたら、そしてそれが周囲のものの耳に入るなり人目にふれるなりしたらまずいことになります。だから猪狩君は誰にも見られぬところで会うことにしていたのです」

「それは当然のことですな」

丹那はそう答え、心のなかでは、それにしてももっと適当な場所をえらべばよかったのに、と残念がっていた。冬の植物園ではあまり人目がなさすぎる。

「で、A君の正体が誰であるかは言わなかったのですか」

「ええ」

と、平林は唇をかんだ。

「猪狩君はもっぱら『あの男』という言い方をしていました。それが誰のことなのか訊いておけばよかったのですが……」

「いや、猪狩さんは慎重な性格のようですから、訊いても喋らなかったでしょうな」

丹那はそう言って相手をなぐさめた。研究所員全員の写真をもってキャバレーにいけば、ホステスが教えてくれるに決っているのだ。そう悲観したものでもないのである。

四

出身大学に問い合わせて八王子の地主の倅の名をつかみ、彼に電話をしてキャバレーの所在を訊き、丹那が中央線の八王子駅におりたのは、事件が発生して三日目の夜であった。『ピンクネグリジェ』という、いかにも場末の店にふさわしい名のキャバレーは、国鉄の八王子駅から京王電車の八王子駅へつうじる国道の中間に、ボーリング場と向い合わせに建っていた。桃色の、西洋寝巻を着た美女のネオンがかがやいており、それを見上げた丹那は、根が堅物な男であるだけに、その煽情的なポーズに圧倒されてわれ知らず顔を赤らめた。

裏口にちかい支配人室にとおされた丹那は、色の白い、そのせいかヒゲの剃り跡の蒼々《あおあお》とした、小粋《こいき》なマネジャーと対座していた。

「刑事さんがおっしゃるのは久子という女の子でしょうな。お気に入りでくるたびに指名されておりましたから。しかし生憎なことに、急に郷里へ帰ってしまいましてね」

気の毒そうに言った。ホールのほうから、聞き覚えのあるダンス音楽がひびいてくる。丹那はうすい眉をそっとしかめた。彼はダンスが大嫌いなのだ。男女が、人前で公然と相擁《あいよう》して踊るなんてもっての他のことだと思っている。その点、ゴーゴーは離れて腰をふっているからまだしも健全だ。

「クリスマスの書き入れ時だというのに、売れっ子に欠勤されてわたしも困っているのですが、子供が重病だと言われれば帰さぬわけにはいきませんしね」

「子供というと……？」

「捨てられた男の赤ン坊ですよ。郷里の両親にあずけてあるんです。しかしね、そんな薄情なやつの血をひいた子は、成人すると同じように薄情な男になります。モーパッサンに、なにかそんなふうな小説があったじゃないですか。冷たいようですが、チャコのためにわたしは、そんなててなし子は死んでくれたほうがいいと思っているのです。年をとってから泣かされるのは彼女のほうですからね」

わかいくせにこのマネジャーは、年寄りみたいに分別くさい口調で言った。

「そうかもしれない。……で、どこですか、郷里は」

「岡山県の下津井《しもつい》なんですよ」

マネジャーはまた気の毒そうに丹那の顔をみた。山梨県あたりなら簡単にいってくることができるけど、岡山県というのは少し遠すぎる。

丹那は気をかえてオーバーのポケットから写真をとりだした。研究所の全員に呼びかけ、提供してもらったのだった。なかには、お見合い用のおつに気取った半身像もまじっている。

「どれがその男か、ちょっと見てくれませんかね」

「いえ、だめですよ。二人とも、いつも黒のサングラスをかけていましたから」

マネジャーはすまなそうに首をふり、しかしホステスのなかには素顔をみたものがいるかもしれないと言って、久子と仲のいい二人の女を呼んでくれた。が、返事はマネジャーと同じことだった。店にくるたびにチャコが指名され、ときには自分たちも呼ばれて席につらなることがあったけれど、黒眼鏡をはずした顔は一度もみていない。だから写真を見せられても、どれが該当するのか見当がつきかねる、という。

「そうね、どちらも特徴なんてないわね。体つきだって中肉中背だったしね」

肉づきのいいほうが、大きな乳房をゆすり上げながら言った。

「特徴のないところが特徴なのよ」

と、丸顔のほうが相槌を打った。ホステスはどちらも肌のあらわな原色のドレスを身につけ、少し酔っているとみえて頰をほんのりと染めて、悩ましそうに肩で息づいている。

「もう一つだけ答えて下さい。二人の客のどっちでもいいんだけど、名前は判っていないですか」

「知らないわ。いくら仲好しだって、お互いにプライドってものがあるじゃない？　だからチャコのお客さんのことをあれこれ訊いたりはしなかったのよ。もの欲しそうでみっともないでしょう」

チャコは久子の愛称らしかった。久子がなぜチャコになるのか知らないが、男の人相が判明しないことには、八王子くんだりまでやって来た甲斐がないのだ。

すると、丹那のがっかりした顔をみて憐憫《れんびん》の情にかられたのか、むっちりとしたホステスが内緒話でもするように声をひそめた。

「知りたければチャコに訊くことね。あの人、ときどきホテルへしけ込んでいたらしいもの。いくらなんでも、寝るときぐらいサングラスをはずすわよ」

「どっちの男とですか」

「どっちって、両方よ。チャコは博愛主義者なんだから」

親友だといっても、そこは女だ。なにか機会があれば仲間の悪口を言いたくてうずうずしている。丹那は、なんとしても岡山県まで行かねばならなくなった。

五

始発の新幹線で新大阪に着き、山陽本線にのりかえて岡山まで。ここで宇野《うの》線にのりかえて途中の茶屋町《ちゃやまち》駅で下車、さらに私鉄の下津井鉄道の小さな車輛にゆられて海沿いにいくつかの町を走りぬけると、終点が下津井駅であった。漁港だというから喧騒な町を想像してきたのだが、駅も駅前広場もひっそりとしている。丹那は、駅員に教えられた漁港にぬけるせまい通りを歩いていった。東京の家を夜の明けぬうちにでたのに、早くも午後の一時をすぎていた。が、そのわりに遠くまで来たという感慨がわかないのは、新幹線が距離をちぢめてしまったからだろう。

湯浅久子の家は漁師町の中程の、通りに面した軒のひくい建物であった。大きな窓一面にほそい格子を打ちつけたところは昔の遊女屋かなにかを連想させる。しかしそれは久子の家に限られたものではなく、この地方ではこれが民家の造りであるらしかった。

東京からやってきた刑事だと聞くと、久子はいぶかるような、それでいて懐かしむような顔をして丹那を迎えた。いまは化粧をおとしているが、白粉《おしろい》をつけて紅をはけば、派手な顔立ちの美人になるに違いなかった。これだけの器量の持主ならば、いずれは素封家《そほうか》の息子に所望《しょもう》されて玉の輿《たまのこし》にのれただろうに、なぜ東京へでてきてホステスなんかになったのか。そうしたことを思いながら、しげしげと相手を見つめた。

「子供さんの病気はいかがです」

「持ち直しました。でも、簡単にはなおらないらしいんです。あたし、もう、東京へ帰ることは止めにしました。家にいて、子供や両親と一緒に暮します」

「それはいい考えだ」

丹那は一も二もなく賛成し、しかしこのことを知ったらあのマネジャーはがっかりするだろうな、と思った。

子供が眠ったばかりだから外で話を聞こう。久子はそういうと、古いつんつるてんのオーバーを引っかけ、塗りの剝げたサンダルをはいた。刑事とホステスは肩をならべ、暖かい陽ざしを浴びながら漁港のほうへと向った。

オーバーが重たく感じられてきた。コンクリートの岸壁の上まできたときに、久子はようやく立ち止った。かたわらに蛸壺《たこつぼ》がうず高くつまれてあり、彼女の足元には一匹の干《ひ》からびた小蛸が死んでいた。なまぬるい海風が、久子のちぢくれた髪をなぶって吹きすぎていった。

頃合を見て写真をとりだすと、女は迷いもせずにそのなかの一枚を指摘した。

「間違いあらへんわ」

丹那に対する警戒がとけたせいか、久子はいつの間にか関西弁になっていた。郷里に帰った彼女には、苦労して標準語をあやつる必要はないのだ。

丹那は掌に手帖をひろげ、そこにしるされた名前と照合して、写真の男が竹岡太郎であることを確認した。手札の竹岡は武者絵のように濃い眉がぴんと跳ね上り、目も、それにふさわしく切れ長できりりと吊っていた。が、眉と目とをサングラスで蔽ってしまうと、ごくありふれた平凡な顔になる。客商売のホステスたちが、口をそろえて特徴のない容貌だと言っていたのも尤なことであった。

竹岡太郎は三十二歳になる。平林や猪狩よりも二、三年はやく入社していながら、これといった研究成果をあげていないためか、ヒラの社員だ。地位は下だし、能率本位のこの会社のシステムから考えれば、給料の点でも差がついているだろう。彼が、内心大いに不満だったことは想像に難くない。ライバル会社の北海電機がこうした立場の男に目をつけ、不平をあおり立てるのは当然のことだった。

「店にくるようになったのはいつ頃から？」

「そうやわね、半年ばかり前やったわ。うちと初めて交渉を持ったのがクーラーが入ってい る時分やから、暑いときやったのは確かやわ」

「しょっちゅう来たのかね？」

「十日にいっぺんぐらいよ」

「どんな話をしていた？」

「キャバレーにきて固い話をするお客さんなんてあらへんわ。この人かておなじや。世間話したり、女の話したり、喰い物の話したり。ときには電気に関係のあることも喋ってたけど……」

丹那は、二人の男がどんな美人のホステスを張り合っていたのか、それとも産業スパイとしての情報を伝達するためなのか。うしろ暗いことがないならば猪狩をおそれる必要はないのだし、詰問され追及されたら堂々と釈明すればいいのだ。それが殺人にまでエスカレートするはずはないのである。丹那としては、ここで是が非でも彼等の関係をはっきりとさせたかった。

「きみぐらいのベテランになると」

と、丹那は猫なで声で精一杯のお世辞をつかった。

「男性をみる目は肥えているに違いないと思うんだが、あの二人はどんな仲だと睨んだかね？」

「どんな仲って……？」

「例えばさ、親友同士だとか、一方が業者であってお顧客《とくい》さんを招待しているんだとか、いろいろあるだろ」

「うち水商売をつづける気ないから言ってもかまへんけど、竹岡さんは会社の情報を売っていたんや」

「まさか……」

丹那は信じられぬという表情をつくり、大袈裟に目をまるくしてみせた。

「会社の情報をねえ……。ほんとかね？」

「嘘ついたかて一文の儲けにもならへんわ。ほんまだっせ。酔った竹岡さんとモーテルへ行ったときのことやけど、あの人はべろべろになると前後のみさかいなくなるのやな。報酬の値上げを要求したらいい顔されなかったいうて、えろう荒れましたんや。そのとき、ちょろり喋ってしもて。しかしうちにとってはどっちも上客や。そんなこと耳に入れて二人の仲がわるくなると、うちの収入にさしさわりますやろ。そやから、なにも聞かなかったふりをしてましてん」

「そうだ、賢明なやり方ですよ」

おだてるように言い、なんとかもっと喋らせようとしたが、彼女の知っているのはその程度のことでしかなかった。あとは何を訊かれても「うち知らんわ、うち知らへんわ」とくり返すのみであった。だが、スパイの正体が明かになっただけでも大きな収穫なのだ。

「どうもありがとう、大変な参考になった。余計なことだけど、ほこりっぽい東京なんかに戻るのは止したほうがいいと思うな。ここにはおいしい空気がある」

　そう言ってはじめて気づいたように、丹那は胸をふくらませると、オゾーンを思う存分に吸い込んだ。

「うちもそうする」

　久子は大きくうなずき、足元の蛸をサンダルの先で蹴った。干物の蛸は波の上に舞い上ると、風に乗って大きくカーブをえがき、ゆっくりと海に落ちていった。

六

　竹岡太郎が裏切り者であることが事実であったとしても、それはオメガ音響内部の問題なのだ。本部としては事が公けにならぬよう、こっそりと面会を求めなくてはならない。終列車で帰京した刑事は、翌日の夜になるのを待ってから、川崎市の西のはずれにある百合ケ丘の団地に彼をたずねた。何年か前に細君と離別して以来、後添いをめとらずに、ずっと独身生活をつづけている。その夜も、ドアのブザーを押すと当人がでてきた。

「ご苦労さんです」

「時間はとらせません」

「ストッキングが兇器だそうですが、出所は判りましたか」

丹那は一歩入口に入ると、背後で鉄の扉をとじた。これから始まる質疑応答が隣り近所へ聞こえぬための配慮であった。

竹岡は独身生活をたのしんでいるようにみえた。落着いた渋好みのガウンを着、ダイニングキッチンのイスにかけて、テレビを見ていたところだった。卓上にブランデーグラスがおいてあり、芳香が部屋いっぱいにひろがっている。

「呑みませんか」

「いや結構。ストッキングはべつの班が洗っていますが、なに、間もなく判るでしょう」

丹那はオーバーをたたんで傍らのイスにおいた。竹岡の目にちょっと妙な表情が動いたが、すぐにもとの如才ない態度にもどると、大きなグラスの底に琥珀色の液をそそいだ。

「勤務中なことは知っていますが」

笑いながらグラスを刑事の前においた。笑うと吊り上った目が意外なほど柔和になる。

「ところでご用は？」

「二十日の午後の、あなたの行動をお訊きしたいのです。手っ取りばやくいえばアリバイの有無についてですが」

イスにかけようとしてふと気づいたように、手をのばしてテレビを消した。

「いやだな、刑事さん。ぼくが怪しいのですか」

「猪狩さんが会いにいった相手はあなただからです。八王子のキャバレーのことも調査済みなのですよ」

「どうも刑事さんの言われることが呑み込めませんな。キャバレーというのは『ピンクネグリジェ』のことだと思いますが、ぼくの好みに合った女がいるのでときどき呑みにいきます。清純で聡明な女性にひかれると同時に、爛熟した女も好きでしてね」

おどけた口調がまじっている。狼狽するどころか、反対に落着きはらっているのだった。

「とにかく、二十日の行動を聞かせて下さい。勿論、いやならお話しにならなくてもいいですがね」

「いやだなんて言いませんよ。それよりも、納得がいくまで徹底的に調べて頂きたいのです。痛くない腹をさぐられるのはいやなもんですからね」

吊った目が笑いかけると、それが皮肉や嫌や味には聞こえない。丹那は一つ頷いて、グラスを掌でつつんだ。

「猪狩君が、重要なことで話がある、会ってくれないかと頼んできたのは事実です。それは否定しません。日曜日は暇だろうかと訊くので、なんとか時間を都合しようと答えました。猪狩君が銀座のバーの雇われマダムと深い関係にあって、奥さんも愛しているが、さりとてマダムと手を切ることもできないというわけで悩んでいたことは、ぼくも噂に聞いて知っていました。だから、そのことについて知恵を借りたいのだろう。ぼくはそう解釈をして、頼まれたからには友達甲斐にひと肌ぬごうと考えていたのですよ」

言葉を切ると部屋のなかが急にしずかになり、ガスストーヴの音が大きく聞えてきた。竹岡はことりとグラスをテーブルにのせた。

「それが木曜日のことなのですが、一日おいた土曜日にまたぼくの机までやって来ますと、勝手なことばかり言ってすまないけれど、もう二、三日延ばしてもらうわけにはいかないかというのですな。ぼくとしては日曜日をレクリエーションに使いたいところですから、いやなわけがありません。そこで、来週の木曜日あたりに、というのは今週の木曜のことですけど、会うことになったのです」

丹那もグラスを手からはなした。

「でも、猪狩さんが井之頭植物園で殺されたことは聞いているでしょう?」

「それはおっしゃるまでもないですよ。研究所のなかが引っくり返るような騒ぎですから」

「それなら、約束を取り消した猪狩さんが、その当日なぜ現場へいったのか、不審に思わなかったのですか」

丹那の追及をうけたこの技師は、一瞬とまどったように、激しくまばたきをした。

「あなたは誤解していらっしゃる。猪狩がぼくに会おうといった場所は、新宿のステーションビルですよ。あそこの八階にしずかな珈琲ルームがある、そこに来てくれないかと言ったのです。彼がぼくとの約束を取り消しておきながら、あんな処で誰と会ったのか。ぼくが不審に思ったのはそのことですがね」

不快そうに言い、自分でもそれに気がついたとみえて、すぐにもとのような柔和な目にもどった。

「話は二十日という日のぼくの行動になりますが、あの壁をご覧になっても判るように、ぼくはこれでも日曜画家でしてね、気がむくと写生をしに出かけるのです。で、二十日も朝からスケッチに行きましたよ」

壁には海と静物を描いた油絵が二点と、夏山の水彩画がかざってあった。くっきりと湧き上った入道雲の下の峰は、槍《やり》か穂高《ほたか》でもあるのだろう。丹那には絵のことはよく判らないが、おれより巧いことは確かだ、と思った。彼は目を竹岡にむけた。

「何処《どこ》へ」

「三河田原《みかわたはら》です」

丹那はうすい眉の根をよせた。三河というからには愛知県であることは判る。が、それ以上の見当はつかない。

「豊橋《とよはし》駅で豊橋鉄道に乗りかえるのです。その終点が三河田原です」

「なぜまたそんな処へいったのですか」

「そんな処とおっしゃるけども」

彼は白い歯をみせ、目をいっそうなごませた。これが会社を裏切って情報を横流しするような怪しからん男だとは容易に信じられない。いや、同僚を殺し、その場を通りかかったというだけの理由でバレリーナを殺した兇悪な男であるとは、どうしても思えないのだ。

「刑事さんが考えていられるほど突飛な場所ではないのですがね。例の渡辺崋山《わたなべかざん》、あの人の仕えたのが田原藩なのですよ。その後、小さなお城が復興されたと聞いてたもんで、ぜひスケッチしてみたいと思っていたのですが、急に体があいたものですから出掛けたわけです。それに、そこから一時間ばかりバスに乗れば、伊良湖岬《いらこざき》です。黒潮の影響で真冬でも温暖な気温なのです。あのあたりは」

「伊良湖岬の名は聞いていますがね」

丹那も、この岬の地名だけは知っていた。暇があれば訪れたいと思うけれど、刑事の体があくのは停年退職をむかえたときのことなのだ。

「さて二十日のことになりますが、あの日はいまお話した豊橋鉄道で三河田原までいって、城跡で写生をしました。ですから、井之頭なんかへ現われたわけがないですよ」

彼は機嫌よさそうにくすくすと笑い、立ち上ってつぎの部屋に入っていったかと思うと、すぐに大型のスケッチブックをかかえて戻ってきた。竹岡はまだ笑いつづけていた。

「これですよ。あまり気に入った絵ではないのですが」

古城にはそれぞれ歴史を秘めたおもむきがある。だが最近復興した城は見物人からゼニをふんだくろうとする意図がみえすいていて、漆喰《しっくい》の壁の色までがなんとも不快に見えるものだ。つねづね、丹那はそう考えていた。しかしこれがアリバイに関係のある絵だということになると、偏見を捨てて熱心に見ぬわけにはいかない。

城は、画面の右手のやや奥まったところに建っている。小藩だから、建物もそれにふさわしく小柄だ。その手前の堀に一面に生い茂っているのは、枯れた芦ででもあるのだろうか。城の壁と左端に立っているコンクリートの電柱とを除くと、一切のものが茶系統の絵具で塗られてある。そこから冬のわびしさが滲みでているように思えた。

「絵のことは解らないが」

と、丹那は正直に言った。彼が好きなのは豆盆栽なのだ。

「絵心があるというのは楽しいでしょうな。わたしなんぞは小学生の頃から不器用だった」

「なんでもいいから油絵の道具をそろえてしまうんですよ。そうすると、いやでもかかざるを得なくなるし、そのうちには何とか恰好のつく絵がかけるようになってくるものです。それはともかく、ぼくはこのとおり田原にいたのですから、井之頭なんかに現われるはずがないでしょう」

「その話をもっと精しく」

と丹那はテーブルに手帖をひろげて、先をうながした。

「精しく喋れといわれても、ただそれだけの話ですよ。夕方になったので伊良湖岬に泊ろうとして電話をかけたら、満員だと断わられてしまった。畜生と思いましたが、部屋がなくては仕方ない。そこで田原の宿屋に一泊して翌る日いっぱい伊良湖岬をあるいて帰りました。

まず、そんなところですね」

「翌日のことはどうでもいいんだが、問題は、猪狩さん達が殺された午後二時という時刻にどこにいたかですよ」

「ですからスケッチをしていたんです」

「証人はいますか」

「それがちょっと心細いのですよ。ぼくは素人ですから、写牛しているところを後ろから覗かれるのが嫌いでしてね。恥しくてかなわないのです。だからあの日も藪のなかでかいていました。藪といったってジャングルとは違いますから、二、三人は覗きにきましたけどもね、それが誰であるかは判りません」

「それは困ったな」

「いえ、困ることはないんです。先刻も言ったようにアリバイはあるのですから。スケッチしているうちに腹が減ってきましてね、バス通りまでもどると食堂でおそい昼めしを喰いました。いくら知多半島が温かいとはいっても、ながいこと写生をしていれば体が冷えてしまいます。食事がすんだ後もストーヴから離れられなくなって、しばらくのあいだ店の人と雑談をしました」

食堂にいたのは午後一時から一時半にかけての三十分間だという。もし彼のいうことが事実であるならば、いかに容疑が濃くても犯人たり得ない。仮りにスポーツカーをとばしたとしても、豊橋市内までもどるのがやっとである。

「それから城趾へ戻って写生をつづけたわけです。これでも色をぬるときは多少の苦心はしますからね。つい時間がたってしまって、ふと気がつくと日が暮れかけていました。そこで、いまもお話したとおり旅館に泊ったのです。刑事さん、調べるなら早くやって頂きたいですな。日がたつにつれて旅館の人の記憶がうすれてしまいますから。そのときはぼくも勤めを休んでご一緒します。写真なんかみせたのでは埒《らち》があきません。やはり本人がいかないとね」

竹岡は、丹那が意外に思うほど積極的であった。

七

翌る土曜日の正午過ぎに、二人は三河田原駅の改札口をぬけた。先日の下津井もそうであったように、ここの駅前も閑散とした眺めだ。降車客の最後の一人が視界から去ってしまうと、あたりには人影もない。突っ立ってあたりを見廻していると、丹那の足元を吹きぬけたつむじ風が枯れ葉を巻き込んで、かさかさと干からびた音をたてながら小さな広場をわたっていった。

「しずかすぎる町ですよ。旅行者はこんなとこには目もくれずに、素通りして伊良湖岬へいってしまう。さびれる一方です」

彼は抱えてきた丸い筒を、兵士が銃をかつぐみたいに肩にのせた。銃というよりも、ずんぐりとして太く短いから、バズーカ砲に似ている。なかには、ここで書き上げた水彩画が後生大事に入れてあるのだった。いざというときにはそれを見せて、相手の記憶を呼びさますのだという。

民家のあいだのかげった道をぬけていくと、バス通りにでる。竹岡はそこで立ち止り、例の筒を刑事の鼻先につき出した。

「この道を左にいくと伊良湖岬です。右は言うまでもないことですが、豊橋ですね」

その伊良湖岬のほうへ四、五軒いったところに、バスの停留所の標が立ち、小さな大衆食堂と洋風の軽食堂が向き合っている。教えられる前に、丹那は、技師が昼食をとったと称するスナックがこの軽食堂であることを悟った。

店の真前にアメリカの清涼飲料の看板がでていて、その余白に『椰子《やし》の実』という店名らしきものがしるされてある。

「凝った名の店ですな」

「いえね、藤村《とうそん》の有名な詩に『名も知らぬ遠き島より』というのがあるじゃないですか。あの椰子の実のながれついたのが伊良湖岬なのです。それに因《ちな》んで店の名にしたのでしょうね」

濃いオレンジ色をしたプラスチックの扉をおして、丹那に先をゆずった。

「やあ、今日は。また来ましたよ」

なれなれしく竹岡が声をかけた。すると店にいた二、三の客と、頬の赤いウェイトレスがいっせいにこちらを振り返った。小さな店のせいか、女の子は一人しかいない。

「そうだな、サービスランチを二つ。その後でちょっと話の相手になって欲しいのですよ」

このときの竹岡も目尻にしわをよせ、とびきり柔和な表情になった。口元から白い歯をのぞかせ、善人そのものといった顔である。

「このあいだもこのランチを喰いました。案外、といっては店の人にわるいですが、これが案外うまいのです」

楕円形の皿に盛られたのはバタートーストが二枚といためたウインナソーセージが二本、それにエビのフライとサラダといった献立で、喰べおわると珈琲がでる。エビの小さいのが難だが、腹がへってるせいかなかなかいい味だった。

「ぼくが来たこと覚えているね？」

珈琲カップをおくと彼は押しつけるような訊き方をした。ウェイトレスは曖昧にこっくりをしている。来たことがあるような、ないような……といった表情だ。近くでみると頬の赤いのは紅をつけているからだった。瞼を蒼くそめ、目のふちにそって墨を入れている。

「じゃこれを見てくれないかな」

筒のなかからぐるぐると巻いた下絵を引っぱり出して、皿を片側に押しやり、テーブルにひろげた。昨夜、百合ケ丘のマンションで丹那が見せられたあの水彩画である。二、三人いた客はとうに食事をおえて出ていった。店にいるのは丹那たちと、このウェイトレスの三人きりであった。

「思い出した。あのときのお客さんね。上手にできたわ、とてもきれい」

「この前みせたときはまだ鉛筆画の段階だったのです。ここで絵具をとかす水をもらって、写生をつづけました」

と、竹岡が注を入れた。ウェイトレスは目をほそめ、なおも絵を見つめている。

「思い出したついでにもう一つ思い出して欲しいんだけど、あれは何日のことだったかね？」

竹岡はやんわりとした口調で話のポイントに触れていった。息をつめ、さすがに緊張した面持で返事を待った。が、その点は丹那にしても同様である。二人の男がそろってウェイトレスの赤い頰のあたりを見つめていた。

「忘れたわ」

「そこを思い出してもらいたいんだ」

「毎日いろんなお客さんがくるんだもの、無理言わないでよ」

「大体のことでいい」

と、ひとまず彼は譲歩した。

「たしか一週間ばかり前のことだったわね」

「そう。もう少し正確に思い出せないかな」

「出せないわよ」

「それでは時刻を覚えていないかな。ぼくが喰べに来たのは何時頃だった？」

「覚えてない。そんなこと訊かれても困るわよ」

「弱ったな」

竹岡は匙《さじ》をなげたように溜め息をついたが、すぐにまた気をとりなおして女の腕に手をふれた。

「じゃこのことは覚えているだろう。ぼくの時計が遅れているかいないかで、きみと口論したじゃないか」

ウェイトレスはようやく思い当ったように、赤くそめた頬に初めて反応らしいものをみせた。

「思い出したわ。口論というほどではなかったけど」

「つまりね、それはこういうわけなのですよ」

丹那をふり返ると、竹岡はそのわけなるものを説明した。

「いまわれわれが喰べたサービスランチは、昼食時間内だと三割引きですが、サービスタイムが過ぎると以前の値段にもどってしまうのです。ぼくは城趾へいくときこの店の看板をちらっと見て、今日の昼めしはサービスランチにしようと心に決めていたんですが、いざ喰いに戻ってきたら、サービスタイムを五分ばかり過ぎているという理由で、高いほうの金を払わされる羽目になりましてね。結局まあ、ぼくの時計が五分遅れていたことが判って納まったわけです。そこでぼくが言いたいのは」

と、この電機技師は一段と熱っぽい口調になって丹那を見つめた。

「このサービスタイムが午後一時までだということですよ。ぼく等はそのことで揉めたのですから、言いかえれば午後一時五分という時点のぼくはここにいたことになります。これはぼくのアリバイの有力な決め手ではないですか」

「有力かもしれないが絶対的ではないですな。何日に描いたかということがはっきりしない限りはね」

丹那としても、せっかくここまでやって来たのだから竹岡のアリバイをすっきりさせたかった。しかしこのウェイトレスの記憶はどうもあやふやで、手をかえ品をかえして質問してみたけれど、遂に効果がなかった。尤も、だからといって彼女の記憶力の悪さを嗤《わら》うことはできないと思う。丹那だって、不意に一昨日の天候をたずねられたら正確な答えはだせないからだ。

「ぼくは悲観しちゃいませんよ。あの日一泊したことは旅館が知ってるでしょうからね。描き上げた絵を床の間において眺めていると女中さんが入ってきて褒めてくれました。勿論お世辞ですが、印象に残っているに違いないのですよ」

「しかしね」

と、丹那は無慈悲な調子で反論した。

「宿の女中が二十日の日曜日にこの絵を見かけたからといって、あなたがかき上げたのが二十日だということにはならんでしょう」

「どうして」

「土曜日にかいたのかもしれないし、あるいは金曜日にかいたのかもしれない。あなたがこの店で食事をしたのが午後の一時であるのは事実だとしても、それが二十日の午後一時であったことは立証されておらんのです。だから十九日の午後一時だったということも考えられるのですよ」

「…………」

「描き上げた絵を持っていったん東京へもどると、二十日の夕方ふたたびそれを抱えてこの土地へやってくる。そして旅館に泊ったのではないかというのですよ。つい先程まで城趾でスケッチしていたような顔をしてね」

竹岡は途中からにやにやしだした。露骨に相手を馬鹿にしたような表情をうかべた。

「商売柄とはいえ、丹那さんは疑ぐりぶかいんだなあ、いやになっちゃう。あなたの仮説に一文の価値もないことは、会社に電話をすればたちどころに判りますよ。なにしろぼくは一日も欠勤したことがないのだから。中途半端な気持でいるのはいやなもんです。すぐに長距離をかけて下さい」

「きみに命令されることはないよ」

腹を立てたようなぶっきら棒な言い方をすると、店の隅の赤電話からダイヤルした。結果は一分もしないうちに判った。竹岡が言うとおりであった。感情としては吹っきれないものが残っているが、仮説の崩壊したことは事実なのだ。

「どうしました」

受話器をおいた丹那の背中に、竹岡が声をかけてきた。先程とは別人のような傲慢なひびきがあった。

「それじゃ旅館へ廻りますかな。女中がいてくれればいいが……」

彼が勘定を払おうとしているところに割り込んでウェイトレスに千円札をつきつけた。

「二人分だよ」

と、丹那は早口にいった。こんな男におごられてたまるか、という気持だ。

「旅館は駅の向うです。大した距離ではないですがね」

店をでると、彼は刑事の気をわるくしたことに気づいたのか、またもとの態度に還って、機嫌をとるようにいった。駅前の広場をぬけてしばらくいくうちに、商家ともつかず、といって しもた家ともつかぬいっぷう変った建物の前にでた。どの家も高い板塀をめぐらして庭が覗けぬようにしてある。

「ここは花街ですよ。花街といってもご覧のとおり置屋が二、三軒ある程度ですが、通人に言わせると、田原の芸者衆は日本で最高なんだそうです」

「ほう、そんなに三味線が達者なんですか」

丹那が感心すると、朴念仁はこれだから話にならんとでも言いた気に、軽蔑したような目つきで刑事を見、それきり口をつぐんでしまった。

『紅屋』という宿屋は、その花街をぬけた町はずれにある。黒板塀に見越しの松という粋な数寄屋造りだが、なんだか歌舞伎の書割《かきわり》をみているようでもあった。

「ねえ刑事さん」

足をとめて技師が声を低めた。

「ぼくは俯仰して天地にはじるところはないのですが、それにしても殺人の容疑者にされたことは不名誉ですからね、できれば第三者には知られたくないのですよ」

「そうでしょうな」

「ですから、われわれは友人だということにして貰えませんか」

「いいですよ」

と、丹那は簡単に同意した。この男にはこの男なりの面子があるだろう。

「しかし、話をどうもっていくのですか」

「それはぼくに委せて下さい。納得できない部分があったら、その後で刑事さんが補足的な質問をされればいいでしょう」

相談がまとまって門を入った。格子造りの玄関まで飛び石がつづき、水が打ってある。これが凍ったら客が転ぶのではないかな、と丹那はつまらぬことに取り越し苦労をした。

正午過ぎという時刻は、従業員の休息の時間でもあった。下手をするとその女中が外出しているのではあるまいかと心配したが、その心配はもう少しのことで事実になるところだった。玄関にあらわれた彼女は白いスーツを着て念入りに化粧をしている。旅館の女中ではなくて、どこかのお嬢さんのように見えた。

「あら」

と、彼女は突っ立ったままでいった。竹岡のほうはちょっと気づくのが遅れ、ぽかんとしている。

「やあ、見違えてしまった。服を着ると別人にみえますね。和服姿もよかったけど、洋服がまたよく似合うなあ」

「いやだ」

手の甲を口にあて、身をよじってしなをつくっている。竹岡のお世辞ほどにはないにしても、頬骨のとがった点をのぞけば目鼻立ちもくっきりとしており、まず十人並み以上の器量だろう。

彼女は、品定めをしている丹那にも職業的な微笑をみせた。これからバスで豊橋へ買い物にいくところだと知ると、竹岡は少しせき込んだ口調になった。

「ちょっと話を聞いて下さい。時間はとらせませんから。このあいだここに泊った夜のことですがね、家内の友達が銀座でぼくを見かけたというのです。それも、バーの女と仲よく並んでですしをつまんでいたというのですよ。これが家内の耳に入ったものだから大変だ、別れるの別れないのという騒ぎになったんですが、ぼくがいくら他人の空似だと弁解しても信じてくれない。そこで、この友人が仲にたってくれましてね、ぼくが田原にいたのが本当なのか嘘なのか、それを確めることになったのです。というわけであなたの口から、ぼくの泊ったのが何月何日の何曜日であったか、正確なところを言って頂きたいのですよ」

丹那としては、こんなつくり話をされるとは思わなかったが、竹岡に調子を合わせるために、尤もらしい表情をうかべ、ときどき頷いてみせたりした。女中は簡単にその話を信じたとみえ、上り框の絨毯に膝をついた。

「ほら、田原城を写生した絵を見せたでしょう」

「ええ、そのことは覚えてるんですけど、あれは何日だったたかしら……」

細い指を順におって数えていたが、話が離婚問題に絡んでいるとなると、うっかりしたことを答えるわけにはいかない。

「番頭さん、すみませんけど宿帳を」

帳場の窓が内側からあくと、若い番頭がちょっと会釈をして、うす汚れた表紙の綴込みを差し出した。そしてそれを見せられた丹那は、この音響技師が間違いなく十二月二十日に投宿したことを確認したのだった。

「夕方でしたわねえ」

「そう。電話で空いた部屋があるかと訊かれましてね、それから五分もしないうちに来られたのですよ」

「ああ、駅から電話したもんでね」

アリバイが成立した途端に、彼はした手にでる必要はもうないと考えたのだろうか、番頭に対して横柄に頷いてみせた。

八

丹那がわずか一日をおいただけで再び田原へいくことになったのは、彼の鍛え上げた勘が、敏感に不協和音をキャッチしたからであった。竹岡のアリバイは一つ一つチェックしてみると完璧なもので、文句をつける余地はどこにも見出せない。それでいて、どこかで巧く誤魔化されているような、すっきりとしないものを感じるのである。上司も、彼の意見に反対ではなかった。

今回は新幹線という料金のかさむものは敬遠する方針で、朝食もとらずに家をでると、五時間ちかくかかって三河田原駅に到着した。

『紅屋』は、正月を迎える用意がすっかりととのっているようだった。門を入ったところには葉ぼたんの見事な株がいくつも植え込まれ、帳場には松竹梅を寄せ植えにした鉢が、紅白のシクラメンと並べられていた。ガラスを閉めると、そこは小さな温室のようになる。丹那は番頭に名刺をわたして先日の女中に面会を求めた。

「帳場だがね、お峰さんをよこしてくれないか」

旅館の番頭だから刑事の応対には慣れている。ホールのわきの洋風の広間にとおすと、すぐにお茶を接待してくれた。ここは泊り客が談笑するためのサロンだが、正午をすぎた時刻なので人影はなく、誰にも気がねなく話ができる。

「あら」

と、それが口癖らしく、手の甲を口にあてた。今日のお峰さんはお仕着せの和服姿で、水《み》浅《あさ》葱《ぎ》の着物に藤色の帯がよく似合う。先日の活発そうな洋服姿にくらべると、こちらは別人のようにしとやかで、なまめいていた。

「綺麗ですな。やはり和服はいい」

丹那は武骨な愛想をいった。

「おとついの話は嘘だったんですか。友達だなんておっしゃって……」

と、非難するような、怨ずるような目で睨まれ、丹那は居心地わるそうにイスの上で身をちぢめた。

「じゃ奥さんと離婚するだの、バーの女とお茶を飲んだのという話も、みんな嘘だったんですのね」

「まあそういうことになる。しかしね、これは止むなく嘘をついたのであって——」

「いいんですわよ、弁解なさらなくても」

立っていた彼女は、刑事と向き合ったイスに浅く腰をおろした。こうやってつくづく眺めると、歯並びがことのほか綺麗で、どうしてなかなかの美人だ。

「話がこうなればあたしも遠慮なく言いますけど、あの人の絵をひと目みたとき、嘘ついてるなって思ったんです」

「嘘?」

「ええ。いままで城趾で写生していたなんて真赤な嘘ですわ」

丹那は度を失ったような声をだした。

「嘘だって? どうしてです」

こちらから何も問わぬうちに、竹岡の秘密の一端が割れようとしているのだ。

「あたしが宿帳とお茶を持ってお部屋に入っていくと、いま写生してきたところだと言って絵を見せるんです。ところがよく眺めると、左の端に立っている電柱が木でできているんですのよ。チョコレート色の電柱がかいてあるんです。あそこにクレオソートを塗った木の電柱が立っていたのは十月か十一月の初めの頃までで、いまはコンクリートの電柱になっていますの」

「なぜあんな嘘をつくのか判りませんけど……」
「だからあの絵はもっと前に描いたものなんですわよ。なぜあんな嘘をつくのか判りませんけど……」

丹那の頭が一瞬だが混乱した。彼は、竹岡が見せてくれた絵の内容をいまでもはっきりと覚えている。お峰さんが言うように電柱が描かれていたのは事実だが、それは灰色に塗られていたではないか。決して木の電柱ではなかったはずだ。この女は何をとぼけているのだろう。

しかし気持が落着いてくるにつれて、少しずつ事情が呑み込めてきた。いまお峰さんはあの水彩画はもっと以前に描かれたものだと指摘したのだが、といって半年も十ヵ月も前の作品でないことは、それが晩秋か初冬の蕭条《しょうじょう》たる風景であることをみれば判るのである。紙があたらしかったことから考えるならば、昨年の秋に描いたものではあり得ない。結論として、竹岡は、今年の十月から十一月にかけてこの田原町でスケッチをしたことがあって、今回の犯行の際に、その水彩画をアリバイ造りの小道具として利用したに違いない、と考えられるのであった。

一昨日、レストランで竹岡に指摘したことだが、彼は二人の男女を殺害したのち、用意しておいた水彩画を持ってこの田原町までやってくると、いままで城趾で写生をしていたふうをよそおって投宿したに違いないのである。そして自分の嘘を本当らしくみせようとして持参した絵をみせたところ、生憎なことに、電柱が立てかえられていたために、目ざといお峰さんに見抜かれるという予期しない結果になったのだ。

「いや、どうも。用があったらまた来てもらいます。引き止めてすまなかった」

丁重に追い払っておいてから、途切れた推理をふたたびすすめていった。彼の胸にひっかかっていたのは、お峰さんの発言のなかにあった電柱に関する矛盾であった。丹那が見たときは間違いなくコンクリートの電柱であったのに、彼女は木の電柱だと主張しているのである。これは、単純な考え方をすると、お峰さんの見誤りだったということになる。コンクリートの電柱が描かれてあったのに、光線の加減かなにかで彼女にはクレオソートを塗った電柱に見えた、という解釈だ。そしてこの解釈にしたがえば、竹岡は彼自身が主張するように、城趾でスケッチをしたのち、旅館に投じたということになる。

しかし丹那は、もう一つの、常識論をひっくり返した考え方に魅力を感じていた。お峰さんの視力も記憶力も正しく、彼女の主張には誤りがなかったという解釈である。彼女が見た絵には木製の電柱が描いてあり、丹那が見せられたほうの絵には、コンクリートの電柱が描いてあったとする見方であった。丹那は、竹岡は二種類の絵を描いていたのではなかったか、と推測した。こういうふうに考えれば、矛盾はたちまち解消してしまう。

さて、犯罪が行われたのとはべつの日に、竹岡はレストラン『椰子の実』にあらわれて食事をとり、それが二十日の午後一時であったように丹那を瞞着《まんちやく》したわけだが、その錯覚のタネとなったのが描きかけのスケッチであることに、丹那はやっと気がついた。竹岡がランチを喰いにきたとき小脇に抱えていた鉛筆画がそれだ。このスケッチと、これから絵具をぬると称して水をわけて貰ったこと、そして完成した絵を持って紅屋に投宿したことから、丹那は、この一連の出来事がおなじ日に起こったものだと思い込まされてしまったのだ。

推理がすんなり展開したことに、丹那はすっかり気をよくしていた。ひと息つこうとして茶碗を持ったが、茶は一滴ものこっていない。茶碗をおくと、彼はまた手帖をひろげ、そこにしるされた文字と対決した。丹那がつぎに取り上げたのは、竹岡がスケッチをしたのはいつの日だったか、という問題だった。十九日の土曜日もしくはそれ以前でないのは、彼が欠勤していなかったことから明かになっている。だからそれは二十一日の月曜日か、もしくはそれ以後のことでなくてはならない。ここで丹那は、この電機技師が『紅屋』に一泊した翌日、会社を欠勤して伊良湖岬一帯を歩きまわったという話を思いうかべた。彼が伊良湖岬を散歩したのは必ずしも嘘ではないかもしれない。しかし伊良湖岬へいく前に城趾でスケッチをし、その鉛筆画をかかえて『椰子の実』へ立ち寄ったこともまた、間違いのない事実であるように思えた。この城趾で写生をしたときに、電柱がコンクリート製に替っていることを発見して愕然としたのではあるまいか。昨夜はうまく女中の目を眩《くら》ました（と彼は信じたことだろう）けれど、やがてはアリバイを立証するための手段として刑事に見せねばならぬ絵なのだから、内容にミスがあっては一切を見破られてしまう恐れがある。そう考えた竹岡は、最初に描いた水彩画は破棄し、その日に描いたスケッチにあらためて絵具をぬったに違いなかった。おれが見せられたのはその絵なのだ、と丹那はひとり頷いた。

この刑事は、自分の推理に自信を持っていた。真相はこれ以外にないと考えていた。だが、こうした解釈が当っているか否かは、竹岡がレストランで食事をしたのが午後一時ではあっても、二十日の午後一時ではあり得ぬことを証明しなくてはならない。なんとかしてその日付をはっきりさせたいのだが、あの頬の赤いウェイトレスのことを考えると、気負いかけた丹那の心も急にしぼんでしまうのだった。彼に判っているのは、それがじつは容易ならぬ難事だということだけであった。

番頭に礼をのべて旅館をでた。軒場の〆飾りの大きな橙々が、陽ざしを浴びてつややかに光っていた。どこかで羽根つきの音でも聞こえてきそうな、しずかな午後だった。

やはり来ただけのことはある。丹那はうれしさを黄色い顔一面にあらわして、うつむき加減に、せかせかした足取りで花街をぬけた。一昨日もそうだったが、今日も芸者の姿をちっとも見かけないのはどうしたことなのか。ふと、そうした疑問が心に湧いた。芸者なんて夜行性の動物みたいなものだから、昼間は鼾《いびき》をかいて眠っているのかもしれぬ。

駅の横をとおって五分ほどでバス通りにでた。それほど小ぢんまりとした町なのである。レストラン『椰子の実』はすでにランチタイムがすぎているせいか、客は誰もいない。半透明のプラスチックの扉をあけると、その気配にウェイトレスが衝立のかげから首をのぞかせたが、先日の客だと知ると、どぎつい化粧をしたまるい顔に、怪訝《けげん》な表情をみせた。

「そうだな、飲み物をもらおうか。コーラはいけないよ、体が冷えちまうからな」

「珈琲か紅茶、それにミルクココアになりますけど」

「ま、安直なやつがいいや、珈琲をたのむ」

その珈琲をはこんできた女を坐らせて、丹那は早速たずねはじめた。ウェイトレスをおびえさせてはまずいと考えた彼は、刑事であることは伏せておいた。

「やはりねえ、あの人がここでサービスランチのことできみと言い争った日がはっきりしないと、都合がわるいんだよ、いろいろとね。なんとか思い出してくれないかねえ」

どう贔屓目《ひいき》にみてもぱっとしない顔に、丹那は精一杯のあいそ笑いをうかべてみせた。すると女は、かえってたじろいだように身を引くのである。

「覚えてない」

「たとえばさ、あの日がきみの誕生日だったとか——」

「誕生日は七月一日よ」

「ここの、マスターが虫歯で歯科医へ駆け込んだとか——」

「旦那さんは総入れ歯だもん」

「きみは頭がよさそうだ。考えればきっと思い出せるよ」

「……」

「わたしの考えでは二十一日ではなかったかと思うのだがね」

「……わかんない」

この女の頭のなかには大脳が詰っていないのではあるまいか。丹那はそうした疑問を感じたが、顔にはだささずに、なんとか思い出させようとしてアドバイスをつづけた。しまいには問答を聞きつけたコック帽の店主まで店にでてきて、一緒に骨をおってくれたのだが、それが何日であったかを答えることはついにできなかった。

「どうもお役に立ちませんで……。もし後で思い出すことがありましたら、電話ですぐにお知らせしますから」

「すまないけど、そう願います」

丹那の名刺を一瞥した店主は、相手がはるばる東京からきた刑事であることを知ると、さらに腰をひくくして謝った。

「二十一日ということがはっきりすればいいのでしたな?」

「そうです。今月の二十一日です。言いかえれば、二十日の日曜日でないことが判ればいいのですよ」

立ち上り、料金を払おうとすると、ウェイトレスが妙な顔つきで丹那を見つめた。

「どうした?」

「日曜日でなかったことが判ればいいんですか」

「そうだよ」

「それなら最初から判ってるわ。お客さんは何日だったか何日だったかって、そのことばかり訊くんだもの」

口をとがらせ、丹那を咎めている。

「ばか。勿体ぶらずに早く言わんかい」

と、店主が横から叱言をいった。

九

参考人という名目で竹岡が呼び出されたのは、その夜のことであった。彼は一瞬「またか」といったうるさそうな顔をしたが、すぐに如才ない笑いをうかべると、落着きはらった態度で車にのった。アリバイにはあくまで自信を持っているようだった。

三鷹署の応接間で丹那が向き合って坐り、かたわらで若い刑事が調書をとろうとして用紙をひろげると、竹岡はたちまちいろをなして嚙みついてきた。

「これ、どういうわけですか。アリバイのあるぼくを犯人扱いするなら帰らしてもらいます」

「まあ待って下さい。アリバイがあるって言うけど、あれが偽物であることは判っているんですよ。前にも話したことなんだが、あなたが宿屋に抱えていった絵はずっと以前に描いた古物でね」

「馬鹿な！　ぼくが会社を欠勤しなかったことがまだ解らんのですか！」

「それは解ってますよ。だがあの絵をスケッチしにいったのは〝もっと以前の話です。木の電柱が立っていた頃のことですからね」

丹那は終りの部分をことさらゆっくりと、一語一語を明確に語った。それまで腰をうかして摑みかかりそうな恰好をしていた竹岡は、途端にひるんだように身を引いた。

「何のことやらさっぱり解らん。しかしですね、井之頭で猪狩君が殺された頃、ぼくは田原町のレストランで食事をしていた。それはあなたも確認したではないですか」

「いや、そのことなんですがね」

と、丹那は色のわるい顔に茫漠《ぼうばく》とした笑いをうかべた。

「あなたが食事をしたのは二十日の日曜日だということでしたな?」

「勿論です」

「料金を払ってでようとしたときに、床の上に落ちていたハガキか何かを踏みつけた。それに気づいたあなたは拾い上げると、かたわらのテーブルにのせて店をでていった」

「ハガキのことは覚えてないですな。無意識でやったことだから」

「今度は話が逆だ、ウェイトレスのほうがよく覚えていましたよ。そして、あなたが食事にきたのは、あなたが主張するように二十日ではないと言ってくれました。あのハガキは、あなたがサービスタイムのことで言い争っているときに投げ込まれたものなんですが、そのハガキを踏んだことから、あの日が二十日でないことがはっきりするんです。東京と同じように、田原町の郵便局も日曜日は休みます。郵便物が配達されたことは、その日が日曜日でなかったことを示しているのですよ」

　話の途中から元気を失ってもじもじしていた竹岡は、丹那の説明がおわる頃にはがっくりと肩を落してしまった。戦闘的にぎらぎらかがやいていた眸を伏せると、打って変ったしおらしい口調になった。

「負けました。ぼくの負けですよ。考えぬいた計画がそんな些細なことから崩れるとは思いませんでした。こうなったら一切を正直に喋ります。ただ、初めにことわっておきますが、ぼくがやったのではない——」

「まだそんなことを言っている。往生際のわるい人だな」

「いえ、そう思われても仕方ありませんが、でも本当の話なんです。タバコ吸ってもいいですか」

　許可を求め、ふかぶかとピースをふかしはじめた。丹那は、この事件が発生する二日前に禁煙を誓ったばかりであった。目の前でこうもうまそうに吸われると、口中に唾液がわいてくる。

「……猪狩君と新宿の駅ビルで会うことになっていたと言ったのも、その会見を猪狩君が延期してくれと申し入れてきたと言ったのも、嘘でした。本当はあの日の二時に井之頭植物園で会うことになっていたのです。指定された場所は、殺人現場からちょっと池のほうに寄った温室のなかなのです。あそこならば雨が降っても風が吹いてもあたたかいからな、猪狩君はそう言いました。ところが二時という約束が二時半になり三時になっても来ないのです。猪狩君が几帳面なたちであることはよく知っています。遅刻するわけはないし、場所を間違えたのかなと思いながら、探しにでかけたのです。そして何ということなしに茶店のなかを覗いたら、猪狩君があしたことになっているのを発見して胆をつぶしたわけです」

落着きのない目で二人の刑事の顔を見ていたが、唇についたタバコの葉を床に吐きすてると、吸殻を灰皿にこすりつけた。

「すぐに一一〇番しなかったことを非難されると思いますが、ぼくの身にもなって下さい。猪狩君は家をでるときに『竹岡のやつに会ってくるから』と言ったでしょうから、そして事情が事情だから、誰がみたって犯人はぼくだって言うに決っている。ぼくは蒼くなりました。そこで、こうしたことの相談できる友達のところに飛んでいったのです。推理小説の好きな、頭のいい友人です。ぼくがしどろもどろに話すのを聞き終わると、彼はぼくの立場に同情して、あのアリバイを教えてくれたのです」

「わずかの時間にかね？　信じられないな」

と、若い刑事が口をはさんだ。

「いや、いくら頭が冴えていても、そう安直にアイディアが泛《うか》ぶわけではありません。懸賞小説に応募するつもりで考えておいた、とっておきのものを譲ってくれたのです。根が旅行好きの男ですから日本中を歩いてカラー写真をとりまくっているのですが、この秋に田原城を写してきたばかりでしたから、田原町へいったことにしようというわけで、その写真を手本にして水彩画を描いたのです」

「なんだ、きみがスケッチしたのではなかったのか」

と、宮本《みやもと》刑事があきれたように声をはりあげた。丹那は腕を組み、黙って話を聞いていた。

「そうなんです。絵は描き慣れていますけど、ああした追い詰められた状態におかれると、筆がうごきません。そうかといって他人に描かせたのではまずい。やはり個性がでて、勘づかれてしまいます。ですから三十分もあればできるやつを、二時間ちかくかかりました。そのあいだに彼は写生道具一式をそろえたり、田原町へいってぼくがとるべき行動をメモしてくれたりしたのです」

「持つべきものは友達だな」

若い刑事は同感とも皮肉ともつかぬ言い方をした。竹岡は無表情な目で刑事を見つめていたが、それには答えずに話をつづけていった。

「苦労して水彩画を描いたのは、言うまでもないことですが、現場を宿の従業員の目にふれさせて、いままで城趾でスケッチをしていたというぼくの嘘を本当らしくみせかけるためでした。その狙いが逆の方向に働いてインチキであることが見破られたのは、皮肉な話だと思ってます。しかし、女中に見られてしまったからには仕様がありません。ひょっとすると気づいてないんじゃないかな、と希望的な観測をしていたのですが、ああした客商売の人の目はごまかせませんね」

口調に、少しゆとりがでてきた。彼は二本目のピースに火をつけ、丹那は迷惑気な顔でそれを眺めている。

その丹那を満足させたのは、竹岡が翌二十一日にレストランで食事をしたいきさつが、自分が推理したとおりであったからだ。勿論それを口に出して言えたことではないけれど心のなかで「やはりおれはベテランであるわい」と頷いていた。

「しかしきみ」

と、また若い刑事が嘴《くちばし》をいれた。

「田原城ってものがどんな処か知らないが、たまには見物人もくるだろう？　二十一日にスケッチをしている姿を目撃されたら、きみの嘘はばれてしまうじゃないか」

「その危険性は計算にいれてありますよ。だからあの鉛筆画のほうも、友達の家で描いていったんです」

「つまり、二枚の絵を持っていったんだな」

「そういうことです。色が塗ってなかったからあのウェイトレスも電柱のことには気づかなかったわけで、後から考えてほっとしたものでした」

「なるほどね。ところで天候の問題になるんだが、二十日も二十一日も晴れていたからうまくいった。しかし、もしどっちかの日が雨天だったら困るじゃないか。仮りに二十日が土砂降りだったとする。その大雨のなかで写生するやつもいまいが、仮りにだよ、仮りにその土砂降りのなかでスケッチした絵が晴天の風景画になっていたら、どんなにボンクラの女中でも気づいてしまうだろう」

「だから友人が豊橋の測候所に電話をして、その日が快晴であることと、当分のあいだ晴天がつづくだろうという予報を聞いてから、田原町の絵を描きだしたのです。もし東海地方が雨だったら、雨が降っていない地方を見つけて、そこへ出かけたはずでした。あの日は関東地方全域が晴れていましたから、早い話が群馬県の水上《みなかみ》あたりへいってもよかったわけです。ただ田原町には、『椰子の実』というサービスタイムをやっている都合のいいレストランがあった。それが田原町を選んだ理由だったのですよ」

「全く頭のいい友人がいたものだ。だが、だからといって、きみ以外に犯人がいるとは考えられないな。それとも、猪狩氏に秘密を摑まれて土壇場に追い込まれたものがきみの他にもいたというのかね」

若い刑事は追及の手綱《たづな》をゆるめようとはしなかった。丹那も同感だ。竹岡のほかにそうした立場の男がいたとしても、猪狩が彼等二人をおなじ場所に呼び出して会うということは考えられない。植物園で待っていた人物が竹岡ひとりということになると、彼以外の犯行だとは考えられないのだ。

「警察はスタートからつまずいているのです。最初から見当違いの方向を模索している。だからぼく以外に犯人はいないなんて考えるんです」

と、竹岡は藪から棒にわけの判らぬことを言い出し、二人の刑事は煙にまかれたように顔を見合わせた。

「歯に衣《きぬ》をきせたような言い方はよせ」

「あなた方は、猪狩君を殺したのはぼくだという固定観念から脱けられずにいる。猪狩君を殺して、その殺人現場を目撃されたものだから、成瀬さんとかいうバレリーナを殺したのだと思い込んでいる。だが、その逆のケースをなぜ想定しないのですか。犯人は成瀬さんを殺すのが第一の目的であり、それを目撃されたために猪狩君を殺したということを、なぜ考えないのですか」

「それは……」

若い刑事は絶句して口をもぐもぐさせていた。本部としても最初から捜査の目標を一点にしぼっていたわけではなかったけれど、竹岡というあまりにも容疑者らしい容疑者がいたために、てっきりこの男が犯人だとばかり思い込み、他を省みることがなかったのである。

「しかしきみ、現場の状況が――」

「猪狩君が先に殺されたようにできている、と言いたいんでしょう。だがね、あれは犯人の偽装なんです。犯人は、これはぼくのその友達が言うんですが、〝おれと同じくらい頭のいいやつ〟なんです。成瀬さんを殺し猪狩君を殺したあと、殺人の順序を逆にみせかければ、自分は完全に容疑の圏外にたてるということを、即座に思いついたのです。それにはどうすればいいか。まず第一に彼がしたのは、猪狩君の屍体の上に成瀬さんの屍体を重ねたことです。第二に、ストッキングに故意に孔をあけてそこから砂をばらまくと、そのストッキングで屍体の喉頸を絞め上げたことです。第三に、猪狩君の眼鏡をはずしてレンズをぶちわってから、その破片を成瀬さんの靴の裏につき立てたことです。犯人はこれだけのことを、しかも殺人という異常な行為をすませた直後に、きわめて短時間のうちに考え出した、ずばぬけた頭のいい男なんですよ」

二人の刑事は言葉もなく顔を見合わせるだけだった。終始目の前にぶらさがっていたことなのに、指摘されるまでは少しも気づけなかったのが無念でもあった。

「最初から言ってくれればよかったのになあ……」

丹那が愚痴っぽく吐息すると、竹岡は眸をきらっと光らせた。目が、一段と吊り上ったようにみえた。

「冗談じゃない。そんなことが言えますか。警察はなにがなんでもぼくを犯人にでっち上げようとしていたんだ。ぼくは必死であのアリバイに縋《すが》りついていたんですよ。そのアリバイを自分から捨てて、じつはあのとき現場付近にいたのですなんてことが軽々しく言えると思うのですか」

反対に怒られてしまい、にが笑いをしている。

「きみは、犯人のことを彼と言っているが、大柄の女でもあの程度の殺しはできるぜ」

かわって若いほうの刑事がいった。

「犯人が女であるわけはないですよ。ぼくが見ていたんだから」

「なに！」

「さっきも言ったように、ぼくは温室のなかで猪狩君を待っていたんですが、そのうちに男女の二人連れが温室の前の砂利道を歩いていった。それから三十分ばかりすると、今度はその男だけが一人で戻っていくんですね。おや、女はどうしたんだろう。そう思って彼の後ろ姿を見ていたんですよ。その女というのが屍体になっていた成瀬さんなんだから、犯人があいつであることは間違いないんです」

「きみ、その男の特徴は？　なにか特徴はなかったですか」

と、若い刑事は言葉遣いをあらためていた。

「あることはありますがね」

自分が完全に優位な立場にいることを知った電機技師は、ふとくて濃い眉を動かすと、重々しい口吻で言った。

「身長はわたしぐらいの三十男です。灰色系統のオーバーを着てベレ帽をかぶっていました。赤い色のベレをね」

十

成瀬千里の身辺があらわれた結果、ベレを愛用している三人の男が浮び上った。一人は五十歳をすぎた初老の画家だが、これは千里が現役時代に、公演の度毎にバックの絵を担当しており、以来今日までつき合いがつづいている。もう一人はころころとよく肥った芸能記者で、千里が現役時代にしばしば好意的な記事を書いてくれた。千里はそれを多として、いまでも都心にでると彼を訪ねて一緒にお茶を飲んだりした。

「止して下さい、冗談じゃない。ベレ帽だけで犯人扱いされるなんて、あんた気は確かですか。じゃ借問するですが、その男がパンツをはいていたとなると、日本中の男性が疑われなくちゃならんわけだ、そうでしょう？」

往訪の刑事に、画家は入れ歯をむきだして毒づいたという。尤も画家のほうは年齢的にみて、また記者のほうは肉体的な特徴からみて失格であることは明かであった。そしてここに、第三のベレ帽の男が疑惑の対象となったのである。

塚本俊平《つかもとしゅんぺい》は隣県の私立高校で化学の教鞭《きょうべん》をとる三十六歳の男であった。東京の麴町《こうじまち》の、亡父からゆずられた大きな家に住み、車で学校へ通っている。専攻したのは化学だけれど、数年前からコケの蒐集《しゅうしゅう》と分類に熱をあげ、いまでは素人ながら一巻の著作があるほどの打ち込みようなのだ。彼の性格にはいささか常識を逸脱したところがあって、この年齢になるまで独身でいるのも、妻帯して女房をやしなうための経済的な出費が惜しいからだとされていた。

「それだけのゼニがあれば、おれはコケの標本室をつくる」

つねづねそうしたことを広言しているものだから、学校の同僚も呆れ返ってしまい、いまでは縁談を持ってくるものもいなくなった。

彼の変人ぶりを証明する一つの例として、借地権の問題をこじらせて、地主である成瀬千里を告訴したことが挙げられる。公平な第三者の目からすれば明かに塚本俊平が横車を押しているとしか見えないのだが、誰が何と言おうと自説を曲げようとはしないのである。弁護士に支払う費用を天秤にかければ、すんなりと折れたほうが差し引き得なはずなのに、自己の正当性を主張して絶対にゆずろうとはしない。このことを知る誰もが、陰で嗤っていた。

この教師が赤いベレをかぶることについて、彼は赤は動脈の色であり、赤い色を身につけていると血液の浄化に卓効があるのだと説明した。肌衣から靴下にいたるまで赤を愛用し、当然のことだが生徒等は彼を赤シャツと呼ぶ。塚本としては洋服にしても赤を用いたいところだが、これではまるでチンドン屋だ。そこで、せめて帽子だけでも赤をかぶろうということになった。どんな専門店へいっても赤いベレは売っていないから、止むなく婦人洋品専門の店にいく。

「女房が風邪でねているもんだからねえ、かわりにぼくが買いにきたんだ。え、サイズ？これが不思議なんだなあ、夫婦そろっておんなじ大きさなんだ」

冷や汗をかきながら、そんな言い訳をして手に入れるのだという。この、苦心してベレを買うときだけは、女房がいてくれたらなあとつくづく思うのだそうだ。

刑事が塚本をたずねるまでに、若干のことが判っている。一つは、成瀬家で女中がわりに働いている姪があとになって思い出したことなのだが、事件の日の午前中に千里のところに電話があり、彼女はこれによって誘い出されたらしいのである。もう一つは、新聞で赤いベレのことを読んだといって、新宿のある高級レストランからもたらされた情報であった。その話では、赤いベレの男が事件当日の正午頃にやって来て、アイスクリームを注文してなめているうちに、三十分ばかり遅れて女のほうが入って来た。そして食事をしたのち揃って出ていったというのだが、ウェイトレスの観察したところでは夫婦者らしくもなく、といって愛人同士でもなく、そういった意味で印象にのこるカップルだった。千里と塚本とがおなじテーブルに坐れば、まずそうした雰囲気がかもし出されることは間違いない。本部はそう判断した。

丹那と宮本の二人が麴町の塚本家をおとずれたのは、いよいよ暮れもおし迫った二十九日の午後のことだった。どの商店も歳末大売り出しで賑わっているが、喧騒なのは大通りだけのことで、一歩屋敷町に入ってしまうと物音らしいものは殆ど聞えてこない。どこかの家のなかから、ピアノをおさらいするたどたどしい音が、かすかに洩れてくるだけだ。

塚本の家はテレビ塔の下にあった。丹那の使いなれた尺度でいえば、千坪はゆうにあるだろう。瓦をのせた白い塀にぐるりをとり囲まれた、洋風の二階建てである。真昼だというのに、そこここの窓が閉じたままになっており、それがいかにも変人教師の住居にふさわしく陰気な感じであった。

塚本はコケをいじっていたらしく、片手にピンセットを持ってあらわれた。セーターの胸のポケットからは天眼鏡の柄がつきだしている。セーターが真赤な点を除くと、容貌も態度もとりたててどうということはない。変物だと聞かされ、そのつもりでやって来た丹那は当てがはずれた。散らかしているが、と弁解しながら通された客間はコケの入った容器だらけで、窓際の机の上には独和辞典とドイツ語らしい大冊の図鑑がひろげてある。

「新聞に赤いベレのことがでてましたから、いずれは参考人として訊問されるだろうと思っていました」

不愛想に、ひくい声で言った。目も鼻も小さく、どちらかというと女性的な顔立だが、なにかの拍子にその目がとげとげしく光ったり、小さな口をきっと結んだりすると、そこに依《い》怙地《こじ》で狷介《けんかい》な性格の一端がちらりと覗いたように思えるのだった。

「日記を見たんですが、アリバイなんてないです。あの日は秩父《ちちぶ》の山のなかにコケを探しにいってますからね。学校が休みのときは採集をするか、家に引っ込んで分類をするか、二つに一つです。だから、どっちにしたってアリバイなんかないです」

「しかし、あなたのベレ帽はよく目立つじゃないですか。誰かが覚えているでしょう」

「山にいくときは登山帽をかぶるんです。まともな色のやつを。残念ながら赤い登山帽は売っていませんからね」

コケを採集するときの彼はごく地味な服装をしている、だから誰の印象にものこるわけがなく、したがってアリバイの証明は不可能だ、というのである。丹那も宮本も、当然のことながら、それはこの男の逃げ口上だと考えた。

「勝手なことをいうようですが、冬休み中に犯人を挙げて頂きたいと思ってます。この状態がつづくと学校へいけませんからね。殺人犯の教師なんてご免だというわけで、ボイコットされるのは明かです」

「では、新宿のレストランで被害者と落ち合った赤いベレの男は、あなたではないというんですな？」

「広い世間には赤い帽子をかぶるやつもいますよ。赤いベレをかぶっただけで犯人にされてしまうのは困るな」

入れ歯の画家とおなじことを言っている。

「それは遁辞《とんじ》ですよ。あなたの他に赤いベレをかぶる男がいるかもしれない。しかしね、成瀬さんを憎んでいた赤いベレの男はあなた一人しかおらんです」

化学教師はちょっとひるんだように沈黙すると、舌の先で上唇をなめた。

「ではこういう考え方はどうですか。そいつはぼくに罪をきせようとしたんだ。どこかで赤いベレを買ってきて、それをかぶるだけでぼくに化けることができるんだから、こんな簡単な話はないです。言ってみれば、ぼくは犠牲者なのだ」

「さあ、どうかな」

「そいつは、ぼくと成瀬とが犬猿の仲であることを知ってる。更にその男は、ぼくの日常生活がアリバイを立証しにくいことを知っている。更にまた、言うまでもないことですが、ぼくと赤いベレの関係についても知っているんです。刑事さん、そいつの人相は判ってないんですか」

逆に質問され、宮本刑事は苦笑している。

「あなたによく似ていたそうです」

宮本が、話のついでに赤いベレの男が先にやって来てアイスクリームをなめながら女の来るのを待っていたことを語ると、どうしたわけか塚本は小さな目を精一杯に見開いて、興奮したようにはげしく息づいていた。

「たしか、そのレストランは『名門』という店でしたね？」

この『名門』というレストランは、もと公爵夫人で破鏡《はきょう》の憂き目をみた女性が自活する手段として開いたもので、店の名からして貴族趣味が濃厚で嫌味だが、本物を喰わせるということで結構はやっている。メロンジュースを注文すれば、静岡産の温室栽培のマスクメロンをジューサーにぶち込んでもってくる、といった按配《あんばい》なのだ。当然のことだが、メニューにしるされた料理の値段は高価なものばかりである。それにしてもこの教師は、レストランが『名門』であることに、なぜこうも関心を示すのだろうか。丹那も宮本も、怪訝そうに相手の顔を見つめていた。

「ちょっと失礼。その『名門』に電話をかけて確めてみますから。ひょっとすると……」

曖昧にぶつぶつ呟きながら部屋をでていったが、間もなくダイヤルを廻す音と、なにやら通話する音が断続して聞えてきた。二人の刑事は部屋いっぱいに並べられたコケの標本に、奇異な眸をなげていた。

五分ほどすると塚本が戻ってきた。少し長すぎると思っていたがそれも道理で、彼はオーバーを着、頭に赤いベレをちょこんとのせて、早くも外出の仕度になっていた。

「恐縮ですが、『名門』まで同道願いたいのです。目的は、ぼくの潔白を証明するためなんです。アリバイがない以上、こうでもやるほかに方法がないですからね」

頬をふくらませ、大切な時間をつぶされたためか、ちょっと不機嫌そうでもあった。

麴町と新宿はつい目と鼻の先だが、車で四十分もかかってようやく『名門』に到着することができた。

「できれば同じテーブルに着きたいのですがね。そのほうが、ウェイトレスの記憶を呼び起すのに工合がいいと思うんです」

しかしそのテーブルには四人連れの若い女が坐って盛んにお喋りをしていた。あのぶんでは、二時間待ってもあきそうにない。塚本はいらいらしながら立っていたが、あきらめたように近くのテーブルに腰をおろした。

「刑事さん、その赤いベレに応対したウェイトレスはどれですか。改めてじっくりとぼくを観察してもらいたいのです」

宮本が立っていって、すぐにそのウェイトレスをつれてきた。空色のユニフォームがよく似合う可愛い娘で、脚がすんなりとしてきれいだった。教師は小さな目で真向から相手を見つめ、真剣な顔つきで、先日のベレの男はこの自分だったかどうか、よく思い出してくれといった。周囲の客のなかにも、彼の赤い帽子に気づいたものがいて、露骨な眸をあびせるものもいれば、つつましく視線をそらせ、何事も知らぬようによそおうものもいた。

塚本は、客のことなど念頭にない様子で、またたきもせずにウェイトレスを凝視している。ウェイトレスはエプロンの端を指でつまみ、それをよじりながら、眼前の赤いベレの男を困惑のていで眺めていた。

「……困ったわ」

ルージュをぬった唇を歪めると、困り果てたように嘆息した。そして、赤い帽子に気をとられていたから顔のほうはよく覚えていない、と答えた。

「困ったな」

と、教師もおなじことを呟いて肩をおとしたが、すぐに思い返したようにアイスクリームを注文した。

「三つたのむ。あの男が喰ったのとおなじヴァニラですよ」

「何をやろうというんですか」

宮本は若いだけに、すぐ感情をおもてにだす。このときも、闇雲に引きずり廻す相手の態度にしびれを切らしたらしかった。

「まあ待って下さい。五分とかかりはしません。とにかく、あの男がぼくでないことを、はっきりと立証してお目にかけますから」

「だから何をやろうというんです」

「人体実験ですよ、オーバーな表現をすればね」

そう答えたきり塚本はそっぽを向いてしまい、宮本刑事の追及をかたくなに拒否した。

運ばれてきたアイスクリームをスプーンですくうと、それを目に近づけてしばらく見つめていたが、やがて口のなかに入れると旨そうに舌の上で溶かし、喉を動かしてのみ込んだ。丹那たちもそれにならった。

「この店のヴァニラは本物を使っているんですよ。この、ゴミみたいな小さなやつがヴァニラの粉末ですが、受取った客がウェイトレスを呼ぶと、ゴミが入っているといって叱りつけた話があるんです。あまり知ったかぶりはしないほうがいいですね」

そんなことを喋りながら喰べているうちに、クリームは半分ほどに減っていた。彼はスプーンを皿の端においた。

「話は犯人のことになりますが、そいつはクリームを喰いおわると、三十分ほど成瀬がくるのを待っていたそうですね？」

「ああ」

と、丹那は少しぶっきら棒に頷いた。いくら相手が憎らしいからといっても、もう故人になったのだ、成瀬君くらいは言ってもよさそうなものではないか。

「ところがね、ぼくは三十分間も無事ではいられないのです。せいぜい三分……、普通は二分ぐらいで反応がでてきます」

「反応？」

「ええ。友人のあいだでも知らないものが多いんですが、ぼくはヴァニラのアレルギーでしてね。いや、エッセンスのほうは何ともないんです、あれはタールを精製したやつですから。本物のヴァニラが胃のなかに入ると、鯖《さば》にやられたり卵にやられたりする人とおなじように、酷い症状があらわれるんです」

　刑事には、教師が人体実験といった意味が急速に解りかけてきた。塚本の顔ははやくも赤味がさし、むくみがでて、ひと廻り大きくなったように見えた。

「大丈夫ですか。無茶をやってはいかんな」

「ぶつぶつが出てきて無性に痒くなります。ひどいときは内臓の内側までかゆくてたまらなくなるんです。気管が収縮して呼吸困難になったりします」

「おいおい」

すでに声がかすれている。塚本は指をおり曲げるとネクタイをゆるめようとした。その手の甲にも、一面に赤い発疹《ほっしん》がみえた。丹那を見つめる目も赤く充血して焦点がぼやけ、うるんでいる。

「しっかりしろ」

二人の刑事は同時に立ち上ってテーブルを廻った。塚本はイスからずるずると崩れおちると、壁に首筋をもたれかかり、口を大きくあけて喘いでいた。その度に喉がひいひいと音をたてる。レストランのなかはしーんと静まり返ってしまい、客もウェイトレスも総立ちになってこちらを見ている。

「毒をのんだのよ、青酸加里だわよ、きっと」

「失恋したのかしら」

「なに言ってんのよ、井之頭事件の犯人じゃないの」

「じゃこっちの二人は刑事だわね」

「決ってるわ。重大な責任問題よ、これは。クビだわね」

「だから慌ててるのね」

だが丹那も宮本も夢中だ。そんな囁きは耳に入らない。

「おい、しっかりしろ」

「救急車だ、救急車。早くたのむ」

たしかに二人は慌てていた。醜態なほど慌てふためいていた。

やがて五分ばかり経つと、この騒ぎもどうやら静まり、客は腰を落着けて飲んだり喰ったりするようになった。

救急車には宮本刑事が同乗して病院へいった。救急士が、これは蕁麻疹《じんましん》だから注射を一本うてばけろりと癒るといってくれたので、丹那はやっと安心して後に残ることができたのだった。料金を払ったり、割れたカップの弁償をしなくてはならない。

彼は床にかがむと陶器のかけらを拾っていた。

「いいんです、あたしがやりますから」

「そうかい、すまないね」

丹那は立ち上ると、溶けて乳白色の液体になってしまった自分のアイスクリームに恨めしそうな一瞥をなげた。

「あの、刑事さんでしょうか」

「ああ、そうだが……」

「あたし、あのときのお客さんもこうして落したマッチを拾い上げていたことを思い出したんです。そしたら、ちょっと妙なことに気づいたのですけど」

拾った破片を手に、ウェイトレスは話すほどの価値があるか否かで迷っているふうだった。

「どんなこと」

「いまのお客さんは左手頸に時計をしていましたわね？」

当り前じゃないか、おれだってそうだ。

「このあいだのお客さんは右の手頸にはめていたんですけど」

「右に？」

「ええ、マッチを拾おうとして右の手を伸ばした拍子に、ちらりと見えました」

こうした予期しないウェイトレスの発言から、ある男が大きく浮んできたのである。

十一

それが鈴木征比古《すずきゆきひこ》であることはすぐに判った。プロのカメラマンで、被害者の千里と一年ほど前に協議離婚をすると、公害喘息の気があるといって長野県の上田《うえだ》市に引っ込んでしまった。といっても、上田・上野間は急行で三時間そこそこだから、活動家の彼にしてみれば東京の郊外ぐらいにしか思っていないのだろう。かなり頻繁に出京している。雑誌の口絵にヌード写真を提供するのが仕事であった。カメラマンのあいだでは婦人科と称される部門で、最もはなやかな存在である。成瀬千里はそれを嫌い、他の部門にかかわることをしきりにすすめたが、征比古は裸体写真もまた芸術たり得ると主張してゆずらない。それが昂じて離婚するに至ったのだと、千里の姪が語った。

征比古がまだカメラマンとして一本立ちになる前のことだが、遊び仲間と冗談半分にイレズミをした。その後、次第に頭角があらわれてくるにつれ、はしたない行為をひどく後悔するようになったものの、今更どうすることもできない。それを隠すためにイレズミの上を腕時計でカバーしていたのだという。

本部では今度こそホンボシに違いないというので、色めきたって調査をすすめていったが、進展するにつれて数々のことが明かになった。

その一つは殺人の動機と考えられるもので、夫婦時代の二人は互いを受取人として幾口かの生命保険に入っていたのだが、こういった職業の人にあり勝ちなようにどちらもルーズなたちだから、別れた後も名義変更をしていなかった。つまり、以前の妻を殺すことによって、一千万円のかねが征比古の懐中に転げ込むのである。しかも彼は賭けマージャンで七百万円ちかい借金をつくり、年内の返済をつよく迫られていることも判明した。相手はたちのよくない男であった。下手をすると征比古は消されるかもしれぬ立場にいた。

征比古は、かなり悪知恵のはたらくほうで、カメラマンにならなかったら小悪党として警察の厄介になりながら、ゴミみたいな人生を終えたに違いなかった。彼は脱税のテクニックがなかなか巧みで、怪しいと睨んだ税務署員が調査にやってきたが、ついに見抜くことができずに匙をなげて帰っていったという。また彼は狩猟の趣味を持っていて、シーズンになると猟友と連れ立ってよく出掛けていった。が、彼の標的となるのは鹿とかカモシカとか、シベリアから飛来して翼を休めている優雅なスワンだとか、抵抗力の弱いものに限られていた。あるいは、狩猟法に触れるところにスリルを感じたのかもしれない。

白鳥をバーベキューにして喰ったという投書があって、刑事が調べにきたときは、応接間にとおしてブランデーでもてなしながら小一時間も狩りの話をし、結局その刑事は煙に巻かれて帰っていったのだが、その後で征比古は腹をかかえて笑い転げた。正に抱腹絶倒という表現そのものであった。「あの馬づらの刑事野郎が……」と、とぎれとぎれに言い、刑事が背にあてていたクッションを蹴上げたり抛《ほう》り上げたりした。白鳥の羽根は、そのなかにぎっしりと詰っていたからである。

ただこの場合も犯人はべつの男Xであってそれが罪を征比古に転嫁する目的で右手に時計をしていたのではないかという慎重論もあったが、もしそうだとすると、Xはもっと積極的に右手頸の時計を露出したはずであった。例えば、しばしば時計に目をやってウェイトレスなりマスターなりの注意をひくべきところなのだ。さらにまた、Xは一方では赤いベレをかぶった塚本に容疑を転嫁しておきながら、他方では征比古を嫌疑者に仕立てるという分裂した行動をとったことになる。これは犯人の意図するものとは考えられないから、右手の時計を見られたのはやはり征比古のケアレスミステイクだと解釈できるのだった。

征比古がどういう口実で前の妻を呼び出したのかは分らない。だが、そこは狡猾な征比古のことだ、女心をくすぐるような巧言をならべたのだろう。ひょっとすると『名門』は夫婦にとって思い出のある店であり、千里の感傷《センチメント》に働きかける狙いでここを選んだのかもしれなかった。かつまた征比古は、妻とあの化学教師との争いについてもつねづね耳にしていたに違いなく、したがって塚本が赤いベレをかぶることも知っていたはずである。写真で見たかぎりでは顔は大して似ていないが、中肉中背というから体つきはある程度似ていただろうし、帽子さえかぶれば塚本に化けるのは容易なことと考えられた。

こうして捜査本部の確信はいよいよ深まっていった。情報の蒐集と整理に手間どったのは、すでに二度もにがい失敗を重ねていたからだが、そのため丹那が上田へ向ったのは、年が明けた新年の二日であった。はるばる長野県の北部へ出掛けていって、もし留守だったら目もあてられない。丹那はそれが心配であった。

列車にのるまでうっかりしていたが、上田市は菅平《すがだいら》スキー場をひかえている。正月だからすいているだろう。のんびりとしたことを考えながら乗車した丹那は、どの車輛もスキー客で満席なのを知ると、がっかりすると同時に自分の迂闊さに腹を立てた。彼等は立っている哀れな乗客には目もくれずに、よく喋りよく呑みよく喰い、ときにはその長いスキー道具で丹那の向う脛《ずね》をいやというほど打ったりした。丹那は高崎、軽井沢といった駅に停車するたびに、席があくことを秘かに期待して立っていた。が、彼の希望はいつも虚しく裏切られてしまった。ようやく席があいたのは上田駅に到着したときで、丹那はスキーをする若者の後につづいてフォームに降りた。

頬をなでる空気が、東京とは比べものにならぬくらいに冷たく、身がひきしまるようだ。

改札口をでたスキーヤーはバスか上田交通の小さな電車で菅平へいく。駅前のターミナルはスキー場行の乗物を待つ客でたちまちあふれてしまう。丹那は彼等の背後を迂回して広場を半周すると、駅の正面から北へのびる大通りを進んだ。平素は買い物客で賑わうはずの松尾町、原町といったメインストリートも、正月のいまはほとんど通行人もなく、雪におおわれてひっそりとしていた。バスターミナルの混雑が別の世界の出来事のような気がする。

この商店街をとおりぬけたあたりで左折すると、征比古が仮寓する連歌町であった。なにやら風流な町名だから、宗匠頭巾のご隠居でも住んでいるのだろうと想像していた丹那は、一歩ふみ入れた途端に、これは、と立ち止ってしまった。特異な構えの家が両側に軒をならべている。どぎつい色で塗られた扉や柱や、プライバシーを覗かれまいとして格子を打ちつけた窓からみて、ここは明かに特飲街であった。そして征比古は、その裏側の陽あたりの悪そうな小さな家に住んでいた。

誰か客でもあったらしく、慌てて裏口からでていく気配がした。征比古はとり散らかしたミカンの皮やウイスキーグラスを片づけると、座布団を裏に返して刑事にすすめた。勿論歓迎されるわけはないのだけれど、べつに迷惑そうな顔もしていない。丹那にしても、冷たい玄関で応対されるよりもこのほうが有難く、遠慮せずに炬燵に下半身をいれた。なにしろ、わずかの時間に体のしんまで冷えてしまった。炬燵がなによりの馳走なのだ。

「寝正月ですよ。年末からちょっと暇になったものですからね」

はるばる東京からやって来た刑事の労を犒《ねぎら》いながら、あたらしいグラスにウイスキーを注いでくれた。下をむくとひと握りの髪がたれさがり、そのたびにうるさそうに掻き上げている。その右手頸に大型の腕時計がはめてあるのを、丹那の目はすばやく捉えていた。

写真家はひたいが広く、おでこがやや飛び出しており、その下に杏色の濁った目があった。しかし鼻すじがよくとおっているから、顔全体が立体的にみえる。難をいえば肉の厚い真赤な唇がなにかの軟体動物を思わせることだが、まずは美男子といってよいだろう。写真で見たときもそうだったが、いまこうして実物と向き合っていると、これが妻を殺したり行きずりの電機技師を殺した兇悪な男だとは信じ難かった。この写真家のどこに、白鳥を殺して喰うような残酷さがひそんでいるのだろうか。

「前の奥さんは気の毒なことをしましたな」

新年早々の悔みでもあるまいと思ったが、訪問の目的が目的だから、それに触れなくては話がすすめられない。

「可哀想なことをしましたよ。よほど葬儀にいってやろうかと思ったのですが、いろいろと人には言えない事情がありましてね、こちらで冥福をいのったわけです」

「その件でやって来たのですがね」

丹那は、炬燵のこころよい温かさにとっぷりと浸りながらいった。

十二

「井之頭植物園であなたによく似た人物を目撃した人がいるのです。池のそばに大きな温室があるのですが、この若い男女は、そこでランデブーをしていたんですな。その恋人たちの前を、あなたによく似た人が、殺された成瀬さんと二人連れで歩いていった。そして三十分ほどすると、あなたに似た男だけがふたたび温室の前をとおっていったというのです。それに加えて、成瀬さんが亡くなると保険金が転がり込むではないですか」

相手が示すわずかな反応でも見逃すまいとするように、丹那は油断のない眸で征比古の表情の動きを見つめていた。

「二人とも視力は確かだし、つまらん嘘をついて世間を騒がすような人間だとは思えんのです。そうしたわけで、あなたの駁論を聞きにきたわけですよ」

「ちょっと待って下さい、いきなり言われても見当がつかない。保険金のこともすっかり忘れていたのですよ。刑事さんが言われるのは千里が殺された日のことですね？」

べつに動ずる様子もなく、落ち着いて問い返した。

「先月二十日の午後二時のことです」

「弱ったな。そう藪から棒につっつかれても即答はできませんよ。ただ確実に言えるのは、ここ二週間あまり東京には出ていないことです。だからその恋人たちが見かけた男がぼくでないことは明白ですがね」

征比古はしきりに髪をかき上げ、口のなかで二十日、二十日……と呟きつづけている。

「困ったな。日記もつけていないし」

「日曜日ですがね」

「そんなこと言われても駄目です。サラリーマンと違ってわれわれはウイークエンドもウイークデーも関係ないんですから。一年中が日曜日であり勤労日でもある……」

語尾を口のなかに飲み込んで、しきりに首をかしげている。こいつとぼけていやがる、と丹那は思う。

「雨が降ったとか、なにかにひっかけて思い出せませんか」

刑事の言葉が耳に入らぬように、またひとしきり髪を搔き上げた。そんなにうるさい髪ならポマードで撫でつけるか、いっそのこと坊主頭にでもしてしまえばよさそうなものだ。こっちの気持までいらいらしてくる。

「待てよ。そうだ、思い出した。ぼくはずっと上田にいましたよ。外出先で腹が痛くなったものだから、家に帰って炬燵にもぐり込んでいたんです。日曜日で医者が休診でしたから」

「もっと具体的に聞かせて下さい」

「いいですとも。ぼくにとって冬の上田は初めてですし、健康をとりもどしたらもっと東京

いう気持を持っていたんですよ。で、原稿書きが一段落したもんで、昼食をすませると、カメラと三脚をかかえて、ぶらりと出たんです。ま、ぼくにとって風景写真は専門外ですから、モデルさんを写すほどに自信はないのですがね」

問題はそれが立証できるか否かという点にあるのだが、丹那は黙って聞いていた。話の腰を折ると、相手が気位のたかい男だと腹を立て、口をつぐんでしまう場合があるのだ。

「なにしろ人口七万余りの小さな町ですから、少しピッチを上げれば半日で廻れます。そのつもりで出たのはいいですが、途中で冷え込んでしまって、いまも言ったとおり慌てて家に帰ったわけです。これはぼくの持病でしてね、経験のない人には解ってもらえないでしょうが、大腸が収縮して一時的な腸閉塞みたいな状態になるらしいんです。そうなると、モヒを射つかお灸をすえる以外に痛みを止める方法はないですがね。疝痛《せんびょう》っていうのは、あの痛さのことだろうと自分なりに解釈していますよ」

身動きもできなくなり、ただ体をエビのように折り曲げて、痛みの遠のくのを待つのだという。

「ひどい場合は六時間以上もつづくんです。だから少し恰好が悪いかもしれないけれど、厚いズボン下をはいているんです」

「暖めればいいのでしょう？」

「冷えた結果、痛みだすわけですから暖めればいいことになりますが、入浴したくらいでは、癒りませんね。やはりモヒです、これは瞬間的に効きますから。お灸はヘソのすぐ下に左右一つずつのツボがあって、ここに五火ぐらいすえると二十分ぐらいで痛みが去ります。しかし二十日のときは医者は来てくれないし、モグサは切らしている。痛くて買いに出ることはできないといった悪条件が重なって、脂汗をながして苦痛と闘いました」

痛みが治まると、けろりとしてしまう。そして闘争のあとの疲労感が急ににじみだし、ぐっすりと眠ってしまうのだそうだ。

「そういう病気の話は初めて聞きましたよ。何病なんですか」

「知りませんね。ぴんぴんしているときに医者にみせても判らんでしょうからね。小学生のときに発病して以来の長いつき合いですが病名もほんとうの治療法も知らないのです」

「痛まないときに医者にいくのは億劫なものですな。ところで、午後の二時に上田にいたということが証明できるでしょうかね？　二時でなくともいい、とにかく、二時に井之頭の現場へ到着することが不可能だという証明が欲しいのです」

「それをお話するつもりでいたのですよ。フィルムを三分の二はどとったところで痛みだしたんですが、その時の一枚が北信女子短大の校舎なのです。この夏、課外講座の講師として五日間にわたって写真の話をしたことがあったものですから、先刻言った記念の意味で、校舎をバックにセルフタイマーでとりました。建物全体が入るようにセットしたので、間違いなく塔も入っていると思ってますが……」

「塔？」

「ええ、時計塔です。だから時計塔さえ写っていれば、ぼくが三時前後にそこにいたことは一目瞭然でしょう」

「なるほどね」

憮然とした顔つきで刑事は布団をひきよせた。これはプロの写真家なのだ。写真に手を加えたり細工したりすることは、お家芸ではないか。そんなもので誤魔化そうという気なのか。

「その写真を見せて欲しいですな」

「いや、まだ現像してないんです。そのうちにフィルムを全部とりおえてから焼くつもりでいたのですがね」

どてらを着ているのと、酔いが廻っているのとで大儀そうに炬燵からでると、隣室に入って押入れでも開けるような気配がしたが、すぐにまた戻ってきた。手に、ケースに入った二眼レフのカメラをさげている。

「これです」

丹那はプロのカメラマンの用いるカメラを、多少の好奇心をまじえて手にとった。さんざんに使い古して疵だらけになったライカであった。フィルムを送るレバーにセロテープがぐるぐると巻きつけてあり、それが手垢でうす黒く汚れている。その無造作なさまが、いかにも職業写真家らしかった。

「お手数でもそのまま持ち帰って現像してみて下さい。口はばったい言い方ですが、プロであるぼくが写したものです、狙った的はちゃんと入っているはずですよ」

「じゃ預り証を書きましょう」

「なに、いいです。そんなに大事なカメラじゃありませんから。もう二眼レフの時代は過ぎましたよ。これからはなんといっても一眼レフの天下です」

プロらしい確信にみちた言い方だ。丹那が征比古との会話のなかで信じたのは、この一語だけであった。

十三

本庁に戻ると、正月休みの技師の手をわずらわせて慎重にフィルムを焼いてもらった。二十四枚どりのうち十八枚が使用ずみだが、それ等は征比古が言ったとおり、いかにも余技としてとりましたと言ったような、出来映えのよくないスナップであった。いずれも雪の日の風物ばかりで、上田公園の城趾から始まって図書館がそれにつづき、丹那にも見覚えのある松尾町の雑踏や、町はずれを走っている丸子電鉄の玩具みたいな電車などの上田風景が並んでいる。昔、公園の茶店あたりで売っていた名所絵ハガキと同列の、個性もなにもない凡作ばかりだ。

「これがプロのカメラマンの作品かねえ」

「プロといっても婦人科だそうでしてね、風景写真は苦手だといってましたよ」

「棒焼きで批評されたんじゃ向うさんも迷惑だろうけどね、手当り次第にとりまくったという感じがする。雑だねえ」

と、肥った技師は呆れたようにいった。素人の丹那も、先程からおなじ印象をうけていた。疑惑の目でみるせいかもしれないが、アリバイ偽造の手段とするために、ただもう無闇矢鱈にシャッターを切って歩いたような気がするのだ。

その十七枚目が、北信女子短大の建物をバックにして自分を写したという、問題の一駒であった。尤も、彼が画面に入っている写真はこれだけではなく、ほかにも一枚ある。上田城の前でとったもので、両手を腰にあてて、雪で白く化粧された櫓《やぐら》を見上げている図だ。カメラは側面からそれを捉えている。

最後の十八枚目は小高い丘から町を遠望したものだった。雪をかぶった畑がゆるやかな傾斜でつづき、その彼方に、工場らしい面白味のない建物が幾つも並んでいる。そしてそのあとの六枚分が空白のまま残してあった。

「この十七枚目をもっとよく観察してみたいのですがね」

「いや、全部をキャビネで焼いてみよう」

技師は一切はおれに委せろというふうに頷くと、ネガを持って上っていった。鑑識課は五階にある。

丹那が早目の昼食をすませて帰ったところに、ひと足おくれて肥った技師が入ってきた。現像されたばかりの写真はまだしっとりと濡れているようだった。これだけ大きくなると征比古の表情もかなりはっきりと判る。彼はそれが癖だとみえて、短大の前に立ったときも両手を腰に、ちょっと構えたポーズをとっていた。レンズは低い位置で彼を仰角に写しているのだが、唇を歪めてぎゅっと噛みしめたのはそろそろ腹痛がもよおしてきたことを示すための演出か。ここでも白無地のトックリセーター一枚という薄着姿である。なかなか芸のこまかい男だな、と丹那は心のなかでせせら笑った。

バックにあるのは凸字型をした校舎の二階と三階、それに中央につっ立っている時計塔だ。雪空の下の建物は陰気にかげって見るからに寒むざむとした感じがする。征比古が画面のやや左側に寄っているので、時計は彼の頭の斜め上に位置した形になり、三時三分という時刻がはっきりと読めた。したがってこの写真が本物であるかぎり、征比古が井之頭で犯行することは不可能になるのだった。井之頭で二時に犯行し、わずか一時間で上田まで戻ってくることは絶対にできない。

「専門家の見解を知りたいもんですな」

「きみとしてはインチキ臭いといってもらいたいのだろうが、残念ながら細工した痕跡はない」

技師は十八枚の伸ばした写真を机上一面に並べると、改めてその一つ一つに目をとおした。

「よく見たまえ、一貫して十八枚がおなじトーンだ。もし彼が工作をしたとすると、その一枚だけ調子に乱れがでる。きみのような素人の目には判らぬかもしれんが、ぼく等の目を誤魔化すことはできないのだよ」

「そんなもんですかね」

「フィルムの両側に孔が並んでいるだろう。スプロケットの歯車がこいつを嚙んでフィルムを送るわけだが、もしこのフィルムを何かの目的のために二度三度と巻き返したりすると、この孔にスプロケットの歯の痕跡がのこる。だから、こいつは怪しいなってことがピーンとくるんだが、このフィルムにはそれがないんだな」

「なるほど」

「つまりさ、ぼくが想像したのは犯人が問題の十七枚目をあけておいて、事件の翌日の三時三分にあらためて撮影したのではないかということなのだ。だがスプロケットに巻き返した痕跡がないから、この仮説は成立しないんだよ」

「しかしね、そんな面倒なことをするよりも、いっそのこと全部を事件の翌日にとればいい。いや、前の日にとったっていいではないですか」

「要するにぼくが言いたいのは、そうした一切の技術的な操作をやっておらんということなのだ」

と、彼は少し怒ったように語気をつよめた。多血質のせいか、機嫌をそこねると忽ち顔を赤くする。

「だがね、丹那君」

彼は肉のだぶついた顎を丹那にむけると、たるんだ瞼のあいだから意地悪い目つきで刑事をみた。

「これは難事業になるね。アリバイを叩き壊わすためにはこの写真が二十日にとられたものでないことを証明しなくてはならんわけだが、さてそれをどうやって立証するかね？」

丹那にしても言われるまでもなかった。人妻が隣家の細君のアラ探しをやるときのような熱心さで、ルーペを目にあてると、丹念に写真を覗き込んだ。そしてそこに、彼を元気づけるものを発見したのである。校舎の窓は二階と三階をあわせて五十近くならんでいるのだが、その一つから、若い女性が顔をつき出して庭を眺めている。いや、窓そのものが六ポの活字みたいに小さいのだ。覗いている人間は髪と服装によって女性らしく思えるだけで、あるいは男性であるかもしれなかった。

「男かな、女かな」

「よし、八つ切りに焼いてみよう」

写真技師の機嫌はもうなおっていた。気軽に引き受けると、おもたい足取りででていった。

一人になった丹那は机に肘をつき、掌に顎をのせた自堕落な恰好で、いまの写真のことを考えていた。十二月二十日といえば殆どの大学が冬休みに入っているはずだ。しかも二十日は日曜日ときている。どう考えても校舎のなかは無人であるべきだった。だが、あの写真では窓から人が姿をみせているのである。この点から推して丹那は、問題の一駒がまだ冬休みに入る前に撮影されたものだと考えた。いや、肥った技師がスプロケットの疵が云々と言っていることを考慮すれば、一連のフィルムのすべてが冬休み以前にとられたことになる。彼はすっかり元気づいていた。そして写真が焼けたら、それを抱えてすぐにも上田へ向いたいと思った。

間もなくしっとりとした八つ切りが届いた。ライカだけあってレンズの解像力はすばらしく、建物の上空には餌を狙って急上昇をする鳶《とび》の姿までが鮮明にあらわれている。

窓から覗いているのはやはり女性であった。齢頃から判断して学生であることは間違いなさそうだ。セーターの胸にペンダントらしいものをさげている。

「もう一つ、手札だが彼女の顔をトリミングしておいた。これだけはっきりしていれば文句はないだろう」

「どうも」

女はみじかく切った髪を途中から左右にわけ、耳の下のあたりでカールしている。面長な顔立だから、むしろ長く伸ばしたほうが似合いそうなものだ。口の大きいのと瞼の腫れているのが難だけれど、情熱的な大きい目がはっとするほどきれいだった。引き伸ばしたピントの甘い写真を見てさえどきりとするぐらいだから、実物に面と向き合ったらさぞ美しいことだろう。朴念仁の丹那だが、美人と会うのは嫌いではない。

丹那が上田駅におりたのはその日の五時前であった。彼の心づもりではまず大学へいって写真をみせ、女の住所氏名を訊く。つぎに彼女を訪ねて、窓から首をだしたのが何日のことであったかを思い出してもらう。ただそれだけの、簡単すぎる仕事なのだ。終列車にのればその夜のうちに帰京できる。

それにしても、あの征比古も窓から女が見おろしていたとは夢にも思わなかっただろう。この写真をつきつけられたときの征比古の狼狽ぶりを想像しただけで、丹那は上機嫌になってしまう。今日も満席で立ちつづけてきたのだが、そうした不愉快さも疲れも忽ち消しとんで、黄色い顔一面に微笑がひろがっていった。その丹那の顔を、小意地のわるそうな中年の人妻が、おそろしい目で睨みつけながら通りすぎた。

ここから短大のある神川《かんがわ》にいくには、列車でひと駅バックするか、芦田《あしだ》方面行のバスにのるほかはない。時刻表と睨み合わせてから、各駅停車で大屋《おおや》駅までもどった。

このあたり国道十八号線にそってかなりの工場が建ち並んでいるけれど、一歩裏に入ると一面の畑や田が白くつらなっている。その畑のなかの舗装された一本道を北へ入っていくと、やがてゆるやかな坂になり、それを登りつめた小高い丘の上に、写真で見覚えのある北信女子短大の校舎が雪に覆われて立っていた。灰色だと思い込んでいた壁は淡いベージュ色の化粧煉瓦を貼ったものだった。

ふとい門柱には鉄の扉がついていて、片方だけが内側にあけてある。そこをすぎると、雪におおわれた校庭の真中に、その雪を踏みしめたひと筋の道が正面の入口までつづいていた。征比古が立っていたのはどの辺なのか。興味をもって見廻してみたが、写真からうけた印象を雪の上に視覚化することは、言うまでもなく困難だった。丹那はあきらめて足を急がせた。そして踏み固められた雪の道を歩きながら、建物を見上げた。窓は、時計塔を中心に二、三階とも左へ十六、右へ十六、あわせて三十二個ずつ並び、一階は真中に大きな玄関がひかえているため、それにスペースをとられてやや少なくなっている。あの女性が覗いていたのは二階のどの窓だったのか。だが、これも写真とひき比べてみなくては正確には判らない。そうかといってここで立ち止ってとりだすのも、寒くて億劫であった。

冬休みの最中だから当然だけれど、校舎のなかは静まり返っている。床も壁もあたりの空気も、外部よりも冷えきっていた。丹那はつづけさまに二度もくしゃみをし、がらんとしたホールのなかでぶざまな彼の声は幾重にも反響して消えていった。

用務員室は北を向いた見るからに冷えびえとした一隅にある。が、扉をあけると床の上には大型の石炭ストーヴがすえてあって、側面が赤くなるほど焼けていた。上にのせられた銅の薬罐が音をたてて沸騰している。丹那は思わず溜め息をついた。

「この女性ですがね」

「どれ」

と、用務員は電灯をつけると、節くれだった手に写真を持った。五十を越えた年輩で、むかしは職業軍人ででもあったのかいまもってイガ栗頭である。べつに悪感情をもたれたわけでもあるまいが、丹那をみる目つきがいやにとげとげしくて、あまりいい気持はしない。

「うちの学生だな。よく見掛ける顔ですよ、美人だから。しかし名前までは知らないな。なにしろ二千人からいるんだから。それも年頃の娘ばかりがうようよとね」

若い女に食傷しているような言い方だった。

「冬休みに入ったのはいつからですか」

「うちは早いからね、十五日でした、先月の」

「この写真は二十日に写したといってるのですが、冬休みにも登校する人があるんですか」

と丹那はようやく本題に触れた。

「二十五日まで課外講座があったのです。東京からスキーをしにやってくる有名人にたのんで、特別講座をひらくわけだ。さすがに東京の文化人ですな、いやな顔ひとつしないで講師になってくれる」

それは買いかぶりだ、と丹那は思う。これが男子の学生ばかりだったら、大枚の謝礼をつつんだって見向きもしまい。

「二十日は日曜なんですが、日曜でも講座はひらかれたのですか」

「講師の都合もある。休みなしで十日間をぶっつづけにやったんです。うちの学生は熱心だからね」

日曜日にも学生が登校していたとなると、この写真が二十日にとられたとしても、べつに訝しくはないわけだ。出端《でばな》をくじかれたように、丹那はちょっと沈黙した。

用務員の説明によれば、スキーに来た文化人を片端から口説いて講師になってもらうのだから、内容はあちら委せの寄せ鍋みたいなもので、漫画家のあとに哲学者が喋ったり、栄養学者につづいて産児制限の専門家が講義をしたりするのだという。

「こう言っちゃ悪いが福袋みたいなもんだな。聴講料を納める段階ではどんなことが勉強できるんだか見当がつかないんだから」

と、初めてにやにやしてみせた。更に彼の説明によると、二階には八教室あって、写真の窓は左から数えて七つ目だから、二〇二号室なのだそうだ。講座が持たれたのはこの教室で、特に石油ストーヴを四台おいて部屋を暖めたと言う。

「われわれは慣れてるけど、東京からくる人は寒がりが多いからねえ。といってスチームをたいたら暖房費が大変だ」

「全く。ところでどうしたらこの人に会えますかね？」

「そうだな。さし当っておなじ講座に出席していたほかの学生に会ってみるんだね」

そう言って二、三の心当りの学生の家に電話をいれ、ようやく在宅している一人をつきとめてくれた。

「緑ケ丘という団地で、少し遠いがね」

いかつい顔の用務員は、根は親切な男だとみえ、市街地図をひろげて地理を教えてくれた。

十四

西沢西枝《にしざわとりえ》が住む緑ケ丘団地は、市内の西北のはずれにある。丹那が上田駅前から団地直行のバスに乗ったときはもう七時になろうとする頃で、駅にも松尾町の商店街にも電灯がかがやいていた。予定よりもすっかり遅くなってしまい、丹那は先程の意気込みを忘れたように、むっつりとした顔つきだった。東京人は寒がり屋だと言っていたが、たしかにそのとおりだと思う。足の先から忍びよってくる寒気に、丹那は対抗するすべがなく、ただ小刻みに体を動かしていた。

緑ケ丘は数年前に団地として開拓したところで、東京で見かけるような団地住宅のほかに、サラリーマンが個々に建てた小ぎれいな一戸建ての住宅がならんでいた。丹那は五分ばかり探し廻った揚句、ようやく西沢西枝の家を発見することができた。これもまた三間の小さな家だった。西側の窓にピンクのカーテンが張ってあり若い女性の影がうつっている。これが西枝だなと見当をつけたら、果してそうだった。丸顔の平凡な顔つきだが、はきはきした応答ぶりから頭の回転が早いことが判り、丹那は好感を持った。

「この学生さんですがね、住所と名前を知りたいと思いまして」

手札の写真を相手の前においた。丹那のために赤いふかふかとした座布団をしき、電気ストーヴで玄関をあたためていたのである。

「あら、英文科の青柳《あおやぎ》さんじゃないの。あたしとおなじ二年の青柳町子《まちこ》さんですわ。でも、せっかく東京からお出でになったのにお気の毒ですわね。いま上田にはいませんのよ」

「おや」

と、丹那はがっかりした声をだした。

「何処にいるんですか」

「石打《いしうち》のスキー場ですの。ご存じですわね、上越線の」

「石打……」

思わず嘆声がでた。石打へいくにはいったん高崎まで戻って、そこから上越線の列車に乗りかえなくてはならない。すぐそこに菅平という有名なスキー場があるくせに、なぜ飛んでもない土地へ辿りにいったのだろう。だいいち、おれが迷惑する。

「遊びじゃないんですわ。むこうの民宿でアルバイトをしていますの。学校の求人課に申し込みがあったものですから、青柳さんがそれに飛びついて……。待遇はいいし、日当も七千円くれますし。十万円ためて、そのおかねで、今年の夏休みに九州旅行をするんですって」

「羨しい話ですな。家庭に入ってしまうと、旦那さんや子供をおいて旅をするなんてことはできないですからね」

「あら、われわれはやりますわよ」

と西枝は冗談めかして笑いながら、断固として言った。

「家庭に隷属《れいぞく》するなんて真っ平ですもの。結婚したからといって夫に遠慮なんかしませんの。行きたい土地へはいきますわ」

「そうですな。これからの奥さんはそのくらいの意欲がなくちゃ……」

丹那は無責任に同感してみせた。青柳町子が不在では、この女性から知っているかぎりの情報を得なくてはならない。彼女の機嫌をとり結ぶためなら、なんにでも賛成するつもりでいた。

「ところでこの青柳さんですがね、講義を聞いているときに窓から外を覗いたというのはどういうわけですか」

「ああ、それ？　お教室で石油ストーヴを四台もたいているでしょう？　だから気分が悪くなったんです。冷たい空気を吸っていたら一分間ぐらいでなおりましたわ」

石油ストーヴが四台も入れれば急速に酸素が不足するのは常識だ。が、問題はそれが二十日の午後三時三分であったか否かということである。

丹那は相手の澄んだ眸を見つめながら、ゆっくりとした口調でそのことを訊ねた。

「覚えてますわ、十二月二十日のことでした。あの日のお講義はウーマンリブのことだったんです。東京の新聞社の論説委員が先生で、ウーマンリブ大賛成だとおっしゃるんです。あったのはその日のことなんです。あのときは講師の先生はびっくりしちゃって白墨を落したほどですわ」

女子学生が石油ストーヴのガスにあたったぐらいで驚倒するとは、意外に胆っ玉の小さな論説委員である。加えて、ウーマンリブ大賛成などといって学生に迎合するようなタイコ持ち的言動が、丹那の気にくわなかった。こんな男に限って、家庭ではネロ以上の暴君になりがちのものなのだ。些か丹那は八つ当りの気味であった。

「それが二十日であることは確かですか。ここが非常に大切なのですが……」

丹那のくどい質問は、しかし簡単に否定されてしまった。

「あたし現代音楽が大好きなんですの。難しすぎるなんて言う人が多いのですけど、シュールの絵を見るときみたいに、変な先入観なんか持たずに、すんなり没入すればいいのだと思いますわ」

酉枝は、丹那が訊ねたこととはまるきり無関係な話をはじめた。

「日曜毎に午後三時から『海外の音楽』というFM放送があるんです。二十日は、国際現代音楽協会が主催する『世界音楽祭』の参加作品が紹介される予定でした。前々から、これを待ちわびていましたのよ」

「へへえ」

「この日は東欧諸国や南欧諸国や、それから北欧の作品のほかに、日本人の作曲したものも放送されるんです。欠席しようかなと思ったんですけど、母に録音をたのんで出席しました。夕方、楽しみにしながら帰ってきたら、母が不慣れなものですから録音に失敗してしまって、何の音も入っていないんですの。思わず腹をたててしまって……。ですから、つよく印象に残っているんです。あれが日曜日だということは、つまり二十日の出来事だということは間違いありませんわ」

「なるほどね」

彼女がこうまではっきり記憶している以上、事実とみなすほかはなさそうだ。しかし、念には念を入れるのが丹那の信条だった。西沢酉枝にしても、なにかの拍子でひょいと思い違いをすることもあり得る。丹那は、更にもう二、三人の女子学生に会って話を聞いてみたかった。

「三年生の秦《はた》さんがいいですわ。あの人も聴講しているんですもの」

赤いブーツをはくと、団地の見えるところまで案内してくれることになった。もう戸外はすっかり暮れてしまい、雪の道が街路灯の光にほの白く浮び上ってみえていた。うっかりすると足をとられて転倒しそうになる。若い女性と歩く機会など滅多にない丹那だったが、酉枝がなにを話しかけてもうわの空であった。

秦暁美《あけみ》は両頰にえくぼのある楽天的な女性で、何がおかしいのか話の合間に声をたててよく笑った。彼女もまた西沢酉枝とおなじことを証言し、丹那はあのカメラマンのアリバイを事実とみとめざるを得なくなった。

「西枝さんが言うとおりだわよ」

「しかし思い違いということもあるではないですか。二十日だと考えていたのが実は十九日だったり、二十一日だったり――」

「じゃ、こう申し上げたら納得して頂けるかしら」

彼女はけらけらと笑いながら、丹那を絶望の淵へ蹴おとしていった。

「この写真の青柳さんは髪を短くしていますわね。スキーにいくので邪魔になるといって、美容院で切ったんです。それが十九日の土曜の夜のことですの」

「というと、つまり――」

「この髪型で学校へきたのは二十日の日曜日が最初よ。だから、この写真が十九日以前にとられたことにはならないんです」

「なるほど」

「そして月曜日の朝の列車でアルバイトに出掛けていったんです。まだ向うにいますわ。石打の民宿で働いていること、ご存じだわね？」

「西沢さんから聞きましたよ。するとつまるところ、青柳さんが写されてしまったのは十二月二十日のことで、それ以外の日ではあり得ないわけですね？」

と、丹那は虚ろな声で言った。

十五

征比古のアリバイが成立してから数ヵ月がすぎた。『名門』のウェイトレスが目撃した右手頸の時計はつまるところ何かの思い違いだろうということになり、改めて捜査を続行したが、ついに収穫はなかったのである。やがて三鷹署に設置された捜査本部も縮小され、丹那も本庁にもどっていた。

そうしたある日、丹那はゆきつけの歯科医院の待合室で自分の番を待ちながら、暇つぶしに古雑誌を眺めていた。彼の家系は歯が弱い。二人の兄は、丹那の年齢に達するずっと前に、どちらも総入れ歯になっている。おそかれ早かれそうなるのではないかという恐れは、つねに彼の脳裡にある。そして、なんとかしてその時期を遅らせようと努力していた。歯科医の門を頻繁に叩くのは、そうした理由があったからだ。

どの娯楽雑誌でもそうだけれど、これも例外ではなく、巻頭にグラビアのヌード写真が特集されていた。丹那は裸体画は芸術作品だと思っているけれど、ヌード写真に対しては否定的だった。編集者は男性読者の劣情に訴えるのを狙いとしてこれを掲載するのだし、写真家はそれを承知の上で、殊更にえげつないポーズをモデルにとらせ、それを提供している。どこに芸術性があるというのか。

そうした考え方をする丹那だから、ヌード写真をしげしげと眺めたことはなかったのだが、このときだけは違っていた。隣りの若い女性患者が軽蔑の目でみるのを無視して、数枚の写真を喰い入るように見詰めつづけた。彼は、鈴木征比古の作品なるものと初めて対面したのである。それは見ればみるほどいやらしく、不潔であった。写すほうも写すほうなら、レンズの前で恥し気もなく大胆なポーズをとる女も女だった。顔はドミノで隠しているけれど、ここまで露骨になれば、いまさら仮面をかぶろうがかぶるまいが同じことなのだ。

　そうした感慨をいだきながらつぎの写真に目をやったとき、彼は意外なことに気づいて思わず坐りなおした。モデルの肉体の一部に見覚えがあったからだ。丹那は治療を後廻しにすると、雑誌を借りて戻った。

「どうしたんだ、きみらしくもない」

　写真をつきつけられた上司は、これも丹那に劣らぬ堅物だったから、毛虫でもみるような目をした。

「ま、わたしの説明を聞いて下さい。上田に一泊して石打へ廻ったときの話なんですが、そこでわたしが見聞したもののなかにまだ誰にも喋っていないことがあるんですよ。じつにくだらぬ、捜査上まったく無意味なことだと判断したものですからね」

　丹那はあいているイスを引き寄せると、この顎の張った主任警部のとなりに坐った。上田で二人の女子短大生に会ったあと、美容院を訪ねて青柳町子がセットした日付を確かめた丹那は、翌日上越線に乗って石打までいってきた。町子が働く民宿は苗場山《なえばさん》の裾に建っていて、同地の農民が共同出資したというだけあって国民宿舎のような堂々たる三階の旅館だった。しかし丹那は、ここで当の町子の口から写真をとられたのが先月の二十日だったことを聞かされて、がっかりして帰ってきたのである。

「覚えている。写真で見たよりもずっと美人だったそうじゃないか」

「そうです、胴が蜂みたいにきゅっとくびれていましてね。脚の線なんか外国人のようにきれいで、このわたしでさえ息をのんだほどでしたよ」

丹那が訪ねたとき、彼女は大きな浴室の掃除をしていた。黒っぽいセーターに色のあせたブルーのジーパンをはき、そのズボンを膝の上までたくし上げたあられもない姿で、丹那の前にあらわれたのだった。短い髪を、手拭いできゅっと包んでいたものだ。

「彼女が風呂場を洗っていたことはお話ししましたね？」

「ああ聞いた」

「ぬれた足で板の間にでてきたものですから、その辺一帯が足跡だらけになりましてね。それを何気なく見たら、これが扁平足なのです。ミスワールドコンテストにしても足の裏まで調べやしないでしょうから、彼女が扁平足《へんぺいそく》だってどうってこともないのですが、ちょっと意外な秘密を覗かされたような気がしたものですよ」

「現代娘なんだ、扁平足をべつに恥しがるわけもないだろう」

「でも足跡を眺めているとなんだか変な気持になりますよ。雪男にでも出遭ったような……。

いや、冗談は止しにして、このヌードを見て下さい」

雑誌は去年の夏の号で、砂原に仰向けになった女を、足のほうからとった一枚であった。ぬれた肌に砂がまつわりつき、ながい髪が横にながれている。

「どうです、このモデルも扁平足でしょう」

「そうだな」

主任は慎重にヌードを眺めてから同意した。やわらかい陽差しを斜めにあびた裸体は、胸や腹やふとももなどにくっきりとした陰影をつくっている。だが、足の裏だけは人形のそれのように平坦であった。

「するとなにかい？　このモデルが青柳町子なのかね？」

「断定はしませんがね、可能性はあると思うのです。この脛《すね》の長いのも青柳町子とおなじ特徴ですから。白人は脚が長いといわれますが、彼女等は膝から上の部分が長いのですね。それに対して黒人は脛のほうが長い。つまりシルエットとして眺めれば世界中で黒人女性がいちばん美しいのですよ。青柳町子は、そうした美しい脚を持っているんです。ですから、脛の長いことと扁平足であることから判断すると、このモデルが彼女であるのは間違いないと思います」

主任の鬼貫《おにつら》は急に興味を感じたらしく、一段と熱心な目をして写真に見入っていた。

「モデルの名は浜《はま》ちどりとなっているが、これは芸名かな？」

「でしょう。まだ学生ですからね、本名を出すわけにはいかなかったと思います。わたしが

いるようです」

「これだけ恵まれた肉体条件を持っていると、平凡な結婚をして主婦の座におさまってはいられまいな。いろんな夢を描いているだろう」

「そうです、野心に燃えていると思うのですよ。征比古と組めば、やがては東京にでて一流のモデルになれる。おそらくそう計算しているでしょう。とすると、征比古の片棒をかついで偽アリバイにひと役買うことは、充分に考えられると思うのですが……」

「同感だな。頭が痛いとか称して窓から首をだしたのは、征比古と予め時刻を打ち合わせてやったことだろう。あの写真は、写真家とモデルの合作になる偽物だったんだな」

鬼貫も丹那も、内心の興奮を押えつけたように、平静な口調で語り合っていた。が、問題はそこから先にあるのだった。鈴木征比古のあの写真が十二月二十日の午後の三時三分という時点で撮影されたことは、青柳町子が窓から顔をだしたという事実によって証明されている。そしていま、これが二人の当事者による合作であることが明かになったのだけれど、それによって彼のアリバイが打撃を受けたわけではないのである。

「女子学生に紹介してもらったいい宿があるんですけどね」

早くも丹那は、この主任警部が上田へいくものと決めているようだった。

十六

鬼貫が上田に降りたのは、その翌日の正午のことだった。丹那から聞いた話ではスキーヤーがごった返していたそうだが、いま見かけるのは若いハイカーや温泉帰りの老夫婦といった旅行客ばかりで、喧騒といった感じはどこにもなかった。

駅前広場を迂回すると、商店街の松尾町をぬけ、原町の手前で右におれた。この海野町も上田市の目抜きのショッピングセンターで、大きなデパートがある。丹那が教えてくれた旅館は、その百貨店の手前の大通りに面していた。彼は鞄をそこに預けてから調査をはじめる予定だった。といってもどこから手をつけようという確たる目標があるわけではなく、丹那の入念な調査の跡をなぞってみて、彼が見落した落ち穂を拾い、あわよくば征比古のアリバイを崩そうというのであった。いままでの経験からすれば、大きな落ち穂にゆきあたるのは単に運がよいというに過ぎなかった。今回の出張も、鬼貫としては僥倖に期待をかけるほかはなかったのである。

丹那が電話をかけてくれたお陰で、二階の大通りを見おろす上等の部屋にとおされた。向う側は種物屋で、その店先には二分咲きの芝桜や三色すみれ、ひな菊などの苗が並べてあって、通りすがりの老人が立ち止って買おうかどうか思案している態だった。

「丹那さんがお発ちになったのとほんのひと足違いに、秦さんのお嬢さんから、お電話がありましてね……」

茶菓子を持ってきた女中が、急須に湯をそそぎながら話しかけた。

「秦さん？」

鬼貫は座敷にもどって茶卓の前に坐った。

「ああ、緑ケ丘の団地にいるお嬢さんだったね」

「はい。帳場がお発ちになったばかりだと言いましたら、なんだかがっかりしておいでだったとか」

一体なにを告げるつもりだったのだろうか、と、鬼貫は小首をかしげた。丹那のことだから、異性に慕われるというような艶っぽい話であるはずがない。そうかといって、秦家に忘れ物をしてきたというようなことも聞いていないのである。

「がっかりした？」

「ええ。昨晩のお話のことでちょっと……と言っておられたそうですわ」

昨夜の話というと、それは征比古のアリバイに関連したことになる。丹那が出発してしまったなら手紙でも書けばよさそうなものだが、そのままになっているのを見ると、言おうとすることに自信がなかったからではあるまいか。そう考えてくると、鬼貫はにわかに秦暁美と会って、彼女が告げようとしたことの内容を聞かせてもらいたくなった。

「秦さんと、この旅館とは親しいの？」

「はあ、秦さんのお母さんと、ここのおかみとが幼な友達だったとか……」

「なるほど。で、どうしたら会えるかな。そのお嬢さんとだが」

「学校だと思いますわ、多分」

すぐ帳場から緑ケ丘の秦家に連絡をとってくれ、まだ学校にいるからそちらへ廻ってくれるようにという返事があった。

タクシーを呼んでもらった。大屋までの国道十八号線はほとんど一直線にのびている。両側に並んだ民家が次第に間引きされたようにまばらになると、左は一面の畑で、黒い土に青い麦がもえていた。

「あれが信州大学の繊維学部ですよ」

教えられて首をのばすと、大学の建物に目をやった。いまの校名には馴染みがないけれど、昔の上田高等蚕糸学校時代の名は、受験時代によく耳にしたものであった。都会育ちの鬼貫には、蚕糸学校がどんなことを学ぶところか皆目見当がつきかねて、受験雑誌にこの校名を見かける度に、奇異な思いをしたものだった。これがあの専門学校の後身なのか。張った顎をつき出すようにして、立木のあいだから隠見する校舎に目をやっていた。

十分余りで短大の前についた。

用務員に用向きをのべて二十分ほど茶飲み話をしているうちに、講義の終りをつげるベルが鳴り、まもなく秦暁美が入ってきた。北国生まれのせいか色白でほとんど化粧らしい化粧をしていないが、目がいきいきと輝いて、見るからに知識欲に燃えているような、新鮮な印象をうけた。頰がまるくふくらんでいる。

休み時間になると、この用務員室にはひっきりなしに学生が入ってくる。そして熱いお茶をのんだり売店で買ったあんパンを喰ったりしている。若い女性に食傷したようなことを言っていたくせに、その用務員は、ほんとうは「おじさん、おじさん」と呼ばれるのが嬉しくてたまらないのだ。もと軍人の威厳はどこかに放擲してしまい、目尻をさげてサービスにつとめている。

「校庭へいきましょう。今日は南風だから暖かだわ」

暁美は先に立って外にでた。写真では判らなかったが校庭一面に芝が敷きつめてあり、黄色い枯れ葉のあいだから、緑の濃いほっそりした若葉が勢いよく若芽をのばしていた。

「あのときの刑事さんにお電話したのは、見せて頂いた写真にちょっと気になることがあったからですわ」

枯れ芝の上に坐ると、ふっくらとした膝をスカートで覆いながら、本題に入っていった。

「最初は気がつかなかったんですけども、寝床に入って考えているうちに、段々はっきりしてきたんです。でも、もう一度写真をみて、あたしの思い違いでないことを確かめてからお話しようと思って。いい加減のことを発言してはご迷惑ですものね」

「いや、そうした遠慮はいらなかったのですがね」

ポケットからキャビネを出して見せると、暁美はそれを手にとって、画面と二階の窓とを何度も見比べていた。

「ほら、ご覧になって。青柳さんが覗いたのは端から数えて七つ目の窓ですわね」

しなやかな指で写真と正面の建物とをさし示した。

「窓は、一つの教室に四つずつありますの。向って左のほうから、二〇一教室、二〇二教室とつづくんです。教室は全部南側に並んでいまして、北側が廊下です。教室の数は二階が八つで、これは三階も同じことですわ」

階段と化粧室は中央の塔の部分にあるのだそうだ。

「ですから具体的に言いますと、青柳さんが首をだした窓は、二〇二教室の向って左から三つ目の窓ということになりますの」

「そうですな」

と、鬼貫は写真と照合しながら頷いた。この女子学生は何を語ろうとするのだろうか、彼には見当もつかなかった。

「あの日のお講義はウーマンリブの討論会になってしまったでしょう？　だからみんなが机とイスを持ち寄って、教壇に対して半月型の円陣をつくったんです、討論し易いように」

「なるほど」

「ですから、写真にうつっているこの七番目の窓は開けられなくなってしまったんです」

「そうしたわけで、青柳さんが覗いた窓は自由に開閉ができた八番目の窓だったんです。この写真は違ってます」

「………」

きっぱりした口調でいうと、紅い唇をきゅっと結んでしまった。相手がいかめしい肩書の警部ということになると、丹那に対したときのように笑ってばかりはいない。鬼貫はちょっとのあいだだったが、彼女の言うことが理解できなくて、呆気にとられていた。やがて事情が呑み込めてくると、昨日丹那からモデルの正体を知らされたときに劣らぬ驚きに打たれて、しばらく言葉もでなかった。

暁美の語ったことが事実だとすると、この写真はどういうことになるのだろうか。八番目の窓から覗いた女の首が、七番目の窓からつき出ているのはどういうわけなのだろうか。二人のすぐそばではバレーボールの練習をするグループがいて、しきりに金属的な叫び声をあげていたが、鬼貫の耳にはそれも聞えなかった。

十分の休みは忽ちすぎてしまい、やがて始業のベルが鳴った。

「いいのですか」

「あたしのほうはご心配なく。休講なんです。いまの時間は二〇二教室もあいているんですけど、覗いてみません?」

誘われ、後について二階に上った。鬼貫は当時の机とイスの位置をくわしく再現してもらい、彼女が言うとおり七番目の窓が開けられぬ状態にあったことを確認した。二つの机がその窓をふさぐような恰好で位置していたから、そこに坐っていた学生を立たさぬ限り、外を覗くことはできないのだ。

校庭にでるまで鬼貫は考え込んでいた。八番目の窓から覗いた首が、七番目の窓から出たということはあり得ない。したがって考えられる解釈は、ⓐある時点において町子は七番目の窓から顔を出した。そして征比古がそれをバックに自分を写した。ⓑそれとは別の時点において町子は再び外を覗く。この場合、彼女としては七番目の窓を開けたかったのだろうが、討論会という予期しないハプニングの結果、七番目の窓を開くことができなくなった。そこでやむなく八番目の窓から首をつき出した。このときが午後三時三分であったことになる。

ではⓐの時点は、本当はいつのことなのだろうか。討論が終ったときはすっかり暗くなっていたというから、それから後にとったものでないことは明白である。

「話は十二月二十日のことになりますがね、講義が始まったのは何時でしたか」

「午後の一時ですわ。あの日ばかりでなしに、あの課外講座はすべて午後一時の開講でした。早い人は十二時半頃にきていますけど……」

するとⓐ時点というのは、まだ教室に誰もいないとき、つまり十二時半よりも以前のことになる。仮りにこれを午前十時のことだったとしてみると、征比古は時計の針を五時間すすめて三時にセットする。一方、町子はがらんとした二〇七教室に忍び込み、まず窓から首をつきだしてシャッターの切られるのを待ったものと想像されるのだった。征比古は、彼女の顔と、セットした時計とをバックに、セルフタイマーで自分を写したわけだが、時計塔から校庭を横断してカメラの位置に戻るまでの間に、若干の時間のロスがある。その結果、文字盤の針は、三分過ぎを指すようになったのだろう。用務員室は北に面しているから、こうした征比古の行動が目にふれる心配はない。

さて征比古は、その直後に、時計の針を正確な時刻にもどし、校門の前に立って町の遠景を一枚撮っておいてから、東京へ直行する。大屋駅には急行は停車しないので、上田駅までバックしなくてはならないが、成瀬千里に電話をしたのは、上田市内においてではなかったか、と鬼貫は推測した。上田—東京間はダイヤルを回せば即時通話ができる。交換手に聞かれるというおそれもないのだ。

鬼貫がつぎに検討したのは、時計塔の大時計の針をどうやって動かしたのか、ということだった。暁美に訊くと、さあといって首をかしげた。

「用務員のおじさんに訊いてみたら……？」

「ときに青柳さんはどうしています？」

「そうですね。べつに変った様子はありませんけど」

情報を提供してくれたことに礼をのべて別れると、ふたたび用務員室の扉をノックした。

鬼貫が時計塔のことを訊ねると、用務員は腹をゆすぶって笑い出した。

「あなた、そりゃ無茶な話ですよ。電気時計ですから親時計の針を動かさない限り、子時計の針は押そうが引こうがビクともせんです」

「親時計をこっそりいじることはできませんか」

「駄目ですな。あれは隣りの部屋にあるんですが、鍵は責任をもってわたしが保管しておるです。わたしから鍵を奪わぬかぎり時計室には入れんのですよ」

つよい口調で否定され、鬼貫はがっかりした。針を操作することが不可能である以上、鬼貫がたてた仮説もまた否定されてしまう。立ち上って部屋をでようとした彼は、窓越しに北の空を見上げた。今日も、写真とおなじように鳶《とんび》が飛んでいる。が、眸をこらしてよく見ると、それは鳥ではなくて鳶凧《とんびだこ》なのであった。

「珍しいものが揚ってますな」

と彼はふり返っていった。

「奴凧《やっこだこ》や蟬凧《せみだこ》は復活したけれど、わたしが子供の頃によく揚げた鳶凧は見たことがない。話によると、埼玉県のなんとかいうお爺さんが創作した凧だそうですがね」

「わたしも鳶凧は好きでした。あれは上田市役所の吏員が揚げているんです」

イガ栗頭の用務員は鬼貫と肩をならべて空を眺めた。

「その人は凧マニヤでね、西洋の飛行機凧なんかを揚げてることもあります。器用で、全部自製なんですよ」

「熱心な人だな。勤めを休んで凧を揚げるとは」

「今日は土曜です。役所は半ドンですよ」

用務員は凧に目を預けたままでいった。

十七

針をいじることも親時計に触れることもできないとなると、あの写真はどうやってとったものなのだろう。校門をでたところに佇んで、鬼貫はその疑問を考えつづけていた。そしてくるりとふり返ると、もう一度短大の建物に目をやった。

いま彼が気づいたのは、この校舎がシンメトリカルにできていることだった。ここに立って大学の建物を写真にとり、ネガを裏返しにして眺めても、それに気づくものはないのである。校門には右側の門柱に北信女子短期大学の標札がでているから、これが入ると立ち所に化けの皮がはがれてしまう。だから、門から一歩なかに入ってシャッターを切らなくてはならない。そして征比古の写真が事実そうなっているのである。

仮りに鬼貫が考えたとおり、ネガを裏返しにして焼いたのだとすると、征比古のバックに写っている時計の文字盤も逆になるから、三時三分はじつは八時五十七分であったとみなされるのである。上田・東京間は急行で三時間を要する程度だから、八時五十七分に上田市内にいた征比古が、午後二時に東京の現場で犯行するのは充分に可能なことになるのだった。

だが、校舎だけを逆転させただけでは完全ではない。そこに立っている征比古も、窓から首をだしている町子も、服装は左右が均等であることを要する。そう思いながら写真を取りだして眺めると、征比古の無地のトックリセーターがシンメトリックだし、背後の町子もまた髪を真中からわけた左右均等のスタイルであった。征比古の髪は左わけだが、写すときだけ右わけにすればいい。

鬼貫はなおも喰い入るように写真を見つめていた。もし太陽が照っていれば影の位置から裏返されたことに気づかれてしまう。が、冬の信州の空はつねに雪もよいの雲におおわれているのだ。そうした心配はいらない。万事がお誂え向きにできているではないか。

いままで鬼貫は、征比古がセーター一枚の薄着で写っているのを見て、腹痛が起きたという話を尤もらしくするための演出だと解釈していたのだけれど、自分の読みの浅かったことにようやく気づいたのであった。おなじことは青柳町子についても言える。彼女が髪を短くカットしたのはスキーの邪魔になるからだけではなく、その裏面には、アリバイ写真を作成したのが十九日もしくはそれ以前ではあり得ぬことを限定する目的があったのだし、翌二十一日に石打へアルバイトにいってしまったのも、九州旅行の準備をするということより、アリバイ写真が二十一日もしくはそれ以降にとられたものではない点を強調する狙いがあったのだ。だが、征比古たちが苦労して案出したこの詭計も、ネガを逆に焼いたことに気づかれれば、瞬時にして崩壊してしまうのである。彼は満足そうな面持ちになると、ゆるい傾斜のついた舗装路を町へむけて歩きだした。

まもなくバス停が見えるというあたりにさしかかったとき、彼は自分の仮説に大きな欠陥のあることに気づいて急にむずかしい顔になった。ネガを裏返しにして焼きつければ、位相が逆になった陽画《ポジ》が仕上がるのは確かなことである。だが、あのフィルムをカメラから取りだして現像したのは本庁の鑑識課の技師なのだ。あの怒りっぽい肥った技師が、どう間違えてもネガを裏返しにして焼くわけがない。そればかりか、鬼貫自身もネガとポジとを手にとってじっくりと眺めている。その段階でどこにも異常のなかったことは、自分の目で確認していたではないか……。こうして鬼貫の解釈は呆気なく否定されてしまったのである。

どこか静かな場所でとっくりと考えてみたい。鬼貫は大屋駅の踏み切りをわたり、千曲川《ちくまがわ》のほとりにおりていった。大きな石の上に腰をおろして頭が痛くなるほど検討してみたものの、つまるところ新しい発見もなければ展開もなく、日が暮れてあたりが暗くなった頃にうかぬ顔で宿にもどった。

入浴して汗をおとしても、心に屈託があるから爽快な気持にはなれない。宿のネーム入りのタオルを手にさげ、廊下の洗面所に立って、髪に櫛を入れはじめた。お洒落ではないが、身だしなみはきちんとしているほうである。上目づかいに鏡を覗きながら、洗った頭の肌にローションをつけ、せっせとマッサージをはじめた。

背後の壁に、『非常口』と刻んだ合成樹脂の標識がでている。部屋に帰る前にその所在をたしかめておこうと思った。用心深いたちなので、旅先で宿に着くとすぐに非常の場合の逃げ道を調べておかぬと気がすまない。同僚のなかには彼の細心を笑うものもいるけれど、本人は旅館の火事などで死ぬのは恥だと考えている。

手入れをすませて櫛を洗いながら、ふと彼は、いままで鏡のなかの標識をうっかり実像だと思っていたことに気づくと、口を歪めて苦笑した。『非常口』という三字はどれも左右均等だから、虚像と実像との間に違いがないのだ。思い違いをしたのも無理ないことなのである。

櫛の水を切ってケースにおさめようとしたとき、鬼貫は何か思い当たった表情になって、手の動きをとめた。左右が均等なのは、この文字に限ったものではない。あの北信女子短大の建物にしても同じことなのだ。

そう考えたときに、鬼貫の目から鱗《うろこ》がおちた。

部屋に入ると、座卓の前に坐っていまの思いつきを進展させることにした。征比古は大学の建物を写したのではなく、鏡に映った虚像にむけてシャッターを切ったのではないか。レンズの前に鏡をおいて、そこに映った虚像を写せば、いまの『非常口』の標識と同様に校舎の左右が逆になり、同時に、時計塔の針の位置も反転する。したがって三時三分という虚像の正体は九時三分前ということになる。初めのうちは、征比古が準備した鏡は画家のキャンバス程度の大きさだったろうと想像していたが、落着いて考えてみると、車のバックミラーほどで充分であることが判ってきた。これにちょっと工作をしてレンズの前に直立させればいい。

鬼貫はさらに推理をすすめていった。彼はその慎重な性格から、一足飛びに結論に到達するようなことはしない。いつも緩慢なテンポで、一つ一つ駄目を押しながら前進していくのだった。

一方、町子がとった行動はどうだったろうか。征比古がカメラをセットしているあいだに、彼女はこっそりと大学構内に忍び込む。そして窓から首をだしたことになるが、位相が逆転していることを考えにいれるならば、写真で左から七番目だと思い込んでいた窓は、実際の建物では右から数えて七番目の窓になる。言い方を変えると、左から数えて七番目の窓ではなくて、二十六番目の窓であったのだ。

絵にしてみないと混乱してしまうので、手帖をひろげ、塔を中心とした建物の左翼と右翼に、それぞれ十六個の窓をしるしてみた。一つの教室に四つずつの窓を割り当ててルームナンバーを振っていくと、町子が覗いたのはいままで考えていたように二〇二教室ではなくて、二〇七教室だったことが理解できた。征比古が二〇七教室を指定したのは、言うまでもなくこれを逆転すると講座がひらかれている二〇二教室になるからだが、四つある窓のどれから首をつきだすかは、町子の自主的な判断にゆだねられていたのだろう。事実、どれから覗こうがかまわない。問題は覗くという行為自体にあるのだから。

さて準備が一切ととのって征比古はシャッターを切ったのだが、そのあと二人はいったん町におりて、征比古のほうは駅へ直行して上京し、他方町子は午後になるのを待ってから、ふたたび登校する。勿論、講義に出席するのが目的ではなく、九時三分前を裏返しにした三時三分という時刻まで待機して、適当な口実をもうけて窓から首をだすためである。

午前中の二〇七教室のときとは違い、今度の場合は開ける窓が決定されている。だからその窓がふさがれてしまったときの彼女が驚愕し困惑し狼狽する様子は、鬼貫にもよく想像することができるのだった。二階の窓は三十二個ずらりと並んでいるのだから、一つぐらいずれたところで大したことはあるまいと安易に考え、隣りの窓を利用したのだろう。そしてそれが結果的には敗北へつながることになったわけだが、あの場合の町子としては、あれ以外にとるべき手段がなかったこともまた事実なのだ。

夕食の膳がはこばれてきた。鬼貫はこの山国の町を歩いているときに、通りすがりの魚屋の店先に大量の海の魚が入荷しているのを見ていたので、いずれは鮪の刺身でもでるのだろうと思っていた。が、綺麗な器と椀にもられたのは鯉のあらいであり、鯉こくであった。

「佐久の鯉は有名だからね」

と通《つう》ぶっていうと、女中は笑いながら首をふった。

「塩田の鯉ですわ。この辺から別所《べっしょ》温泉にかけて塩田平といいますが、鯉の養殖がさかんで……。佐久よりもずっとおいしいという評判ですけど」

銚子が一本のっている。呑めない鬼貫だったが、入浴する前に、鬱屈した気持を払いのけようとして頼んでおいたのだ。それが、いまは祝盃に変っていた。辛口の地酒だけれどなかなかいける。

と、酢味噌をつけた鯉の白い一片を口に入れた鬼貫は、目の前にまたあらたな障壁が立ちふさがっていることに気づいた。いまの推理ですべての謎が解けたつもりだったが、鏡を用いたことをどう立証すればいいのか。季節がいまならば屋根瓦の葺き方から容易に指摘できるだろう。だが写真の建物は雪で覆われている。一切の特徴が消されているのだ。

酒の旨さも塩田鯉の味も、鬼貫には解らなくなっていた。あの写真家は、鬼貫が勝利をつかんだと思うと、間髪をいれずそれを奪い返していく。今度こそ最終的に勝ったと信じていたのだが、これも自惚れにしかすぎなかったのである。鬼貫には、征比古という男が量り知れぬ底力の持主のように見えてきた。あれだけ頭のいいやつなのだから、この鏡応用トリックが立証不能なことも、予め計算に入れていたに違いなかった。

「え？」

女中がなにか話しかけたが、鬼貫には意味がとれなかった。

「信州のご出身でしょうか」

「ぼくが？　いや、東京生まれだ。どうして？」

「信州人は顎の張ったひとが多いという話ですもの」

「そんなに張っているかねえ」

思わずそのあたりを撫でてみた。が、話がとぎれると、またあの写真のことを考えてしまう。

「ちょっと失敬するよ」

立ってスプリングコートから写真を取りだすと、茶卓にのせた。目を近づけて丹念に眺めてみるが、やはりめぼしい特徴は発見できない。新しい建物だから壁にはしみ一つないし、窓は昨今はやりのアルミサッシで、しかも上に跳ね上げる形式だから、右と左を区別するような差はまったくないのだ。鬼貫は失望して目をそらしかけようとして、鳶凧の存在に気づいた。征比古は建物の左と右とを逆転させたけれども、風の向きを変えることはできない。写真の鳶凧は東風をうけて空高く揚っているのだが、鬼貫の推理が正しければ、当時の風は西から吹いていなくてはならぬ筈であった。そしてそのことは、測候所の気象観測記録に記載されているのである。これで写真家のアリバイは完全に否定し去られたことになった。

「なにを考えていらっしゃるんですか。おひとついかが」

と女中が眄目《ながしめ》にみて銚子をさしだした。酔ったせいか、その顔がいままでになく美人に見えた。これ以上酔ったら苦しくなる。だが、勝利のうま酒というやつを味わうには、この機会をおいてはないのである。

「じゃもう一杯だけ」

鬼貫は不器用に盃をつきだした。

解説

山前《やままえ》　譲《ゆずる》
（推理小説研究家）

一九五六年七月、鮎川哲也名義の最初の作品であり、そして最初の著書となった『黒いトランク』を講談社版「書下し長篇探偵小説全集」の第十三巻として刊行し、鮎川哲也は推理作家としての本格的な創作活動をスタートさせた。以後、一九五八年に『りら荘事件』、一九五九年に『憎悪の化石』『白の恐怖』、一九六〇年に『黒い白鳥』『ペトロフ事件』、一九六一年に『人それを情死と呼ぶ』、一九六二年に『翳《かげ》ある墓標』、一九六三年に『砂の城』『偽りの墳墓』、一九六五年に『宛先不明』『死者を笞打《むちう》て』『死のある風景』、そして一九六六年に『準急ながら』『積木の塔』と、一年に一作以上のペースで長編を刊行している。ところがその後は、一九六九年に『鍵孔《かぎあな》のない扉』、一九七一年に『風の証言』、一九七六年に『戌《いぬ》神《がみ》はなにを見たか』と、十年間で長編はわずか三作しか刊行されていない。

たしかに一九六〇年代後半、日本のミステリー界は沈滞期に入っていた。戦後まもなくから斯界《しかい》の中心にあった専門誌「宝石」は一九六四年五月をもって廃刊となり、ミステリーの出版点数もずいぶんと少なくなっている。新鋭の登場で一九七〇年代に入ると再び活気を取り戻すのだが、そこにはかなり大きな不連続線が存在していたと言えるだろう。その影響を受けていたのかもしれない。

　ただ、長編が少ないとはいえ、その時期、鮎川哲也の創作活動には勢いがあった。『黒いトランク』からの十年間が〝長編の時代〟だったとするならば、続く十年は〝短編の時代〟である。創作活動のなかで書かれた短編の約四割がその期間に発表されているからだ。そうした短編の多くは月々発行される小説雑誌に発表されたのだが、もっとも多いときには一年に十作を超えていた。単純に計算すれば、ほぼ毎月どこかの雑誌で鮎川作品が読めたことになる。

　その〝短編の時代〟のなかほど、一九七一年十二月に毎日新聞社より書き下ろし刊行されたのが『風の証言』だった。発端は井の頭公園に隣接する植物園で発見された男女ふたりの他殺死体である。被害者の背後関係が調べられ、容疑者が浮かび上がり、そしてアリバイが検討されていくのは、いつもながらの鮎川長編の醍醐味《だいごみ》だ。前半では愛知県の渥美《あつみ》半島での、そして後半では信州でのアリバイが鍵となっているから、旅情もたっぷりと織り込まれている。お馴染みの丹那《たんな》刑事と鬼貫《おにつら》警部が細かなトリックを組み合わせた巧緻なアリバイ工作に苦しめられているが、丹念な捜査と論理的な推理で着実に解いていく。

　前半のアリバイは城を描いた絵が証明し、後半のアリバイは女子短大の校舎と時計を撮影した写真が証明するといったように、いずれも視覚的に証明されるアリバイなのが『風の証言』の大きな特徴と言えるだろう。立風書房版「鮎川哲也長編推理小説全集」の第六巻（一九七五・十二）として刊行された際、巻末の「創作ノート」にはこう書かれていた。

「小説サンデー毎日」の昭和四十六年四月号に、『城と塔』という中編が載っている。これが本編の母胎となった。題名の「城」とは三河田原《みかわたはら》の城を、「塔」というのは北信女子短大の時計塔を意味したものであった。しかしこの題名はいささか散文的にすぎるため、推理読者のあいだでは評判がよくなかった。推理小説の題である以上、もっとひねったものでなくてはならぬ、というのが彼等の意見だった。

初刊本の「あとがき」によれば、題名を考えることが苦手な作家のかわりとなったのは担当編集者で、じつに五十にものぼる候補を考えてくれ、そのなかから『風の証言』を選んだという。

三河田原付近はかつて短編の「古銭」や「笹島局九九〇九番」の舞台となった土地だ。信州は親しい土屋隆夫《つちやたかお》が在住していたところで、執筆以前に何度かその地を訪れている。本書はこうしたすでに馴染みのある土地を舞台にした作品だが、写真によるトリックもじつは、以前に一度ある作品に用いたトリックを改変したものだった。

全集の「創作ノート」には、先の引用につづけて、

××××××（トリックを語っているので伏せ字とした）というトリックを用いたのはこれが最初ではなくて、さらに十年ばかり以前に、旺文社の学習雑誌のなかで、つまり少年小説として使用していた。この思いつきは大人物にも使えるのではないかと考え、機会がくるのを待っているうちに十余年が経過してしまったのである。

と書かれている。ここには若干の記憶違いがあって、類似のトリックを使用した少年向けのミステリーは、「中学時代一年生」の一九六三年二月と三月とに二回分載された「時計塔」と題する短編だった。だから大人物にするまでに十年は経っていない。

「時計塔」の舞台は北海道で、小樽で絵画を盗んだ詐欺師のアリバイを証明するのが、札幌の大学の校舎を撮影した写真だった。本書と同様に、その写真の真ん中には時計塔があり、それが指し示す時刻がまさに犯行時刻だ。「時計塔」と『風の証言』を比較すると、写真による時間錯誤の根本的発想は共通しているが、アリバイ・トリックとして成立させるためのプロセスはまったく違っていてミステリーのテクニック的に興味深い。

アリバイ、いわゆる現場不在証明が確認されれば、基本的にはその犯罪の実行犯となることは不可能である。したがって、確実と思われるアリバイをもつ人物が犯人であったとするならば、そこにはなにかしらの不可能を可能にするトリックがあるはずで、本格推理ならで

は の不可能興味が生じてくる。

時計のように厳密なものでなくても、場所と時間とを確認できるものが写っている写真は、撮影者のアリバイを証明してくれる。かつてないミステリーブームを迎えた一九六〇年前後にも松本清張《まつもとせいちよう》『時間の習俗』（一九六二）や土屋隆夫『影の告発』（一九六三）といった、写真トリックのアリバイ長編がある。鮎川作品でも『準急ながら』で時刻表トリックと組み合せて試みていた。

証言のような曖昧《あいまい》なものではなく、視覚的にはっきりと断定できる証拠だけに、絵や写真はアリバイを主張するにはうってつけである。ただ、細工がしやすい素材であり、容疑が濃くなってあらゆる可能性が検討されていくならば、ほころびも生じやすいし、共犯者がいればいろいろと細工もできるだろう。アリバイ工作に利用するのはそれほど簡単なことではないのである。

この『風の証言』でも、いったんは認められた絵や写真によるアリバイが、丹那刑事や鬼貫警部によって細部にわたってチェックされ、ついにはトリックが明らかになっていく。ただ、時刻表トリックならば、トリックが分かった時点で犯行の不可能性が崩れて事件は解決するが、このタイプのアリバイは、トリックの可能性を示しただけでは完璧とは言えない。絵や写真が偽りのものであることも証明しなければ、そして犯人のミスに気付かなければ、本当のアリバイである可能性が残されてしまうのだ。

『風の証言』におけるトリック工作のミスに着目しての構成は、同時期の鮎川短編に多かった倒叙《とうじょ》推理の手法の長編バージョンと言えるだろう。倒叙とは犯人側から犯罪を描いたものだが、本格推理としての倒叙物では、描かれた犯罪のどこにミスがあって不完全犯罪となってしまったかを、論理的にいかに導いていくかが興味の中心となる。〝短編の時代〟に発表された鮎川短編のうち、半分以上がこの倒叙物だった。

『風の証言』はトリック自体にもちろんさまざまな工夫があるのだが、倒叙物を数多く手掛けていた時期の作品だけに、犯人がなにかミスをしてはいないかと検討していく過程がそれまでの長編よりも重視されている。完璧を期したトリックでもどこかにきっとミスがあるに違いない。鬼貫や丹那は、なにかアリバイを崩す手掛りがないかとつぶさに検討していく。ただ、いくつかトリックの可能性に気付くのだが、容疑者にことごとく反証されてしまう。その推理の経過が、本格推理ならではの論理的な謎解きの興味をそそっていくに違いない。

そしてついに犯人を追い詰めたとき、『風の証言』というタイトルの秘めていたものが明らかになる。細かなトリックの積み重ねの結果としての重層的な不可能興味、トリックのほころびを丹念に探っていく推理の経過、そして旅情とが相俟《あいま》って鮎川作品ならでは魅力を堪能できるだろう。また本書には「時計塔」と「城と塔」も収録されているので、鮎川作品における長編化へのプロセスにも興味が増すに違いない。

『風の証言』の底本は、生前の著者が最後に校訂した青樹社文庫（一九九七年十二月）、「時計塔」は光文社文庫『少年探偵王』（鮎川哲也監修／芦辺拓編　二〇〇二年四月）、「城と塔」は初出誌「小説サンデー毎日」一九七一年四月号を使用しました。

光文社文庫

長編本格推理
風《かぜ》の 証《しょう》言《げん》　鬼《おに》貫《つら》警《けい》部《ぶ》事《じ》件《けん》簿《ぼ》　増補版

著 者　鮎《あゆ》 川《かわ》 哲《てつ》 也《や》

2022年2月20日　初版1刷発行

発行者　鈴 木 広 和
印 刷　豊 国 印 刷
製 本　榎 本 製 本

発行所　株式会社 光 文 社
〒112-8011　東京都文京区音羽1-16-6
電話 (03)5395-8149　編 集 部
8116　書籍販売部
8125　業 務 部

ISBN978-4-334-79310-4　Printed in Japan

組版　萩原印刷